POCZWARKA

Książki Doroty Terakowskiej
dostępne w sprzedaży:

Dorota Terakowska

POCZWARKA

Wydawnictwo Literackie

Projekt okładki i stron tytułowych
Mirosław Krzyszkowski
Na okładce wykorzystano zdjęcie
Roya Gumpela — Agencja TONY STONE IMAGES
za pośrednictwem Flash Press Media

Opieka redakcyjna
Maria Rola

Korekta
Henryka Salawa

Redakcja techniczna
Bożena Korbut

Printed in Poland
Wydawnictwo Literackie Sp. z o.o., 2012
ul. Długa 1, 31-147 Kraków
bezpłatna linia informacyjna: 800 42 10 40
księgarnia internetowa: www.wydawnictwoliterackie.pl
e-mail: ksiegarnia@wydawnictwoliterackie.pl
fax: (+48-12) 430-00-96
tel.: (+48-12) 619-27-70

ISBN 978-83-0804574-9

*Mojej córce, Małgosi Szumowskiej,
dzięki której powstała ta książka*

W PRZEDDZIEŃ

...wokół była ciemność. I wody. Gęste, ciepłe, śluzowate. Dziecko tańczyło wśród nich spokojne i bezpieczne, lekkie i zwinne. Chciało tak wiecznie tańczyć. Na zewnątrz czyhały liczne niebezpieczeństwa: potężna grawitacja, wielookie i obce spojrzenia, obojętność lub nadmiar współczucia. Dziecko wiedziało o tym, zanim wypłynęło na suchy, bezlitosny świat. Lecz było Darem Pana i nie mogło zostać tam, gdzie chciało. Pan rozdaje swoje dary, nawet te nie chciane. Nic nie zostawia dla siebie.

★

Gdy Adam zobaczył w szpitalu skośnie opadające fałdki nad oczami nowo narodzonej córeczki, skrzywił się zabawnie i spytał:

— Urodziłaś Azjatę? Moda na egzotykę?

— Nie żartuj. To niedobry żart — odparła Ewa.

— Co w nim złego? — zdziwił się, nie odrywając oczu od niemowlęcia. — Mógłbym też powiedzieć „mała Chinka", „Mongołka" lub „Japonka"...

— Wszystko, byle nie mongołka — odparła Ewa i zagryzła usta. „Byle się nie rozpłakać. Jeszcze nie. Mogę się przecież mylić", pomyślała z nadzieją.

— Czemu nie? — zdziwił się Adam. — Ma w sobie coś azjatyckiego. Gdybym ci nie ufał, tobym podejrzewał, że mnie zdradziłaś — zaśmiał się.

„Te jego żarty... Jak ja ich czasem nie cierpię", myślała Ewa, zmuszając się do uśmiechu.

— Nie, tylko nie mały mongoł — powtórzyła błagalnie.

„Czy on naprawdę nigdy nie słyszał o mongolizmie? Czy naprawdę wie tylko, co to hossa, bessa, parkiet, lobbing, e-biznes? Czy słowo «down» kojarzy mu się wyłącznie ze spadkiem notowań na giełdzie? «Down» i «up» lub «Dow Jones»?"

— Odrobina azjatyckości jest nawet sexy u dziewczynki — zażartował tymczasem jej mąż.

— Boże... — westchnęła słabo Ewa. — Zaczekaj z tym komplementem, aż będzie miała piętnaście lat.

— Lolita miała dwanaście — zaśmiał się Adam, a jego śmiech odbił się echem od wykafelkowanych, lśniących ścian izolatki. Ewa się wzdrygnęła.

Rodziła w najdroższej prywatnej klinice, jaka była w mieście. Dziecko Adama musiało mieć wszystko, co najlepsze. Wprawdzie z założenia miało być synem. (Kiedyś będzie supergwiazdą informatyki i giełdy, cieszył się, zanim ujrzeli ten cudaczny obraz USG, w którym on dopatrzył się wyłącznie zdumiewającego chaosu, ona ujrzała jedynie malutkie bijące serce, ale doktor bezspornie określił płeć embriona). Ku zdumieniu Ewy Adam łatwo pogodził się z faktem, że to córka.

— Prestiżowa uczelnia, dobry mąż — nakreślił w czterech słowach przyszłość małej istotki, zanim jeszcze przyszła na świat. A teraz leżała tu, obok matki, i nad jej zamkniętymi oczkami wypiętrzały się dwie grube, skośne fałdki. Zbyt grube. Zbyt skośne.

— Wszystko, tylko nie mongolizm — wyszeptała Ewa do siebie, gdy Adam już opuścił izolatkę, pozostawiając po sobie mocny zapach markowej wody toaletowej, zmieszany z mdłymi, perfumowanymi wyziewami wielkiego bukietu róż.

Nie wiedziała prawie nic o mongolizmie, o odmianach i stopniach tej choroby, o możliwościach leczenia, znała tylko jej zewnętrzne objawy. I tym bardziej się bała.

★

Darami Pana są ziemia, niebo, dzień i noc, kwiaty i nasiona, drzewa, ptaki, myszy, węże, słonie, wichry, pioruny, tornada, wulkany — i ludzie. Darami Pana są też dzieci, gdy trzeba usprawiedliwić ich pojawienie się na ziemi.

...bo na początku Pan stworzył niebo i ziemię. Ziemia była niekształtna i oblana wodami. A w wodach tańczyło Dziecko. Nie ono jedno. I było tam ciemno, bezpiecznie, zacisznie. Tak powinno zostać. Ale Pan śpieszył się, czekało na niego mnóstwo fascynujących

9

rzeczy do stwarzania, nieskończony trud i zaskakujące niespodzianki, więc powiedział szybko:

— Niech się stanie światłość...

I poprzez wody przeniknęła oślepiająca jasność, zmieniając je z ciemnych w przejrzyste.

— TO JEST DOBRE — powiedział Pan, z malutkim cieniem wątpliwości. Wątpliwości towarzyszyły mu zawsze. Pomyłki też. Doskonałość trafiała się rzadko.

— To jest straszne — pomyślało Dziecko, tracąc poczucie bezpieczeństwa. Pomimo że rozpaczliwie się broniło, musiało wypłynąć z zacisznych wód Matki w suchą, groźną i ociężałą światłość ziemi.

I był to przeddzień dnia pierwszego, a trwał ów przeddzień wiele długich lat.

*

— Czy siostra włoży je do flakonu? — spytała Ewa, wskazując na gigantyczny bukiet róż, lecz pielęgniarka pokręciła niechętnie głową:

— Za dużo tych kwiatów. Zbyt ostry zapach. Dziecko nabawi się alergii.

— To zostawmy trzy róże, a resztę dajmy biednym kobietom — zaproponowała.

— W tym szpitalu nie ma biednych kobiet. I po co biednym kobietom kwiaty? — odparła obojętnie pielęgniarka. — Wystawię je na korytarz.

Gdy ruszyła ku drzwiom z tym ogromnym bukietem róż („jak to pasuje do Adama", myślała Ewa), zatrzymał ją cichy głos pacjentki:

— Siostro, proszę spojrzeć na moją córeczkę...

— Ładna, ładna, wiem. Najpiękniejsza. Wszystkie matki rodzą ósmy cud świata — uśmiechnęła się pobłażliwie pielęgniarka. W tej luksusowej klinice płacono jej także za komplementy wobec pacjentek i ich narodzonych dzieci.

— Nie. To nie tak... — szepnęła Ewa. — Proszę przyjrzeć się jej oczom.

— Mamy piękne oczka, co? — zaśmiała się kobieta, podchodząc ze znużeniem do niemowlęcia. Pod koniec całodobowego dyżuru nogi już jej nie niosły, a kaprysy pacjentek denerwowały.

— Mamy piękne oczka — wymamrotała rutynowo, ale wpatrując się uważnie w twarz maleńkiej istotki, powtórzyła wolniej: — Oczka... tak.

Ewa natychmiast usłyszała wahanie w głosie kobiety.

— Czy to... Czy siostra nie myśli... Ta fałdka... Czy siostra nie mogłaby... — bełkotała, pragnąc jednak nie zadać tego pytania i nigdy nie otrzymać odpowiedzi. Miała przeczucie, że ją zna, że nikogo nie musi pytać, bo to słowo i tak padnie. I już nie w beztroskich żartach, i nie w jej głowie. Padnie głośno, wyraźnie i — nieodwracalnie.

— Mamy dobrego pediatrę. Jutro do pani zajrzy — odparła wymijająco pielęgniarka. — Ale położnik ocenia, że dziecko ma siedem w skali Apgar. Niezły wynik! — dorzuciła ze sztucznym ożywieniem.

— Niezły — przyznała Ewa — lecz ta skala nie dotyczy psychiki — dodała szeptem, sama do siebie, gdyż pielęgniarka była już za drzwiami.

★

Sucho. Światłość w ciemności. Donośne, zgrzytliwe dźwięki. Zmiany barw. Niezliczone odcienie czerni. Zdumiewająca, przejrzysta, prawie kryształowa biel, rozdzierająca się spazmatycznie na siedem odcieni tęczy. Zaskakujące melodie słów i melodie ciszy. Huczący Głos, który przetacza się nad Stwarzanym jak odległy grzmot. Pytanie, skierowane nie wiadomo do kogo, na które nie oczekiwał odpowiedzi, choć tyle w nim było niepewności.

— TO JEST DOBRE...

Dziecko poczuło, że TO nie jest dobre. I że nie chce być dla nikogo Darem. Zapragnęło wrócić, ale powrotu nie było. To była podróż w jedną stronę. Długa podróż, gdyż długie było stwarzanie.

*

Słowo „down" padło w trzynastej minucie badania niemowlęcia przez pediatrę.

— ...mały mongoł — powiedziała głucho Ewa.

— Owszem, czasem nazywamy to mongolizmem, częściej zespołem Downa, ale wolimy inną nazwę, która powszechnie się przyjęła: muminek — wyjaśniał lekarz nienaturalnie ciepłym głosem. — Lubimy to określenie. Stosujemy je na co dzień. Jest ładne. Serdeczne. Ma literacki rodowód... Zna pani książki Tove Jansson?

— Mała Migotka — szepnęła Ewa i zaczęła płakać.

Muminki, książkowe i telewizyjne, kojarzyły się z czymś miłym i wesołym. Tymczasem na jej rękach spoczywało niemowlę, które było zaprzeczeniem zarówno tego skojarzenia, jak i wszystkich życiowych planów jej i Adama. W tych planach dziecko miało zamieszkać w nowym, pięknym domu, w starannie urządzonym dziecinnym pokoju, do którego zakupili wszystko, co najlepsze. Były tam nie tylko jasne meble, białe firanki, kremowe zasłony, dywan w kolorze herbacianej róży, stosy ubranek i zabawek, ale nawet poradniki, w zgodzie z którymi mieli to dziecko wychowywać i śledzić jego prawidłowy rozwój.

— Przedszkole anglojęzyczne, lekcje tenisa, komputer od piątego roku życia — mówił Adam.

— Ja bym dołożyła lekcje rysunku i fortepianu. A może baletu? — proponowała Ewa. — Ona może mieć zdolności artystyczne...

Lekarz coś jeszcze mówił, ale go nie słyszała. Jej umysł błądził po ruinach marzeń i planów. Plany były tak dokładnie przemyślane, że nawet data poczęcia została ustalona starannie i z wyprzedzeniem: tuż przed ostatecznym wykończeniem domu i po fuzji firmy Adama ze znanym koncernem, gdy już będą mieć pewność, że wszedł do zarządu.

— ...gdy będzie nas stać na zapewnienie dziecku przyszłości — mówił, a ona kiwała zgodnie głową.

Nigdy nie rozumiała koleżanek, które zachodziły w ciążę w czasie studiów i zakładały rodzinę w ciasnym, blokowym mieszkanku, kosztem życiowych marzeń. Według Adama i Ewy dziecko miało być nierozerwalną częścią spełnionych ambicji, a nie wyrzeczeniem się ich.

— Ono ucieleśni wszystko to, co w nas mogłoby być lepsze. I nie będzie zaczynać od zera, jak my. Od razu skoczy z wysokiego pułapu. Nasze dziecko... eeeech, Ewa... będzie wspaniałe! — powtarzał jej, gdy była w ciąży.

I teraz to dziecko miała w swoich objęciach.

„Ktoś mi je zamienił", pomyślała, a do jej uszu z trudem docierały słowa lekarza (lekarz widział, co się z nią dzieje, lecz mimo to nie przerywał mówienia. Mimo to, a może właśnie dlatego?):

— ...takie dziecko przychodzi na świat jedno na sześćset, siedemset urodzeń. Nie jest pani wyjątkiem, proszę mi wierzyć. Ale kiedyś, jeszcze pięć czy sześć lat temu, mały mongoł byłby skazany na izolację od społeczeństwa, egzystencję na marginesie. Średni iloraz jego inteligencji, IQ, zaczynał się i kończył na około 30 punktach, podczas gdy dziś może osiągnąć nawet 60, przy 120 dla typowej inteligencji. Czyli od dziecka normalnego dzieli je już tylko połowa.

Ewa roześmiała się głośno i z gniewną goryczą. „Tylko połowa", pomyślała w odruchu buntu i przerażenia.

— Od kilku lat mamy świetne programy rehabilitacyjne — ciągnął lekarz, udając, że nie zauważył jej reakcji. — Jeśli nie będzie to najcięższa postać downa, dziecko może iść do przedszkola, do szkoły specjalnej, zdobędzie konkretny fach, nauczy się, na przykład, wyplatać koszyki, robić pudełka, tkać kilimy, malować szklane wyroby...

— Wyplatać koszyki... — powtórzyła mechanicznie Ewa, bez cienia agresji. No cóż, ktoś musi wyplatać koszyki, sama ma ich w domu kilkanaście, bo wiklina jest modna i zdrowa. Zaśmiała się znowu, trochę histerycznie, lecz z autentyczną wesołością. TO wydawało się snem — i m u s i a ł o być snem. TO mogło się przytrafić każdemu, ale nie jej!

— Oczywiście, muminki chorują częściej niż inne dzieci, dlatego przeprowadzimy serię badań, żeby ustalić, na co pani dziecko jest najbardziej narażone — mówił lekarz niemal na jednym oddechu. Ewa zastanawiała się, ile ma jeszcze do powiedzenia i czy ona w ogóle chce tego słuchać. — Widzi pani, one miewają słaby wzrok, skłonność do katarakty, regułą jest wadliwy system oddechowy, niekiedy zdarzają się zmiany kardiologiczne. Proszę też zwrócić uwagę, że pani córeczka ma wiotkie mięśnie, a gdy do tego dojdzie duży ciężar ciała, także typowy dla DS, czyli syndromu Downa, no to...

— ...to nigdy nie zatańczy — powiedziała od rzeczy Ewa, a potem, nagle, w jej głowie zaświtała myśl: „...przecież ono może umrzeć! Może umrzeć, a wtedy urodzę drugie, normalne".

Dziecko nagle zapłakało i otworzyło oczy: dwie skośne szparki, ukryte w podpuchniętych powiekach. Krzyczało bez łez. Te łzy Ewa poczuła na swoim policzku.

„Płaczemy obie. Ona bez łez, a ja bez krzyku", pomyślała.

— ...więc przyślę pani tę kobietę — mówił tymczasem lekarz, nie przerywając ani na chwilę potoku słów.

— Jaką kobietę? — ocknęła się.

— No przecież mówię: tę, której córeczka z downem ma już osiem lat i ładnie się chowa. Zobaczy pani, to nie jest aż tak straszne, jak pani myśli.

Ewa zaczęła się śmiać:

— Proszę mi przysłać wróżkę, która odmieni moje dziecko! — zawołała, a potem dodała oskarżycielskim szeptem: — To pan powie mojemu mężowi, co urodziłam.

— Tak, oczywiście — odparł sztywno. — Z reguły to my informujemy ojców. Matki nigdy nie chcą... Aha, byłbym zapomniał. Istnieje możliwość pozostawienia dziecka w szpitalu. Oddamy je wtedy do specjalnego zakładu.

Popatrzyła na niego z nienawiścią.

Dziecko znowu zapłakało.

— Mały muminek — powiedział nagle lekarz z autentyczną czułością, gubiąc gdzieś tę pozbawioną uczucia zawodową maskę.

Ewa doznała wstrząsu: za sprawą banalnej nazwy, tak dobrze znanej z książek i telewizyjnych „dobranocek", wypełniło ją nagle niepojęte uczucie miłości do bezradnej, ułomnej istotki, którą wydała na świat. — Na ten plastikowy, zły świat — powiedziała szeptem i zdziwiła się: — dlaczego plastikowy?

— Byłbym zapomniał... — usłyszała znów głos lekarza. Już wychodził, ale zatrzymał się i spojrzał niepewnie: — Tam jest jeszcze coś — powiedział.

— Gdzie, co? — spytała, zobojętniała już na złe wieści.

— Encefalogram wykrywa dodatkowe, nietypowe zaburzenia. Zdjęcia tomograficzne mózgu pokazują malutką ciemną plamkę. Nie wiemy, co to jest. To może być guz, krwiak lub jeszcze coś innego. Jeśli to coś naciska na jakiś ważny ośrodek, to... — zawahał się, jakby chciał opóźnić tę informację: — ...to może być gorzej niż w typowym mongolizmie.

— I moja córka nie będzie wyplatać koszyków — powiedziała Ewa.

— Tak. Może się okazać, że nawet tego nie będzie w stanie się nauczyć.

Lekarz odchrząknął i wyszedł. Także w tym chrząknięciu Ewa usłyszała współczucie, którego sobie nie życzyła.

*

— Zostawimy je tu — powiedział Adam. Tym razem przyszedł bez kwiatów. — Ustaliłem wszystko z lekarzami. Pójdzie do specjalnego zakładu.

„Ono", pomyślała Ewa. „Zatem już nie ma płci. I tak jest lepiej. Do czegoś bezpłciowego trudno się przywiązać".

— Nie będzie mu źle — mówił dalej Adam. — Dam pieniądze. Więcej niż trzeba. Ustalę wysoki, comiesięczny odpis na rzecz tego zakładu. Stać nas na to. A wszystkim powiemy, że poroniłaś albo że urodziło się martwe. Co wolisz...

— Wszystkim? — powtórzyła.

— Sama wiesz... Nasi przyjaciele, znajomi, koledzy z firmy. Coś musimy powiedzieć. Gdy pomyślę o ich spojrzeniach... o tych szeptach za naszymi plecami...

— Wiem — powiedziała ze zrozumieniem. — Zawsze nam czegoś zazdrościli, nagle zaczną współczuć.

— A ja nienawidzę współczucia — powiedział Adam.

Kiwała głową w takt słów męża, nie patrząc w stronę dziecka, które leżało obok niej na szpitalnym łóżku. „Tak. To jest dobre. Wyjść stąd bez tego tu i zapomnieć. Zapomnieć. Wykreślić z życia tych kilka miesięcy. Nigdy do nich nie wracać".

Dziecko nagle zapłakało. Nachyliła się nad nim, a rysy jej twarzy bezwiednie zmiękły. Spojrzała na niemowlę tak, jak patrzyła kiedyś na kota przejechanego przez auto. Z połamanymi łapami, dziwnie spłaszczony, ale wciąż żywy, leżał na chodniku, próbując unieść głowę, i wydawał z siebie bezradny, dziecięcy płacz. Nie umiała mu pomóc. Najmądrzej byłoby go dobić, ale tego też nie potrafiła. Umiała jedynie zatkać uszy i przyśpieszyć kroku. Nie chciała słuchać tej bezsilnej prośby o pomoc.

— Ratunku... pomocy... — wyszeptała teraz bezgłośnie, ale Adam już wyszedł i nikt jej nie usłyszał.

★

Pan stwarzał światy mające Początek, ale bez Końca. Stwarzał je wciąż na nowo, wierząc, że następny będzie lepszy. Niekiedy Mu się udawało. Prawie zawsze udawały mu się dzień i noc, były bowiem skrajnie różne i miały w sobie naturalną urodę światła i mroku.

— TO JEST DOBRE — mówił Pan bez cienia wątpliwości.

Mówił TO JEST DOBRE także wtedy, gdy wiedział, że Mu się nie udało. Pragnął w ten sposób dodać sobie otuchy. Gdyby utracił odwagę stwarzania, wszystkie światy, w jednej chwili, zapadłyby się w nieskończoną, czarną dziurę, w której nie tylko nie było miejsca dla człowieka, ale nawet nie istniał czas. A światy i ludzie nie mogą istnieć w oderwaniu od czasu, choć czas może istnieć bez nich.

Ale właśnie ze stwarzaniem ludzi bywało różnie. Dlatego Pan, metodą prób i błędów, stwarzał też Dary i ofiarowywał je ludziom, aby ich doskonalić. Doskonalenie także nie zawsze się udawało. Albo Dary były nie dość dobre, albo ludzie nie rozumieli, dlaczego zostali wybrani, by je otrzymać.

Jeśli jednak stwarzanie było żmudne, monotonne i nieskończone, jak Wszechświat, to stwarzanie Darów nosiło w sobie elementy niespodzianki.

*

Kobieta, którą przysłał lekarz, miała na imię Anna i weszła do izolatki z uśmiechem tak szerokim, że niemal przepoławiał jej głowę.

— Piękne dziecko — powiedziała, nachylając się nad niemowlakiem.

Ewa parsknęła, wydając z siebie dźwięk pośredni między chichotem a nienawistnym, stłumionym w gardle szlochem.

— Czego pani chce? — spytała.

— Chcę panią uratować przed błędną decyzją — powiedziała nieśmiało kobieta.

— Co to panią obchodzi? — Ewa poczuła, jak narasta w niej wrogość do przesadnego uśmiechu nieznajomej, do mdłego smaku jej dobrej woli, do nieznośnego wyrazu współczucia, które rozlewało się na jej twarzy.

— Może obejrzy pani zdjęcie mojej córeczki? — powiedziała tamta. Zdjęcie miała widocznie przygotowane, gdyż wyjęła je z torebki jednym ruchem. Ewa zerknęła: z kolorowej fotografii ufnie uśmiechała się kilkuletnia dziewczynka. Ten uśmiech uwypuklał wszystkie typowe cechy zespołu Downa i działał porażająco na Ewę, gdy wpatrywała się w okrągłą, sympatyczną buzię w równie okrągłych okularach.

— TO od razu widać — powiedziała bezwiednie i przygryzła wargi. „Ja cierpię, ale czy muszę ranić tę kobietę?", zadała sobie pytanie. Lecz Anna nie wyglądała na zranioną. Z niemal naturalnym uśmiechem odparła:

— Jasne, że widać — i dodała tonem poufnego wyznania: — Bałam się, idąc do pani. Zawsze się boję.

— Zawsze? Co to znaczy „zawsze"? — spytała Ewa.

— Tych dzieci rodzi się więcej, niż pani myśli.

— Płacą pani za to, czy co? — spytała Ewa agresywnie.

— Nie, nie płacą — odparła niezrażona kobieta. — Ale widzi pani, ja jej nie odrzuciłam. Więc przychodzę, żeby namówić inne, by też tego nie zrobiły.

— Kogo pani żal? Opieki społecznej? — żachnęła się Ewa. — W końcu to z naszych podatków.

Już podjęła decyzję i postanowiła, że nawet zastęp kobiet z małymi mongołami do niczego jej nie nakłoni. Czuła się wolna i gotowa zaczynać wszystko od nowa.

Kobieta przysiadła na łóżku i wpatrzyła się w niemowlę. Na jej twarzy znowu pojawił się uśmiech, lecz inny niż przed chwilą.

— Pani nie wierzy, że te dzieci można kochać, czasem nawet bardziej niż te zdrowe. Ja mam dwójkę, Jacka i Elżbietkę. Elżbietkę kocham mocniej niż Jacka, bo ona bardziej tego potrzebuje. Takie dzieci są spragnione miłości...

Ewa milczała. Kobieta usiadła i wciąż nie odrywając wzroku od niemowlęcia, mówiła dalej:

— Nazywamy je Darami Pana, wie pani? Lub dziećmi Boga.

Ewa parsknęła śmiechem.

— Kto wymyślił tę głupią nazwę?

— Nie wiem — odparła kobieta. — Gdy urodziła się Elżbietka, ta nazwa już była w użyciu. Używa się jej od lat. Może od zawsze? Mnie przekazała ją inna matka, która przyszła do mnie do szpitala, tak jak ja teraz przychodzę do pani. Niekiedy mówi się także „dzieci czujące inaczej".

— Ha! *Political correctness!* — prychnęła gniewnie Ewa. Na temat *political correctness* mieli z Adamem ustalone zdanie. Teraz, z nie tajoną satysfakcją, wykrzykiwała je przed tą obcą kobietą: — Murzyn to Afroamerykanin, tak? Jakiś zwolennik politycznej poprawności tak się zagalopował, że Afroamerykaninem nazwał Nelsona Mandelę, byle nie powiedzieć „czarny"! Cygan to Rom, pedał to gej lub „kochający inaczej"? A przygłup to „czujący inaczej", a nawet „Dar Pana", tak?

— Właśnie tak — powiedziała spokojnie kobieta. — Czemu raczej nie zastanowi się pani, skąd się to wzięło?

— Skąd? — spytała gniewnie Ewa.

— Nie czyń drugiemu, co tobie niemiło, nie rób mu przykrości, gdy nie musisz... kochaj bliźniego...

Ewa milczała. Kobieta irytowała ją w tej chwili jeszcze bardziej. Mówiła komunały. Umoralniała.

— Pani nie wie, że w narodzinach tego dziecka może kryć się coś dobrego... bardzo dobrego. Ono wiele dla pani zrobi samym swoim istnieniem — mówiła nieznajoma.

— Niech mi pani nie próbuje wmówić, że w narodzinach tego dziecka jest tyle dobrego. Proszę lepiej powiedzieć, co jest najgorsze — zaproponowała chytrze. Ale kobieta potraktowała jej pytanie z powagą. Namyślała się przez dłuższą chwilę, jakby chcąc wybrać to, co najważniejsze. Jej spojrzenie wędrowało od niemowlęcia ku matce i z powrotem. Ewie wydawało się, że widzi w nim błysk współczucia.

— Dla mnie najgorsze były dwie rzeczy — odparła wreszcie. — Moja córeczka nie mówiła do piątego roku życia. Ani słowa. Wydawała tylko różne mruczące dźwięki. Słyszy pani, jak paplają normalne dzieci, i ogarnia panią strach, że ona nigdy nie powie jednego sensownego zdania. Ba, jednego słowa. A przecież wszystkie w końcu mówią. Jedne wcześniej, inne później. Ale mówią. I pewnego dnia powiedzą: „Kocham cię, mamo". Owszem, niektóre na całe życie zachowają własny, uproszczony język, lecz czują to samo co inne. A może więcej?

Ewa milczała. Kobieta westchnęła głęboko:

— Ale są gorsze sprawy... — urwała, jakby szukając właściwych słów. Szukała ich długo i wreszcie znalazła: — Nie jest łatwo nauczyć je porządku. Codziennie, gdy odbierałam Elżbietkę z przedszkola integracyjnego...

— Integracyjnego? — powtórzyła Ewa.

— Tak, są specjalne przedszkola, w których dzieci normalne bawią się z... — zaczęła kobieta i znowu urwała, a Ewa dokończyła:

— ...z nienormalnymi.

— Tak. Zapisałam tam Elżbietkę i... i prawie każdy dzień był upokorzeniem — ciągnęła kobieta.

— Upokorzeniem... — powiedziała Ewa i zawiesiła głos.

— Mówiłam, że te dzieci bardzo długo nie potrafią nauczyć się porządku — przypomniała Anna.

— Rozumiem: bałaganią, nie sprzątają zabawek, niszczą wszystko? — spytała Ewa rzeczowo.

— ...i załatwiają się pod siebie — dorzuciła szybko kobieta, a potem odetchnęła głośno, jakby pokonała jakąś przeszkodę.

Ewa wzdrygnęła się. Należała do osób, którym na widok wymiotującego pijaka robiło się niedobrze, a do publicznych toalet nawet nie próbowała wchodzić. Już w ciąży nie była pewna, czy będzie zdolna przewinąć dziecko. Adam, śmiejąc się pogodnie, jak to on, obiecał jej do pomocy pielęgniarkę.

— Nie martw się, to niecały rok, może krócej. Inteligentne dzieci szybko się tego uczą, a chyba nie wątpisz, jakie będzie nasze?

Wtedy nie wątpiła. Tymczasem kobieta mówiła dalej:

— Czasem trwa to do czwartego, niekiedy aż do szóstego roku życia. Zdarza się, że i dłużej. Te dzieci nie umieją albo nie chcą w porę zawołać. Nie sposób je tego nauczyć. I można różnie trafić. Mam na myśli przedszkolanki. One od biedy zmienią pampersa, ale gdy moja Elżbietka... pani wie...

— Wiem — powiedziała brutalnie Ewa. — Gdy Elżbietka nawaliła kupę do majtek, to co?

— ...telefonowały po mnie. Nawet gdy byłam w pracy, gdy miałam pilne zajęcia, telefonowały, żebym natychmiast przyszła i zrobiła porządek. Dawały do zrozumienia, że one nie są od tego. Że to kłopot. I że się brzydzą. To było upokorzenie.

Ewa pomyślała, że w życiu nie odda dziecka do przedszkola. Nie chciała dodatkowych upokorzeń. Wystarczało jedno: narodziny tego niemowlęcia. „Zaraz, zaraz... Do jakiego przedszkola? Ono nie pójdzie do przedszkola, zostaje tutaj", przypomniała sobie.

— Ma już osiem lat i jest urocza — powiedziała znowu Anna i ponownie podsunęła Ewie zdjęcie. Elżbietka uśmiechała się radośnie: śmieszna, okrągła buźka. Gdyby nie te oczy...

— Jest wrażliwa i ufna. Taki mały niedźwiadek — uśmiechnęła się czule kobieta. — Bardzo ją kochamy. Mówiłam już pani, jak się mówi na takie dzieci: Dar Pana...

— To niech Pan weźmie ją z powrotem — powiedziała twardo Ewa.

Oczekiwała ze strony Anny oburzenia, pouczeń, urazy. Nawet, w jakiś paradoksalny sposób, tego pragnęła. Lecz Anna spojrzała na nią z niepojętym zrozumieniem:

— Tak. Wiem. Prawie wszystkie mamy taki moment, gdy myślimy, że lepiej, by umarło. Potem, gdy rośnie i patrzymy, jak się bawi, śmieje, jak umie kochać i jak bardzo jest ufne, wtedy każdego dnia, w każdej minucie wstydzimy się tej myśli. Ja wstydzę się jej do dziś. Choć niejeden raz ta myśl do mnie wracała. Ale już nie wraca. Nigdy.

Ewa pomyślała, że została jej odebrana możliwość bycia brutalnie szczerą. Nawet w tym nie była oryginalna. Była typowa.

— Niech pani wyjdzie — powiedziała do Anny chłodno i stanowczo.

23

— Wrócę, jeśli pani zechce — szepnęła kobieta, kładąc na stoliku swoją wizytówkę. — Proszę mi tylko pozwolić wziąć ją na ręce.

— Po co? — spytała nieufnie Ewa.

— Chcę pani dziecku dać to, czego nie umiałam dać własnemu, gdy się narodziło.

— To znaczy?

— Radość z jego przyjścia na świat.

DZIEŃ PIERWSZY: KSIĘGA

Marysia, Migotka, Misia, Mysza — taką drogą wędrowało imię Myszki, nim otrzymała to najwłaściwsze. Ewa już wiedziała, że dzieci z zespołem Downa nazywane są muminkami. Domyślała się, skąd to literackie skojarzenie: istoty, wymyślone przez Tove Jansson, przedstawiano na rysunkach jako pulchne, bezkształtne, choć pełne wdzięku stworzonka. A właśnie bezkształtność była typową cechą tych dzieci. Ich tułowie były mniej foremne, ręce i nogi poruszały się w sobie tylko wiadomy, nie skoordynowany sposób, a ich mali właściciele nie umieli nad nimi zapanować. Malutka Myszka potrafiła tak mocno chwycić dłoń Ewy, że nie sposób było rozewrzeć jej palce. I choć dziewczynka miała wtedy raptem rok, to Ewie wydawało się, że ten rozpaczliwy uścisk jest wyrazem świadomego i równie rozpaczliwego szukania bezpieczeństwa, a nie brakiem ruchowej koordynacji. Od czasu gdy Myszka, przez przypadek, schwyciła w ten sposób rękę Adama i przyciągnęła do swoich zawsze półotwartych ust, mocząc ją banieczkami śliny, Adam jak ognia unikał zbliżenia.

— Wszystkie niemowlęta się ślinią — Ewa usiłowała usprawiedliwić Myszkę, ale obrzydzenie na twarzy męża było wymowniejsze niż słowa:

— Ona już nie jest niemowlęciem.

Z punktu widzenia estetyki, a organizowała ona prawie całe życie Adama, hołdującego jej zasadom, rytuałom i niezmienności — Myszka była stworzeniem wyjątkowo nieestetycznym i Ewa musiała się z tym pogodzić. Pewnego dnia, gdy walczyła w niej miłość do dziecka z pragnieniem zachowania miłości męża — i zwyciężało to drugie uczucie — Ewa, widząc, jak Adam omija łukiem pełzającą po podłodze Myszkę, wyszeptała bezwiednie:

— Te dzieci żyją krócej niż inne...

I właśnie wtedy, gdy dotarł do niej cały sens tych słów (bo sama myśl błądziła co jakiś czas po jej głowie, tak jak przewidywała Anna; ale czymś innym są błądzące myśli, a czymś zupełnie innym — ostatecznym i nieodwracalnym — głośno wypowiedziane słowa), pochwyciła dziewczynkę w objęcia, podnosząc ją z podłogi, i powiedziała na jednym oddechu:

— Marysia, Migotka, Misia... Myszka...

Migotka była postacią z baśni Tove Jansson, Misia była prostym skojarzeniem z ociężałością dziewczynki.

Mówiąc „Myszka", Ewa miała wrażenie że przydaje córeczce tego, czego jej najbardziej brakowało: zwinności i wdzięku. Ale naprawdę Ewa nie wiedziała, czego Myszce brakuje. Wiedziała za to, czego ma za dużo: chromosomów.

Półka z książkami w pokoju Ewy — który miał być ich małżeńską sypialnią, ale Adam przeniósł się do gabinetu — zaczęła wypełniać się nowymi lekturami. Początkowo, gdy jeszcze urządzali ten dom, Ewa kupowała tylko takie książki, jakie chciał Adam: miały pasować do wnętrza. To dekorator, za niemałe pieniądze, określił, co pasuje, a co nie.

— Proszę kupować książki w podobnych formatach, inaczej okładki będą brzydko wystawać. Nie powinny mieć jaskrawych okładek, bo zepsują kompozycję. Pasują kolory rozbielone, minimalizm kolorystyczny, pani wie...

Ewa nie wiedziała, ale w księgarniach posłusznie szukała dzieł uzupełniających kompozycję wnętrz. Tylko czasem zwracała uwagę na tytuł, niekiedy na autora. Zdarzało się, że do wnętrza pasowała książka, którą przeczytała z przyjemnością, ale częściej to, co naprawdę chciała czytać, chowała pod poduszkami obszernej kanapy (z rozbielonym błękitem obicia), bo okładka zakłócała harmonię.

Adam i Ewa budowali swoje życie według starannie ustalonych reguł. „Nasz mały, rodzinny biznesplan", śmiał się Adam. Najpierw musieli się upewnić, że zawodowo on idzie w górę, a potem, że stał się cenny dla headhunters, łowców głów w branży informatycznej, i że nie tylko będzie w zarządzie, ale ma szansę zostać wiceprezesem. A może prezesem, jeśli Amerykanie mu zaufają?

Gdy wartość Adama wzrosła, mogli nie tylko zmienić samochód, ale i zacząć budowę domu. Dom był „pod klucz", wykonany przez godną zaufania firmę, ale to oni decydowali o rozkładzie wnętrz. Duży hol, wspólna sypialnia, pokój dzienny, pokój dla niespodziewanych gości, jadalnio-kuchnia, gabinet Adama, salon, dwie łazienki — i pokój dla dziecka. Piwnica i strych. Parter, piętro i poddasze.

Pojawiła się mistrzyni *feng shui*, i to ona — także za spore pieniądze — przesądziła, że w prawym górnym rogu domu będzie sypialnia, co zagwarantuje długie i szczęśliwe pożycie, a w lewym gabinet Adama, co wywrze pozytywny wpływ na jego pracę zawodową i interesy.

— Bogactwo dla domu — mówiła, zwracając uwagę, by obrotowy fotel nie stał do drzwi tyłem, lecz bokiem.

Wesołe kolory pojawiły się jedynie w pokoju dziecinnym, co miało ulec zmianie, gdy dziecko podrośnie, po to aby i ono kształtowało sobie dobry gust. Ewie i Adamowi spodobała się ta, początkowo jedynie narzucona, estetyka minimalizmu: minimum koloru, minimum mebli, dużo jasnej, wolnej przestrzeni. Każdy, kto ich odwiedzał, był zachwycony, choć niektórzy czuli się nieswojo, biorąc do ręki kieliszek czerwonego wina czy filiżankę kawy. Było jasne, że jedna kropla strącona niechcący na beżowy dywan czy śmietankowe obicia krzeseł zepsuje cały efekt. Nawet Ewa wolała pić kawę w kuchni niż w salonie.

Oczywiście, że zbyt kolorowe grzbiety książek zniszczyłyby wypracowaną starannie urodę wnętrza. Trzeba też było pozbyć się różnych pamiątkowych przedmiotów, nawet jeśli je lubili. Siedem zielonych malachitowych słoni „na szczęście", prezent z czasów narzeczeńskich, powędrowało na strych, gdzie wyniosła się także „kolekcja kiczu", jak ją nazywała Ewa. Były tu zabawne porcelanowe bibeloty odziedziczone po babci (tancerka z wachlarzem, para angielskich chartów, miniaturowe naczyńka, białe i łaciate koty), bogaty zestaw jarmarcznych drewnianych ptaków, kolorowe kulki, zegar z kukułką, gitara Adama z czasów studenckich, dwa podkoszulki z twarzą Toma Waitsa, zestaw kompaktów z muzyką, którą dawniej lubili (patos zakonserwowany w „The Wall" Pink Floydów, schrypnięty, zatrzymany na kasecie głos tragicznie zmarłej Janis Joplin, King Crimson z najlepszego okresu). Były tu także cztery potężne pudła pamiątek z okresu młodzieńczego, z czasów studenckich, z czasów narzeczeństwa — i ze starego mieszkania. Wszystko to znalazło teraz miejsce na strychu, gdzie minimalizm i *feng shui* nie obowiązywały.

Pewnego dnia Adam starannie podliczył w komputerze ich, jak to nazwał, „pasywa i aktywa" i powiedział:

— Możemy sobie pozwolić na dziecko.

Adam miał 37 lat, Ewa 35.

I urodziła się Myszka.

Ewa nie zapamiętała, kiedy Adam z ich wspólnej sypialni przeniósł się do gabinetu, a w ślad za nim powędrowały jego poduszka, puchowa kołdra, jasiek i koc, w gabinecie zaś przybył wkrótce nowy mebel: wąski tapczan nie dopasowany do wnętrza. Przenosiny Adama nie nastąpiły nagle; odbywały się codziennie, po trochu, przez wiele miesięcy, począwszy od dnia przybycia Ewy z Myszką do domu.

Najpierw oddalali się od siebie w porze posiłków. Gdy Ewa wstawała, by przygotować mężowi ulubione tosty i mocną kawę zabieloną mlekiem, Adama już nie było. Zaczął wcześniej wychodzić do pracy. A pewnego razu, gdy spała tak czujnym snem, że potrafiła uchwycić moment jego wstania i mimo wszystko podać mu śniadanie — Adam powiedział:

— Niepotrzebnie cię budzę. Coś trzeba z tym zrobić...

Za kilka dni pod ich dom przyjechał wóz meblowy z wiśniowym tapczanem, stanowiącym rażący dysonans w stosunku do chłodnej szarości gabinetu, która miała być kojarzona wyłącznie ze „zgaszonym błękitem ułatwiającym koncentrację". W ślad za tapczanem do gabinetu powędrowały jasiek i koc, wraz z cząstką Adama — tylko na kilka nocy, kochanie — a potem poduszka, kołdra i cały Adam.

Ale zanim Adam przeprowadził się z małżeńskiej sypialni do drugiej części domu, oddzielonej dużym holem, zanim zaczął jadać śniadania i kolacje w porach odmiennych niż dotąd (a obiady już tylko „na mieście") — Ewa zauważyła, że mąż nigdy nie zagląda do pokoju dziecinnego. Ani wówczas, gdy Myszka płakała, ba, darła się na cały dom i trudno było tego nie słyszeć, ani wówczas, gdy była niepokojąco cicha.

Myszka płakała często, dręczyła Ewę w nocy i w dzień rozpaczliwie gwałtownym i głośnym lub monotonnie męczącym popłakiwaniem, więc Ewa nie zdziwiła się, gdy pewnego dnia pojawił się jakiś człowiek i obił drzwi gabinetu dźwiękoszczelnym korkiem od wewnątrz, a brzydką imitacją skóry z zewnątrz. Skóropodobne obicie miało barwę brudnego brązu, kłócącego się z eleganckim, rozbielonym różem holu.

Gdy Ewa przez kolejną noc musiała biegać pomiędzy sypialnią a pokojem dziecinnym (Myszka właśnie zachorowała na zapalenie ucha), nazajutrz rano, nie wzywając nikogo do pomocy, przepchała dziecinne łóżeczko do małżeńskiej sypialni. Nieskazitelny parkiet holu został zarysowany nogami łóżeczka, ale żadne z nich, ani Ewa, ani Adam, nie zwróciło na to uwagi.

Od tej pory Myszka pozostała już w niegdysiejszej małżeńskiej sypialni. Właśnie zaczynała raczkować. Dzieci raczkują, gdy mają niecałe pół roku, czasem nieco później. Myszce zajęło to trzy lata. O wiele więcej czasu pochłonęło jej rozpoznanie pór dnia, pogodzenie się z tym, że noc jest do spania, a dzień do poznawania świata. Myszka potrafiła nie spać całą noc, wytrwale łażąc na czworakach, a zasypiała o świcie. W dodatku żądała od Ewy stałej uwagi.

Podobno było to typowe, jak przeczytała Ewa w jednej z licznych lektur o DS — „Down Syndrome" (Ewa wolała ten niezrozumiały dla innych skrót od pełnej nazwy choroby). Brak poczucia bezpieczeństwa, instynktowne wyczuwanie własnej inności owocowały wzmożoną potrzebą bliskiego, jak najbliższego kontaktu z rodzicami.

Ojciec coraz częściej przebiegał jedynie przez dom — z gabinetu przez hol do kuchni, z kuchni z powrotem do gabinetu, a stamtąd do wyjścia. Znikał na długie godziny, więc Ewa musiała być w dwójnasób obecna, gotowa do natychmiastowego odzewu na chrypliwe, nieartykułowane okrzyki Myszki. Zmaltretowana, kładła się koło córeczki na wielkim, wspaniałym małżeńskim łóżku, gdzie we dwie zajmowały niewiele miejsca — i zasypiała około siódmej rano, aby obudzić się w porze obiadu.

Na początku Adam zaglądał czasem do sypialni, ale drzwi na ogół były zamknięte. Musiały być, skoro Myszka nocami uparcie wędrowała, opierając się na kolanach i łokciach, szorując nimi po podłodze jak czworonożny, niezgrabny stwór; wspinając się na krzesła i przewracając je na siebie, by potem krzyczeć ze strachu i bólu. Adam o tym nie wiedział; zrozumiał, że Ewa zamyka się przed nim — więc pewnego dnia to ona zastała drzwi gabinetu zamknięte na klucz.

Zanim Adam je zamknął, ostatecznie i nieodwołalnie, Ewa zdążyła zauważyć, że złamał kolejną zasadę *feng shui*: jego fotel stał tyłem do drzwi. I ta pozycja fotela w domu, w którym wcześniej przemyślano ustawienie każdego mebla, pokazała Ewie, jak daleko odeszli od życiowego „biznesplanu". Nie zdziwiła jej ciemna plama na jasnym obiciu fotela przed telewizorem. Nazajutrz pojawiła się kolejna, a potem przybywały wciąż nowe, prawie codziennie, jakby mieszkańcom zależało na tym, by jak najszybciej zapomnieć o dniach, gdy ten dom był czysty, estetyczny, nieskazitelnie jasny i oczekiwał na przybycie dziecka.

Gdy Ewa, zmordowana nocnymi porami czuwania i nieregularnymi porami snu, budziła się nieprzytomna, z opuchniętymi oczami, by znów stwierdzić, że to pełnia dnia — jej wzrok zawsze najpierw wędrował ku Myszce. Myszka urosła już na tyle, że nie sypiała w dziecinnym łóżeczku, zwłaszcza że w wielkim małżeńskim łożu miejsca dla nich obu było aż zanadto. Zaspany wzrok Ewy przywierał do ciemnej głowy córeczki, pokrytej naturalnie skręconymi lokami, do zamkniętych, podłużnych powiek, które opuszczone, wyglądały niemal normalnie, do ładnie wykrojonych, przymkniętych we śnie ust, z których nie sączyła się ślina — i jej mózg ponownie atakowała natrętna myśl: „...to nie jest moje dziecko. Ktoś mi je zamienił. Ona miała być taka jak teraz, gdy śpi".

Ta myśl, z pogranicza jawy i snu, dowodziła, że w marzeniach sennych znowu wędrowała po świecie, w którym ich dziecko było takie jak wszystkie: jak dzieci sąsiadów, kolegów z pracy, przyjaciół. Wprawdzie zanim się urodziło, miało być dzieckiem niezwykłym, lecz teraz właśnie zwykłość wydawała się być darem losu. Myszka, jak mówiła Anna, była Darem Pana, a nie losu, ale Ewa nie umiała tego dostrzec.

...a wtedy Myszka otwierała oczy, wąskie szparki, z kącikami uniesionymi w górę, jej górna powieka tworzyła charakterystyczną mongolską fałdę, a dolna była zawsze podpuchnięta, przez co oczy nabierały dziwnego wyrazu, potem dziewczynka spoglądała na nią — i uśmiechała się. Był to rzeczywiście, jak nazwała to Anna, uśmiech ufnego niedźwiadka i Ewa, zapominając o myśli, że ktoś zamienił jej dziecko w szpitalu, odwzajemniała go, ściskając Myszkę tak mocno, że dziewczynka sapała donośnie, by złapać oddech, i wtulona w nią, obśliniała jej szyję.

„Dzieci z zespołem Downa mają kłopoty z krążeniem i oddychaniem, ich nos jest na ogół niedrożny, więc prawie zawsze z niego cieknie, a oddech często przypomina sapanie. Język dzieci z DS jest o wiele większy i szerszy, nie mieści się w jamie ustnej, a ponieważ jest źle umięśniony, więc najczęściej spoczywa na dolnej wardze symptomatycznie półotwartych ust, powodując obfite ślinienie się..." — głosiły uczone, lecz wyjątkowo trafne sformułowania z medycznych książek.

— Kocham cię — mówiła Ewa, ściskając dziewczynkę, z histeryczną gotowością do miłości. Myszka, mrucząc coś w sobie tylko znanym języku, oddawała jej uścisk.

Od czasu powrotu ze szpitala, gdy Ewa podarła wszystkie podsunięte jej i podpisane przez Adama papiery, potwierdzające zgodę na pozostawienie córki w szpitalu i skierowanie do zakładu dla ciężko upośledzonych dzieci — tylko raz, jeden jedyny, doszło między nimi do burzliwej rozmowy. Było to w kilkanaście dni po jej powrocie z luksusowej kliniki. Adam przyszedł z pracy, wyjął z teczki opasłą książkę, rzucił na stół i powiedział:

— Down to choroba genetyczna.

— Genetyczna — powtórzyła niepewnie Ewa, sięgając po tę lekturę, która później miała wypełnić jej noce i dni.

— Genetyczna — powtórzył również Adam, patrząc na nią czujnie, jakby czekając, że dotrze do niej coś, co powinna zrozumieć bez słów. Ale ona nie rozumiała. Adam zaatakował:

— Musisz sprawdzić, kto w twojej rodzinie był... — tu urwał, chcąc znaleźć łagodniejsze słowo, ale stało się: wypowiedział to słowo szybko, gwałtownie, bez zahamowań. Po raz pierwszy padło ono w ich pięknym domu, tak starannie przygotowanym na przybycie dziecka. Nie tego dziecka.

— ...kto w twojej rodzinie był debilem.

— W mojej rodzinie...? — Ewa otrząsnęła się i spojrzała oszołomiona. — Dlaczego w mojej?!

— Bo moja zawsze była zdrowa — odparł Adam, wciąż spokojnie, lecz czuło się, że pod warstwą spokoju już drzemał przyczajony krzyk.

— Moja też — powiedziała Ewa nienaturalnie cicho.

— Kłamiesz! — krzyknął. — A babcia?!

Ewa zmartwiała.

— Babcia... babcia chorowała tylko na alzheimera — odparła, uświadamiając sobie, że słowem „tylko" kwituje wieloletnią, straszliwą udrękę. Lecz tę udrękę poprzedziło bogate i szczęśliwe życie babci, od kołyski po wczesną starość. A Myszka... Myszka już od pierwszego

34

dnia, ba, od pierwszej godziny, minuty, sekundy swego istnienia była... debilem?!

— Ona nie jest debilem! — zawołała bez związku, uderzając pięścią w stół, lecz Adam milczał wymownie. Tak, Myszka była niedorozwinięta. Ewa unikała tego słowa. Bała się go. Wierzyła, że jeśli ono nie padnie, to coś odmieni jej córkę: jakiś czar, przypadek, cud.

— Alzheimer to coś innego.To nie jest niedorozwój. To choroba starczego wieku. A Myszka ma downa — powiedziała, siląc się na spokój.

— Tak, twoja córka ma downa, down zaś to choroba genetyczna. Dziedziczna — powtórzył z naciskiem Adam, odwrócił się i wyszedł.

To właśnie od tej książki przyniesionej przez Adama półka w sypialni zaczęła zmieniać wygląd. Przybywały kolejne fachowe dzieła o chorobie Downa i popularne poradniki; ich okładki były ciemne, nieefektowne, a formaty nie dopasowane do innych. Jedne wystawały z równego rzędu, inne niknęły obok grubszych tomów, Ewa zaś powoli uczyła się ich prawie na pamięć.

Niedorozwój kojarzy się każdemu z brakiem. Ku swemu zdumieniu Ewa przeczytała, że DS powstaje za sprawą nadmiaru. Myszka urodziła się bogatsza o jeden chromosom. Nie każde bogactwo daje szczęście, pomyślała gniewnie.

Dziecko ma 23 pary chromosomów, a w każdej parze jeden pochodzi od matki, drugi zaś od ojca. Dwudziesta trzecia para jest inna: jeśli rodzi się chłopiec, parę stanowią chromosomy X i Y, gdy na świat przychodzi dziewczynka — posiada ona dwa chromosomy X. Dzieci z DS mają poza jedną, dwudziestą pierwszą, parą chromosomów wszystkie pozostałe pary prawidłowe. Parze dwudziestej pierwszej towarzyszy dodatkowy trzeci chromosom. Stąd inna nazwa DS — trisomia 21...

— Bingo! Wygrałaś! Masz oczko, Ewa! — powiedziała głośno sama do siebie w dniu, w którym o tym przeczytała, i stuknęła kieliszkiem czerwonego wina w swoje odbicie w lustrze. — Oczko! Wiesz, ilu hazardzistów chciałoby je mieć?!

Lektura medycznych książek i poradników pomagała zrozumieć DS, ale nie była w stanie go wyleczyć. TO nie było do wyleczenia. Świadomość nieuleczalności choroby Myszki była najgorsza.

— Tylko cud... — powiedziała sobie Ewa pewnego dnia, odkładając kolejną medyczną książkę. — Cud — powtórzyła. — Ale cudów nie ma — dodała głośno.

I nagle przed jej przymkniętymi oczami zjawiła się oprawiona w ciemną skórę gruba Księga, którą razem z rzeczami po babci wyniosła na strych.

„Cud?", zamyśliła się, początkowo niepewna, a potem z rosnącą nadzieją. Cuda zdarzały się jedynie w tej Księdze, którą poznała jako mała dziewczynka i porzuciła, będąc na studiach. Teraz uczepiła się gorączkowo własnej pamięci o niezwykłych wydarzeniach, które Księga opisywała.

— Tylko cud... — powtarzała, biegnąc po schodach na pierwsze piętro, a potem na strych.

— Cud... — mówiła, czyniąc z tego słowa swoją mantrę.

— Cud... — powtarzała, zapalając zmętniałą żarówkę i przekopując się przez stertę wyrzuconych rzeczy. Leżały tu teraz nieruchome, samotne, przykryte grubą warstwą kurzu.

— Dlaczego to wszystko wyrzuciłam? — zadała sobie pytanie i nie odpowiadając na nie, szukała nadal.

Książki, te po babci, mamie i wreszcie jej własne, leżały w kilku pudłach. Na szczęście Myszka akurat spała i Ewa mogła przerzucać je, szukając tej jednej jedynej — a przy okazji odkładała na bok także inne, ze wzruszeniem przywołując wspomnienia z nimi związane.

— Trzeba je na nowo przeczytać — powiedziała do siebie, pełna wiary, że to zrobi. Uświadomiła sobie, że od paru lat czyta tylko dzieła medyczne i harlequiny, gdyż jej zmęczony mózg najlepiej trawi schematy prostych miłosnych opowieści z happy endem lub jaskrawą pulpę kolorowych magazynów. Ułożyła wysoki stos książek, zniosła go na dół i upchnęła na tej eleganckiej półce, do której wszystko dobierało się niegdyś według kształtu tomów i koloru okładek.

A potem znalazła Księgę. Bardzo stare wydanie. Nowszych nie było w domu. Nikt ich nie potrzebował. To była stara, zniszczona babcina Biblia, pamiętająca zapewne czasy nieznanej prababci czy pradziadka.

— Tylko cud... — powtarzała swoje zaklęcie, tasz- cząc ze strychu naręcze koralików, trzy drewniane ptaszki, siedem słoni i Księgę. Bo właśnie tak zapamię- tała to słowo z dzieciństwa: wszystko, co zadrukowane, w okładkach, było książką, oprócz tej jednej jedynej. Ta była Księgą. Tak mówiła babcia.

„Pierwsze księgi Mojżeszowe. Genesis" — przeczy- tała, prawie sylabizując, jakby uczyła się na nowo czytać. I tak w istocie było.

Myszka raczkowała u jej stóp, a ona głośno czytała:

„Rozdział I. Świat i wszystko co w nim jest przez sześć dni Pan Bóg stworzył. Na początku stworzył Bóg niebo i ziemię. A ziemia była niekształtna i próżna, i ciemność była nad przepaścią, a Duch Boży unaszał się nad wodami. I rzekł Bóg: Niech będzie światłość; i stała się światłość. I widział Bóg światłość, że była dobra..."

Myszka, słysząc jej głos, uchwyciła inny niż znany dotąd rytm, całkiem inną melodię zdań i spojrzała na nią z ukosa, przekręcając głowę i zamykając usta.

W przeciwieństwie do innych dzieci, Myszka zawsze miała rozchylone wargi, zaciskała je w chwilach emocji. Początkowo Ewa wierzyła, że może mieć na to wpływ; że nauczy córeczkę trzymać zamknięte usta, aby nie sączyła się z nich ślina. Że przekona ją do chowania języka. Że zapanuje nad ciągłym kapaniem z nosa, jeśli dziewczynka będzie mieć pod ręką chusteczki higieniczne. Potem dała spokój. Widocznie Myszka z jakichś powodów musiała mieć otwarte usta. Może brakowało jej tchu? Może jej system oddechowy pracował właśnie tak, ze wspomaganiem przepływu powietrza przez usta?

— Przecież na tym polega zespół Downa, idiotko — powiedziała sobie.

A gdy Myszka zaczęła drzeć na strzępy chusteczki higieniczne, Ewa zrozumiała, że którąkolwiek z książek o DS będzie studiowała — wszystko idealnie będzie pasowało do jej córki: darcie chusteczek, załatwianie się pod siebie, choć już mijały trzy lata, niszczenie zabawek, niekontrolowana agresja połączona z szokującą ufnością i potrzebą miłości. Lecz przede wszystkim te zawsze otwarte usta, z wysuniętym, wspartym o dolną wargę grubym językiem. Powód, dla którego usiłowała ukrywać Myszkę przed Adamem, o co nie było trudno, z racji jego coraz częstszej nieobecności. Pamiętała, że wtedy w szpitalu, gdy podarła papiery, które miała podpisać, Adam krzyczał, że nie zniesie w swoim domu śliniącej się idiotki, że nigdy nie uzna czegoś takiego za swoje dziecko. A przecież wówczas żadne z nich nie wiedziało, że ślinienie się to jedna z typowych cech DS. W ogóle wszystkie opisywane w medycznych książkach objawy DS Myszka prezentowała w nieskończonym wręcz bogactwie wariantów.

Ale teraz dziewczynka słuchała głosu matki i jej wargi były zaciśnięte, co dowodziło najwyższego stopnia skupienia. Jeśli w jej przypadku można mówić o jakim-kolwiek skupieniu. Z Myszką nigdy nic nie było pewne. Ewa wciąż nie mogła pojąć, jakimi drogami i w jakim rytmie chodzą myśli Myszki. Czasem wydawało się, że płyną leniwie, tak wolno, że niemal stoją w miejscu. A były chwile, gdy w skośnych, mongolskich oczach Ewa dostrzegała światło rozumu i wyraz głębokich uczuć — jakby ktoś od grania na fortepianie jednym palcem przeszedł nagle do dziesięciopalcowych etiud.

— Maa — mówiła czteroletnia Myszka, wpatrując się w skupieniu w ścianę (trzymała się jej, bo dopiero teraz zaczynała samodzielnie chodzić, ale tych kilka kroków umiała postąpić tylko wtedy, gdy jej rączka wspierała się o podpórkę). Godzinę temu Ewa, stojąc przed nią w jasnym słonecznym świetle, wskazywała na siebie, powtarzając to dwusylabowe, ważne słowo. Mysz-ka milczała jak zaklęta. Wydawała z siebie mruczące dźwięki, w których trudno było dosłuchać się sensu.

„Może jest jej obojętne, czy ja to ściana, czy ja to ja?", myślała niekiedy z rosnącym poczuciem beznadziei.

— Maaa... — wypowiadała nagle Myszka, a Ewa przytulała ją do siebie w gwałtownym paroksyzmie radości.

— Mama, tak... — mówiła z zachwytem, uznając Myszkowe „maa", wypowiedziane w wieku trzech lat, za osiągnięcie równe płynnemu czytaniu przez czterolatka (niejeden raz zastanawiała się nad tym, czy przypadkiem mały geniusz nie jest równie wielkim kłopotem jak mały muminek).

A teraz codziennie czytała Myszce Biblię, przekonana, że dziewczynka jej słucha, zaciskając wargi. Ponieważ miała uczucie, że dziewczynce spodobały się tylko pierwsze strony, najbardziej wizyjne, mówiące o stwarzaniu świata, więc powtarzała je bez końca, zwłaszcza że sama poczuła w sobie ich zdumiewającą moc. Moc cudu.

„Wszystko, co On stworzył, było cudem i było dobre. To my, ludzie, zrobiliśmy z tym coś złego", rozmyślała, a jej wzrok wędrował ku Myszce. Ewa zastanawiała się, czy stwarzanie takich istot było Jego świadomym zamysłem, czy też ich narodziny są skutkiem fatalnych decyzji człowieka. Człowieka, który idealnie zaplanował całe swoje życie, lecz nie pomyślał o tym, że zbyt późno urodzone dzieci mogą być albo wybitnie inteligentne, albo wybitnie niedorozwinięte — uśmiechnęła się bez wesołości.

Ewa nadal nie lubiła słowa: „niedorozwinięty". Nawet angielski skrót „DS" brzmiał jej w uszach jak skrobanie paznokciem po szybie. Pewnego dnia w osiedlowym sklepie, gdy jakaś kobieta ukradkiem wpatrywała się w Myszkę, a w jej ciekawości było coś nachalnie agresywnego, Ewa najechała na kobietę wypełnionym zakupami wózkiem, stuknęła ją boleśnie w nogę i spytała ostro:

— Nie widziała pani dziecka pogryzionego przez pszczoły?!

Potem było jej wstyd. Nie własnej agresji. Było jej wstyd, że wstydzi się Myszki, jej nieforemnych kształtów, nabrzmiałej i obślinionej buzi.

A były dni, że bardzo się wstydziła; gdy Myszka była przeziębiona (chorowała często, jak wszystkie dzieci

40

z DS), cieszyła się, że zostaną w domu, unikną ciekawskich lub współczujących spojrzeń na ulicy, w sklepie,
w parku. To były dni, gdy doskonale rozumiała Adama
i gdy zazdrościła mu łatwości, z jaką się od nich oddalił.

...więc Ewa codziennie czytała Myszce Biblię, mimo
że dziewczynka miała dopiero cztery latka i trudno było
przypuszczać, by coś z niej rozumiała. Ale to nie miało
znaczenia. Głośne czytanie Biblii stało się dla Ewy
czymś podobnym do recytowania mantry. Czytała słowo
po słowie, zdanie po zdaniu, wyraźnie, melodyjnie,
starannie akcentując wyrazy. Im dłużej czytała, tym
bardziej te długie, niezwykłe sekwencje równie niezwykłych zdań przypominały muzykę. Umykało znaczenie słów, pozostawała dziwna, hipnotyzująca melodia.
Przewracała kartkę, kończyła na szóstym dniu stworzenia, przemykała się przez dzień siódmy, żałując, że nie
ma ósmego (co On by wtedy stworzył...?) — i wracała do
początku.

Gdy wracała, wszędzie znowu panował mrok, ziemia
była niekształtna i pusta, wokół królowała ciemność, ale
za chwilę ktoś znowu mówił: „Niech się stanie światłość" — i światłość stawała się równie szybko jak
wówczas, gdy wchodziła do ciemnego pokoju i zapala-
ła lampę.

Wkrótce pierwsze karty Księgi umiała na pamięć.
Odwracała je już tylko dla zasady, a potem, patrząc na
Myszkę, śpiewnie recytowała słowa Genesis.

Początkowo Myszka wydawała się oczekiwać na tę
chwilę. Lecz wkrótce widać było, że oswoiła się z czyta-
niem; gdy Ewa otwierała Księgę i nie patrząc na druk,
melodyjnie wchodziła w pierwszą frazę — dziewczynka
opadała na kolana i łokcie, wyruszając w swoje podróże
po domu. Nie słuchała, nie mogła słuchać, nie w tym

wieku, nie przy tak ospale pracującym umyśle, a jednak gdy Ewa opóźniała moment rozpoczęcia czytania, dziewczynka zatrzymywała się koło stolika, na którym leżała Księga, jakby czekając, kiedy matka weźmie ją do rąk.

Myszka raczkowała do ukończenia czwartego roku życia. Właśnie wtedy, gdy na stole stanął malutki urodzinowy torcik z czterema małymi świeczkami, dziewczynka zaczęła stawiać pierwsze samodzielne kroki, nie potrzebując już tak kurczowo chwytać się mebli czy opierać o ścianę. Wcześniej zaciskała dłoń na zabawce, na kubku z mlekiem, na ręce Ewy, którą to wzruszało, choć chwilę później przychodziła fala irytacji, gdyż Myszka nie zwalniała uścisku, trzymała mocno, niemal rozpaczliwie, Ewa zaś wiedziała — wyczytała z naukowych książek — że dzieci z DS nie mają problemu z chwytaniem, lecz długo i cierpliwie należy uczyć je rozluźniania uchwytu i wypuszczania przedmiotu.

...więc zanim Myszka stanęła na nogi, Ewa wciąż czytała jej te same dwie pierwsze stronice Księgi. Dziewczynka sapała, pociągała głośno nosem, wydawała różne mruczące, nieartykułowane dźwięki, w których Ewa dopatrywała się oznak zainteresowania lekturą.

Pierwszym słowem, jakie Myszka wypowiedziała — oczywiście o wiele później niż inne dzieci (miała około czterech lat) — nie było „mama", „tata", „baba". Myszka powiedziała „buuu". Ewa ani przez chwilę nie wątpiła, że naprawdę dziewczynka chciała powiedzieć „Bóg". Było to możliwe, gdyż słowo to na stronach Księgi odmieniało się przez wszystkie przypadki, a Myszka słyszała je wiele razy na dobę. Doba wciąż przybierała u niej własny rytm, w którym światłość mogła być w nocy, noc zaś w dzień, co początkowo Ewę fizycznie wykańczało, lecz później przywykła.

— Buuuu — powtarzała Myszka, dotykając ścian, mebli, matki i zabawek, którymi nie umiała się bawić. Umiała je tylko niszczyć.

— Tak, Bóg — przytakiwała Ewa.

Mijały kolejne dni, tygodnie, miesiące i lata. Cud nie następował, ale Ewa już przestała się go spodziewać. Za to kształtował się wygląd Myszki tak typowy dla DS: krótki nosek, okrągła twarz, w której uderzały skośne, podpuchnięte oczy pod nawisem grubym powiek, otwarte usta, język wsparty o dolną wargę, nieforemny, spłaszczony tył głowy. Myszka miała też charakterystycznie szeroki i krótki kark, słabo umięśnione nogi i ręce oraz uderzająco krótkie i grube palce u rąk. Cała była gruba, nieforemna, jakby Stwórca pomylił proporcje. Echokardiografia, w zgodzie z większością opisów medycznych, wykazała wadę serca. Laryngolog potwierdził niedrożność nosa, internista przyznał, że Myszka ma kiepski system oddechowy, a wszyscy razem ostrzegli Ewę, że bardzo duży procent osób z zespołem Downa zapada wcześnie na alzheimera, zwłaszcza przy tak dużym stopniu upośledzenia.

— Na alzheimera... — powtórzyła Ewa i nagle uświadomiła sobie, że Adam miał rację. Skoro między zespołem Downa a chorobą Alzheimera występuje jakiś związek, zatem to ona obdarzyła córkę nadprogramowym chromosomem.

— Oczko! — powtórzyła znowu z histerycznym śmiechem. — Tak, to moja osobista wygrana. Adam wiedział, o co mnie oskarża...

Słowa kobiety ze szpitala, Anny — to zdumiewające, niepojęte określenie: Dar Pana — rozbrzmiewały jej czasem w uszach, zwłaszcza wtedy, gdy zabierała Myszkę na zakupy, a dziewczynka miała właśnie biegunkę (przewód pokarmowy dzieci z DS był również słaby) i w najmniej pożądanym momencie, gdy znajdowały się wśród kolorowych towarów, na rajtuzach Myszki rozlewała się burobrązowa, cuchnąca plama. Wszyscy powoli odsuwali się i prawie nie było przypadku, by ktoś nie powiedział głośno:

— Czy musi pani z takim dzieckiem wchodzić do spożywczego?

Te słowa — Dar Pana — przychodziły jej także na myśl, gdy ukośne spojrzenie Myszki wędrowało ku niej ze świadomym zamysłem, na ustach pojawiał się ufny i czuły uśmiech, a chropawy i gruby głos powtarzał: „Maaa...oć...oć..."

A przecież była jeszcze ta nie rozpoznana, niepokojąca ciemna plamka na mózgu. Ewa nie wiedziała, czy właśnie ta plamka jest przyczyną znaczniejszego niż u innych dzieci z DS opóźnienia w rozwoju, czy też jest sprawczynią rzadkich momentów, w których wydaje się, że córka rozumie więcej, niż potrafi okazać.

„Gdyby przyszła na świat wówczas, kiedy byłam na ostatnim roku studiów... Wtedy gdy Adam dopiero rozkręcał firmę i przytrafiła się nam tamta wpadka... Tak to nazwaliśmy: «wpadką». I usunęliśmy tę «wpadkę», wierząc, że jeszcze nie mamy warunków na dziecko... Gdybyśmy jej wtedy nie usunęli, może byłby w niej tylko ten ufny uśmiech i całkiem normalna reszta", myślała czasem Ewa, lecz zaraz świadomie wyrzucała tę myśl z pamięci. Gdybanie nie miało sensu. A zresztą niemowlę urodzone dziesięć lat temu nie byłoby ulepszoną Myszką, lecz całkowicie innym dzieckiem. „Może właśnie tym wymarzonym przez Adama synem?", myślała z gorzką ironią.

Pewnego dnia, gdy kartkowała Księgę, przeczytała o matuzalemowym wieku biblijnych praojców i zaczęła się śmiać: Adam spłodził syna, gdy miał 130 lat, 105-letni Set spłodził Enosa, Noe miał lat 500, gdy został ojcem Sema, Chama i Jafeta...

— ...a wszyscy urodzili małe mongoły, i to po nich, po praprzodkach wszystkich ludzi, Myszka odziedziczyła dodatkowy chromosom! — krzyknęła na cały dom, a dziewczynka spojrzała na nią poważnym i, jak jej się zdawało, rozumiejącym wzrokiem.

Ewa nie pamiętała dnia, w którym odłożyła Księgę wysoko na półkę — aby nie wpadła w niszczące rączki Myszki — i więcej nie zamierzała po nią sięgać. Za to zdjęła z półki, podniszczony jeszcze w dzieciństwie, wygrzebany na strychu opasły egzemplarz baśni, w tym baśni braci Grimm i Andersena. Najpierw przeglądała go, przypominając sobie przeżycia związane z ulubioną lekturą z dzieciństwa, a potem starannie zaczęła wybierać baśń, którą zamierzała czytać Myszce.

Czerwony Kapturek...? Biegał, skakał i śpiewał, nim dotarł do babci. Myszka tego nie umiała, będzie jej przykro. Królewna Śnieżka... Czy krasnoludki nie są zbyt pokraczne? Może dziewczynka się wystraszy? Śpiąca Królewna... Pewnie jej nie zaciekawi, skoro śpi aż sto lat. Dziewczynka z zapałkami... Na końcu opowieści umiera. Kopciuszek...? Sierotka zostawiona przez ojca, do której przyjdzie dobra wróżka i wszystko cudownie odmieni?

Myszka miała już pięć lat. Wciąż nie chodziła do integracyjnego przedszkola, ponieważ nadal zdarzało się jej nie zawołać w porę i na rajtkach rozlewała się nagle bura plama. Ewa potrafiła wtedy zakląć, brutalnie i głośno, tak że trwożliwie dygotały ściany w tym eleganckim niegdyś domu. (Z zewnątrz wciąż był reprezentacyjny, „prawie rezydencja", myślała z ironią; wewnątrz wszędzie widać było ślady niszczącej działalności Myszki i poddania się Ewy; na jasnych obiciach mebli przybywały nowe plamy z kakao, nutelli lub „nagłych przypadków" dziewczynki, Ewa zaś nie czyściła ich zbyt skrupulatnie, wiedząc, że i tak pojawią się nowe. Gdyby przewidziała narodziny takiego dziecka, obiłaby meble ciemnymi pokrowcami, zrobiłaby podłogi z łatwo myjących się kafelków, a ściany pomalowała na brązowo). Wciąż odwlekała decyzję o wysłaniu Myszki do przedszkola. To nie było typowe dziecko z DS — to było inne dziecko. Nie miała odwagi powiedzieć wprost, że gorsze.

Przerażeniem napełniała Ewę myśl o szkole. Dzieci z DS chodziły do szkół specjalnych, mimo że powstawały już pierwsze szkoły integracyjne. Ewa bała się i jednej — raz na zawsze bowiem sytuowała ona Myszkę w kręgu dzieci skrajnie niedorozwiniętych — i drugiej, która, jej zdaniem, miała zmusić normalne dzieci do tolerowania „innych". Sprawnych inaczej, jak powtarzała sobie z ironią.

— A może te normalne wcale tego nie chcą? — myślała. — Ja bym na ich miejscu nie chciała...

Spoglądała na córkę i powtarzała z gniewną szczerością: Nie, nie chciałabym mieć w szkole takiej koleżanki... W ten sposób obie — Ewa i Myszka — skręciły do Zaułku Dla Niechcianych, z którego trudno było wyjść.

Wertując równie grubą jak Biblia księgę z baśniami (już odkryła, że księgi jednak są dwie; wszystkie pozostałe to „zwykłe książki") — zdecydowała się na *Kopciuszka*. Opowieść o upośledzonej przez życie, pozbawionej matki i ojca dziewczynce wydawała się pasować do nich. Ona także wyobrażała sobie niekiedy, że jest złą macochą: wtedy gdy nie wytrzymywała nerwowo i potrząsała brutalnie Myszką, chcąc wydobyć z niej artykułowane zdanie lub choćby dwa słowa; albo gdy Myszka, choć mozolnie uczyła się „porządku", znów zawołała za późno i nie zdążyły dobiec do łazienki. Zdarzało się jej także trzepnąć dziewczynkę, gdy bezmyślnie — lub w przypływie agresji — niszczyła książki, zabawki, tłukła filiżanki i kubki („...dzieci z DS bywają bardziej agresywne niż normalne"...).

„Tak, jestem macochą", myślała wtedy, patrząc na wybuchy spontanicznego gniewu lub namiętnej rozpaczy córki.

Myszka, którą długo i cierpliwie uczyła, jak wypuszczać z ręki kubek z mlekiem i stawiać na stole, wydawała się jej podobna do Kopciuszka siedzącego w ciemnej kuchni i mozolnie oddzielającego groch od maku.

— ...ale do nas nigdy nie przyjdzie dobra wróżka — powiedziała głośno i otworzyła księgę z baśniami.

I wtedy zaczęły się lata z Kopciuszkiem. Dokładnie — dwa. Dwa pełne lata, gdy codziennie czytała córce tę jedną, jedyną baśń, a jeśli czyniła jakiekolwiek odstępstwo, wprowadzała najmniejszą zmianę w treści, Myszka krzywiła się i wybuchała spazmatycznym płaczem. Kopciuszek musiał przeżywać wciąż i wciąż to samo, opowiadane tymi samymi słowami, ba, z równie długą przerwą na oddech, czy nawet poprzez tę samą mimikę czytającej. Każda, nawet drobna zmiana stawała się katastrofą. A katastrofa w wydaniu dziecka z DS była rozdzierającym, nie kończącym się krzykiem o pomoc.

Ewa zrozumiała, że poczucie bezpieczeństwa Myszki tkwi w niezmienności. Niezmienności słów Biblii, niezmienności losów i uczuć Kopciuszka, niezmienności rozkładu wnętrz tego domu, w powtarzającym się rytuale rozpoczynania i kończenia dnia, w cykliczności, z jaką nadchodzi noc i dzień. A nawet w stałości, z jaką unikał ich Adam. Ale przede wszystkim w nieodmienności faktu, że Kopciuszek pod koniec baśni przeobrażał się w lekką, zwinną, piękną dziewczynę, tańczącą na balu.

Myszka próbowała czasem zatańczyć tak, jak zapewne Kopciuszek tańczył na balu u księcia, ale Ewa nigdy by się tego nie domyśliła, patrząc na dziwaczne, ciężkie, pozbawione wdzięku podrygi córki.

— Co robisz? Skaczesz? — pytała wyrozumiale i odwracała szybko głowę, gdyż konwulsyjne ruchy dziewczynki wprawiały ją w stan irytacji i zażenowania, których nie chciała okazać.

Myszka miała sześć lat, chodziła już sama bez żadnych podpórek; umiała wyjść i zejść po schodach, ale tych rozpaczliwych i ciężkich podskoków, nieporadnych wymachów rąk i szurania niezgrabnych nóg po podłodze jej matka nigdy nie skojarzyła z tańcem.

A jednak Myszka tańczyła. Tańczyła jak Kopciuszek na balu. Jak motyl w letni dzień. Tańczyła pięknie, zwinnie i leciutko, jak panie w telewizorze lub zwiewna wróżka z reklamy płynu do zmiękczania tkanin, która fruwała ponad kolorowymi ręcznikami.

Ewa nie od razu zorientowała się, że Myszka nie zawsze lubi oglądać telewizję, że częściej się jej boi. Jak wszystkie matki miała zwyczaj sadzać córkę na podłodze przed szklanym ekranem, myśląc, że ruchliwość i wesołe barwy dobranocek lub MTV przykują jej uwagę, sama zaś będzie mogła zająć się kuchnią lub przejrzeć kolorowe magazyny. Ale feeria barw MTV i zmienność kadrów szybko nużyły Myszkę, do tego stopnia, że zamykała oczy, by od nich uciec. Ewa dostrzegła też, że Myszkę niepokoją telewizyjne dobranocki. Sprawiała wrażenie, jakby chciała wiedzieć, co dzieje się z ich bohaterami poza ekranem, dokąd poszli i o czym mówią, gdy już ich nie widać. Niekiedy dobranocki ją wręcz przerażały, i to wtedy, gdy miały być wesołe. Gdy pies Pluto przejeżdżał swoim pojazdem po małym kocie — który rozpłaszczał się jak dywanik — Myszka krzyczała. I nie pomagał widok zwierzaka, który za kilka sekund podnosił się z ziemi, otrzepywał i przeobrażał w Kota Któremu Nic Się Nie Stało. Zwierzak z kreskówki biegał wesoło, lecz Myszka nadal krzyczała i nie chciała przestać.

Ewa nie zwróciła też uwagi na to, że najbardziej niepokoją Myszkę telewizyjne „Wiadomości". Sama oglądała je z rutynową ciekawością, a wojny, katastrofy, wypadki i przestępstwa zaliczała raczej do tajemniczej kategorii newsów niż do autentycznych wydarzeń. Kolorowy ekran, na którym po relacji o katastrofie pociągu lub wybuchu kolejnej wojny w odległym, niewielkim kraju pojawiała się reklama margaryny, neutralizował jej emocje, odrealniał dramatyzm wydarzeń. Nie pomyślała, że w przypadku Myszki może być inaczej: że szklany ekran był dla niej światem, stwarzanym na jej oczach, podobnie jak świat w Księdze, i wszystko, co się w nim działo, dziewczynka traktowała z ogromną powagą. Wojna miała dla niej wymiar wojny, a katastrofa była prawdziwą katastrofą, a nie zręcznym montażem paru filmowych klatek oglądanych jako dodatek do kolacji.

Za to Ewa zauważyła, że Myszka z ogromnym zainteresowaniem ogląda reklamy. Niektóre z nich wzbudzały jej żywą reakcję, jak na przykład klip zachwalający telefony komórkowe. Przez szklany ekran przebiegał elegancki, przystojny mężczyzna z telefonem przy uchu i z czarną teczką, który niezwykle się śpieszył. Myszka krzyczała wówczas, śliniąc się bardziej niż zwykle:

— Ta! O!

To Ewa od razu pojęła: mężczyzna z reklamy kojarzył się Myszce z ojcem. I rozumiała, dlaczego: obaj uciekali, choć każdy w sobie wiadomym kierunku. Obaj śpieszyli się i żaden nie miał czasu dla Myszki.

Ale najbardziej Myszka lubiła wideoklipy i reklamy, w których ludzie sprawiali wrażenie, że tańczą — lub tańczyli naprawdę. Dziewczynka zastygała wtedy nieruchoma w swym skupieniu, z buzi sączyła się jej ślina, z nosa kapało częściej niż zwykle, i wpatrywała się w ekran aż do bólu mongolskich oczu. Taniec był dla Myszki w dostępnym jej świecie czymś najpiękniejszym, co mogła zobaczyć.

Myszka mówiła „ta, o!", mając na myśli uciekającego „tatę" z reklamy i prawdziwego tatę z ich domu, ale mówiła też „taaaa", co oznaczało taniec — tego Ewa nigdy nie rozszyfrowała. Rozmowy z Myszką bowiem pełne były szyfrów i choć Ewa większość z nich odgadła, owo „taaaa" pozostało sekretem, bardzo długo znanym wyłącznie dziewczynce.

Teraz, gdy miała już sześć lat, nie tylko umiała sama chodzić. Umiała sama się bawić. Zaczęła wymawiać więcej słów, a nawet całe zdania — lecz były one zrozumiałe tylko dla Ewy. Tajemnicze „buuuu" (Ewa przestała sądzić, że oznacza Boga, uznała je za dźwięk przypadkowy) zastąpiło oczywiste „baaa" — czyli bajka. Mogłoby to też oznaczać „babcia", ale babci nie było.

„Dlaczego nie ma babci?", zamyśliła się Ewa, mając na myśli babcię Adama, lecz szybko odrzuciła tę myśl. Ta myśl była ciężarem, a jeden ciężar w postaci Myszki w zupełności wystarczał.

— Baaa psuta? — pytała czasem Myszka przestraszonym głosem i Ewa wiedziała, o co chodzi: Myszka

sądziła, że bajka o Kopciuszku jest zepsuta, bo Ewa
znowu, bezwiednie, przekręciła słowo.

...nie, nie zawsze bezwiednie. Niekiedy robiła to
świadomie. Gdy była zmęczona, gdy miała wszystkiego
dość, a Myszka wciąż domagała się czytania o Kopciuszku — Ewa przyłapywała się na tym, że chce córce zrobić
na złość; w skrajnych wypadkach, gdy jej gniew na nie-
poradność dziewczynki wzrastał (kiedy indziej ta niepo-
radność wzruszała), Ewa potrząsała dzieckiem jak małym
psiakiem i krzyczała z irytacji lub bezsilności. Jednak
zawsze gdy się opamiętała, przychodziły chwile skruchy,
wstydu, płaczu nad własną słabością. Myszka też wówczas płakała — i płakały obie, każda z innego powodu.

— Maa, taaaa....! — mówiła Myszka, pragnąc, by
matka zatańczyła, porzucając wszystkie zmartwienia.
(Taniec był według Myszki wyrazem największej radości, lekarstwem na wszystko, co złe, zapowiedzią piękna,
które nieuchronnie musi nadejść i niewątpliwie nadejdzie; taniec był wyzwoleniem). Ewa zaś płakała jeszcze
bardziej, przekonana, że córka upomina się o obecność
ojca. A potem, zmęczone i zarazem uspokojone płaczem,
powracały do świata baśni.

Przeważająca część opowieści o Kopciuszku toczyła
się w kuchni, gdzie mała sierotka spędzała czas, gdyż
w pokojach królowała macocha z córkami. Kuchnia
z bajki była ciemna, ponura, bez okien, z wielkim
staroświeckim piecem i ogromnym stołem, z potężnymi
żelaznymi garami, z zawieszonymi u pułapu wiankami
czosnku i cebuli, z drewnianym zydelkiem dla Kopciuszka zamiast wygodnego krzesła. A przynajmniej
taką kuchnię widać było na obrazku w starej księdze
z baśniami. Myszka wpatrywała się w ten obrazek
i potrafiła — na wypowiedziane przez Ewę słowo —

wskazać właściwy przedmiot. Stół, krzesło, cebula, garnek, lampa. Ogromną trudność sprawiało jej jednak zrozumienie, że kuchnia w ich domu — sterylna, z kafelkami, z białymi meblami i różnymi zautomatyzowanymi urządzeniami — jest również kuchnią.

— Neee, ne kuuunia — kręciła głową, ale Ewa uparcie wskazywała na obrazek i prowadziła ją do ich kuchni, żeby Myszka pojęła, iż mogą być dwie rzeczy o tej samej nazwie, nawet jeśli wyglądają różnie. Dla Ewy była to tylko część żmudnej edukacji córki — dla Myszki jedna z niepojętych zagadek świata, dramatyczna w skutkach pomyłka dorosłych.

Myszka wreszcie pojęła. I choć różnica była ogromna, dziewczynka uwierzyła, że ich domowa kuchnia jest zarazem baśniową kuchnią Kopciuszka. Teraz, kilka razy na dzień, dziewczynka wchodziła do jasnej kuchni — nie przypominającej ani trochę tej z ilustracji — i czekała. Siadała na niskim, wyścielanym miękko stołeczku, niczym zydelek z bajki, przeznaczonym specjalnie dla niej, i nieruchomiała na długie chwile w swej ociężałości. Minęło wiele dni, nim jej zachowanie, nieruchome siedzenie na stołeczku, powtarzalność tego rytuału i większe niż zwykle skupienie zaintrygowały Ewę.

— Co robisz? — spytała pewnego dnia.

— Ceeeek... — odparła ufnie Myszka.

— Na co czekasz? — zdziwiła się Ewa.

— Wuuuuka.....

Ewa zagryzła wargi. Wróżka z baśni o Kopciuszku była również jej obsesją. Czasem, gdy zasypiała, wyobrażała sobie, na granicy jawy i snu, że to zła wróżka zamieniła jej dziecko. Już w szpitalu miała dziecinną nadzieję, że ktoś nagle wejdzie i powie:

— Droga pani, pomyliliśmy się, to nie jest pani córka!

Tamto prawdziwe dziecko miało być śliczne, jasnowłose, z dużymi oczami, z pełnymi ustami rozchylającymi się w uśmiechu. Mała, śliczna Barbie. Zła wróżka dała to piękne dziecko komuś innemu...

— ...a mnie dała poczwarkę — powiedziała Ewa głośno w dniu, w którym bolała ją głowa, dotkliwie odczuwała obcość Adama, martwe przedmioty stawały jej na drodze, boleśnie szturchając, gdy przechodziła, Myszka zaś zachowywała się wyjątkowo nieznośnie. I choć tylko raz się zdarzyło, że Ewa nazwała córkę „poczwarką", jednak wciąż dźwięczało jej w uszach to straszne słowo — i nagle, gdy to sobie uświadomiła, rzuciła się na Myszkę z niekontrolowaną gwałtownością, tuląc ją do siebie tak, że dziewczynka była bardziej wystraszona niż szczęśliwa. Instynktownie wyczuwała, że w ogromie matczynej miłości przeważają rozpacz i poczucie beznadziei, a brakuje radości. Mama nie uśmiechała się tak często, jak panie z telewizora. Mama nie tańczyła i nie śpiewała, jak panie z reklamy. Mama nie rozmawiała, z zaraźliwą energią, z innymi kobietami w sklepie czy na ulicy. Mama była inna. Inność mamy Myszka instynktownie kojarzyła z własną odrębnością.

A teraz Ewa stała w jasnej, pogodnej kuchni i pytała z niepokojem:

— Co ma zrobić wróżka?

Myszka bezradnie wzruszyła ramionami, a potem pokazała na siebie palcem. Stała tak chwilę, aby nagle wyrzucić rączki w górę i niezgrabnie podskoczyć. Ewa po części zrozumiała: wróżka miała przemienić Myszkę w lekką, tańczącą dziewczynkę z balu u królewicza. Nie pojęła jednak całej prawdy: Myszka chciała, by ta przemiana dotyczyła jej już na zawsze. Chciała tańczyć zawsze. Myszka wierzyła, że taniec to także wyraz miłości do wszystkiego, co się kocha. A kochać można było prawie wszystko: mamę, dom, uciekającego tatę, motyle nad trawnikiem i miękkość trawy, starą lalkę z wyrwanymi włosami, pluszowego misia bez nogi, podartą książkę (Myszka darła książki wyłącznie z miłości).

— Więc co ma zrobić wróżka? — powtórzyła Ewa drżącym głosem, a gdy Myszka znów podskoczyła niezgrabnie i wzniosła ręce w górę, Ewa odparła: — Wróżka tego nie umie... Wróżki umieją jedynie przemieniać zwykłych ludzi, takich jak my wszyscy, w kogoś tak niezwykłego jak ty — dodała w przypływie natchnienia.

— Nee cee — powiedziała Myszka i w tej samej chwili spadł na nią dodatkowy ciężar, oprócz tej trochę oswojonej już ociężałości własnego ciała: ze słów mamy pojęła, że żadna wróżka nie da jej tego, na co czeka.

I Myszka przestała czekać na wróżkę. Lecz właśnie wtedy wróżka przyszła we śnie. Powiedziała, że wszystko, na co Myszka czeka, jest na górze. Ale musiały minąć dwa lata, zanim Myszka dowiedziała się, gdzie jest góra. Bo każda wiedza, nawet najprostsza, przychodziła do Myszki z opóźnieniem i z wyraźną niechęcią.

DZIEŃ PIERWSZY: STRYCH

Choć Ewa od kilku lat nie czytała głośno Księgi, Pan wciąż od nowa stwarzał swoje światy. Co dzień stawała się światłość, noc oddzielała się od dnia, a światłość uczyła się rozszczepiać na siedem kolorów tęczy.

Stwarzając, Pan zawsze rozglądał się za swymi Darami, za dziećmi rozrzuconymi po różnych światach, i przywoływał niektóre z nich z powrotem, by dać im lekkość motyla i umiejętność tańca. Pan wiedział, że taniec to radość życia, radość świata, radość z własnego ciała — i obdarzył je tęsknotą za nim. Tęsknotą za tym, co niemożliwe. Po to, by zarażały nią ludzi.

— TO JEST DOBRE — mówił Pan huczącym, potężnym głosem, patrząc, jak Jego dzieci tańczą.

★

Myszka siedziała na podłodze w holu i sapiąc z wysiłku, usiłowała zawiązać sznurówki w bucikach. Mama powiedziała, że to konieczne, że ośmioletnia dziewczynka musi to umieć. I że to łatwe. Tymczasem to było trudne. Myszka posapywała jak mała lokomotywa, a z półuchylonych ust wypełzła jej wąska strużka śliny, którą odruchowo wytarła skrajem rękawa.

„Mama mówiła, żeby chusteczką...", przypomniała sobie, ale ta myśl zaraz uciekła. Wszystkie myśli uciekały niezwykle szybko, były zwinne, śliskie jak łodyżki traw i nie dawały się zatrzymać. A nawet gdy Myszka którąś schwyciła, to łamały się równie łatwo jak kwiat, na kilka części, z którymi nie było wiadomo co zrobić.

Myśli Myszki powróciły do okropnych, nieposłusznych sznurowadeł. Niestety, niewprawne, niezgrabne palce też nie chciały jej słuchać, w dodatku Myszka znów zapomniała, w którą dziurkę ma sznurówki włożyć. Strużka śliny pociekła na podkoszulek. I wtedy w domu coś zahuczało.

„Radio... nie, telewizor...", pomyślała Myszka, ale potem z natłoku dźwięków wyłowiła głos taty.

Głos taty był jej mało znany, ale zawsze umiała odróżnić go na przykład od głosu listonosza, który dzwonił do drzwi i już z daleka krzyczał wyraźnie i tubalnie:

— Dziś tylko gazeta! — jakby w pozostałe dni było coś innego.

Tylko tata mówił tak szybko, gładko i ostro, że Myszka kuliła się w sobie, czując, że jej umysł nigdy nie nadąży za jego słowami. Mama mówiła śpiewnie, cicho, powoli i bezboleśnie. Powtarzała każde zdanie tyle razy, że Myszka nie miała kłopotów ze zrozumieniem. Z tatą było wręcz przeciwnie, zwłaszcza że słyszała go rzadko. Najczęściej przebiegał obok, w milczeniu. Ale teraz głos taty dudnił w całym domu.

— Czy ty tego nie widzisz?! — wołał, a ten głos, wibrując, przenikał przez drzwi i wbijał się w uszy Myszki jak szpilki. — Nie widzisz tych jej ślepków jak u zwierzątka? Nie widzisz, że TO natychmiast widać? Że każdy na ulicy ogląda się za wami?

— Nie każdy — zaprzeczyła cicho mama, a jej głos zaśpiewał niewyraźną, niepewną melodyjkę.

Myszka, obdarzona chrapliwym, pozbawionym dźwięczności głosem, była wyczulona na muzykę słów, na ich zróżnicowane brzmienie, na tkwiącą w zdaniach linię melodyczną. Jej mruczenie, które Ewie wydawało się przypadkowymi dźwiękami, naprawdę było śpiewem. Myszka kochała muzykę — tę, która dobiegała czasem z pokoju taty, i tę, którą słyszała w radiu czy w telewizji. Głosy ludzkie brzmiały jej w uszach jak instrumenty, o różnej barwie, ekspresji, harmonii. I właśnie teraz głosy mamy i taty grały dwie różne, dysonansowe melodie.

— Przypatrz się tym zawsze otwartym ustom! Nie możesz jej nauczyć, żeby je zamykała? I te jej ruchy... ta ośliniona broda... Boże! — głos ojca wzniósł się nagle do tonów, które zaczęły wwiercać się w uszy Myszki jak dwa śrubokręty.

„Chusteczka", przypomniała sobie i wyjęła ją z kieszeni, wycierając usta. Zadowolona, schowała ją ponownie. „Pamiętam", uśmiechnęła się szeroko. Mama zawsze ją chwaliła, gdy udało się jej coś zapamiętać.

Głos ojca sprawiał ból i Myszka zatkała sobie uszy, ale to nie pomogło. Przenikał przez drzwi i przez dwie małe dłonie.

— Ona nigdy nie zliczy nawet do trzech... Nie nauczy się alfabetu... Nie porozmawia z innym dzieckiem... Nie odpowie na żadne pytanie... Bo to nie jest zwykła, normalna postać downa, ale najcięższa! Nietypowa! Ona nawet nie wypowie swojego nazwiska, i chwała Bogu, bo to jest moje nazwisko. Moje!... Nie, nie poślesz jej do żadnej szkoły. Moja córka nie będzie chodzić do szkoły dla idiotów, a do innej się nie nadaje!

— Przyszło pismo z kuratorium, że wszystkie dzieci... — zaśpiewał wątły głos mamy.

— Ona ma iść do specjalnego zakładu! Są takie. Sprawdzałem. Zakłady dla ciężko upośledzonych. Tam jest jej miejsce. I nie sądź, że ona jest w stanie odróżnić, czy będzie tu, czy tam! — głos ojca zawisł w powietrzu, wyostrzony jak kredka, którą mama dawała jej do ręki, lecz którą Myszka umiała tylko przedrzeć kartkę papieru, naciskając zbyt mocno. Rzadko udawało się narysować choćby pokrzywioną linię, przebiegającą przez kartkę tak jak tata: szybko, po skosie, najkrótszą drogą.

— Co z tego, że sprawdzałeś? — zanucił w odpowiedzi jeszcze cieńszy głos mamy.

Zapadło milczenie. Milczenie oczekujące, pełne napięcia, które rozpełzło się po całym domu, przeniknęło ciało Myszki i nie było żadną ulgą po huczących dźwiękach głosu taty. Głos taty przypominał barwą instrument, którego nazwy nie znała: puzon. A czasem trąbkę. Mama śpiewała jak skrzypce lub flet.

— Czy chcesz do końca życia widzieć te współczujące spojrzenia? Nie możemy mieć szansy na normalne życie? Co wolisz? — głos ojca zawibrował jak ostry, niedobry wiatr przed burzą, gwałtownie zmieniający kierunek — i zamilkł.

— Nie wiem, co wolę — głos mamy nucił jakąś niepokojąco smutną melodię. Uszy Myszki nie lubiły ani wibrującej, głębokiej barwy głosu ojca, ani przejmująco zrezygnowanej melodii matki.

Myszka lubiła słuchać, jak mama się śmieje. Mama robiła to rzadko, lecz wówczas Myszka też się śmiała i zaczynała tańczyć. Tańczyła tylko w środku, w sobie, i mama tego nie umiała dostrzec.

Mama mówiła: „Bardzo ładnie, Myszko" — gdy dziewczynka odkładała jakiś przedmiot na właściwe miejsce, rysowała kreskę przez kartkę papieru lub postawiła w pionie cztery klocki — ale jeszcze nie powiedziała: „Myszko, jak pięknie tańczysz..." I Myszka obawiała się, że nigdy tak jej nie pochwali.

— Czy ty nie widzisz, że ona jest jak poczwarka? Że nie jest do pokazywania? Nigdzie. Nawet w takiej szkole — usłyszała Myszka ostry głos ojca.

— Nieprawda! Nie znasz jej, nie rozumiesz, nie widzisz tego, co ja umiem w niej dostrzec. Ona wszystko czuje, wszystko rozumie, nie umie tylko dobrać słów — ciągnęła przepraszająco mama. Głos ojca zawibrował w odpowiedzi:

— Nie można nikogo na TO narażać. Nie wiesz, dlaczego z wami nie jadam? Nie widzisz, że każde spojrzenie na TO odbiera mi chęć do jedzenia?

— Idź sobie! — Myszka usłyszała głos mamy, który też zawibrował setkami ostrych dźwięków. Znowu zatkała uszy, ale głos ojca dotarł jasny i wyraźny:

— Przez nią rozpada się nasze małżeństwo.

— Możemy wziąć rozwód...

— Chciałabyś...! — zaśmiał się gwałtownie ojciec. — Chciałabyś, żeby powiedzieli, że porzuciłem niedorozwinięte dziecko!

— Źle jest z nią być, źle jest ją porzucić. Tak, ja wiem — powiedziała mama takim głosem, że Myszkę zabolało. „Pewnie mamę też coś boli", pomyślała.

— Są specjalne płatne domy opieki. Stać nas na taki. Mówię o tym ostatni raz... — ciągnął tata.

— Chcę, żeby to było ostatni raz! — głos mamy zaśpiewał jak ostry, trudny do zniesienia dźwięk fletu i dłoń Myszki z rozpędu wetknęła końcówkę sznurówki w dziurkę bucika. Zerwała się, szczęśliwa, i wybiegła z pokoju. Jej nóżki zatupały po podłodze holu, lecz żadne z rodziców tego nie słyszało. Wtargnęła do salonu z triumfalnie uniesionym bucikiem w rączce.

— Snuuuuu jeeee! — bełkotała uszczęśliwiona, podtykając bucik pod oczy rodziców. Ale gdy biegła, wymachując rękami dla złapania równowagi, sznurówka znów wypełzła z dziurki i teraz huśtała się swobodnie, udowadniając po raz kolejny nieprzydatność Myszki.

— Ucieeeeee... — szepnęła zmartwiona dziewczynka, a strużka śliny zmieszała się ze łzami.

— Nie płacz, zrobisz to jeszcze raz. To łatwe — zaśpiewał łagodnie i zwyczajnie głos mamy.

Z gardła ojca wydobył się dziwny dźwięk. Tak grały werble, których dziewczynka nie umiała nazwać, choć znała je doskonale.

Dom był pełen muzyki, która dobiegała prawie codziennie zza obitych skórą drzwi gabinetu ojca. Ale nikt jej nie słuchał równie uważnie jak Myszka. Dla Adama muzyka była jednym ze sposobów izolowania się: ściana dźwięków, która tłumiła głosy żony i córki. Zwłaszcza córki: chrapliwy i sapiący. Dla Ewy ta codzienna porcja muzyki poważnej była dowodem na obecność męża w domu — i powodem do irytacji. Ewa wolała muzykę lekką; neutralny akompaniament do rutynowych czynności. Myszka, bawiąc się w holu, słyszała czasem, jak oba rodzaje muzyki ścierają się ze sobą i walczą, tak jak teraz głosy mamy i taty.

Nagle tata uderzył pięścią w stół i wybiegł. Trzasnęły głośno drzwi. Mama wzdrygnęła się. A Myszka poczuła się winna. Już nie tylko z powodu sznurówki.

— Dzieeeee pooo? — spytała nagle drżącym głosem, rozglądając się po pokoju. Poczwarka, o której mówił tata, mogła w każdej chwili skądś wyleźć. Spod szafy, zza wersalki, zza drzwi.

— Poooo? — spytała mama, gdyż było to nowe słowo.

— Ccccc...waa — podpowiedziała Myszka.

— Nie ma tu żadnej poczwarki — odparła mama łagodnie i przytuliła ją.

Myszka westchnęła głęboko i poczuła się bezpieczna.

*

Myszce co noc śniło się, że tańcząc jak motyl, wzlatuje w górę, choć nie tak wysoko jak ptaki; niewiele wyżej od pokoiku na piętrze. „Fruwam?", myślała zdziwiona. Nie pamiętała już snu o wróżce, która wbrew słowom mamy przyszła ją odwiedzić, tyle że nie w kuchni, ale w nocy, w łóżku, żeby powiedzieć: „Myszko, idź na górę..." Wróżka już nigdy więcej nie przyszła i Myszka zapomniałaby jej słowa, gdyby nie to, że od pewnego czasu co noc, we śnie, unosiła się gdzieś ku górze.

Pewnego ranka, gdy otworzyła oczy, uświadomiła sobie, że sen się powtórzył, ale że to nie jest fruwanie.

„Jestem niezgrabna i coś trzyma mnie przy ziemi mocniej niż inne dzieci", pomyślała, przypominając sobie dziewczynkę od sąsiadów, jeżdżącą na łyżworolkach. „Nie mogłabym fruwać. Może się wspinałam?" Myszka myślała zawsze pełnymi zdaniami. Słowa, które z takim trudem wychodziły jej z ust, zniekształcone, chrypliwe, urwane w połowie, ograniczone najczęściej do jednej sylaby — w głowie układały się gładko, choć wolno. Niekiedy bardzo wolno. Ale gdy już się ułożyły, płynęły jak rzeka na nizinie: leniwie, lecz zdecydowanie. Tyle tylko że — częściej niż innym dzieciom — Myszce te słowa szybko uciekały gdzieś bardzo daleko i nie wracały tak długo, że dziewczynka o nich zapominała. Tym razem także potrzebowała paru kolejnych, pełnych snów nocy, aby zrozumieć, że nie fruwa we śnie ani nie tańczy (to akurat śniło się jej często), lecz że się wspina.

Po śniadaniu, gdy szła przez hol, jej wzrok po raz pierwszy padł na wąskie, drewniane schody, wiodące na poddasze.

„Strych!", skojarzyła sobie. „To tam się wspinam. Ale nigdy nie doszłam..."

Strych był miejscem nie znanym Myszce. Mama chroniła ją przed „groźnymi miejscami". Groźna była stara studnia w ogrodzie, bowiem choć nie używana i szczelnie przykryta, kryła w sobie nie kończący się, prowadzący w głąb ziemi tunel. Myszka nigdy tam nie zaglądała. Bardzo groźnym miejscem był częściowo murowany, a częściowo drewniany płot, za nim bowiem znajdowała się ulica, po której Myszce nie wolno było samej chodzić. Mogłaby się zgubić. I nie tylko to. Choć mama nigdy tego nie mówiła, Myszka wyczuwała, że za płotem rozciąga się świat, który może jej nie lubić. Nie mniej groźna była piwnica, wprawdzie nieduża, ale mama mówiła, że schody są zbyt kręte dla niewprawnych nóg dziewczynki; zdaniem mamy, żadne schody nie były dla niej dobre.

— Lepiej chodzić po równym — przypominała.

Świat, niestety, nie był równy, i to pod żadnym względem, dlatego Myszka przebywała głównie w domu, a tylko niekiedy mama zabierała ją na spacer, na przykład do ogrodu zoologicznego (gdzie nie wypuszczała jej ręki nawet na sekundę i gdzie szły w zwykły dzień, nigdy w niedzielę, bo wtedy było za dużo ludzi, a mama chyba ludzi nie lubiła).

Czasem szły do sklepu. Ale sklep też zaliczał się do bardzo groźnych miejsc, Myszka bowiem strącała z półek różne rzeczy lub brała je do rąk, gdyż szeleściły melodyjnie i kolorowo, i mama musiała płacić za ich zniszczenie. Raz Myszka strąciła z półki wszystko, co na niej było, i potem długo nie chodziła na zakupy. Przyjeżdżał obcy pan kolorowym autem i potem robił zakupy według listy, którą mama wręczała mu wraz z pieniędzmi. Myszce było wówczas żal, gdyż do sklepów bardzo lubiła chodzić. Ludzie zwracali uwagę bardziej na towary niż na nią — i sklep przeobrażał się w bezpieczne miejsce.

— Kiedyś się nauczysz, czego nie wolno — mówiła mama z nadzieją, a Myszka kiwała głową. Rozumiała doskonale, że zakazy obejmują wszystko, co najciekawsze, i nie chciała się tego uczyć.

Do pokoju Myszki wiodły schody wygodne, szerokie, z dodatkową poręczą, którą mama kazała wstawić stolarzowi. Ale schody na strych czy do piwnicy były wąskie i strome.

„Strych", pomyślała znowu dziewczynka po kilku godzinach od porannego obudzenia się; gdy już zjadła śniadanie, pobawiła się miśkiem, a potem klockami; gdy na próżno tkwiła przed telewizorem, czekając, że ktoś zatańczy (akurat wszyscy chodzili lub siedzieli); gdy bawiła się na podłodze w holu, czekając, aż zza drzwi pokoju taty popłynie muzyka — ale taty nie było w domu i za drzwiami panowała cisza.

Po obiedzie Myszka znów przechodziła koło schodów, które wiodły na poddasze. Przez jej głowę przelatywały różne, nie powiązane ze sobą myśli; jedne płynęły szybciej, inne wolniej, a przecież ta jedna nie dawała jej spokoju.

— Maa, styych — powiedziała przed porą kolacji.

— Styych — zastanawiała się Ewa, próbując odgadnąć, o co tym razem chodzi. Każde nowe słowo cieszyło, ale było zagadką. „Stych" był zagadką trudniejszą niż inne. Po pewnym czasie Ewa poddała się i poprosiła córkę, by pokazała „stych".

— Strych? — zdziwiła się. — Tam nic nie ma. Trochę starych rzeczy po dziadkach, zwykła graciarnia...

— Gaciaaa — powiedziała Myszka, gdyż nieznane słowo spodobało się jej. — Styyych — powtórzyła jednak z uporem.

Upór był wpisany w jej chorobę, Ewa przeczytała o tym w jednym z medycznych dzieł. I choć autor nie wyjaśniał przyczyn, była przekonana, że upór był wynikiem niepewności dzieci z DS. Im bardziej były czegoś niepewne, tym bardziej się upierały. Musiały się upierać, była to ich prywatna walka ze strachem.

— Dobrze, niech będzie strych — powiedziała Ewa i podała Myszce rękę.

Schody nie były tak straszne, jak obie sądziły, a poręcz, o dziwo, znajdowała się na tyle nisko, że Myszka swobodnie do niej sięgała. Ręka mamy okazała się zbędna.

— Saaa... — ucieszyła się dziewczynka.

— Po co miałabyś chodzić sama na strych? — spytała mama.

— Neee — odpowiedziała zgodnie z prawdą, gdyż jeszcze tego nie wiedziała.

Strych po zapaleniu światła wyglądał nieciekawie. Był zagracony, stały tam stare meble po dziadkach, zbyt zniszczone, by można było ich używać. W kartonowych pudłach tkwiły przedmioty, które Ewa z Adamem uznali za nie pasujące do ich nowego domu. Z paru pudeł wysypały się książki i leżały na podłodze od czasu, gdy kilka lat temu Ewa szukała Księgi. Dziś pokrywała je zamszowa warstwa kurzu.

Za to strych przed zaświeceniem światła — co trwało krótko, może trzydzieści sekund, zanim ręka mamy trafiła na kontakt — był miejscem niezwykłym.

„To tu", pomyślała Myszka. „Tu jest góra".

W ciągu tych trzydziestu sekund Myszka zobaczyła rozległe pomieszczenie, w którym czerń przybierała tak różne odcienie — od ciemnej szarości pajęczyn po lepką, gęstą sadzę — że zdziwiła się, ile ma barw. Do tej pory czerń była tylko jedna: ciemna noc bez gwiazd, skrzydła gawronów na śniegu lub futerko kota. Tu, na strychu, wydawało się, że czerń tworzy różnorakie zasłony, oddzielając od siebie odmienne światy. A słońce poprzez wąskie okienka wpuszczało w niektóre z tych światów długie promienie i Myszka zdążyła zobaczyć dziwne, roztańczone, złociste stwory, złożone z niezliczonej ilości drobinek wirującego pyłu. Stwory przybierały różne kształty i były jak żywe. Wszystko to znikło wraz ze sztucznym światłem płynącym z zakurzonej żarówki i tylko tam, gdzie skośny dach łączył się z podłogą, gdzie przycupnęła resztka czerni, pozostało coś z tamtego, pełnego życia, tajemniczego świata. Tylko tam wciąż było Niewiadomoco.

— Ić, ić — powiedziała Myszka do Ewy.

— Mam sobie iść? Ty tu zostaniesz? — zdziwiła się Ewa.

— Saa... — kiwnęła głową jej córka.

Ewa w pierwszej chwili odczuła niepokój. Lęk o niesprawną córkę, która chciała pozostać samotnie na strychu, był uzasadniony („groźne miejsce, bardzo groźne miejsce", myślała w rytm powtarzanych kiedyś dziecku napomnień), ale zaraz uprzytomniła sobie, że przecież Myszka była już w miarę samodzielna. Powolna, ociężała, jednak po schodach chodziła całkiem dobrze. Na strychu nie było zapałek, by mogła coś podpalić, lub cennych rzeczy, które szkoda byłoby zniszczyć, ani okien, przez które dziewczynka mogła wypaść. Jedyne wąskie okienko znajdowało się bardzo wysoko. Za to Ewa wyobraziła sobie chwilę spokoju, odrobinę czasu tylko dla siebie — którego tak jej brakowało.

Córka absorbowała ją w dzień i w nocy. Niańka czy pielęgniarka nie wchodziły w grę. Według Ewy, nie byłyby w stanie zrozumieć Myszki; ba, mogłyby nawet niechcący ją skrzywdzić. A zresztą Ewa instynktownie ukrywała istnienie Myszki. Ukrywała ją przed kolegami ze studiów, koleżankami ze szkoły, przyjaciółmi z pracy Adama. Gdy wychodziły z domu, szukała miejsc, w których prawdopodobieństwo spotkania znajomych było znikome. Pewnego dnia, gdy Myszka oglądała zwierzęta w opustoszałym zoo (na szczęście padał deszcz), Ewa ujrzała w alejce koleżankę i skryła się za ławkę, ignorując rozpaczliwe nawoływania córki. I choć zawstydziła się tej reakcji, to zanim podeszła do Myszki, przeczekała, ukryta, póki znajoma nie znikła za zakrętem. Wstyd miał wiele twarzy i wszystkie boleśnie ją paliły.

„Strych, czemu nie?", pomyślała teraz. Była zmęczona. Wyobraziła sobie, jak by to mogło być: wygodna kanapa, ogień na kominku, dobra książka, filiżanka kawy — i cisza. Żaden natarczywy głos nie nawołuje przez godzinę, a może i dwie; nikt od niej niczego nie chce; można zapomnieć o bożym świecie. A zresztą Myszka, jak pisały poradniki dla matek z niepełnosprawnymi dziećmi, musi być przyzwyczajana do bycia samej.

— Zrobimy tak... — zaczęła z ożywieniem. — Wezwiemy pana, który zrobi specjalny dzwonek. I będziesz mogła tu się bawić sama. Gdy zechcesz wrócić, zadzwonisz. A teraz zejdziemy na dół.

Myszka zaczęła rozpaczliwie kręcić głową. Otworzyła szeroko usta i Ewa już wiedziała, że zanosi się na jeden z ataków, których nie mogła znieść. Atak ostrej agresji, buntu i tego strasznego, nieartykułowanego, wznoszącego się ku górze wrzasku, którym Myszka wyrażała swój żal do świata. Podczas tego ataku drapała i kopała matkę („...dzieci z DS, gdy rośnie ich lęk lub niepewność, miewają ataki furii", wyczytała Ewa w jednej z książek. Zawsze gdy w książkach znajdowała opis nienormalnego zachowania Myszki, odczuwała dziwną ulgę. W paradoksalny sposób to, co nienormalne, stawało się normalnym, choć nie mniej uciążliwym).

— Nie martw się, obiecuję, że jutro zrobimy dzwonek, naprawdę. Już jutro! — powiedziała szybko Ewa, aby ubiec atak. I udało się. Zeszły na dół.

Ale zanim dzwonek został zainstalowany (a stało się to nie nazajutrz, lecz cztery dni później, i Ewa mogła słyszeć go zarówno w kuchni, w łazience, w sypialni, saloniku, a nawet przed domem), Myszka zapomniała o strychu. Zawsze o wszystkim szybko zapominała. Niewiele rzeczy zostawało jej w pamięci. Dopiero gdy elektryk wypróbował dzwonek, Myszka ponownie ujrzała przed oczami strych z tamtej magicznej, króciutkiej chwili przed zapaleniem światła.

Tej nocy we śnie wspinała się wysoko, wzlatywała, a potem tańczyła w zaczarowanym Ogrodzie, wśród drzew, oblana promieniami jasnego słońca. Rano, jedząc śniadanie, powiedziała z ufnością:

— Stych.

Weszły na strych dopiero po obiedzie. Ewa obserwowała, jak dziewczynka z wielkim przejęciem, powoli wspina się po stromych schodach, trzymając się poręczy. Westchnęła z ulgą, otworzyła drzwi strychu i zapaliła światło. Potem pokazała Myszce dzwonek. I następny, trzeci i czwarty. Na wypadek gdyby Myszka zapomniała, było ich kilka, w miejscach wyraźnie widocznych.

— Ić, ić, saa... — powiedziała Myszka niecierpliwie.

Ewa, wzdychając z niepokojem, zeszła na dół. Zmierzchało.

I stał się kolejny wieczór dnia pierwszego.

DZIEŃ DRUGI: WODA

Po wyjściu matki Myszka zgasiła światło. Strych znowu zmienił wygląd. W świetle żarówki był miejscem pospolitym, zagraconym i Myszka nie widziała w nim nic ciekawego. Ale gdy ponownie otulił się mrokiem — zobaczyła zasłony czerni. Najpierw tę najbliższą, rozbieloną słabym światłem, które biło z małego okienka; nie tyle szarą, ile popielatą jak gołębie, które przysiadały na ich dachu. Za nią widać było kontury drugiej, w kolorze doskonałej szarości, jak garnitur taty. Trzecia miała barwę późnego zmierzchu.

Zanim Myszka dostrzegła kolory następnych — usłyszała Wodę. I wtedy rozwarła się pierwsza, popielata zasłona, a zaraz za nią, z pajęczym szelestem, rozsunęła się ta doskonale szara, trzecia zaś rozstępowała się płynnie jak kurtyna w teatrze. Mama zaprowadziła tam kiedyś Myszkę, ale zaraz musiały wyjść, gdyż dziewczynka głośno i niezrozumiale mówiła, więc pan w mundurze z błyszczącymi guzikami wyprowadził je, mówiąc: — To miejsce, proszę pani, nie dla takich. — Myszka zrozumiała, że więcej tam nie wrócą, choć było lśniąco i pięknie, i w pewnej chwili wszyscy na scenie zaczęli tańczyć, a Myszka nie chciała niczego więcej, tylko przyłączyć się do nich, choćby na chwilę.

Woda bulgotała łagodnie, to znowu śpiewała, huczała jak wodospad i była wszędzie, choć oddzielona zasłonami, bliska, lecz niewidoczna. Ale już rozsuwały się kolejne kurtyny, a gdy znikła ostatnia, czarna i gęsta jak sadza, wtedy Myszka ujrzała:

— O, woo... taaa...taaa....

Woda tańczyła.

★

„Woda", pomyślała zirytowana Ewa, odrywając się od książki. „Myszka znowu nie dokręciła kurka i woda leci w łazience lub w kuchni. Na szczęście na strychu nie ma kranu, bo zalałoby dom".

Wstała z kanapy, oddalając się niechętnie od kawy, kieliszka koniaku, od sterty kolorowych magazynów (książki dobrych autorów boleśnie przypominały o niedoskonałości świata), i przemknęła boso do łazienki. Kran był zakręcony i suchy. To samo w kuchni. A jednak woda przelewała się gdzieś, szemrząc już nie jak wątły strumyk, lecz jak prawdziwa, groźna rzeka.

Ewa podeszła do okna i rozchyliła zasłony. Za oknem spływały wodospady deszczu. Niebo, jeszcze godzinę temu tylko szare, przybrało sinoołowiany kolor i było tak nisko, że wydawało się głaskać dach domu.

— Oberwanie chmury — westchnęła zdziwiona i pomyślała: „Dobrze, że Myszka odkryła strych, bo nudziłaby cały dzień, żeby iść na spacer. Myszka nie rozumie, dlaczego nie można chodzić w deszczu..."

Wyciągnęła się na kanapie i kartkowała kolorowe magazyny. Oglądała zdjęcia wnętrz rezydencji, które przypominały ich dom sprzed paru lat. Uśmiechała się do modelek w wyszukanych toaletach i do reklam kosmetyków, w cudowny sposób dodających urody; do zdjęć dawnych znajomych z okolicznościowych imprez, na których zastygli w wyszukanych pozach, ze zrobionymi u kosmetyczki twarzami bez żadnej zmarszczki. Obejrzała fotoreportaż z balu charytatywnego i bez zdziwienia, i nawet bez żalu, odkryła na jednym z nich Adama. „Mogliśmy być tam razem, lecz jestem taka zmęczona...", pomyślała sennie i odwróciła stronicę. Ten magazyn był równie nierealny jak telewizyjne „Wiadomości".

A woda bulgotała, huczała, śpiewała i wydawała się być wszędzie, choć przecież wcale jej nie było w tym bezpiecznym, suchym pokoju.

*

Woda bulgotała, huczała, śpiewała i gdy rozsunęły się już wszystkie zasłony mroku, nawet ta w kolorze miękkiej sadzy — wydawała się zalewać całą przestrzeń. A jednak Myszka się nie bała.

Gdy wpatrzyła się w skłębione masy wzburzonej wody, stwierdziła, że w jej wirowaniu, przelewaniu się, w tym dzikim, żywiołowym tańcu jest jakaś prawidłowość.

„Woda układa się", pomyślała, przypominając sobie klocki. Raz udało się jej zbudować z klocków gładką, równą płaszczyznę, i był to wielki wyczyn, nagrodzony uściskami mamy. A teraz woda układała się podobnie, rozlewając się szeroko i zarazem wciąż spływając z góry, żeby zrobić miejsce dla czegoś, co napływało z wysoka i wymuszało dla siebie miejsce w przestrzeni.

Po chwili to coś, co najwyraźniej szukało dla siebie miejsca, zaczęło wyłaniać się sponad wody. Początkowo było światłem; nie złotym jak słońce czy żółtym jak żarówka, ale błękitnym i lśniącym w tym błękicie jak górski kryształ. Woda rozstępowała się i rozstępowała, a tajemniczego błękitu przybywało z każdą chwilą. Gdy Myszka wpatrzyła się weń, dostrzegła, że podobnie jak zasłony czerni, tak i błękit ma różne odcienie i natężenia, poczynając od barwy przypominającej wyblakłe oczy listonosza, a kończąc na jaskrawym, gęstym, prawie granatowym szafirze. Potem spostrzegła, że w tym oślepiającym błękicie trwa ruch, że ma on niezmierzoną głębię, o wiele głębszą niż woda, właściwie bezkresną, i że płyną po nim białe, pierzaste kształty.

„Chmury...?", pomyślała niepewnie i aż drgnęła z wrażenia: „To przecież niebo! Najprawdziwsze niebo!"

Niebo rozpostarło się nad wodami i niebieszczało spokojnie, a nawet leniwie. Wydawało się, że trwać już tak będzie wiecznie: bezkresny błękit, nie mający początku ani końca — i ta szeroko rozlana woda, w której przeglądał się on w swej nieskończoności.

Nagle Myszka znieruchomiała. Poczuła, że zaraz coś się stanie. Coś ważnego. Nie miała pojęcia, skąd to wie, ale wiedziała. Także woda przestała wirować i trwała w oczekiwaniu. Wszystko znieruchomiało — woda, błękit, pierzaste chmury. A potem poprzez wodę, niebo, poprzez strych wionęło ku Myszce coś jak słaby wietrzyk; wkrótce nabrało sił i spotężniało do silnego wichru, a Myszka od razu wiedziała, co to jest: oddech. Czyjś swobodny, głęboki oddech, który dotarł aż tutaj, do niej, na strych. Zamarła, bez lęku, lecz z takim natężeniem ciekawości, że aż ją zabolało. I wtedy wokół przetoczyły się dźwięki:

— TO JEST DOBRE — powiedział, a raczej zaśpiewał huczący Głos, mówił bowiem bardziej muzyką niż słowem.

Myszka usłyszała. I zrozumiała. I zarazem pojęła, że Głos nie mówi do niej, lecz do siebie, z namysłem, z powątpiewaniem, ze zmęczonym półwestchnieniem, a to westchnienie znów przetoczyło się grzmotem przez wodę, przez niebo i przez strych. Nie miała odwagi spytać, do kogo należy Głos, i przyjęła z pokorą, że skoro Ktoś mówi, to ten Ktoś gdzieś jest, choć miejsce Jego przebywania jest nieokreślone. A jednak posiadacz tego Głosu musiał być ogromny, ba, nieskończony w swym ogromie.

„Mówi do siebie, więc musi być sam", stwierdziła, zastanawiając się, czy taka samotność, ponad wodami, poprzez niebo, a nawet poprzez strych, nie jest zbyt wielką samotnością.

Tego rodzaju myśli przychodziły do niej falą obrazów i doznań, układając się w nieskończone ciągi zdań. Było ich jednak za dużo, prawie tyle co wody, i Myszka nie nadążyłaby za nimi głośno wypowiadanymi słowami, których cierpliwie uczyła ją mama. Zresztą słowa, które znała, nie oddawały tego, co czuła, ani nawet tego, co oglądała swymi opuchniętymi, skośnymi oczami. Ani tam, na dole, ani tu i teraz.

Woda nagle uspokoiła się i rozpostarła szeroko, powoli gęstniejąc; sprawiała wrażenie, że nabrała masy i ciężaru; jej barwa mroczniała, już nie była przejrzysta i tylko tam, gdzie odbijało się niebo, niebieszczała jak ono.

Niebo tymczasem wybrało sobie kolory; do wypłowiałej niebieskości, do zwiewnego błękitu, głębokiego szafiru i zapowiadającego noc granatu doszły kolory szare lub rozbielone, jak chmury; chmury poruszały się leniwie, to znowu szybko, jakby gnając na wyprzódki jedna przed drugą. I Myszka zrozumiała, że jeśli woda ma swój kres, to niebo go nie ma i mieć nie będzie. Że woda mogła się ułożyć, lecz niebo nie ułoży się nigdy; zachowa na zawsze swój niepokój w głębokim spokoju; swój ruch w bezruchu.

Znowu poczuła na sobie Jego oddech:

— TO JEST DOBRE — powtórzył Głos, ale już nie słychać było w nim cienia wątpliwości.

— To jest dobre — przytaknęła mu gorąco Myszka, wiedząc, że i tak jej nie słyszy. Bo to naprawdę było dobre.

Wszystkie zasłony czerni, poczynając od tej o głębokim kolorze sadzy, aż po szaropopielatą jak skrzydła gołębia, ponownie zasunęły się z pajęczym szelestem, otulając ją poczuciem spokoju i zarazem odgradzając od wody i nieba.

— Myyyyszka! Kolacja! — wołała mama gdzieś z dołu, a właściwie nie wiadomo skąd, gdyż dziewczynka przez chwilę nie wiedziała, gdzie jest.

„Przecież to strych", przypomniała sobie, westchnęła, wstała z podłogi i zaświeciła światło. Rozbłysła żarówka i z mroku wyłoniły się swojskie, stare meble babci, a tańczący wcześniej kurz ułożył się na nich do snu. Myszka odruchowo przyłożyła palec do starej kanapy. Palec był suchy. Kanapa też.

Schodząc ostrożnie po schodach, Myszka zapomniała o niespokojnym, rozgadanym śpiewie napływającej zewsząd wody, o bezkresie nieba, które zsunęło się z wysoka, i o tym obcym, potężnym, choć niestrasznym Głosie. Myszka łatwo wszystko zapominała. Ale od niedawna równie łatwo wszystko na nowo otwierało się w jej pamięci. Od czasu strychu.

Jednak idąc przez hol do kuchni, myślała już tylko o kolacji. Usłyszała głuche trzaśnięcie drzwi pokoju ojca, potem jego szybkie kroki i wreszcie ujrzała go, jego lekką i elegancką sylwetkę („pan w telewizorze", pomyślała, kojarząc go dla odmiany z reklamą wody toaletowej), i przeszła obok, usilnie wtapiając się w ścianę i starając się, by jej nie zauważył. On jak zwykle ominął ją, idąc krokiem człowieka, który się śpieszy i nie widzi nic dookoła.

Ale widział. Zawsze ją widział. Myszka to czuła.

— Stych — powiedziała półgłosem, jeszcze raz, by nie zapomnieć. Lecz zaraz zapomniała.

I stał się wieczór, dzień drugi.

DZIEŃ TRZECI: ZIEMIA

Adam zazdrościł Ewie. Zazdrościł jej złożonych, ale głębokich uczuć, które zdradzała jej twarz, gdy patrzyła na Myszkę. Nawet gdy były to wyłącznie irytacja, smutek czy gniew. Miał świadomość, że ta plątanina emocji to uwzniośla ją, to przygniata do ziemi, lecz równocześnie trzyma mocno przy życiu. On sam dostrzegał w Myszce jedynie ruinę wszystkich, wcześniej tak gładko układających się planów, ambicji, marzeń — i czuł pustkę. I żal.

Nie wiedział, czego ten żal dotyczy. Najczęściej żałował, że nie udało mu się przekonać Ewy do swojej decyzji, i wciąż na nowo rozmyślał o dniu, w którym wiedziony pierwszym, samoobronnym i, jego zdaniem, zdrowym odruchem przygotował i podpisał dokument, dzięki któremu nigdy nie mieli oglądać tego dziecka. Ale powinni być w tej decyzji razem.

Bardzo rzadko czuł do siebie żal, że nie przyłączył się do Ewy. Ale wtedy od razu wyobrażał sobie, jak idzie ulicą, on, człowiek skazany na sukces i przywykły do sukcesów, i prowadzi za rączkę to nieudane, dziwne stworzenie, przyznając się publicznie do klęski. Czuł, że nie umiałby znieść tych spojrzeń pełnych współczucia lub ciekawości. Nie umiałby tłumaczyć, że na 600–700 porodów przychodzi na świat jeden down — oni zaś z Ewą są, na przykład, sześćset czterdziestym siódmym przypadkiem. I że na dodatek to niedorozwinięte dziecko jest paradoksalnym dowodem inteligencji rodziców. Tabele statystyczne jednoznacznie pokazywały, że dzieci z mongolizmem częściej zdarzają się w rodzinach ludzi z wyższym wykształceniem, którzy planują urodzenie dziecka w stosownej porze, uwzględniając wszystkie okoliczności — poza najzwyklejszym przypadkiem. Takim jak ich.

W myślach Adama kryła się zatem mieszanina żalu do Ewy, do siebie i do Myszki — za jej pojawienie się na świecie. Żal do Myszki potęgował się zawsze, gdy ją widział: zespół Downa za bardzo rzucał się w oczy; to nie była czysta i estetyczna choroba, niekiedy uwznioślona przez literaturę, jak gruźlica czy białaczka. Adam wolałby dziecko niedowidzące lub głuche, ale nie downa.

To właśnie wtedy, gdy obsesyjnie nie mógł znieść widoku córki, winą za jej narodziny obciążał Ewę. Wiedział, że dzieci z zespołem Downa często, już jako

77

osoby dorosłe, zapadają na chorobę Alzheimera (jeśli dożyją wieku dorosłego), i przypuszczał, że alzheimer, obecny w rodzinie Ewy, mógł przyczynić się do narodzin Myszki. Widocznie jakieś geny, odpowiedzialne za jedną i drugą chorobę, tkwiły w jej rodzinnym łańcuchu DNA. Zaśmiał się nerwowo, gdyż nie przypuszczał, że w dziewczynie, którą pokochał, będzie szukał łańcucha DNA i genów — zamiast wyłącznie jej włosów, oczu, ust, ciała. A jednak w tej chwili ważniejsze były jej geny niż jej uroda. Te geny, które świat naukowców właśnie rozszyfrował.

ERA GENOMU! GENOM LUDZKI BEZ TAJEMNIC! — donosiły gazety wielkimi czcionkami, a tymczasem on mieszkał pod jednym dachem z tak zagadkową i zarazem okropną istotą, jak jego własna córka.

A potem nagle przychodziły dni, gdy cierpiał nad własną małością i wolałby wszystko stracić, byle zyskać w zamian czystość uczuć, którą miała Ewa. Widział jej zmęczenie, bezradność lub gniew na Myszkę (obserwował je częściej, niż obie sądziły), słyszał, jak rzuca przekleństwa lub powtarza z płaczem: „Mam dość... mam tego dość!", a zarazem czuł, że wybierając Myszkę, Ewa wybrała lepszy rodzaj cierpienia niż on.

Czekał na karę, lecz kara nie nadchodziła. W pracy wiodło mu się lepiej niż kiedykolwiek. Wszystko, czego dotknął, zamieniało się w złoto, jak u króla Midasa. Każda decyzja dotycząca lokat firmy, jej zakupów, fuzji, przesunięć kapitału czy zmian personalnych była trafna. Im lepiej wiodło mu się zawodowo — tym bardziej cierpiał. Nie stać go było na to, by dołączyć do Ewy z Myszką, i nie umiał już dłużej trwać w narzuconym sobie dystansie do obu. Chciał znaleźć rozsądny i wiarygodny powód opuszczenia ich.

Im bardziej się miotał, tym bardziej nienawidził przypadku — lub prawidłowości? — który sprawił, że to właśnie im przydarzyło się spłodzić niedorozwinięte dziecko, i to wówczas, gdy nauka znalazła się o krok od możliwości sterowania genami. A wraz z nienawiścią do losu rosła jego niechęć, a nawet nienawiść do Myszki. Gdyby się nie narodziła, gdyby jej w ogóle nie było — o ileż życie byłoby prostsze...!

„A może ono nie ma być proste?", szeptał mu czasem jakiś głos, lecz Adam zamykał uszy na te wątpliwości.

Niekiedy po cichu wychodził z gabinetu, który stał się jego fortecą we własnym domu, i śledził Ewę z Myszką, skryty w kącie holu, w cieniu rzucanym przez wyszukany zestaw półek z kwiatami (kwiaty zwiędły, pewnie nikt ich nie podlewał).

Wstrząsnął nim widok czteroletniej Myszki, która raczkowała wytrwale po domu, bełkocząc, sapiąc, a z buzi ciekła jej ślina. W tym wieku każde dziecko już swobodnie biegało. Nasłuchiwał, jak Ewa, wyraźnie i wolno wymawiając wyrazy, usiłuje nauczyć dziewczynkę pierwszych słów — a przecież ona od dawna powinna mówić całymi zdaniami.

— Ma, baaa... — mówiła Myszka, i Adam, podobnie jak Ewa, choć ona o tym nie wiedziała, uczył się, że „baaa" to bajka.

Niekiedy szybciej niż Ewa rozpoznawał, co dany dźwięk oznacza w mowie córki. To on rozszyfrował słowo „taaa". Ani przez chwilę nie brał go za „tatę". Jednak gdy pojął, że „taaaa" oznacza taniec, a raczej gwałtowną, głęboką potrzebę Myszki, by zatańczyć — lekko, zwinnie, jak tańczą inne dzieci — poczuł w gardle szczególny ucisk. Zrozumiał, że ta mała, ułomna istota ma takie same potrzeby jak wszyscy, że może czuć to samo, choć inaczej, ba, że może czuć mocniej, lecz skorupa jej kalekiego ciała niewoli ją tak, jak poczwarka więzi w sobie motyla; tyle że każdy motyl kiedyś wyleci — ten zaś, skryty w ciele Myszki, nie uleci nigdy.

Ukryty za uchylonymi drzwiami, śledził, jak Myszka próbuje tańczyć. W przeciwieństwie do żony, od razu wiedział, że te niezgrabne — dla niego odrażające — ruchy są tańcem; te mozolne i beznadziejne próby oderwania nóg od podłogi, żałosne wymachiwania wiotkich, nieposłusznych rąk, te szokujące podrygi nieforemnego tułowia — to wszystko miało być ulotnym, porywającym *pas de deux*, a przypominało *danse macabre*.

„Co by się stało, gdybym wziął ją na występ prawdziwego baletu? Na *Jezioro łabędzie*, na *Dziadka do orzechów*?", pomyślał kiedyś odruchowo, a potem żachnął się, bo przecież można było to przewidzieć. Myszka ze strachu lub z emocji wydawałaby straszne, charkoczące dźwięki, potem zrobiłaby w majtki, widzowie zaprotestowaliby przeciw jej obecności, portier wyprowadziłby ich z teatru, a on najadłby się jedynie wstydu i upokorzenia i zastanawiałby się, kto ze znajomych tam był i to widział.

Patrzył z mieszaniną buntu, zakłopotania i podziwu na Ewę, jak ubiera dziewczynkę i idzie z nią na spacer. Raz szedł za nimi aż do ogrodu zoologicznego, obserwując, jak żona, pozornie nie zwracając uwagi na przechodniów, zmienia pampersa tej paroletniej już dziewczynce. Adam wiedział, że Ewa cierpi.

Raz, koło sklepu, na którego wystawie Myszkę coś zafascynowało, słyszał, jak dziewczynka wydaje z siebie przeciągłe, nieartykułowane wycie, które wzbudziło niezdrową ciekawość przechodniów. Myszka wyła, Ewa uspokajała ją bezskutecznie, przechodnie przystawali, by przyjrzeć się temu uderzająco niedorozwiniętemu dziecku. Dziesiątki współczujących lub ciekawskich spojrzeń... Adam, choć stał za rogiem, odczuł je na własnej skórze jak bolesne, ostre drzazgi. Patrzył na bezradną Ewę, na szamoczące się, wyjące stworzenie, które było jego córką, i wiedział, że nie znajdzie tyle hartu ducha, by dołączyć do nich i podać rękę przerażonemu dziecku.

Najbardziej bał się spojrzeń, które czułby na niej, a tym samym na sobie, przez całe życie. Ostatecznie odrzucił Myszkę.

„Jak by to było: trzymać ją za rękę?", pomyślał wtedy przelotnie, ale szybko i świadomie przetworzył tę myśl w uczucie wstrętu.

Nauczył się, by każdy taki moment, w którym dławił go żal do siebie, rozładowywać myślą o wyglądzie Myszki. O wyglądzie, którego się brzydził, który wciąż mu coś przypominał. Ale co...? Wystraszone zwierzątko w ogrodzie zoologicznym? Zwierzątko nie mogące wyjść z klatki, którą było jego ciało? Ruchy Myszki, twarz Myszki, jej uśmiech — wszystko to kojarzyło mu się z czymś, czego nie umiał nazwać. Z czymś, co znał. Ale z czym?

Adam przekupił lekarza, który opiekował się Myszką, i w tajemnicy przed Ewą płacił mu dodatkowe honoraria za stałe raporty o rozwoju i zdrowiu córki.

— To najcięższa postać DS — powiedział lekarz. — W lżejszych stanach dziecko nadaje się czasem do szkoły specjalnej, niekiedy do szkoły integracyjnej, choć wyznam szczerze, że akurat dzieci z downem nie są w tych szkołach chętnie widziane. Widzi pan, one tylko nazywają się „integracyjne", ale najchętniej przyjmują tylko takie przypadki, które nie sprawiają kłopotów. Lekka głuchota, niewielkie spowolnienie rozwoju, słaby wzrok, trudności z chodzeniem, byle nie DS czy autyzm... Dzieci z downem na strach reagują agresją. Atakują inne dzieci — lub siebie. Potrafią uderzać głową w mur i jeśli ktoś ich nie powstrzyma, mogą się nawet zabić. Rozpacz, którą normalne dziecko wyraża słowami lub płaczem, okazują wyciem, którego nie sposób słuchać i nie sposób uciszyć. Nie zniesie tego żaden nauczyciel, nawet pełen najlepszych chęci. Rodzice zdrowych dzieci składają skargi, mimo że wcześniej deklarowali dobrą wolę. Widzi pan, dobra wola a rzeczywistość...

— A jej zdrowie fizyczne? — spytał Adam.

— Też typowe. Wada serca, słaby wzrok, marny system oddechowy, chroniczny katar... Myślę, że będzie chłonąć wszystkie infekcje, jak odkurzacz. Przy doskonałej opiece będzie żyła zapewne dłużej. Trzydzieści kilka lat? Może więcej? Znam pięćdziesięcioletnich ludzi z DS... Przypominają stare, dobre dzieci.

Adam znieruchomiał. Pięćdziesięcioletnia Myszka? Zatem rozsądek — najzwyklejszy, choć obcy Ewie rozsądek — nakazywał oddać córkę do specjalnego zakładu. Jeśli komuś z nich coś się stanie, dorosła Myszka będzie pozbawiona opieki. A skoro wcześniej czy później trzeba oddać ją do zakładu — lepiej zrobić to jak najszybciej, gdyż rozstanie z matką i domem będzie dla niej czymś straszliwym.

— Z drugiej strony — ciągnął beznamiętnie lekarz — większość dzieci z najcięższą postacią downa nie żyje długo. I jeszcze ta mała ciemna plamka... Wiele zachowań pana córki wskazuje na to, że ta plamka ma większe znaczenie, niż przypuszczamy. Dzieci z downem osiągają większe postępy adaptacyjne niż pana córka. Osobiście wróżę temu dziecku krótkie życie...

Adam wiedział, że lekarz szuka w jego twarzy śladów ulgi. I Adam poczuł tę ulgę, lecz jego nieruchoma twarz nie zdradziła żadnych uczuć. Był dumny z tej powściągliwej reakcji — i dopiero gdy wyszedł, uświadomił sobie, że nie okazał także żalu lub trwogi na myśl o przedwczesnej śmierci córki. „Tak czy owak, zdradziłem się", pomyślał gniewnie.

Zastanowił się, co odczułaby Ewa, gdyby wiedziała, że Myszka rzeczywiście będzie żyła krótko: żal czy ulgę? A może jedno i drugie?

„Ileż takie dziecko wyzwala emocji i uczuć, jaką walkę człowiek musi stoczyć sam z sobą i jakież to szalone kłębowisko myśli", stwierdził gniewnie, a ten gniew jak zwykle skierował ku córce.

*

Myszka przypomniała sobie o strychu dopiero wówczas, gdy przyśnił się jej kolejny sen o wspinaniu na górę. Wcześniej miała tyle uciążliwych zajęć i ciekawych rozrywek, że o nim nie myślała. Mama zaczęła prowadzić ją do pani, która cierpliwie ćwiczyła z nią wymowę. Nie wiadomo po co. Myszka w środku mówiła dobrze; a środkowy głos był chyba ważniejszy? Jednak mama chciała, żeby dziewczynka umiała powiedzieć choćby jedno całe zdanie równie poprawnie jak inne dzieci, właściwie akcentując wyrazy, to łącząc je, to oddzielając. To było męczące. W dodatku zdanie, które z mozołem ćwiczyły, nie podobało się Myszce i powtarzając w kółko, szybko je znienawidziła. Za każdym razem wyrazy same dzieliły się nie tak, jak powinny, a sylaby uciekały przed nią i nie sposób je było dogonić.

— Maa naiiii...emaaaaa..siaa... Koa ta...koa maaa...

— Mam na imię Marysia... mam na imię Marysia — powtarzała cierpliwie pani, ale głosem tak znudzonym, że dziewczynka zaczynała ziewać. Nie miała na imię Marysia, tylko Myszka. Następne zdanie też nie było prawdziwe:

— Kocham tatę i mamę — ciągnęła pani tym samym głosem, a jej „ę" i „ą" jęczało, zawieszone w przestrzeni pokoju do ćwiczeń, i marzyło o tym, by ktoś je uwolnił. Ale Myszka wciąż gubiła kolejne sylaby, „ę" i „ą" były zaś dźwiękami nieosiągalnymi. I już nie wiedziała, kogo kocha, a kogo nie.

— Powiesz to zdanie tacie na urodziny — powtarzała mama, a dziewczynka denerwowała się już na samą myśl, że cokolwiek ma powiedzieć tacie, a zwłaszcza zdanie, które wydawało się jej bez sensu.

Zawsze gdy mówiła do taty — nawet tak krótkie słowa jak „dzie doooo" — widziała w jego oczach szczególny rodzaj lęku. Bał się jej. Wydawało się to niemożliwe, a jednak jej się bał. Dlatego uciekał. Nigdy nie szedł normalnym krokiem, lecz prawie biegł przez hol, jak pan z reklamy. I unikał patrzenia w jej oczy. I zagryzał wargi, gdy Myszka coś mówiła, wprawdzie na zewnątrz bełkotliwie, lecz w środku doskonale. Ale tata na pewno nie słyszał tego, co było w środku. Mamie niekiedy to się udawało.

Myszka zauważyła tatę, gdy stał, zaczajony, i obserwował ją przez szparę w drzwiach. Myślał, że ona go nie widzi, że jej skośne, opuchnięte oczy są równie ułomne jak całe ciało — a przecież te oczy widziały więcej, niż sądził. Jej myśli wprawdzie biegły w różne dziwne strony, jak gnane wiatrem nasionka, lecz zawsze jakaś, jedna czy druga, spadała na miękką glebę jej umysłu — i rozkwitała. Czy on tego nie czuł?

Tata właśnie stał w cieniu stelaża z kwiatami i patrzył na nią. Robił to często. Niezwykle często. Myszka nigdy w życiu nie powiedziałaby mu: „Maaa nai...emaaaa... I kooa ta...", ale pomyślała sobie, że dla niego zatańczy.

„Jeśli zatańczę, nie będzie uciekać. Musi stać i patrzyć", pomyślała.

Myszka wierzyła, że taniec wyraża wszystko to, czego słowa nie potrafią. Widywała w telewizorze tańce kobiet z mężczyznami, które mówiły o tym, że ich ciała chcą być ze sobą blisko, jak najbliżej. Zdarzało się jej oglądać programy geograficzne, w których ciemnoskórzy ludzie, półnadzy, przepasani przez biodra strzępem materiału, tańcem wyrażali swoją radość z powodu deszczu, upolowania zwierzyny, zebrania plonów. W jednym z tych filmów widziała przebranego w skóry szamana, z groźną maską na twarzy, i wiedziała, że czarownik wzywa tańcem groźne moce, których nie jest w stanie pokazać żaden telewizor. I czuła, że one przyjdą na jego wezwanie. Miała świadomość, że taniec umie prosić, przepraszać, wołać, przyzywać, wyrażać radość i miłość, agresję i nienawiść. Czuła, że taniec ma samospełniającą się moc. Większą niż słowa.

Postanowiła udać, że nie widzi oczu taty w szparze drzwi, i zatańczyć dla niego, prosząc tańcem, by nie biegł tak szybko, żeby czasem przystanął. Blisko niej. Choćby na chwilę.

Myszka wiedziała, co jej przeszkadza w tańcu. Nie tylko ciało. (Ciało mamy, choć większe, wydawało się lżejsze, a nogi i ręce najwyraźniej słuchały jej poleceń; mama niewątpliwie umiałaby zatańczyć, lecz nie wiedziała o tym lub nie chciała wiedzieć). W tańcu przeszkadzało ubranie. Nie należało do ciała i krępowało je.

Było czymś obcym. Niektóre ubrania były mniej obce, inne bardziej, i właśnie to obce ubranie, tak zwane „wyjściowe", jak mówiła mama, Myszka miała na sobie. Żeby zatańczyć, musiała je zdjąć.

Czując na sobie uważne spojrzenie taty, zaczęła się rozbierać. To była trudna sztuka. Czasy, gdy dziewczynka cierpliwie uczyła się sznurować buciki, należały już do przeszłości. Niedawno nauczyła się samodzielnie wkładać i zdejmować sweterek, spodnie, majtki. Najtrudniejsze było wyplątywanie się z rękawów, co zawsze trwało długo, bo sweterek lub bluzka okręcały się wokół twarzy, dusiły, były złowrogo nieprzyjazne, przerażały — ale po pewnym czasie Myszka także i tę sztukę opanowała. Była z tego dumna i chciała się przed tatą pochwalić.

Powoli zaczęła zdejmować ubranie. Ku swojej radości stwierdziła, że idzie jej wyjątkowo sprawnie. Nawet mama byłaby zadowolona, patrząc teraz na Myszkę...

...golutka i szczęśliwa stanęła na wyprostowanych nogach i wyciągnęła do góry rączki. Podskoczyła. Czuła, że jest teraz wiotka i lekka jak łodyga kwiatu i że naprawdę odrywa się od podłogi. Wprawdzie wiedziała, że odrywa się tylko w środku, lecz była przekonana, że tata to dostrzeże.

Powoli, powolutku zaczęła tańczyć. Unosiła nogi i wyrzucała je w bok, wznosiła rączki coraz wyżej i wyżej, przeginała ciało, naśladując trawę na wietrze. Zastanawiała się, czy tata czuje to, co ona: czy wie, że Myszka tańczy przepięknie i lekko, a tylko jej ciało trzyma ją na podłodze holu; miała nadzieję, że tata widzi, iż ona fruwa jak motyl, choć ciałem jest przywiązana do ziemi. Była tak napięta, zastanawiając się, czy tata to wie, że nagle poczuła silne parcie na pęcherz.

Ciepła mokra struga zaczęła spływać po nogach, zbierając się w kałużę u bosych, platfusowatych stóp.

Znowu stało się coś, o co mama zawsze na nią krzyczała, coś, co mama nazywała czymś „bardzo brzydkim" lub „małym nieszczęściem".

— Brzydka Myszka... bardzo brzydka Myszka — powtarzała mama surowo, gdy dziewczynce przytrafiały się „małe nieszczęścia", a zwłaszcza wtedy, gdy działo się to na oczach obcych. A tata był obcym bliskim.

Gwałtownie przestała tańczyć, ze strachu straciła oddech, a potem zaczęła krzyczeć. Krzyczała grubym, chrypliwym głosem, a jej krzyk przechodził stopniowo w przerażające wycie. Wycie zwierzątka, które wpadło w sidła i już wie, że nie ma ucieczki.

Zanim w poszukiwaniu ratunku przebiegła przez hol, do mamy, usłyszała, że drzwi gabinetu zamknęły się głośniej niż zwykle, jakby ktoś trzasnął nimi z rozmachem.

— Boże, Myszka... Znowu się rozebrałaś. I znowu TO zrobiłaś. A tak prosiłam. Nie rozbieraj się, Myszka. Nigdy się nie rozbieraj, to tak brzydko — westchnęła mama bezradnie i pośpiesznie zaprowadziła ją do łazienki.

Myszka nie rozumiała, dlaczego rozbieranie się jest brzydkie. Brzydkie było załatwianie się pod siebie, ale zdejmowanie ubrania? Była przekonana, że nie tylko ona jest bez niego ładniejsza. Ładniejsza też była mama, którą oglądała kiedyś pod prysznicem (mama krzyknęła wtedy gniewnie i nie wiadomo czemu zasłoniła się ręcznikiem). Ładniejszy był tata, gdy w rozwianym szlafroku przebiegał przez hol z łazienki do swego pokoju. Ładniejsze były panie i panowie w telewizorze. Myszka lubiła oglądać ubrania, ale uważała, że ubrania powinny być osobno, a ludzie osobno. Ubrania były do zabawy, można je było miąć, targać, drzeć. Wkładane na ludzi, coś ludziom odbierały.

Od tego niefortunnego dnia Myszka już nie próbowała zatańczyć dla taty. A taniec nie zawsze dawał jej radość. Z polecenia lekarza mama zapisała Myszkę na gimnastykę specjalną, którą także natychmiast znienawidziła. To nie była gimnastyka, którą dziewczynka czasem widziała w telewizji: panie w kusych strojach machały nogami, bardziej tańcząc niż ćwicząc, w rytm wesołej muzyki. Myszka przed telewizorem też próbowała klaskać jak one i wyrzucać rytmicznie nogi i ręce, choć wiedziała, że tak pięknie jej się nie uda. Ale to było zabawne.

Na sali gimnastycznej, dokąd mama zaprowadziła Myszkę, nie było zabawnie. Słychać było głośne, męczące sapania innych dzieci. I nie tylko dzieci. Byli tu też dorośli, równie ociężali jak ona, nie umiejący poradzić sobie z równoczesnym wymachem nóg i rąk. Widok dorosłych przeraził Myszkę. Do tej pory wierzyła, że jeśli teraz tańczy jedynie w środku, to gdy dorośnie, będzie tańczyć naprawdę.

— Jak będę duża, to zatańczę? — pytała mamy, ale z jej ust słychać było tylko sylabę „taaaaa", a widok innych dużych, którzy nie umieli tańczyć, przyprawiał ją o lęk. Ale mama gorliwie kiwała głową, gdy Myszka, sapiąc, usiłowała podskoczyć do rytmu. Ktoś mamę nauczył, żeby zawsze kiwała głową, nawet wtedy, gdy Myszka wiedziała, że to co robi, robi źle. „Mama kłamie", pomyślała po raz pierwszy w życiu.

„Już zawsze będę ciężka", mówiła sobie i marzyła o chwili, w której mogłaby stać się tak lekka jak dziewczynka z sąsiedniego domu, którą widywała jeżdżącą na rowerze, na desce, na łyżworolkach. Ta dziewczynka była jak motyl, którego Myszka rozgniotła niechcący na szybie. Motyl, fruwając, mienił się tęczowo, tańczył w powietrzu, trzepotał skrzydełkami i był tak śliczny, że Myszka zapragnęła go pogłaskać. Ale gdy zbliżyła do niego grubą i niezgrabną rączkę, owad zamienił się w bezkształtną kleistą masę. Myszka rozpłakała się bezradnie.

„Jestem podobna do TEGO", pomyślała instynktownie, patrząc na zgniecionego motyla.

Więc wcale nie należało dziwić się tacie, że na jej widok przyśpieszał kroku. Raczej dziwiło, że niekiedy stał schowany za kwietnikiem i na nią patrzył. I robił to nadal, nawet po tamtej strasznej chwili, w której Myszka dla niego zatańczyła. Dziewczynka bała się, że ją obserwuje, bo chce sprawdzić, ile ona umie zrobić takich brzydkich rzeczy. I domyślała się, że on lubi tylko rzeczy ładne.

Mama słusznie odgadła, że tata przypominał Myszce pana z reklamy, którą oglądała w telewizorze. Pan był gładki, elegancki, miał białe zęby jak u wilka, ulizane włosy, biegł przez ekran z telefonem w ręce. Myszka nic nie rozumiała z tego, co pan mówił do widzów sprzed ekranu, bo mówił szybko, z zadowoleniem i pewnością siebie. I gdzieś szalenie się śpieszył. Jak tata. Myszka przypuszczała, że tam, gdzie on biegnie, jest ten świat, o którym mama mówi: „groźne miejsce, bardzo groźne miejsce". Świat spoza ich ulicy. Ba, spoza ich płotu. Świat pełen telefonów, ubrań, aut, komputerów, pań i panów równie ładnych jak tata.

Myszka marzyła, że pewnego dnia zobaczy, jak pan z telewizora zatrzymuje się, odkłada czarny telefon i nachyla się ku czemuś niewidocznemu, co tkwi skulo-

ne w rogu ekranu. A tym czymś jest ona. I pan z telewizora mówi głosem taty:

— Myszka, moje kochanie, jak dobrze cię widzieć...
Pokaż mi, jak tańczysz...

A ona rozbiera się i tańczy, leciutko, zwinnie, i nie
przydarza się jej żadne „małe nieszczęście".

Następnej nocy fruwała we śnie, więc już przy
śniadaniu przypomniała sobie, że musi iść na strych,
i żeby o tym nie zapomnieć, zaznaczyła krzyżyk na
drzwiach kryjących strome schodki. Ale zapomniała
równie szybko, jak szybko nabazgrała ten znaczek,
i właściwie to mama spytała po obiedzie:

— Nie chcesz się pobawić na strychu?

— Ceeee! — ucieszyła się Myszka, a mama westchnęła z ulgą.

Ewa nie chciała pozbywać się Myszki, chciała tylko
oderwać się od rzeczywistości, szybując w cudze unie-
sienia miłosne, w cudze światy pełne szczęścia, w czyjeś
dobrze ułożone życie. Poważnej literatury Ewa już nie
była w stanie czytać. Na jej kartkach chodzili smutni
ludzie, z problemami równie wielkimi jak jej własny.
Wolała świat wykreowany przez lekkie czytadła, świat
bez ostrych kantów i bolesnych kolców.

*

Myszka, wspinając się na strych, była szczęśliwa.
Z każdym krokiem zbliżała się do rozległej, niczym nie
ograniczonej przestrzeni, która wyłaniała się przed nią,
ledwie zamknęła za sobą drzwi. Wkraczała w bezpiecz-
ny, cichy mrok, o różnej gęstości i barwie.

Myszka nie wiedziała, dlaczego przestrzeń na strychu nie ma początku i końca i jakim cudem tak się

dzieje, skoro po zapaleniu żarówki strych stawał się pomieszczeniem zamkniętym od ściany do ściany, od skosu do skosu, a wąską, wolną ćwiartkę podłogi wyznaczały stare meble nieznanej babci. Jednak to wszystko znikało, gdy rozsuwały się kolejne zasłony szarości i czerni z miękkiego, widoczno-niewidocznego splotu, utkanego — jak sądziła Myszka — z pyłu wirującego w świetle lampy. Pył miał różną gęstość i ta gęstość nadawała barwę zasłonom. Podniecona Myszka usilnie wypatrywała najdalszej kurtyny, tej czarnej jak sadza, poza którą rozciągały się niewyobrażalne przestrzenie.

Myszka instynktownie czuła, że ta przestrzeń, choć rozwiera się tylko dla niej, istnieje również bez niej, a ktoś — ten niewidoczny On — wciąż coś w niej stwarza. Błądzi i myli się, poprawia to, co stworzył, a to coś czasem ulatuje daleko, ustępując miejsca nowej, poddającej się Jego woli pustce, z której wyłaniają się kolejne stwarzane światy. Myszka już wiedziała, że TO trwa bez końca. I nie ma początku. Nigdy nie miało.

...tym razem woda była szarozielona i jej fale rozbijały się o jałową ziemię, która wyłoniła się spoza kurtyn mroku. Ziemia była bura, naga i bezbronna w tej nagości. I właśnie wówczas, gdy Myszka pomyślała, że nie chce na nią patrzyć, że woli oświetlony zwykłą żarówką strych, usłyszała głębokie westchnienie ziemi i ujrzała, że jej brązowe grudy, mniejsze i większe, poruszają się, przemieszczają, spośród nich zaś coś się wyłania z cichym, śpiewnym szelestem. Było to coś niezwykle dziwnego: czerwone i tak jaskrawe, że aż bolały oczy. Wychylało się z ziemi coraz szybciej i wyżej; już miało wysokość palca, potem dwu, wreszcie co najmniej dwóch dłoni Myszki położonych jedna na drugiej. Było miękkie, puszyste i dziwnie znajome, choć obce. Ziemia już nie była naga i bezbronna, lecz przykryta tym niezwykłym czerwonym futerkiem. Myszka bez skutku usiłowała dociec, co to jest, a wtedy znów usłyszała ów potężny, a zarazem powątpiewający Głos, który mówił tak, jakby pytał. Myszka wiedziała, że nie ją pyta, lecz samego siebie.

— TO JEST DOBRE...

I właśnie wtedy, gdy usłyszała w tym Głosie pełne bezradności wahanie, pojęła, co ma przed oczami:

— To trawa!

Czerwona trawa kładła się tymczasem na ziemi głaskana podmuchem niewidocznego wietrzyku, falowała i wciąż rosła, rosła, rosła...

— TO JEST DOBRE... — oznajmił niepewnie Głos i jego brzmienie wydało się Myszce tak samotne, tak bardzo skazane na brak jakiegokolwiek odzewu, że krzyknęła z całej mocy (choć tylko wewnątrz siebie, gdyż bała się, że ktoś na dole ją usłyszy):

— Nie! Nie! To nie jest dobre! Trawa nie może być czerwona! Czerwień jest dla krwi, nie dla trawy!

I nagle czerwona trawa powstrzymała swój płynny wzrost; przestała falować i znieruchomiała, a jej cieniutkie łodyżki przypominały teraz antenki z plastiku, nie rośliny. I nagle zaczęła zmieniać kolor. Najpierw zrobiła się fioletowa, w najbardziej agresywnym, głębokim odcieniu tej barwy, której Myszka szczerze nie lubiła, gdyż wydawała się jej smutna.

— Ooooch... — powiedziała zmartwiona. — Proszę cię, nie rób fioletowej trawy.

— TO JEST DOBRE... — zawahał się huczący Głos, by nagle urwać i westchnąć tak głęboko, że fioletowa trawa zatańczyła gwałtownie na wietrze.

I znowu morze trawy zaczęło zmieniać kolor. Wyglądało to tak, jakby ktoś ogromnym pędzlem kładł na miękkim fioletowym dywanie rozległe zielone, soczyste plamy. Myszka odetchnęła z ulgą. A gdy cały fiolet zniknął, przykryty nowym kolorem, który tak dobrze znały oczy Myszki — wtedy po raz trzeci odezwał się grzmiący Głos:

— TO JEST DOBRE.

Tym razem dziewczynka nie usłyszała w nim żadnego wahania i uśmiechnęła się zadowolona.

— To jest dobre — przyznała z przekonaniem.

Trawa znów zaczęła falować na wietrze, o którym Myszka już wiedziała, czym jest naprawdę: Jego oddechem. Westchnęła również i zaśmiała się radośnie, gdy trawa zatańczyła, posłuszna ruchowi powietrza.

★

Ewa odłożyła książkę. Adama, jak zwykle, nie było w domu. Radio milczało; ekran telewizora zastygł w matowej obojętności. Żaden dźwięk nie dochodził z głębi domu ani spoza uchylonych okien. Wokół zamilkły wszystkie odgłosy życia, jakby zamarło na pewien czas; jakby ludzie ułożyli się do drzemki lub wszyscy, w ciszy, tak jak ona, czytali książki.

„Co za cisza.... można by usłyszeć, jak trawa rośnie", pomyślała i nagle, pod wpływem tej myśli, usłyszała dziwny dźwięk. Trwał na pograniczu ciszy i szelestu. Był łagodniejszy niż natrętne brzęczenie komarów, lecz głośniejszy od muszych skrzydeł. Ten dźwięk śpiewał, choć była to melodia tak cicha, że ledwie słyszalna. A jednak Ewa usłyszała ją na tle tej dziwnej, niemal dzwoniącej ciszy.

Odłożyła książkę, wstała z kanapy i podeszła do okna, rozsuwając zasłony. Zapadał zmierzch. Nigdzie nie było widać świateł. Jeszcze nie zapaliły się uliczne latarnie, a ludzie w domach wciąż oswajali wzrok z szarością nadchodzącego wieczoru, nie płosząc go jaskrawym światłem żarówek. Ewa westchnęła i już, już miała zasunąć zasłony, gdy jej wzrok padł na trawnik. Trzy dni temu rozsypała nasiona trawy, mając nadzieję, że same znajdą sobie miejsce w ziemi. Znalazły. Teraz wyrastał z niej soczysty, ciemnozielony w szarzyźnie zmierzchu, puszysty kobierzec.

„Widzę i słyszę, jak trawa rośnie!", zdziwiła się Ewa, ale zdziwienie ustąpiło ciekawości, a ciekawość zrozumieniu. Skoro grzyby potrafią wyrosnąć w jedną noc, czemu z trawą nie miałoby być podobnie? Może trawa, tak jak grzyby, rośnie wtedy, gdy ludzie nie patrzą? I może nie wie, że ona właśnie patrzy i widzi ten powolny, delikatny ruch, słyszy towarzyszący mu śpiewny szelest?

Nagle zapragnęła pochodzić po tej świeżej, gęstniejącej, zielonej murawie. Zdjęła buty, wyszła z domu i pobiegła bosymi stopami przez trawnik. Był miękki i żywy jak futro kota i pachniał czymś niepodobnym do niczego.

„Pachnie trawą, głupia", pouczyła się w myślach.

Sama nie wiedząc, kiedy i dlaczego, położyła się na zielonym kobiercu, rozrzucając szeroko ramiona. Ziemia była ciepła i bezpieczna. Ewa nagle poczuła się szczęśliwa.

„Nie jestem sama. Mam Myszkę. A przecież są ludzie samotni, nieszczęśliwi, których nikt nie kocha i oni nikogo nie kochają. Mnie kocha Myszka, a ja kocham ją. O ileż lepiej ją mieć, niż nie mieć niczego", myślała, leżąc na trawie i patrząc w niebo. Było zachmurzone i pozbawione gwiazd. A jednak łagodne w swej gołębiej szarości.

Po chwili usłyszała cichą, owadzią muzykę. Dałaby głowę, że owady pojawiły się nagle. Ale teraz fruwały. Było ich mnóstwo, wszędzie, i Ewa rozróżniła wśród nich zarówno dzienne motyle, jak i nocne ćmy, złote pszczoły, brązowe trzmiele, i wreszcie pospolite muchy i komary.

„Jaki świat jest bogaty i piękny. Jakie to dobre", pomyślała.

Leżała tak, poza czasem, nie wiedząc, ile go upłynęło. Wreszcie wstała, otrzepała suknię i weszła do domu.

„Boże, Myszka wciąż tkwi na strychu. Muszę ją zawołać", uprzytomniła sobie i jej głos rozbił łagodną ciszę zapadającego zmierzchu. A gdy zasuwała zasłony, ze zdziwieniem ujrzała, że nagle, w tej samej chwili, wszędzie wokół zapaliły się światła. Jakby czas, wtedy gdy leżała na trawie, zatrzymał się, aby teraz znów ruszyć nadanym przez ludzi rytmem. Latarnie uliczne rozbłysnęły chłodnym, zielonkawym blaskiem; w oknach domów zapłonęły ciepło żarówki; rozjarzyła się ogrodowa lampa na trawniku.

„Rzeczywiście, trawa urosła", stwierdziła w myślach, zerkając na trawnik jeszcze raz. „Rośnie wtedy, gdy nikt na nią nie patrzy, a że nie wiedziała, iż patrzę, więc sobie rosła", pomyślała odrobinę bez sensu i ruszyła do kuchni, by przygotować kolację dla siebie i córki.

★

Myszka nie zdziwiła się, gdy wśród trawy nagle pojawiły się kwiaty. Potem ziemia ciężko westchnęła, jęła obracać swoje cielsko na wszystkie strony, jak potężne zwierzę. I wtedy z jej wnętrza zaczęły powoli wyrastać drzewa. Z trzaskiem wyłaniały się grube pnie i rozłożyste gałęzie, tworząc fantazyjne korony. Były coraz większe. Ogromne. Ich kształty odcinały się ciemną, zdecydowaną kreską od błękitu nieba, przypominając Myszce obrazek z książki, którą pokazywała jej mama.

Ku zdumieniu Myszki niektóre z tych drzew-niedrzew były gigantycznymi kwiatami, z grubą łodygą przypominającą pień dębu i z koroną rozległą jak baldachim.

„On znowu się pomylił", wystraszyła się. „Trzeba Go powiadomić..."

Nagle zrozumiała, że gdy On błądzi, tylko od niej może się o tym dowiedzieć. I przeraziła się, jak mało wie, i tego, czy jej wiedza jest prawdziwa.

— Myyyszka! Kolacja! — usłyszała krzyk mamy z dołu i wzdrygnęła się. Głos mamy dolatywał z oddali, stłumiony, cichy, odbijał się od przestrzeni, która rozwierała się przed nią, i znowu wracał na dół.

„Odejdę i On zostawi drzewokwiaty... Co robić?", myślała przerażona, a jej myśli niespostrzeżenie przyśpieszyły w porównaniu do tempa, w jakim biegły na dole.

— TO JEST DOBRE — zagrzmiał Jego Głos, a Myszka zrozumiała, że ma ostatnią szansę.

— Neeeee! — rozległ się jej krzyk, niosąc się echem po nieskończonej przestrzeni wody, ziemi, nieba, i obijając się o ściany strychu.

„Zaraz przyjdzie mama", przeraziła się i szybko, nie czekając, aż zasłony wrócą na swoje miejsce, zaświeciła światło.

Wszystko zniknło i przed oczami dziewczynki rozwarł się zwykły, spokojny w tej zwykłości strych. A na schodach już słychać było pośpieszny tupot kroków.

Dziewczynka zrozumiała, że nie będzie świadkiem wszystkiego, bo gdy zejdzie na dół, to On i tak będzie nadal stwarzał i stwarzał, gdyż stwarza bez przerwy i wciąż na nowo.

„To jest dobre, ale popraw drzewokwiaty", szepnęła Mu na pożegnanie, nie martwiąc się tym, że wokół niej był już tylko strych, a w drzwiach pojawiła się sylwetka wystraszonej mamy. On musiał być wszędzie, więc pewnie także tu. Być może stwarzał właśnie kufer babci, malachitowe słonie mamy i księgę o Kopciuszku.

— Myszka... aleś mnie wystraszyła... Czemu krzyczałaś? — spytała mama.

— Neeee! — zawołała Myszka jeszcze raz, żeby pokazać, że krzyczy ot tak, bez powodu, choć naprawdę wierzyła, że On usłyszy i zapamięta: drzewokwiaty trzeba poprawić.

I stał się wieczór, dzień trzeci.

DZIEŃ CZWARTY: ŚWIATŁA

Ewa myliła się, sądząc, że Adam, zamknięty w gabinecie, pracuje zawzięcie, uciekając w pracoholizm od problemów. Adam czytał. I oglądał. Czytał prawie te same książki co ona — opasłe medyczne dzieła o dzieciach z zespołem Downa, ale poszerzał zakres lektur o książki o niemowlętach z porażeniem mózgowym, z wrodzoną łamliwością kości, z zanikiem mięśni; czytał o matkach, które zażywały thalidomid, więc urodziły kalekie dzieci — bez rąk, bez nóg, albo w ogóle bez członków; pogrążał się w lekturze o dzieciach z garbem, z wodogłowiem, z niedorozwojem kończyn dolnych, w wyniku czego wyglądały jak karły z ogromnymi głowami. Poznawał nie kończące się przykłady możliwych chorób i wynaturzeń, jakie mogły dotknąć ludzki embrion, ten cudowny wynik połączenia się jajeczka z plemnikiem, które teoretycznie powinno powołać do życia doskonałą ludzką istotę. A jednak istota ta wyglądała czasem jak poczwarka. Adam oglądał w skupieniu w medycznych książkach ilustracje z ułomnymi dziećmi, patrzył na nie z zachłanną ciekawością, jakby chciał przeniknąć przez ich zdeformowane ciała i mózgi i dotrzeć do środka. Chciał się upewnić, że takie istoty powinny zniknąć z powierzchni ziemi; że ich wnętrze jest równie kalekie.

Adam, obojętny religijnie, czytał zdumiewające i niepojęte zdanie Jana Pawła II: ...„w osobie upośledzonej odbija się moc i wielkość Boga", a czytając, głośno, po wielokroć, wciąż na nowo, nie umiał tego zrozumieć.

Poznawał nazwy, jakie dorośli nadawali tym dzieciom: „muminki", „dzieci czujące inaczej", „sprawne inaczej", i złościły go te próby omijania prawdy. Nawet określenie „niepełnosprawne" nie oddawało wszystkiego. Zdaniem Adama one w ogóle nie były sprawne.

„Dar Pana" — ta nazwa dla Adama, dociekliwego, choć mało uczuciowego, była dziwna, ale najbliższa prawdy. Bo dar to prezent, który otrzymuje się od kogoś szczelnie zapakowany, z nieznaną zawartością. Zawartość stanowi tajemnicę — i niespodziankę. Niespodzianki niekoniecznie są miłe.

Myszka była dla niego taką tajemnicą i zarazem niespodzianką, która zburzyła jego dotychczasowe, znakomicie zaplanowane życie. Nie chcianą niespodzianką.

Adam tkwił samotnie za zamkniętymi drzwiami gabinetu i codziennie myślał o córce. I nie umiał nic z tymi myślami zrobić. Nie wiedział, co z nimi zrobić.

Pewnego razu nagle sobie przypomniał letni dzień w odległej mazurskiej wiosce, gdzie biwakowali z Ewą jako studenci, przypłynąwszy żaglówką. Wybrali ten brzeg przypadkowo, a leżąca nad nim wioska była tak mała, że nie oznaczono jej na mapach. Pogodni, mili ludzie mieszkający najbliżej jeziora za parę groszy sprzedawali im mleko, jajka, owoce. Gospodyni, łagodna i uśmiechnięta, częstowała ich ciastem, które upiekła na niedzielę.

— Patrz, jacy życzliwi, otwarci i serdeczni dla obcych, a co dopiero dla siebie — powiedział do Ewy. — Pomyśl, jak pokręceni wobec nich są ludzie z miasta.

— Taaaaak, bo oni mają właściwą hierarchię wartości, pierwotną i prawdziwą, nie zmąconą straszną cywilizacją — odparła uczenie Ewa.

Oboje z Adamem byli wtedy przemądrzali, typowi studenci. Lubili rozmawiać o sprawach, o jakich później, gdy rozpoczęli zawodowe kariery, nie chciało im się nawet myśleć. Ale wtedy ta słoneczna sielskość mazurskiej wsi i uderzająca serdeczność tutejszych ludzi wydawały im się ostoją w chaotycznym biegu świata ku niewiadomym celom.

Pewnego dnia, gdy obudzili się rano i ruszyli ścieżką ku domom, wyczuli, że przez wieś przebiega jakieś niezdrowe, podniecone wrzenie. Wyczuli je od razu, ledwie zbliżyli się do domu, w którym podejmowano ich tak życzliwie.

Wokół drewnianego płotu stał tłumek sąsiadów. Przed domem wóz policyjny. Jacyś obcy ludzie, kobieta i mężczyzna, najwyraźniej przybysze z miasta, kręcili się po podwórku w asyście policjantów. Ich dotąd uśmiechnięta, łagodna gospodyni stała koło stajni z ponurym, zdesperowanym wyrazem twarzy. Spojrzała na nich wrogo i bez słowa. Gospodarz w ogóle nie spojrzał. Jego wzrok wędrował z nienawiścią po sąsiadach stojących za płotem, po przybyszach, którzy kręcili się od stajni do drzwi domu i z powrotem, jakby nie wiedząc, co zrobić.

— Co się stało? — spytał Adam, ale nikt im niczego nie wyjaśnił.

— Proszę powiedzieć, co się stało? — spytała natarczywie Ewa, łapiąc za rękaw kobietę z miasta.

— Co się stało... — powtórzyła ta mechanicznie i dodała ze złością. — Znajdźcie lepiej coś do cięcia metalu!

Adam wyminął stojącą koło stajni gospodynię, która nie próbowała go zatrzymywać, i wszedł do środka. Jego wzrok z trudem oswajał się z mrokiem, który tu panował, a nozdrza wychwyciły smród gnijącego nawozu i brudu. Pokwikiwaniu świń, stłoczonych w ciasnej zagrodzie, i ciężkiemu oddechowi krów towarzyszył jeszcze jakiś dźwięk. Szuranie nóg o przegniłą słomę? Pisk myszy? Jedno i drugie? Szamotanina szczura, który wpadł w zastawioną pułapkę?

— To tu — powiedziała stojąca za nim kobieta z miasta, wskazując ręką najciemniejszy kąt stajni. — Niechże pan coś wymyśli. Nie mamy nożyc do cięcia metalu. Inspektor szuka, ale nie znalazł... A z nimi pan się nie dogada. Milczą.

Adam spojrzał w kąt, który wyznaczał ruch jej ręki. W ciemności coś się poruszało. Coś niewiele większego od psa. Coś popiskującego jak szczur.

Jego wzrok powoli oswoił się z ciemnością, a gdy postąpił kilka kroków naprzód, zobaczył. Na końcu łańcucha przytwierdzonego do ściany uwiązane było jakieś nerwowo poruszające się stworzenie. Krążyło dookoła, rozrzucając zgniłą słomę, zataczając kręgi na odległość, jaką wyznaczał okręcony wokół szyi łańcuch.

— Co to...? — szepnęła Ewa, która też za nim weszła. — To niemożliwe... nie... niemożliwe...

Uwiązane na łańcuchu dziecko, na czworakach, miotało się wciąż we wszystkie strony, a potem, słysząc ich głosy, uniosło głowę. Spod skołtunionych włosów spojrzały duże niebieskie oczy. Usta wydały kolejny, zwierzęcy pisk. Ręka odruchowo nabrała garść słomy i włożyła ją do ust. Dziecko patrzyło na nich i popiskując, przeżuwało cuchnący nawóz. Dopiero teraz Adam ujrzał tę za dużą głowę, kiwającą się na wątłej szyi. Za mały w stosunku do głowy tułów; ręce i nogi przypominające dwa wysychające patyki. Strzępy ubrania ledwie przykrywające pozbawione cech ludzkich ciało, z wypukłym garbem na szkieletowatych plecach. To nie był człowiek, to było monstrum. A jednak rozpoznali w tym czymś dziecko.

— Boże, Boże... — szeptała Ewa, nie znajdując innych słów.

Adam powoli wziął siekierę, która leżała w pobliżu.

— Pan oszalał? — powiedziała kobieta. — Nie siekierą!

Nie słuchając jej, i nawet nie słysząc, uderzył w ścianę, do której przytwierdzony był łańcuch. Spróchniała deska odpadła na podłogę razem z żelaznym kółkiem. Kobieta krzyknęła. Potem zapadła cisza, w której słychać było tylko ich szybkie oddechy i przerażone kwilenie kaleki.

Towarzyszący kobiecie mężczyzna niósł to dziecko--niedziecko, owinięte w koc, do policyjnego samochodu.

Kobieta biegła za nim, trzymając łańcuch, który żelazną obrożą otaczał szyję stworzenia.

Mysi pisk wzmógł się, potem zaczął narastać. Dziecko, oślepione światłem dnia i przerażone jak zwierzę schwytane w pułapkę, zamknęło oczy przed nieznanym blaskiem dnia, i pisk przeszedł w przejmujące wycie. Stojący wokół sąsiedzi szemrali półgłosem, a kobiety czyniły znak krzyża. Gospodyni, z kamiennym wyrazem twarzy, bez ruchu stała przed stajnią, w tej samej pozycji, w jakiej ją zastali. Jej mąż stał obok i trzymał rękę na jej ramieniu. Ich wrogie spojrzenia wwiercały się w sąsiadów, którzy cofnęli się, a na widok odjeżdżającego auta powoli i w milczeniu zaczęli się rozchodzić.

— To było dziecko. Prawdziwe, żywe dziecko. Miało chyba z sześć lat — powiedziała wstrząśnięta Ewa, gdy już płynęli żaglówką, daleko od tej wsi, jeszcze mokrzy od kąpieli w jeziorze, jakby w jego wodzie chcieli zmyć pamięć o tym, co przeżyli.

— Niedorozwinięte dziecko — przytaknął cicho Adam.

— Dlaczego...? — spytała wtedy Ewa, a on nie odpowiedział. Nie znał odpowiedzi. Dopiero teraz, po kilkunastu latach, ta odpowiedź przyszła do niego.

Obraz z wakacji przypłynął ponownie, po wielokroć bardziej ponury i groźny w obliczu własnych doświadczeń. Odepchnął go. Stworzenie, które przed chwilą wyminął w holu, przebywało przecież w komfortowym domu. A specjalny zakład, do którego chciał je oddać, należał do wzorcowych. Sprawdził to.

Wychodząc z domu, potknął się o skotłowaną trawę, która walczyła z brukową kostką podjazdu i zwyciężała. Podniósł głowę i przyjrzał się fasadzie domu. Pomyślał o tym, jaki ten dom miał być i jaki jest. Tak, pojawienie się Myszki odebrało mu nawet jego urodę. Teraz ten dom pożerał chaos. Przez króciutki ułamek chwili poczuł jedność z tamtą kobietą o kamiennej twarzy, stojącą nieruchomo koło drzwi stajni. Potem odetchnął głęboko i wyrzucił z pamięci zarówno tamten obraz, jak i tamte uczucia. Wszystkie uczucia.

Idąc, zerknął na zaniedbany trawnik.

„Nawet trawa rośnie tu szybciej niż gdzie indziej" — pomyślał. Rzeczywiście, trawa była wyższa i bujniejsza, jakby urosła przez jedną noc.

Przelotnie zastanowił się, dlaczego właśnie dziś przypomniało mu się to wydarzenie sprzed lat.

„Dlaczego dziś...?", pomyślał jeszcze raz, gdy dojechał do firmy.

Przez cały dzień prześladowało go uczucie, że o czymś zapomniał. Kilkakrotnie sprawdzał w kalendarzu zapisane na ten dzień sprawy i umówione spotkania. Trzy razy pytał swoją asystentkę, budząc jej zdziwienie, czy na pewno nie ma mu czegoś do przekazania. Gdy niepokój wzrósł i zaczął uwierać go za bardzo, by można go było zlekceważyć, usiadł za biurkiem, rozłożył wszystkie kalendarze, „organizery", palmtop, laptop, a nawet zajrzał do notatnika w starym komputerze (w laptopie znajdowały się już tylko sprawy firmy, ale w starym komputerze pozwalał sobie niegdyś na osobiste notatki). I właśnie tam znalazł zagubioną informację.

Dokładnie osiem lat temu przyszła na świat Myszka. Gdy wprowadzał tę datę do komputera — opatrzył ją mnóstwem wykrzykników, pełnych radości i nadziei. Z programu graficznego ściągnął czerwone serduszka, a wianuszkiem kwiatków otoczył słowo: „dziewczynka!"

Zatem pisał to, gdy już zobaczył na własne oczy, że to nie syn, lecz córka. A jednak radość wcale się nie zmniejszyła. Nie należał do typowych ojców, których satysfakcjonuje tylko syn-następca. Był na tyle otwarty, by wiedzieć, że dziewczynka również spełni jego ambicje.

...każda dziewczynka, tylko nie ta. Znowu stanęła mu przed oczami gospodyni z mazurskiej wsi. Nie rozumiał tego, co zrobiła. Ale rozumiał uczucie, które nią kierowało. Przypomniał sobie twarze ludzi zza płotu. Byłyby równie, a może bardziej podekscytowane, gdyby to dziecko mieszkało w domu, a nie w stajni. Gdyby tamtejsi ludzie codziennie je oglądali. I gdyby mówili, że to pewnie „kara boska".

„Co innego, gdy ludzie tylko wiedzą, a całkiem co innego, gdy jeszcze widzą. Widzieć Myszkę... nie, to nie jest przyjemne ani estetyczne..."

Odruchowo przeglądał komputerowy notatnik, szukając w nim śladu własnych uczuć sprzed ośmiu lat. Nie znalazł niczego. Tak jak zamknął się w gabinecie przed Ewą i córką, tak zamknął się wtedy przed samym sobą i ani jedna zapiska w komputerowym pliku nie zdradziła niczego, co wówczas czuł. Za to wszystko pamiętał.

Pamiętał poczucie straszliwej klęski, gdy lekarz wyjaśnił mu, na czym polega DS. Pierwszy, instynktowny lęk przed reakcją znajomych i przyjaciół: „Będą mi współczuć... Nie chcę współczucia... Nienawidzę litości..." Nie bał się szyderstwa. Umiałby na nie odpowiedzieć. Ale wiedział, że w swoim środowisku natrafi wyłącznie na rozumiejące współczucie. Najbardziej bał się współczucia.

Pamiętał słowa szpitalnego pediatry: „To dziecko będzie od was wymagać nieustającej opieki i czułości. Musicie mu oddać swój czas i całych siebie". Już wtedy wiedział, że go na to nie stać. Chciał oddać wszystko, ale dziecku o sprawnym, zdrowym ciele i normalnym umyśle.

„Nie, nieprawda", przypomniał sobie. „Wierzyłem, że będzie mieć umysł nadzwyczajny, a nie normalny, bo przecież było moim dzieckiem... Miało być doskonałe".

Przypomniał sobie słowa specjalisty defetyka (tak nazywano w tym szpitalu lekarza zajmującego się wrodzonymi defektami u dzieci):

— Jeśli nie stać pana, by dać temu dziecku miłość, lepiej, żeby je pan tu zostawił. Takie dziecko wymaga poświęcenia.

Nie stać go było na poświęcenie. Podpisał papiery i przekonał Ewę do słuszności swojej decyzji. „Podjęliśmy tę decyzję oboje!", pomyślał gniewnie.

A potem nagle, z dnia na dzień, nawet nie wyjaśniając, skąd jej się to wzięło, Ewa podarła dokumenty i oświadczyła, że wraca do domu razem z Myszką.

Nie, nie z Myszką. Jeszcze nie wiedzieli, jakie imię otrzyma to ułomne stworzenie, i czy w ogóle je nazwą. Miało pozostać w tym szpitalu anonimowo. Bezimienne. Niczyje.

Dopiero w kilka dni później, już w domu, Ewa, nie pytając go o zdanie (wcale tego nie chciał), nadała dziewczynce imię Marysia. Skąd wzięło się dziwne zdrobnienie „Myszka", nie wiedział. Nie wiedział też, dlaczego Ewa zmieniła zdanie i postanowiła zabrać dziecko do domu. Podejrzewał, że ona sama tego nie wiedziała.

„Więc to już osiem lat", pomyślał. Osiem lat ruiny ich małżeństwa, którego nawet nie można było rozwiązać. Mężczyzna, który porzuca żonę z ułomnym dzieckiem, traci dobrą opinię. Nie wolno mu było tracić dobrej opinii, jeśli chciał utrzymać dobrą reputację wśród ludzi z branży.

Urodziny Myszki... Już ósme, ale po raz pierwszy sobie o nich przypomniał. Dlaczego? Dlaczego właśnie dziś, w urodziny córki, przypłynął do niego tamten obraz spokojnej mazurskiej wsi...?

Nacisnął dzwonek na biurku i weszła jego asystentka.

— Co kupiłaby pani w prezencie ośmioletniej dziewczynce? — spytał.

Asystentka nie namyślała się długo. Spojrzała na niego wyrozumiale i z szacunkiem. (Wszyscy wiedzieli, że ma niedorozwinięte dziecko, choć nikt go nie widział i nie zdawał sobie sprawy ze stopnia upośledzenia; wiedzieli, że solidarnie trwa przy żonie i dziecku).

— Osobiście kupiłabym jej lalkę Barbie. Nie znam dziewczynki, która by nie pokochała tej lalki. Jest doskonała — odparła asystentka z miłym uśmiechem.

— Więc proszę kupić najpiękniejszą i najdroższą Barbie, jaką pani znajdzie — polecił.

— Kupiłabym jeszcze Kena — podpowiedziała sekretarka, Adam zaś kiwnął głową. Nie wiedział, kto to jest Ken, ale to nie miało znaczenia.

Najpiękniejsza lalka Barbie miała długie blond włosy i doskonałe rysy twarzy, które zastygły w grymasie — pomiędzy erotycznym wydęciem ust a półuśmiechem. Ubrana była w suknię balową z szeleszczącej tafty. Ken był szatynem ubranym we frak, o ujmującej twarzy i gładko zaczesanych włosach. Adam przyjrzał się tej eleganckiej parze i pomyślał z ironią, że on i Ewa byli kiedyś do niej podobni (Ewa była blondynką, on miał włosy takie jak Ken). Nagle przypomniał sobie charytatywny bal, na którym byli przed narodzinami Myszki. O ironio, to był bal na rzecz niepełnosprawnych dzieci. Ewa miała suknię w tym samym pąsowym kolorze co Barbie. On miał na sobie frak. Pierwszy frak w swoim życiu. Był z niego bardzo dumny; bardziej niż z trzech markowych fraków i dwóch smokingów, które wisiały dziś w jego szafie.

„Ładna lalka", pomyślał, patrząc jeszcze raz na Barbie. „Nic dziwnego, że wymyślono jej męża. To nie jest lalka, to mała kobietka..."

Przywiózł pudło do domu. Wieczorem Barbie z Kenem zostali położeni w holu, w kącie, w którym najczęściej bawiła się Myszka. I leżeli tam teraz, jakby wyczekując zaproszenia na bal.

Adam odruchowo nasłuchiwał kroków córki. Czekał wyjątkowo długo. W końcu się zjawiła.

Mimo uszczelnionych drzwi gabinetu Adam odróżniał lekkie kroki Ewy od ciężkiego stąpania Myszki. Dziewczynka wydawała też nieartykułowane dźwięki, które go irytowały. Mruczała w dziwaczny i monotonny sposób. Mówiła chrapliwie i bełkotliwie, co urażało jego wrażliwe na dźwięki uszy. Adam kochał muzykę. Umiał bezbłędnie zanucić frazy z dzieł ulubionych kompozytorów. Ale gdy ich słuchał, pomrukująca za drzwiami córka była przykrym dysonansem.

— Koooo... ppp... — usłyszał ten denerwujący głos, gdy uchylił drzwi, aby sprawdzić, czy znalazła nowe lalki. Rozszyfrował większość dźwięków wydawanych przez to stworzenie, a jednak nie odgadł, że tym razem jest to pierwsza sylaba słowa „Kopciuszek". Nie wiedział, że Ewa przez długie lata czytywała Myszce właśnie tę bajkę. Nie pojął, że Myszka, patrząc na obie lalki, w pierwszej chwili uznała, że widzi Kopciuszka idącego z księciem na bal. Kopciuszka po czarodziejskiej przemianie przez wróżkę.

Patrzył przez wąską szparę w drzwiach. Jego córka stała nad lalkami leżącymi na podłodze w eleganckich, szeleszczących opakowaniach. Wpatrywała się w nie z usilną uwagą, która zmarszczyła jej grube brwi i jeszcze bardziej zdeformowała nawisłe nad oczami powieki. Wreszcie kucnęła i ostrożnie dotknęła połyskliwego opakowania. Gdy wzięła je do rąk, Adam zamknął drzwi. Prezent trafił we właściwe ręce.

Przelotnie wzruszył się własnym gestem.

★

Myszka rozerwała przejrzystą folię i wyrwała lalki z kolorowego pudła. Rwanie, ciągnięcie, darcie na strzępy — to były czynności, które wykonywała najchętniej. Gdy lalki znalazły się w jej rękach, wysiłkiem woli zmusiła się, by nie podrzeć od razu ich ubranek („dzieci z DS mają naturalny odruch niszczenia"). Najpierw chciała im się przyjrzeć. Oglądała je w skupieniu, biorąc każdą do rąk i przysuwając do krótkowzrocznych oczu („dzieci z DS często cierpią na wady wzroku — krótkowzroczność, astygmatyzm, dalekowzroczność; równie często zdarza się im katarakta").

Bliższe przyjrzenie się Barbie zniweczyło przekonanie Myszki, że do holu zstąpił zminiaturyzowany Kopciuszek po czarodziejskiej przemianie. Kopciuszek nie mógł mieć takiej twarzy. Ta twarz nie spodobała się Myszce, mimo że trochę przypominała mamę. Jednak mama śmiała się, płakała, krzywiła, a lalka miała piękne, ale obce i doskonale nieruchome oblicze. Myszka obejrzała teraz Kena. Tak, pasował do tej lalki.

„Mama i tata?", pomyślała. „Pan i pani z telewizora", poprawiła się zaraz.

Postanowiła, że sprawdzenie, co w nich jest w środku, zostawi na inną porę. Lalki nie uciekną. Są tu. Obie. I na razie niech sobie leżą. Na nią czekał strych. Usilnie starała się nie zapominać o strychu lub przekazać tę pamięć mamie.

Mama pamiętała za nią wiele rzeczy. To dobrze. Ale o strychu już sama nie mogła zapomnieć.

★

„Stych" stał się słowem-kluczem w rozmowach Ewy z Myszką. W zamian za obietnicę pójścia na „stych" Myszka była gotowa zrobić wiele rzeczy, do których Ewa wcześniej nie mogła jej zmusić. Zgadzała się nawet na znienawidzone ćwiczenia wymowy zalecone przez logopedę, które, zdaniem Ewy, i tak niewiele dawały. Myszka posługiwała się jedno-, najwyżej dwusylabowymi słowami, których znaczenia Ewa czasem się domyślała, lecz było to za mało, by wysłać ją do szkoły. Nawet specjalnej.

Ewa, tak jak Adam, choć z innych przyczyn, nienawidziła określenia: „szkoła specjalna". Adam wstydził się, że jego dziecko mogłoby tam chodzić, Ewie było żal Myszki. Adam odruchowo myślał o reakcji znajomych, Ewa wierzyła głęboko, że we wnętrzu tej małej dziewczynki drzemie coś, co szkoła zniszczy. Nieodwracalnie. Dlatego Ewa usiłowała nie myśleć o przyszłości, gdyż przyszłość przerażała ją. Adam o niej myślał i widział tylko jedną możliwość: zakład opieki dla upośledzonych umysłowo. Dożywotnie miejsce dla takich istot jak Myszka.

Pewnego poranka Adam i Ewa zderzyli się ze sobą w kuchni. Ona wstała wcześniej niż zwykle i robiła

Myszce kakao. On zaspał i wstał później. Myszka plątała się między nimi, usiłując schodzić ojcu z drogi. Czuła, że mu przeszkadza; że on nie lubi, gdy zmniejsza się między nimi odległość, że unika jej dotyku. I że mama się przy nim zmienia.

— Jak długo chcesz przy niej tkwić? — usłyszała nagle głos ojca.

Mama nie odpowiedziała. Myszka wystraszyła się, że skoro mama milczy, być może pytanie skierowane jest do niej, a ona nie rozumie jego sensu i nie umiałaby odpowiedzieć. Na szczęście ojciec mówił dalej, nie czekając na niczyją odpowiedź.

— Do końca życia?

Tym razem mama kiwnęła głową.

— Do końca twojego życia, a co potem? — spytał Adam z brutalną szczerością.

Ewa wciąż milczała, mieszając kakao (Myszka zauważyła, że kakao już dawno się rozmieszało i pewnie teraz „zamieszuje" się na nowo; była ciekawa, czy sypki, puszysty proszek wypłynie na wierzch i wyskoczy z kubka na łyżeczkę). Adam ciągnął z półuśmiechem, który Ewa znienawidziła, ledwie ujrzała go pierwszy raz:

— Potem co? Weźmiesz ją ze sobą do nieba?

Myszka nie wiedziała, kim jest „ona", ta, o której mówi tata. Widziała jednak wyraz twarzy mamy. Mama wciąż milczała, lecz była przestraszona. Nie okazywała tego w widoczny sposób, ale Myszka i tak to wyczuła. Wystraszona mama wydzielała mniej ciepła, robiła się chłodna i nie dawała poczucia bezpieczeństwa.

Ewa nie chciała myśleć, co będzie „potem". Nie chciała nawet wiedzieć, co jest teraz. I nie wiedziała. Mijał dzień za dniem, miesiąc za miesiącem, rok za rokiem i Ewa przywykła do myśli, że tak będzie zawsze.

III

Ona i Myszka otoczone warownym murem domu. Ona i Myszka wyizolowane od świata. Ona i Myszka wystarczające same sobie. Nie myślała, co będzie potem... I co to jest „potem"? Nie chciała tego wiedzieć. Tak było lepiej. Tymczasem Adam rzucił to brutalne pytanie i wybiegł. Posiał małe, gorzkie ziarenko i jak zwykle uciekł, nie czekając, aż ono wzejdzie.

Przez całą tę krótką rozmowę usilnie starał się nie patrzyć na córkę. Tak było lepiej. Ewa dokładnie widziała oślinioną brodę Myszki i wiszące z nosa dwie kapki. Nie chciała, by dostrzegł je Adam. Na szczęście wybiegł. Tak było lepiej. Ale ona została nie tylko z Myszką, lecz również z nieokreślonym „potem". Wiedziała, że każda matka zamartwia się przyszłością swoich dzieci, że po wielokroć zastanawia się, co z nimi będzie, gdy jej zabraknie. Każda matka mająca normalne dzieci. A co ma myśleć ona, matka takiego dziecka jak Myszka?

W jednym z licznych poradników, wydawanych dla rodziców niepełnosprawnych dzieci, Ewa przeczytała historię rodzeństwa, z którego jedno, dziewczynka, było w pełni sprawne, a drugie, chłopiec, urodziło się z DS. Naturalne wydawało się, że po śmierci rodziców dziewczynka — już jako dorosła kobieta — przejmie opiekę nad bratem. Nie przejęła.

„— Alik musi zrozumieć, że mam prawo mieć własne życie — zwierzała się redaktorce. — I on to rozumie. Mam męża, dzieci, pracuję, realizuję w pracy własne ambicje i trudno, żebym do końca życia sprawowała opiekę nad ułomnym bratem. Zadręczyłabym siebie i jego. Dlatego po śmierci rodziców oddaliśmy go do zakładu. Odwiedzamy go raz w miesiącu i on już wie, że tak musi być.

— Myśli pani, że jest mu tam dobrze? — pytała redaktorka.

— Czy Alik ma być moją dożywotnią karą za jakieś grzechy? — odparła kobieta bez związku z pytaniem".

Ze zdjęcia patrzył na Ewę czterdziestokilkuletni Alik. Skośnooki i gruby ("dzieci z syndromem DS jedzą dużo i łapczywie, jakby chciały jedzeniem zrekompensować swoje problemy"). Na fotografii miał ufny, dziecięcy, choć wystraszony uśmiech na typowo okrągłej twarzy (nigdy nie miała stać się twarzą dojrzałego człowieka) i sprawiał wrażenie osoby, która nie czuje gruntu pod nogami. Alik tonął. Ewa to widziała. Ale w przeciwieństwie do Myszki, Alik mówił, i to całymi zdaniami.

„— Co robisz, Alik? — pytała redaktorka małego pisemka, a Alik mrużył ze zdjęcia wąskie, opuchnięte oczy. Zmarszczki na jego dziecinnej twarzy sprawiały dziwne wrażenie.

— Teraz robię świece, ale to trudne, ktoś mnie musi pilnować. Przedtem kleiłem koperty.

— Lubisz tę pracę?

— Muszę. Każdy w tym domu coś musi robić.

— Alik, czy to jest twój dom?

— To jest dom. Budynek.

— A co byś robił, gdybyś nie musiał pracować?

— Biegałbym po łące z moją siostrą...

— Dlaczego?

— Bo tak biegaliśmy, jak byłem młodszy i żyła mama..."

Ewa odłożyła poradnik i zagryzła wargi.

„Łąka na całe życie. Z mamą i siostrą. Czy jest gdzieś we wszechświecie taka łąka? A może jest przynajmniej w niebie?", pomyślała.

Poczuła się jak w pułapce, do której Adam zagnał ją paroma krótkimi zdaniami. Zdaniami boleśnie logicznymi, ale co logika ma do syndromu DS...? Co logika ma do przyszłości jej córki?

Na razie jednak wciąż była teraźniejszość. I małe, malutkie postępy w rozwoju Myszki. „Stych", związany z warunkiem, że będzie mogła tam pójść, jeśli będzie się uczyć, spowodował, że dziewczynka nauczyła się paru nowych słów. Wprawdzie najczęściej były jednosylabowe — niemożliwością też było wymówienie „sz" lub „cz" — ale Ewa wiedziała o tym od logopedy. („Proszę się nie przejmować, że pewnych rzeczy ona nigdy się nie nauczy...")

„Myszka nigdy nie nazwie słowami tego, co naprawdę czuje. Może to lepiej...? Może wtedy czuje się mniej?", myślała Ewa.

Na ogół rozumiała Myszkę. Zdarzało się jednak, że nie domyślała się, co oznacza sylaba, za którą — z krótkim sapnięciem — mknęła zniekształcona spółgłoska. Równocześnie Ewa wiedziała, że poza nią dziewczynki nikt nie zrozumie. Dlatego cierpliwie ponawiała ćwiczenia, wiedząc, że musi przygotować Myszkę na to „potem", na moment gdy pozostanie sama wśród obcych ludzi.

— Cee stych — mówiła Myszka.

— Chcę iść na strych — poprawiała Ewa, a Myszka, wiedząc, że inaczej nie uzyska zgody, powtarzała cierpliwie:

— Cee... iinaa... stych....

Myszka za cenę pójścia na strych nie domagała się już histerycznie kolejnego ciastka i nie uderzała łyżką o talerz na znak, że chce dodatkową porcję zupy. Ewa wiedziała, jak groźne jest łakomstwo u dzieci z DS.

Rosnąca otyłość to niezborne ruchy, dodatkowo obciążone serce i jeszcze słabszy system oddechowy. Ewa codziennie walczyła z łakomstwem córki, a „stych" jej w tym pomagał.

Myszka uczyła się też o wiele chętniej, choć zapewne Adam wyśmiałby taką naukę w wydaniu ośmiolatki: ustawianie klocków tak, aby choć trzy, cztery utrzymały się w pionie, wkładanie i zdejmowanie butów, ciasnego sweterka, zapinanie guzików, żmudna i niebezpieczna próba ukrojenia chleba, samodzielne zaścielenie łóżka. A jednak od czasu „stychu" bywało to osiągalne.

Tak, Myszka nadawałaby się już do przedszkola; potrafiła nawet zasznurować buciki, jeśli dziurek nie było zbyt wiele. Niestety, miała osiem lat i powinna iść do szkoły; na przedszkole była za dorosła. Żadne przedszkole nie wchodziło w grę: ani ono nie chciałoby takiego dziecka, ani to dziecko nie chciałoby się w nim znaleźć.

Ewa wyczuwała, że Myszka tęskni do innych dzieci. Na spacerach próbowała podbiegać do bawiących się dziewczynek i chłopców, ale oni na ogół nie chcieli jej towarzystwa. Byli zaniepokojeni jej innością, jako że najczęściej wychowywano ich w strachu przed wszystkim, co odbiegało od normy.

Zdarzało się, że niektóre dzieci chciały bawić się z Myszką, ale gdy już, już wydawało się, że zostanie zaakceptowana przez rówieśników, wkraczały matki. Jedne bez słowa brały swoje dziecko za rękę i odchodziły, inne, zanim odeszły, rzucały Ewie wrogie spojrzenia, mówiące: „Co ty tu robisz z tą nienormalną dziewczynką?" Bywały i takie, które głośno krzyczały: — To nie miejsce dla takich...! Ewa podejrzewała, że one głęboko wierzą, iż „TO jest zaraźliwe".

Równie źle znosiła Ewa współczucie (to wtedy była skłonna zrozumieć Adama i wybaczyć mu jego decyzję). — No i co z takiego wyrośnie? Po co to-to Bóg zesłał na ziemię? — pytała współczująco któraś z matek. — Takie nieszczęście... — mówiła z ubolewaniem inna, choć Myszka, z ufnym i radosnym śmiechem, goniła bawiące się dzieci. Słowo „nieszczęście" zmiatało z twarzy Ewy uśmiech, który pojawiał się na widok radości córki.

W takich chwilach Ewa brała Myszkę za rączkę i odchodziła tam, gdzie nie było nikogo, gdzie radość Myszki była także radością Ewy, gdzie nie było normalnych dzieci i normalnych matek. Stała się drażliwa i każde zachowanie ludzi odbierała jak agresję, nawet wtedy gdy było wyrazem współczucia.

Ewa poczuła ulgę, gdy w życiu Myszki pojawił się strych i gdy ta przestała upominać się o spacery. Strych pozwalał im obu zostać w fortecy, w jaką przeobrażał się ich dom.

— Stych — powiedziała Myszka także dzisiaj, gdy już uporały się z ćwiczeniami.

— Zjesz obiad i pójdziesz — obiecała Ewa.

— Paaam — powiedziała Myszka.

— Będę pamiętać.

*

Myszka była szalenie ciekawa, co tym razem ujrzy po rozsunięciu się zasłon. Już wiedziała, że On pokazuje jej coś, co robi wciąż i wciąż na nowo. Czuła, że On stwarza, bo tylko to umie robić; czyni to bez przerwy, próbując stworzyć coś, co będzie idealne. Ale Mu nie wychodziło. Fioletowa i czerwona trawa lub drzewokwiaty były dowodem na to, że często się mylił. Myszka nie zdziwiłaby się, gdyby się okazało, że gdzieś, daleko stąd, szybuje w głębi nieba inna ziemia, z czerwoną trawą i monstrualnymi kwiatami o zdrewniałych, potężnych pniach. A może z czymś jeszcze dziwaczniejszym? I może nie jedna ziemia, lecz kilka? Całe mnóstwo szalonych światów? Tyle, ile wszystkich palców u obu rąk Myszki? Lub jeszcze więcej. Światy z gazu lub kamieni; albo z materii twardszej niż kamień. Światy z życiem — i bez życia. Z życiem sprawiającym wrażenie snu wariata lub tak zwyczajne, że nie do wytrzymania. Światy mknące w niezmierzonej pustce Kosmosu, układające się w spirale lub, jak klocki lego, w wyszukane lub wynaturzone konstrukcje. Światy, które uciekały ze strachu przed Nim, nie wiedząc, co On jeszcze z nimi zrobi w tym nie kończącym się procesie stwarzania, lub wręcz przeciwnie: światy, które garnęły się ku Niemu, skupiając w gęste galaktyki. Światy, które zawsze Go szukały — i nigdy nie umiały znaleźć. Lub znajdowały Go — ale nie tam, gdzie był.

Rozsuwanie się zasłon mroku nieodmiennie zachwycało Myszkę. Wielość odcieni czerni była zdumiewająca i gdy pojawiała się ta ostatnia, w głębokim, miękkim kolorze sadzy, dziewczynka już wiedziała, że barwy raptownie się zmienią i dopiero teraz ujrzy właściwą przestrzeń. Oczekiwanie na to, co się ukaże, było frapujące, a niespodzianka tym większa.

...tym razem wszędzie wokół Myszki było niebo. To niebo, które wcześniej spłynęło skądś z góry, a woda rozstąpiła się przed nim, robiąc mu miejsce. A potem woda zrobiła miejsce ziemi. Ziemia trawie. Trawa drzewokwiatom.

Drzewokwiaty poprawił. Zatem wbrew temu, co początkowo sądziła, słyszał ją. Słyszał jej słowa, a nawet myśli. Była tego pewna. Choć zapewne nie zawsze słyszał. Tylko wtedy, gdy miał ochotę. Albo gdy nie był zajęty czymś innym, ważniejszym.

„Czemu ustąpi miejsca niebo?", zastanawiała się niespokojnie. Usiłowała zgadnąć, lecz nie zgadywała. On był nieprzewidywalny.

„Tylko nie zabieraj nieba!", zawołała w myślach, ale On oczywiście nie słuchał, nagle bowiem z jednej strony nieskończonego błękitu pojawił się mrok i zaczął z wolna go powlekać. Przypominało to wkładanie przez Myszkę sweterka. Trwało długo i nie bez przeszkód. Mrok szamotał się z niebem jak Myszka z rękawami. Przybywało go powoli i nierównomiernie; to zasłaniał część lazuru, to znowu cofał się, by zaraz wrócić. Ale wciąż było go więcej i więcej. Myszka przeraziła się, że zabierze całe niebo.

„Znowu się pomylił", pomyślała z lękiem.

A jednak mrok zatrzymał się, jakby czując jej strach. Teraz pół nieba tonęło w błękicie, a drugie pół w mroku. Myszce coś to przypominało, ale nie wiedziała, co. Błękit nabrał intensywności, rozszczepił się na wiele barw, od jasnego lazuru po ciemny, nasycony szafir. Mrok, tak jak pajęcze zasłony, ujawniał kolejne odcienie czerni.

Nagle po obu stronach nieba pojawiły się dwa dziwne kształty. Na połowie błękitnej ukazał się, nie wiadomo skąd, złocisty kwadrat. W ciemną, zbliżoną do granatu przestrzeń wskoczył trójkąt. Kwadrat był złocisty i mienił się takim blaskiem, że Myszka tylko z trudem, mrużąc oczy, mogła mu się przyglądać. Trójkąt miał chłodną barwę srebra.

— TO JEST DOBRE? — stwierdził z powątpiewaniem Głos.

Myszka nie umiała odpowiedzieć. Nie wiedziała, co to jest. Nagle figury raptownie się zmieniły. Kwadrat zaczął falować, drżeć, zatracał ostre kąty i powoli, powolutku przemieniał się w koło. Gdy koło już było idealnie okrągłe, zaczęło lśnić tak mocno, że Myszka musiała odwrócić wzrok. W tej samej chwili pojęła:

— Słońce! — zawołała z radością.

Już wiedziała, że On znowu eksperymentuje, właściwą sobie metodą prób i błędów. I miała pewność, że zaraz coś wymyśli; będzie wiedział, że idealnym kształtem dla srebrnej figury jest również koło. Albo wąski sierp. Lub pulchny rogalik.

Myszka przypomniała sobie księgę z baśniami. Na obrazkach księżyc miał sierpowaty kształt, a niekiedy ten sierp miał długi nos i skrzywione usta. Księżyc w baśniach nie zawsze był dobry, sprzyjał złym mocom, pomagał czarownicom, ale Myszka i tak go lubiła. W przeciwieństwie do niego, słońce na tych malunkach miało okrągłą, pogodną buzię, śmiało się do Myszki i wysyłało ku niej równiutkie, długie promienie.

On widocznie westchnął, gdyż Myszka poczuła na twarzy tchnienie wiatru i stwierdziła, że znowu zna jej myśli: księżyc miał teraz sierpowaty kształt z wyraźnym długim nosem, a słońce otrzymało szczerzące się w uśmiechu usta.

— TO JEST DOBRE — powiedział On huczące-pytającym głosem i Myszka odruchowo pokręciła głową. To było dobre w bajkach, ale nie tu. Co On wyprawia!

On już wiedział. Księżyc zgubił nos i przemienił się w wąziutki sierp, ale zaraz zaczął puchnąć, stał się rogalikiem, potem niepełnym kołem i wreszcie księżycem w pełni.

— TO JEST DOBRE — stwierdził potężny Głos, a księżyc w pełni znowu zaczął maleć, zmieniając swój kształt, z okrągłego stał się wąziutkim, wysmukłym sierpem.

„Spodobała Mu się ta zabawa", pomyślała Myszka, a księżyc jeszcze parokrotnie przechodził od pełni do nowiu i z powrotem. „Mnie się też podoba", stwierdziła i już spokojnie czekała, aż On odejmie słońcu nieszczery uśmiech. Była pewna, że On wie.

Wiedział. I stwarzał dalej. Już nie zdziwiły jej gwiazdy, które wyskoczyły na granatowe niebo nie wiadomo skąd, najpierw nieśmiałe i symetryczne, jak z obrazka w księdze, ale wkrótce zaczęły zmieniać kształty, wielkość i moc światła; niektóre pulsowały, inne tworzyły konstelacje, a ich rysunek na nocnym niebie układał się w Wielką Niedźwiedzicę, w Strzelca, Oriona, Gwiazdę Polarną czy w Pannę.

— TO JEST DOBRE — oświadczył Głos, przypominający wiosenną burzę, i Myszka usłyszała w nim zadowolenie.

Zrozumiała, ile On ma roboty. Codziennie stwarzać i stwarzać tyle gwiazd, tyle światów, tyle bezkresnych przestrzeni...!

„Musi być zmęczony", pomyślała ze współczuciem.

Sama również była zmęczona. Blask słońca, księżyca i gwiazd oślepiał ją. Nagle wszystkie gwiazdy zaczęły wirować, wirować, wirować... Myszka zamknęła oczy, chroniąc je przed jaskrawym światłem — i zasnęła. Już spała, gdy pojawiły się kurtyny przyjaznej czerni i otuliły ją miękką, pajęczą kołdrą.

— Myszka... — powiedziała mama wystraszonym głosem. — Śpisz? Na tym strychu? W ciemnościach?

— Spaaa — powiedziała dziewczynka, sepleniąc po swojemu, a język, nieposłuszny, żyjący własnym życiem, wysunął się z ust i wypuścił bąbelek śliny.

„Zgasiła światło, lecz zanim zeszła na dół, zmogła ją senność", pomyślała Ewa.

Mrok na strychu przejął ją lękiem, lecz trwało to krótko. Poczuła jego miękki, łagodny spokój. Nawet tam, gdzie podłoga łączyła się z dachem, gdzie czaiła się czerń głęboka jak sadza, było bezpiecznie.

„Myszce tu nic nie grozi", uspokoiła się z przekonaniem.

Z trudem zniosła dziewczynkę na dół, otuliła kołdrą i nim zasunęła zasłony, zatrzymała się przy oknie.

Gwiazdy wisiały na niebie tak nisko, że wydawało się, iż gdyby wyszła na pobliskie drzewo, dosięgłaby ich ręką. Księżyc był na przemian wyrafinowanie wąskim sierpem, to znowu potężną, emanującą chłodnym światłem kulą.

„Ćmi mi się w oczach, jestem zmęczona", stwierdziła i przetarła powieki. Oczywiście, że księżyc, jeśli mu się przyjrzeć, nawet gdy jest na nowiu, zdradza kulistą budowę. Nie była zdziwiona, że widzi go równocześnie na nowiu i w pełni.

Nagle z granatowego nieba zaczęły spadać gwiazdy. Pierwsza... druga... piąta... dwudziesta... Deszcz gwiazd. Sprawiały wrażenie, że lecą ku niej; że gdyby wyszła teraz przed dom, mogłaby nabrać ich pełne naręcze.

„Jeszcze nigdy ich tyle nie spadło", zdziwiła się. „Powinnam pomyśleć jakieś życzenie, a się spełni. Podobno spełniają się wtedy dobre wróżby".

Jednak o niczym nie pomyślała. Wiedziała, że to, o czym marzy, nie spełni się nigdy, a innych marzeń nie miała.

I nastał wieczór, dzień czwarty.

DZIEŃ PIĄTY: ŻYCIE

Półka z książkami w gabinecie Adama puchła od nowych lektur. Przybywały mu też coraz dziwniejsze książki, jakich wcześniej nigdy by nie kupił.

Niewątpliwie byłby zdziwiony, gdyby odkrył, że oboje z Ewą mają wiele tych samych tytułów: medyczne dzieła, poradniki dla rodziców dzieci niepełnosprawnych, a nawet urzędowe wykazy opieki socjalnej, jaką ich obejmowano.

Te same książki prowadziły ich jednak do różnych wniosków. Ewie wystarczyła informacja o dodatkowym, dwudziestym pierwszym chromosomie („Bingo! Masz oczko, Ewa...!"). Adam zaś upewniał się, że DS to choroba genetyczna, a zatem jedno z nich dwojga musi być obciążone. Skoro tak, to jaką mają szansę, że kolejne dziecko — jeśli w ogóle przyszłoby na świat — będzie zdrowe? I jakie jest ryzyko, że narodzi się znowu ułomne?

Adam bardzo pragnął dziecka. Cały sens nauki, pracy i zarabiania pieniędzy upatrywał w posiadaniu potomka, któremu chciał przekazać wszystko, co zdobędzie w życiu. Dynamicznie rozwijająca się firma, gromadzony kapitał, nabywane akcje i finansowe lokaty, dom wraz z ogrodem — to wszystko miało być dla dziecka. I całe Adamowe doświadczenie. Potężny zespół dobrych rad, w które zamierzał zaopatrzyć je, by zaszło dalej niż on. „Ale nie to dziecko", myślał.

Narodziny Myszki początkowo odebrały mu sens życia. Jednak po krótkotrwałym szoku postanowił nie poddawać się. Podobnie jak w firmie tworzył biznesplany, układanie życiowych biznesplanów wydawało mu się czymś naturalnym. A w życiowym biznesplanie dziecko stanowiło ważny, jeśli nie główny punkt. Było zatem oczywiste, że skoro Myszka nie jest tym dzieckiem, musi narodzić się drugie. Wcześniej jednak Adam chciał wiedzieć, czy Ewa może być matką normalnego dziecka, on zaś ojcem; musiał zatem zdobyć pewność, po czyjej stronie leży wina.

Nazywał to winą. Alzheimer u babci Ewy i alzheimer, który tak często dopadał „mongołów", o czym przeczytał w książkach, utwierdził go w przekonaniu, że istnieje związek między genami Ewy i Myszki. Zatem on powinien być czysty. Określenie „czysty" przelotnie go zaniepokoiło, ale potem uznał je za właściwe.

Już wiedział, że najszybciej rozwijającą się nauką jest genetyka. Gazety często o tym pisały. Dwudziesty pierwszy wiek to będzie era zwycięstw genetyków. Era genomu. Era rozszyfrowania, co tkwi w człowieku w środku. Zaglądał do Internetu i odkrywał ogromną, rosnącą liczbę stron i odsyłaczy na ten temat. Były tu materiały naukowe, informujące, że odkryto gen alzheimera, gen porażenia mózgowego, chorób serca, wrzodów żołądka, starości, osteoporozy, a nawet gen inteligencji. Naukowcy znaleźli się o krok od odkrycia całego ludzkiego genomu, który, jak przeczytał, ma półtora metra długości i trzy miliardy „literek" lub, jak chcieli inni uczeni, „cegiełek". Te miliardy cegiełek tworzyły łańcuch DNA. To geny decydowały o wszystkim, także o tym, jaki będzie wygląd człowieka, zarys jego czaszki, budowa ciała, a nawet oczy, nos czy podbródek.

„Znając genom człowieka i ptaka, będziemy mogli wyhodować ludzi ze skrzydłami", napisali z dumą dwaj najsławniejsi genetycy świata, Daniel Cohen i Craig Venter.

„Gdyby Myszka miała skrzydła...", pomyślał wtedy z krótkotrwałym zachwytem.

Geny zrewolucjonizują ludzkość dwudziestego pierwszego wieku, w którym żył Adam i w którym miało żyć jego dziecko. Oczywiście nie to dziecko. Temu dziecku już nic nie pomoże, żadne odkrycie, nawet skrzydła.

„Dzięki genom wyhodujemy kiedyś doskonałych ludzi", pomyślał, pełen smutku, że musi dodać to małe słówko „kiedyś". „Dlaczego Myszka musiała urodzić się przedwcześnie? Jeszcze kilka lat i uszkodzone geny w rodzinie Ewy zostałyby wymienione na lepsze. Ewa urodziłaby idealne dziecko. Razem moglibyśmy zdecydować, jak wysokie ma być jego IQ, jaka płeć, kolor oczu i włosów..."

Poczuł ogromny żal, że nie żyje sto lat później, gdy na całej kuli ziemskiej już nie będzie ani jednej ludzkiej istoty z downem, z porażeniem mózgowym, z wodo-głowiem, z wrodzoną łamliwością kości, ze zwyrod-nieniami kończyn po thalidomidzie. Nie będzie gar-batych, niewidomych, głuchych.

— Uczymy się języka, w którym Bóg stworzył ży-cie — oświadczył prezydent Stanów Zjednoczonych („Jak zatem nazwać język, w którym Bóg stworzył Myszkę?", przemknęło Adamowi przez myśl. Adam wątpił w istnienie Boga, ale — w paradoksalny spo-sób — jeszcze mocniej wątpił w możność poznania Jego języka. „Poza genomem jest w człowieku jeszcze coś, czego nigdy nie poznamy, nie pojmiemy, czego nie ogarnie żadna nauka", pomyślał, ale ta myśl umknęła równie szybko, jak przyszła).

— Czyste, zdrowe, idealne społeczeństwo — po-wtórzył głośno i z uporem.

Przed oczami znów stanął mu słoneczny dzień w mazurskiej wiosce i kalekie, przerażone dziecko, z wielką głową na cienkiej szyi, z garbem na chudych plecach i z niedorozwojem kończyn. Oczywiście, jego miejsce było w specjalnym zakładzie, a nie w brudnej stajni. Jednak za dziesięć czy dwadzieścia lat, dzięki planowemu wymienianiu genów, matki i ojcowie pło-dzić będą wyłącznie zdrowe i idealne dzieci. Ułomne niemowlę po prostu nie przyjdzie na ten świat. Ba, nie zostanie poczęte. Zdrowe, czyste społeczeństwo...

Jego myśli raptownie się urwały. Przed oczami mignęła mu, jak na filmie, malutka klatka pamięci do-tycząca wydarzeń z ubiegłego wieku. Nie był ich świad-kiem — w ogóle nie było go wtedy na świecie. Oglądał je jednak w starych kronikach w telewizji, uczył się o nich w szkole, czytał w książkach. Ta mała klatka pamięci najpierw zamigotała mu przed oczami jak bardzo stare zdjęcie w kolorze sepii, a potem podzieliła się na wiele szybkich, gwałtownych i brutalnych kadrów, rozrastających się w wojskowym, marszowym rytmie. Gdzieś w mózgu zabrzmiało historyczne nazwisko, jedno, drugie, trzecie...

Wtedy sobie przypomniał: w historii był już niejeden człowiek, który zamierzał wyhodować doskonałe, idealne społeczeństwo. Czyste. Tak, tego określenia używano: czyste... „Czysta rasa". Jeśli ten ktoś miał władzę, próbował wcielić marzenia w czyn. Odsyłał upośledzonych — dzieci, kobiety, mężczyzn, starców — do specjalnych zakładów, z których nigdy nie wracali. Lub szli z nich wprost do obozów śmierci. Ten ktoś wyprzedzał swój czas i zatrudnił lekarzy do doświadczeń nad hodowlą nadczłowieka o idealnych genach, choć może nawet nie znał słowa „gen". Odgórnie, politycznym nakazem, kojarzył ze sobą pary gwarantujące, że potomstwo ich będzie doskonałe.

Tak, ktoś taki już był. Ktoś, kto szukał języka, w jakim Bóg stworzył życie, i zdecydował się z ich wielości — bo to nie może być jeden język! — wybrać tylko ten, który pasował do jego celów. Był ktoś taki...

Adam nagle zrozumiał, że błądzi, lecz nie wiedział, w którym miejscu popełnia błąd. Marzenie o doskonałym człowieku wydawało mu się uprawnione. Pod koniec znaczącego roku 2000 eksplodowało ono z nową, ożywczą siłą. Rozszyfrowanie ludzkiego genomu dodało mu skrzydeł (czy tych samych skrzydeł, które Cohen i Venter chcieli przydać ludziom?). Zatem dlaczego pół wieku wcześniej podobne marzenie doprowadziło do mordów popełnianych przez „doskonalszych" na — ich zdaniem — mniej doskonałych?

„Jakie będzie to przyszłe społeczeństwo, całkowicie pozbawione ludzi ułomnych?", zamyślił się. „Jaki będzie świat, zaludniony wyłącznie doskonałymi ludźmi? Czy równie doskonały?"

Nie przywykł do takich myśli. Nie umiał stawiać tego rodzaju pytań ani na nie odpowiadać. Książki, które zgromadził, nie wyjaśniały tych wątpliwości. Do ich rozstrzygnięcia brakowało mu jakiegoś elementu. Nie wiedział, jakiego. Sami uczeni, mimo sukcesów w „rozszyfrowaniu języka Boga", byli stropieni swoim odkryciem i trochę przerażeni jego konsekwencjami — tak jak Einstein i Oppenheimer przerazili się możliwości wykorzystania energii jądrowej.

„Ale ja jestem zwykłym człowiekiem i po prostu chcę mieć zwykłe, normalne dziecko. Mam prawo tego chcieć", pomyślał.

Cichutko uchylił drzwi gabinetu i wyjrzał do holu. Myszka siedziała na podłodze, bawiąc się kupionymi przez niego lalkami. Próbowała stawiać je obok siebie, mrucząc coś półgłosem.... nie, to nie było zwykłe mruczenie.

„Ona śpiewa!", zdziwił się Adam.

W dziwacznym, irytującym mruczeniu Myszki rozróżnił nagle dźwięki znanej mu melodii.

„Przecież to Mahler", rozpoznał po chwili, zszokowany odkryciem. „Ona śpiewa melodię z symfonii, której często słucham! Słyszy ją tylko przez moje drzwi, ale zapamiętała..."

Myszce udało się ustawić pionowo obie lalki, i teraz Barbie stała sztywno obok Kena, podając mu rękę, a oboje wyglądali tak, jakby mieli ruszyć na bal. Dziewczynka wybuchnęła chrapliwym i szorstkim, pełnym radości śmiechem. Zaklaskała w dłonie; jej okrągłą buzię rozjaśnił ten dziwny, ufny uśmiech, który Adam obserwował zza półprzymkniętych drzwi i który natychmiast znikał, gdy się do niej zbliżał (co widział kątem oka, usiłując wyminąć ją jak najszybciej). Dziewczynka ponownie się zaśmiała, zaklaskała w dłonie, potem wstała i wyrzuciła w górę obie rączki. Z jej ust znowu wydobyło się to dziwne, śpiewne mruczenie. Myszka wciąż śpiewała wpadającą w ucho frazę Mahlera. Nagle przestała śpiewać.

— Taaaaaaa...! — zawołała grubym, donośnym głosem. — Taaaaa...! — i uśmiechnęła się jeszcze szerzej, wymachując rękami, a potem zaklaskała nimi rytmicznie. Adam zrozumiał: jego córka chciała, żeby lalki ze sobą zatańczyły. I wyobrażała sobie, że to robią. Znowu rozległ się jej gruby, chrypliwy śmiech.

— Ona jest szczęśliwa... — zdziwił się.

Usłyszał stąpanie bosych nóg Ewy, która pośpiesznie wyszła z łazienki na wołanie córki („jak pies Pawłowa", pomyślał z irytacją), więc wycofał się w głąb gabinetu, przymykając bezszelestnie drzwi.

„Czy świat powinien być pełen ludzi doskonałych genetycznie, czy ludzi szczęśliwych? Czy doskonałe geny dają szczęście?", zamyślił się. Obawiał się, że stawia pytania, na które nie ma odpowiedzi. A może rozwiązanie jego problemów nie tkwi w nauce, lecz gdzie indziej. Gdzie...?

— Myszka, co się stało? — dopytywała się Ewa w holu.

— Laa stooo.... taaa... — usłyszał przez drzwi odpowiedź córki.

— Ustawiłaś lalki! Stoją! Jak pięknie! Mądra Myszka... dobra Myszka... — powtarzała Ewa, Adam zaś nagle zjeżył się w sobie, z trudem panując nad niezrozumiałym wybuchem gniewu.

„Ona ją traktuje jak nierozumne zwierzątko! A przecież w środku, tam gdzie nikt nie potrafi zajrzeć, tkwi istota, która ma swoje uczucia i myśli, swój świat i własny język, który być może jest językiem Boga..."

Po chwili opanował się. Własna reakcja rozśmieszyła go, ale też zażenowała. Nie wiedział, skąd się wzięła. Pewnie z tego Mahlera, i z mniemania, że ludzie wrażliwi na muzykę są wrażliwi w ogóle. Myszka była co najwyżej wyjątkiem potwierdzającym regułę. Ewa wie, co robi, gdy traktuje ją jak zwierzątko.

„Nie będę się w to wtrącał, muszę być konsekwentny", pomyślał, choć nadal czuł drobną, ostrą drzazgę urazy do Ewy i do całego świata, który traktował z góry takie istoty jak jego córka. I do samego siebie — ponieważ to akceptował.

Usiadł w fotelu, odwracając się plecami do drzwi, za którymi był dom stworzony dziewięć lat temu dla żony i dziecka. Zrzucił na ziemię książki o genach i o szansach tworzenia idealnych ludzi; o przyszłym społeczeństwie, w którym nikomu nie zabraknie żadnego chromosomu, ani nikt nie będzie miał o jeden za dużo. Wszystko będzie idealne.

Książki spadły z hukiem na podłogę, a on wszedł do Internetu, by połączyć się ze swoją firmą.

„Liczby... Tylko liczby są pewne. Język Boga jest językiem matematyki", pomyślał z przekonaniem.

★

Myszka siedziała w kucki na strychu i kiwając się miarowo, śpiewała. Potęgę muzyki, która — tak jak taniec — zdolna była wyrazić wszelkie uczucia, odkryła przypadkiem, słuchając w holu, jak tata puszcza swoje płyty i taśmy. Mama ich nie lubiła. Wolała rytmiczne melodie z radia. Tata zawsze głośno puszczał ulubione kompakty. Przez drzwi jego gabinetu muzyka prześlizgiwała się odrobinę stłumiona, lecz piękna i przejmująca. Myszka słuchała jej i śpiewała.

Teraz na strychu, patrząc na rozwieranie się czarnych zasłon, Myszka śpiewała Wagnera. Zasłony podchwyciły melodię i już po chwili nuciły razem z nią — delikatnie, drżąc i falując, co do Wagnera nie pasowało. Ale Myszka wiedziała, że zaraz otworzy się przed nią potężna, nieskończona przestrzeń, z ziemią i wodą, z nocą i dniem, z gwiazdami, z księżycem i słońcem — i tutaj Wagner był jak brakujący element. Obraz, ruch, dźwięk.

Myszka nie zdziwiła się, gdy tę majestatyczną melodię podchwyciła woda i wyrzuciła w górę radosną fontannę. Jedną... drugą... trzecią... dziesiątki fontann... setki. Potem spoza opadających melodyjnie strug wody zaczęły wyłaniać się wielkie, miękkie, ciemne cielska. I zaśpiewały razem z Myszką, tańcząc na rozkołysanych falach.

— Wieloryby! — zawołała. — On stworzył wieloryby i ani trochę się nie pomylił! Są dokładnie takie jak w telewizorze!

Kilka dni temu Myszka oglądała film o wielorybach. Kamery pokazały pełen życia podmorski świat, skryty przed wzrokiem człowieka. Od razu pojęła, że także tutaj, na górze, woda ożywiła się, dając mieszkanie nie tylko wielorybom, ale milionom stworzeń: małym i dużym rybom, splątanym ośmiornicom, wijącym się wodnym wężom, futrzastym fokom, wąsatym morsom.

„I tym razem On się nie pomylił, bo wszystko wziął z mojej głowy", pomyślała.

— TO JEST DOBRE — oświadczył grzmiący Głos bez cienia wahania i Myszka była pewna, że nie musi Mu przytakiwać. On wiedział.

Myszka zaś miała pewność, że to nie koniec. To się dopiero zaczynało. On miał dziś wielką moc i chęć stwarzania. Myszka wyciągnęła rączki wysoko, jak najwyżej, i ufnie czekała. Coś miało spłynąć z góry. Z nieba. I spłynęło. Nie. Nie spłynęło, ale sfrunęło. Stada ptaków. Setki. Tysiące. Ich skrzydła śpiewały. Ich gardła śpiewały. Myszka śpiewała. Wszystko śpiewało Wagnera, a stwarzanie trwało i trwało.

— Taaa...! — zawołała Myszka, klaszcząc w dłonie, i wszystkie ptaki zatańczyły na niebie. Tysiące skrzydeł różnych rozmiarów wygrywało w powietrzu tę samą melodię. I tańczyły. Myszka miała ochotę przyłączyć się do nich, ale więziła ją podłoga strychu — i własne ciało. I mama, której nie wolno było opuścić. I tata, który mógł pewnego dnia przystanąć w biegu i nie miałby przy kim. Gdyby nie to, Myszka pofrunęłaby ku ptakom. Być może On by na to pozwolił.

Ptaki wirowały pomiędzy niebem a ziemią, a potężny Głos odezwał się bez wahania:

— TO JEST DOBRE.

Tymczasem ziemia cierpliwie czekała. Niebo i woda otrzymały życie, ale ziemia była jałowa. Myszka wystraszyła się, że o niej zapomniał.

— Zieee... ceeee... — szepnęła cichutko, ale On sprawiał wrażenie, że się waha. Bał się zaludnić ziemię? Przydarzyło Mu się zbyt wiele pomyłek? We wszechświecie krążyły światy, którym dał życie i które Go teraz przerażały?

— Zieee... — wyszeptała Myszka jeszcze raz, prawie błagalnie, lecz odpowiedział jej tylko trzepot ptasich skrzydeł.

Myszka pomyślała, że On chyba gdzieś poszedł. Może ogląda dno oceanów i mórz? Sprawdza, czy wszystko stworzył jak należy? A może fruwa w pobliżu ptaków, owiewając je swym oddechem i dzieląc na gatunki? Przydzielając im różne kolory piór, różne głosy i zdolność do lotu? A tak chciała widzieć, jakie życie tym razem stworzy na ziemi... Już wiedziała, że się nie doczeka. Poczuła się zmęczona i smutna. Wstała gwałtownie, zapaliła żarówkę i w jednej chwili rozległą, nieskończoną przestrzeń ograniczyły ściany strychu. Na babcinych meblach spoczywał miękki kurz. I jeszcze coś...

Myszka podeszła do starego kredensu. Na jego blacie coś różowiało. Wyciągnęła rączkę i zacisnęła.

— Myszka, siedzisz tu i siedzisz... Ile czasu tak można... Chodź, obejrzymy sobie coś w telewizji — powiedziała mama za jej plecami.

Myszka w milczeniu oglądała znalezioną rzecz.

— Ptasie pióro — powiedziała mama bez zdziwienia i podniosła głowę do góry, patrząc na dach. — Okno jest nieszczelne lub pióro wpadło, gdy wietrzyłam. Albo zawsze było — dodała po namyśle i wyciągnęła rękę: — Pokaż.

Myszka zacisnęła rączkę w pięść.

— Nie chcesz pokazać? — zdziwiła się mama. — Przecież nie zabiorę. Oddam...

Dziewczynka powoli, powolutku rozchylała dłoń. Teraz obie nachyliły się nad piórem.

— Różowe? — zdziwiła się mama. — Pióro flaminga? Ale skąd...?

— Mooo — powiedziała Myszka.

— Oczywiście, że twoje — zgodziła się mama i zeszły na dół.

Na dole mama zapomniała o różowym piórze flaminga, które nie wiadomo skąd spadło na strych. Myszka pomyślała sobie, że wprawdzie ona także wciąż zapomina, ale o mniej ważnych rzeczach. Mama zapominała niekiedy o tych najważniejszych.

W telewizorze Ewa chciała obejrzeć kolejny odcinek telenoweli, ale Myszka tak długo marudziła, aż Ewa znalazła kanał National Geographic.

Po rozległych przestrzeniach Afryki spacerowały, skradały się lub biegły z tupotem różnorakie zwierzęta. Myszka wpatrywała się w ekran tak długo i intensywnie, póki jej oczy nie zmęczyły się na tyle, że same się zamknęły. Nim zasnęła, pomyślała sobie, że teraz musi oglądać dużo, bardzo dużo różnych rzeczy. Inaczej nie będzie umiała Mu pomóc. Oboje będą się mylić i gdy On spyta, ona nie odpowie. On wprawdzie nikogo nie pytał, lecz słyszał wszystko.

„Słonie, żyrafy, antylopy, zające, krety, borsuki", myślała, zasypiając. „Krowy, konie, psy, koty, wilki... Wilki? I lwy? Tygrysy? Pantery?"

Zaniepokoiła się. Wolałaby, żeby On stworzył jakiś odrębny i odległy świat dla zwierząt, które zabijają inne, ale nie była pewna, czy to możliwe.

Zasypiała. Śniły jej się zwierzęta oglądane w programach telewizyjnych, w książkach z obrazkami, w ogrodzie zoologicznym. Baraszkowały wesoło, bawiły się ze sobą, były pogodne i przyjazne. Jadły marchewkę, banany i trawę. Nikogo nie zabijały.

I stał się wieczór, dzień piąty.

DZIEŃ SZÓSTY: ŻYCIE, CIĄG DALSZY

Adam odepchnął od siebie niepokojącą myśl, że od kilkunastu dni, gdy wraca z pracy, w domu jest ciszej niż zwykle. A gdy uchyla drzwi gabinetu, Myszka już nie bawi się w holu. Wcześniej prawie zawsze ją tu widział, pochłoniętą prostymi czynnościami, w których wykonanie wkładała mnóstwo wysiłku. Klocki ustawione z trudem jeden na drugim. Kreski nierówno przeciągnięte pisakiem przez kartkę. Wyrwana noga pluszowego misia. Zasznurowane krzywo buciki. Barbie rozebrana do naga.

Adam nie wiedział, czy cisza w holu jest lepsza od bełkotliwych dźwięków wypowiadanych grubym głosem. Nie usiłował tego rozstrzygać. Zarejestrował fakt.

Pewnie Ewa zamyka ją w sypialni. „Przede mną", pomyślał.

Ale Ewa, jak zauważył, gdy szedł do kuchni, leżała na kanapie z książką w ręku. I sprawiała wrażenie, że leży tak od kilku godzin.

„Gdzie jest Myszka?", pomyślał z niezrozumiałym dla siebie niepokojem, gdy zdarzyło się to któryś raz z rzędu.

Cicho, na palcach, podszedł do lalek porzuconych niedbale na podłodze. Jakimś cudem kunsztowna fryzura Barbie ocalała, choć lalka została odarta z pięknego stroju. Leżała na podłodze goła i w jej nagości Adam dopatrzył się czegoś obrzydliwego. Początkowo nie wiedział, co to. Potem zobaczył, że Barbie ma wysoko sterczące, wielkie piersi, które ładnie prezentowały się pod sukienką, ale bez ubrania były zdumiewająco sztuczne.

„Silikonowy biust Pameli Anderson", pomyślał zgryźliwie.

Nadal jednak coś go niepokoiło w wyglądzie lalki. Przyjrzał się uważnie jej zbyt długim i zbyt zgrabnym nogom, zaokrąglonym biodrom, przesadnie wąskiej talii. Wzruszył ramionami: modelki w kolorowych pismach wyglądały podobnie, choć zapewne dopiero po komputerowych zabiegach grafików. Ale w Barbie było coś zagadkowo obleśnego.

Nagle odkrył: naga Barbie miała ogromne piersi, ale nie miała nic pomiędzy nogami. Odruchowo parsknął śmiechem, zaraz jednak przyłożył dłoń do ust. Nie chciał, aby Ewa go usłyszała.

„Ta lalka jest ocenzurowana obyczajowo! I to w jak szczególny sposób!", pomyślał sarkastycznie. „Małe dziewczynki nie powinny wiedzieć, że Barbie ma waginę, choć wolno, by widziały jej biust? Zabawne... Co na to Myszka?"

Był zaciekawiony. Nie wiedział, że Myszka znacznie wcześniej poświęciła długie godziny na kontemplowanie anatomii Barbie. Tego, co Barbie miała i czego jej zabrakło.

★

Jałowa ziemia, pokryta zielonym futerkiem trawy, czekała cierpliwie, wierząc, że On nie zapomni. Myszka po raz pierwszy tak bardzo była ciekawa, co On zrobi, że pamiętała o strychu przez cały wieczór i początek następnego dnia. Myszka chciała zobaczyć, jak On ożywi ziemię.

Istniało wiele możliwości, Myszka to wiedziała. Mama nie zawsze w porę przełączała telewizor na kanały dozwolone dla córki. A zresztą mama nie była pewna, czy w ogóle istnieje coś, czego Myszka nie powinna oglądać. Granice wyobraźni dziewczynki nie były jej znane; ani granice jej rozumienia. Myszce zdarzało się oglądać horrory, w których na bezbronną ziemię przekradały się niewyobrażalne i groźne monstra. Oglądała programy przyrodnicze, w których jedne zwierzęta w okrutny sposób zabijały inne, pożerając je, gdy jeszcze trwały w agonii. Dziewczynka obawiała się, że ziemia, którą On teraz stwarzał, stanie się miejscem takich zmagań; że któryś z potworów oglądanych w telewizji ożywi ziemię w sposób, który wzbudzał jej lęk.

O wiele gorsze niż filmowe monstra były obrazy wojen. A te dziewczynka oglądała prawie codziennie, gdyż mama co wieczór śledziła newsy w telewizorze i nie widziała powodu, aby usuwać córkę z pokoju. Nakazywała jej wyjść, gdy w jakimś filmie pan i pani zaczynali się dotykać i rozbierać. Wojny zaś w telewizyjnych „Wiadomościach" były czymś tak naturalnym jak prognozy pogody: pokazywano je codziennie, z niewielkimi tylko zmianami. Ewie nigdy nie przyszło do głowy, że to one budzą w Myszce strach i niezrozumienie o wiele większe niż sceny erotyczne. A jednak Ewa czuła, że Myszce należy zabronić oglądania takich scen, a można jej pozwolić na oglądanie telewizyjnych dzienników, które w szybkim, rockandrollowym rytmie — niemal jak na paradzie — pokazywały bombardowanie miast, egzekucje jeńców, uliczne walki, katastrofy, morderstwa. Myszka nie mogła tego pojąć. Ludzie szukający nawzajem bliskości ciał wydawali jej się piękni i dobrzy, ci sami ludzie strzelający do siebie byli nieprzyzwoici.

Dziewczynka potrząsała bezradnie głową, wierząc, że wypadną z niej wszystkie złe obrazy, których nie chciała tam mieć i których istnienia On nie powinien się nawet domyślać. Gdyby się domyślił, mógłby stworzyć coś po stokroć bardziej przerażającego. A może już stworzył...?

Zasłony zawirowały i zaczęły się rozchylać, jak w teatrze, a Myszka niecierpliwie oczekiwała na to, co tym razem wyłoni się spoza kurtyny, uplecionej z czerni głębokiej jak sadza.

Ziemia. Nad nią niebo. Ptaki i chmury pomiędzy niebem a ziemią. Woda. Wieloryby i miliony innych wodnych stworzeń. Myszka czujnie spojrzała na ziemię...

Trawa zafalowała od Jego oddechu... Nie, nie tylko od Jego oddechu. Trawa żyła. Z norek wychodziły rude lisy z puszystymi kitami, rdzawe borsuki i małe, aksamitne krety, oślepione słońcem. Harcowały zające, sarny i długoogoniaste małpy. Kumkały żaby. Łagodne, białe baranki skubały trawę. Miś koala pił coca-colę...

— Ne... Neee... — powiedziała odruchowo Myszka i coca-cola zniknęła. Miś żuł eukaliptusowe liście.

W pewnej chwili zwierzęta znieruchomiały, nasłuchując. Ziemia zatrzęsła się, powietrze rozdarł ryk setek trąb i przez łąkę przetoczyły się słonie, wydeptując w trawie pierwsze ścieżki. Za nimi przebiegło stado płochliwych antylop, długoszyich żyraf, skocznych zebr...

— TO JEST DOBRE — stwierdził Głos.

Myszka zaklaskała w dłonie. To było bardzo dobre. Nie było wilków, tygrysów, panter ani żadnych monstrów. On bezbłędnie wyjął z jej pamięci tylko to, co należało wyjąć. I tylko tego użył do stwarzania. Zrozumiała, że na początku błądził, gdyż Mu nie pomagała. Teraz już była pewna, że nie jest jedynie widzem.

Potem nadeszły kolejne zwierzęta. Dziewczynka od razu dostrzegła ich odrębność: trzymały się razem, gromadziły się w stada. Rozpoznała domowe bydło i trzodę: łagodne krowy, jurne byczki, pogodne kozy, wesołe świnki. I ptaki przykute na zawsze do ziemi: kury, koguty, indyki. Były niespokojne, jakby na coś oczekiwały. „Czekają na kogoś, kto na nie krzyknie, uderzy kijem, zagna do domu", pomyślała, nie wiedząc, skąd to wie.

On milczał. Trawa falowała, a silny wiatr gnał po niebie chmury, bałwanił wodę, kładł na ziemię gałęzie drzew. Był tak silny, że przyginał ku ziemi Myszkę i rozwiewał jej włosy.

„Nad czym On tak myśli?", zdziwiła się. „Prawie wszystko już zrobił, może odpocząć..."

Ale zarówno na ziemi, pomiędzy nią a niebem, jak w wodzie, wśród ptaków, ryb i zwierząt, wyczuwało się oczekiwanie. Coś miało się stać. Coś ważnego. Coś, co zmieni ten krajobraz, zakłóci jego harmonię, zmieni rytm nowego życia, wyznaczy inną hierarchię.

Myszka próbowała się domyślić, co by to mogło być. Bała się, że monstrum. A jeśli On wyłowił je z jej pamięci, choć wcisnęła je najgłębiej jak mogła — i zaraz zjawi się tu, wielkie, obrzydliwe, nieobliczalne...? Jak w kreskówce, którą oglądała na kanale Kid Fox. Jak w horrorze, na który zerkała wczoraj mama, przeglądając równocześnie kolorowe żurnale.

Nie chciała na to patrzyć. Już wiedziała, że zapalenie żarówki nie przerwie Jego pracy, gdyż On stwarza wciąż i wciąż, bez przerwy, ciągle na nowo, i nigdy nie ma dość. Czuła, że popełni jakąś przerażającą pomyłkę, gdyż właśnie wtedy, gdy zapełnia kolejne ziemie, przytrafiają Mu się najstraszliwsze błędy. Pomyślała, że nie chce w tym uczestniczyć. Nie chce Mu podpowiadać. Może On przestanie...

Żyrafy obróciły długie szyje, zające stanęły słupka, sarny nadstawiły uszu, słonie zaryczały przeciągle, ptaki znieruchomiały w powietrzu, wieloryby skryły się w głębinach wód — i nawet On wstrzymał oddech, gdyż wiatr nagle ucichł...

— Maaaaaa...!!!!! — krzyknęła Myszka, miotając się po strychu i nie umiejąc znaleźć włącznika światła.— Maaaaaa! — zawołała jeszcze raz, w niepojętej panice, przerażona tym, co nastąpi. COŚ. Coś potwornego.

Nagle przypomniała sobie o dzwonkach. Jeden z nich był koło niej i choć go nie widziała, uwięziona w tej miękkiej czerni, która w jednej chwili przestała być bezpieczna, to miotając się rozpaczliwie, trafiła na niego ręką. Z całej siły nacisnęła guzik. W domu rozległ się przeraźliwy dźwięk.

Ewa zerwała się z tapczanu. Dzwonek zadźwięczał po raz pierwszy, Myszka jeszcze nigdy dotąd go nie użyła.

— Coś się stało... Coś złego... — myślała, pędząc w panice po schodach. Wspinając się na strych, dostrzegła kątem oka, że Adam uchyla drzwi od gabinetu, lecz zaraz głośno je zamyka (aby uchylić ponownie, gdy znikła na schodach).

Wpadła na strych. Spowijała go ciemność. Myszka tkwiła tu, nie zapalając żarówki?, chyba że ją zgasiła, i ta nagła, przedziwnie czarna ciemność eksplodowała jej krzykiem. Ewa jeszcze nigdy nie widziała czerni tak doskonale czarnej, tak głębokiej, pochłaniającej wszelkie światło.

— Myszka... — szepnęła niepewnie, nie umiejąc znaleźć kontaktu. Miała uczucie, że znalazła się w innym wymiarze; gdzieś zapodział się strych i złożone na nim sprzęty; zniknęły ukośne ściany ograniczające przestrzeń. Poczuła ruch powietrza i czyjąś niewidoczną, groźną obecność.

— Myszka... — szepnęła jeszcze raz, ale głos uwiązł jej w gardle jak wielka, dusząca kula. Powoli ulegała tej samej panice, co przed chwilą jej córka.

— Maaa... — odpowiedziała grubym głosem Myszka i Ewa odetchnęła.

W każdym razie dziewczynka tu jest, cała, zdrowa i nie krzyczy. Zatem to tylko jakiś zwykły, niczym nie uzasadniony lęk.

— Nie mogę znaleźć kontaktu — powiedziała, starając się, by zabrzmiało to jak najspokojniej, gdyż miała wrażenie, że kontakt zniknął. Razem ze ścianą. Miała uczucie, że stoi oblepiona czernią jak pajęczą siecią, niezdolna do ruchu, nie mając przed sobą nic poza nieskończoną i niewidoczną przestrzenią.

— Neeee baaa...ć — powiedziała nagle Myszka i w tej samej chwili strach spłynął z Ewy jak woda. Niemal czuła, jak zsuwa się po niej coraz niżej i niżej, i wreszcie kryje się koło jej nóg, gdzieś w szparach podłogi.

— Myszka, ale napędziłaś mi strachu — powiedziała z wyrzutem, a jej ręka sięgnęła do kontaktu. Jak mogła go wcześniej nie znaleźć? Przecież był w tym samym miejscu. — Coś się stało?

— Neeeee — odparła dziewczynka. Rozbłysła żarówka i strych znowu stał się miejscem zwykłym i bezpiecznym.

Ewa podsunęła sobie stary taboret, wspięła się i otwarła okno w dachu.

— Wywietrzymy — wyjaśniła. Miała klaustrofobiczne odczucie, że nadal unosi się tu duszny, dławiący zapach strachu. Jej i Myszki. A przecież musiało to być złudzenie. Myszka krzyczała bez powodu, skoro teraz jest tak spokojna.

Do pomieszczenia wdarło się świeże wieczorne powietrze. Nad ich głowami, w prostokącie okna, zamigotały gwiazdy.

— Jak ładnie — westchnęła Ewa.

Wieczorną ciszę przerwał nagle dźwięk dobiegający sprzed domu. Cichy pisk. Nie, nie pisk... Płacz?

— Coś płacze przed domem? Chodź, sprawdzimy — powiedziała Ewa, podając rękę Myszce.

Zeszły po schodach i wyszły przed dom. Właśnie zapalały się kolejne uliczne lampy, a wraz z nimi kuliste ogrodowe światła, rozjaśniając mrok trawnika.

Coś niewielkiego uciekało przed nimi, wraz z cieniem uchodzącego mroku, który niechętnie ustępował miejsca sztucznemu światłu. Coś małego, co przed chwilą płakało. Nie, to nie był płacz...

— Koooo...t — powiedziała Myszka i jej twarz rozjaśnił nagły, ufny uśmiech.

— Kici... kici... — zawołała Ewa półgłosem i z cienia wyłonił się mały, piszczący kociak. Szedł niepewny, wystraszony i kogoś szukał. Kogo? Matki? Bezpiecznego miejsca? Domu?

— Daaaa... — powiedziała Myszka tonem nie znoszącym sprzeciwu. Tak mówiła wtedy, gdy bardzo czegoś chciała. Tak mówiła, gdy w razie odmowy gotowała się do okropnego krzyku, którym potwierdzała bezwzględność żądania („reakcje dzieci z DS bywają nieprzewidywalne, lecz na ogół bardzo gwałtowne").

— Kici, kici... — wyszeptała znowu Ewa, a mały kociak szedł ku nim powoli, na sztywnych, wyprężonych z niepokoju łapkach, aby w ostatniej chwili otrzeć się miękko o stopy Myszki.

Dziewczynka przykucnęła i pogładziła go. Kociak zamruczał. Ręka Myszki dotykała go tak delikatnie, że Ewa się zdziwiła. „Ten kot nauczy ją, czym jest dotyk", pomyślała i schyliła się, by wziąć stworzenie na ręce. Ale Myszka była szybsza. Ruszyła w stronę otwartych drzwi, wołając kociaka:

— Oć, oć... Oć, oć...

Kociak szedł za nią z gracją, ocierając się o jej nogi, to wybiegając przed nią, to przystając, by poczekać, aż się z nim zrówna.

We troje weszli do kuchni: Ewa, Myszka i kot. W kuchni już ktoś był. Adam. Rzucił im szybkie spojrzenie, ale nic nie powiedział, skupiony na wykonywanej czynności. Smarował tosty pastą z łososia. Nie widział kota. Świadomie nie patrzył w dół, by nie patrzeć na Myszkę. „Zawsze tak robi. Patrzy ponad jej głową", pomyślała Ewa.

Kot wyczuł zapach jedzenia i gwałtownie, wbijając drobne, lecz ostre pazury, wspiął się po jego nodze.

— Auuu! — wrzasnął Adam i strząsnął z siebie stworzenie, energicznie podrywając się ze stołka. Kociak, odrzucony kopnięciem, zatoczył w powietrzu łuk i wydając z siebie dziecięcą skargę, opadł na wykafelkowaną podłogę. Uderzył głową o szafkę i znieruchomiał.

Myszka też znieruchomiała. Ewa wydała stłumiony okrzyk, lecz zaraz umilkła, patrząc z przestrachem na córkę. Lada moment spodziewała się przeraźliwego wrzasku, tego nieludzkiego wycia, wobec którego była bezradna i pełna winy, gdyż nie umiała mu przeciwdziałać. Lecz Myszka tkwiła w miejscu jak słup soli, z otwartą buzią, wpatrzona w nieruchome, a przed chwilą tak pełne gracji ciało kociaka. Strużka śliny ciekła jej po brodzie. Z nosa kapało. Jej oddech przypominał sapanie małej lokomotywy.

„Ona zaraz coś zrobi...", przeraziła się Ewa. „Zrozumie, że kociak nie żyje, i zrobi coś strasznego... Pierwszy raz widzi śmierć. I to tak głupią i niepotrzebną śmierć. Gdybym zostawiła tego kota tam, na trawniku, nie byłoby tego nieszczęścia. Może byłby głodny, aleby żył. Człowiek to nieodpowiedzialna istota, wszelkie żywe stworzenia powinny schodzić mu z drogi..."

Nagle przypomniała sobie cytat z Genesis. I ten, i inne miała w pamięci od czasu, gdy przez dwa długie lata codziennie czytała Myszce Księgę. Wciąż znała każde zdanie z tych śpiewnych, rytmicznych strof. Teraz, ku własnemu zdumieniu, coś nakazało jej powiedzieć głośno i wyraźnie:

— „I panujcie nad rybami morskimi i nad ptactwem niebieskim, i nad wszelkim zwierzem na ziemi..."

— Neee... neeee... oć, oć — powiedziała nagle Myszka.

Adam stał zesztywniały, z tostem w ręce. Ewa, jak aktorka na scenie, wypowiedziała swoją kwestię i też znieruchomiała. Bezwładne szarobure ciało kota leżało na zimnej podłodze. Z głowy stworzonka wyciekała strużka krwi.

— Oć... oć... — powtórzyła Myszka, patrząc nie na kociaka, ale gdzieś w górę, nie wiadomo gdzie. Na sufit? Ewa widziała tylko białka jej wzniesionych do góry oczu.

„Kogo ona woła? I dlaczego tak dziwnie wygląda?", zaniepokoiła się. „A może taki jest początek epilepsji? Dzieci z DS miewają epilepsję... Może ona doznała wstrząsu i stanie się coś strasznego?"

Nagle w całym domu zapadła cisza. Ewa pomyślała, że to nie jest zwyczajna cisza, taka, w czasie której słychać życie, choć żaden dźwięk nie jest głośniejszy od bzyczenia muchy. Cisza zawsze jest żywa. I trwa na tyle długo, by ją usłyszeć, i na tyle krótko, by się nie niepokoić. Cisza, która teraz zapanowała, była całkowicie martwa. Jak kot.

Nagle dało się słyszeć głębokie, ciężkie westchnienie. Ewa pomyślała, że to ich dom odetchnął ciężko, z namysłem, tchnieniem tak silnym, że drewniane okiennice zatrzeszczały, trzasnęły jakieś drzwi, a powiew wiatru, nie wiadomo skąd, wpadł do kuchni, owijając jej spódnicę wokół nóg, wichrząc włosy Myszki i gładką fryzurę Adama.

— Przeciąg — stwierdził obcym głosem Adam, a wiatr zakręcił się po kuchni, jeszcze raz zburzył czuprynę Myszki i ucichł.

Myszka zaśmiała się grubym, pogodnym głosem. Jej twarz rozjaśnił uśmiech.

— Oć... oć... — powtórzyła, ruszając w stronę kociaka. Zwierzę poruszyło się. Najpierw niemrawo uniosło głowę, zostawiając smużkę krwi na kafelkach, potem powoli usiadło. Patrzyło na nich uważnie, oczami skośnymi i zielonkawymi jak u Myszki. Pośliniło jedną z łapek i zaczęło starannie myć zakrwawiony pyszczek.

Ewa westchnęła głośno i z niedowierzaniem. Myszka tymczasem pogłaskała kota i powiedziała nagląco:

— Jeeś...

Ewa szybko nalała mleka na talerzyk. Adam stał w milczeniu, z tostem w ręce, nie podnosząc go do ust. Nagle wzruszył ramionami i wyszedł. Jego krokom towarzyszyło donośne mlaskanie kota. Myszka uśmiechnęła się, mrużąc grube powieki, i sięgnęła rączką po resztkę łososiowej pasty. Przykucnęła i niewprawnie zaczęła wyciskać tubkę na podłogę obok zwierzęcia. Kociak porzucił mleko i przywarł różowym językiem do równie różowej papki o kuszącym zapachu.

— Żyje... To niemożliwe... — wyszeptała Ewa.

Wciąż nie mogła pogodzić się z tym, że życie jest tak kruche; że w jednej chwili pełne ruchu i wdzięku stworzenie przemieniło się w nieruchomą pustą skorupę. „Więc TO tak wygląda", pomyślała. Ale to nie wyglądało tak, skoro kot żył.

— Jak mu dasz na imię? — spytała. — „Ten, kto wyznacza imię, jest dawcą życia i ma wpływ na jego bieg" — bezwiednie zacytowała Księgę.

— Mia...? — spytała Myszka, a Ewa kiwnęła głową. Mia było imieniem równie dobrym jak każde inne. I łatwym do wypowiedzenia.

— Twój kot, twój wybór — powiedziała do córki.

— On daa... — oznajmiła Myszka.

„Ona chyba myśli, że Adam dał jej kota", zdziwiła się, ale nie chciała tego prostować.

*

Adam otworzył okno i wyrzucił tosta. Stracił apetyt. Nie chciał zrobić krzywdy temu zwierzęciu ani nikomu. Nie zauważył kota. Nawet gdyby po podłodze łaził nie kot, ale na przykład krokodyl, też by go nie zauważył.

— ...bo nie chciałeś widzieć swojej córki — szepnął do siebie półgłosem. — I dlatego, że nie chciałeś jej widzieć, obecność kota cię zaskoczyła i zareagowałeś tak brutalnie. Przyznaj się...

Przyznał się. Nie chciał jej widzieć. Nie chciał okazywać, że ją dostrzega. Nie chciał, by odezwała się bezpośrednio do niego — jak do ojca. One obie weszły do kuchni tak niespodziewanie... Myślał, że dawno poszły już spać. Pazurki, wczepione znienacka w nogę, zadały mu ból, odruchowo chciał się go pozbyć...

„Mogłem go zabić. To cud, że go nie zabiłem. Ale ta wariatka nie musiała recytować Biblii!", pomyślał ze złością.

Kot na szczęście żył. Kiedyś, gdy budował ten dom dla swojej rodziny, z nadzieją, że zapełni się dziećmi — pierwszym... drugim... może trzecim? — Adam planował, że będą w nim również zwierzęta. Zawsze uważał, że pełna, prawdziwa rodzina powinna składać się także z kota lub psa. Lub jednego i drugiego. W ich dużym domu zwierzęta miałyby dużo swobody — i były zaplanowane, jak zresztą wszystko. Wszystko poza Myszką.

Nagle powrócił do niego biblijny cytat, który Ewa wyrecytowała z jakąś dziwną, natchnioną interpretacją:

146

„I panujcie nad rybami morskimi i nad ptactwem niebieskim, i nad wszelkim zwierzem na ziemi..."

Czy Bóg rzeczywiście tak to zaplanował? Czy Bóg w ogóle planuje? Planowanie pasuje raczej do księgowego niż do Boga, pomyślał kpiąco. Bóg pewnie eksperymentuje. Albo wie.

— Boga nie ma — powiedział głośno i gniewnie ku otwartemu oknu. — Lecz jeśli jest, nie powinien oddawać zwierząt pod panowanie ludzi.

„A ludzie? Czy można oddać ludzi we władanie ludziom? Co w ogóle można im powierzyć, nie obawiając się, że zniszczą, popsują, skrzywdzą?", zamyślił się.

Coraz częściej myślał o sprawach, które dawniej go nie interesowały lub którymi nie chciał się interesować.

„Głupieję z tego wszystkiego", pomyślał z irytacją.

Znowu poczuł żal: do Ewy, do siebie, lecz przede wszystkim do Myszki. Gdyby nie ona, ich życie mogło być piękne i szczęśliwe. Kochał porządek, nienawidził chaosu.

„Myszka to chaos", pomyślał, przygotowując pościel do spania.

*

Kot, zwinięty w kłębek, mruczał w wielkim małżeńskim łożu, w którym spały matka i córka.

„On przyprowadził na ziemię zwierzęta i dał mi jedno z nich", myślała Myszka, zasypiając. „Może nie chciał, bym się martwiła i zastanawiała, co teraz tam robi? I co z tego wyniknie, skoro nie posłuchał głosów z mojej głowy? Nie mógł posłuchać. Bo ich nie było, bo nie wiem, czego On chce", myślała niecierpliwie, usiłując nie wiercić się, żeby nie budzić mamy. „Ale zechciał

147

tchnąć w kota drugie życie. Stworzył go jeszcze raz, z martwego zakrwawionego futerka".

— To było dobre — wymruczała cichutko, a ściany sypialni usłyszały dziwne, chrapliwe echo: „To...y...o-be..." Ale czy będzie dobre to, co On nadal stwarza?

Kot mruczał, Ewa spała, a Myszce przypomniał się śpiewny, dziwnie bliski rytm słów, które mama wypowiedziała w kuchni, gdy myślała, że kot nie żyje.

„Kto ma panować nad rybami, ptactwem i wszelkim zwierzem na ziemi...?", zapytała bezgłośnie samej siebie.

„Wiem, co On tam stwarza", uprzytomniła sobie nagle, a potem zasnęła, zanim zdążyła się zaniepokoić, czy to będzie dobre.

Kot mruczał, przytulony do jej szyi.

I stał się wieczór, dzień szósty.

DZIEŃ SIÓDMY: OGRÓD

„Tak dobrze się czuję, jakbym się na nowo narodziła. Całkiem jak ten kociak", myślała Ewa, krzątając się rano po kuchni.

Była dziwnie świeża, wypoczęta i pogodna. Po raz pierwszy od wielu tygodni nuciła, przygotowując śniadanie sobie i Myszce. I kotu. Właśnie, przecież przybył nowy lokator. Był malutki, miał najwyżej dwa-trzy miesiące, więc wystarczy mu mleczna zupa, jak Myszce.

Z okna ujrzała biegnącego Adama. Ale nie biegł, jak zwykle, w stronę garażu, lecz gonił w kółko po trawniku. Jogging...?

„Rozpiera go energia, jak mnie", pomyślała. Może on też czuje się dziś jak nowo narodzony? Może poranne wiadomości w radiu podały korzystny wskaźnik giełdowy? Kupił akcje, które właśnie poszły w górę? Ewa nie oceniała Adama. Raczej mu współczuła. Wiedziała, że cierpi, że jest mu źle z Myszką i źle bez nich obu. Jej uczucia do Myszki były złożone, ale mocne. Uczucia Adama były skomplikowane, lecz nieokreślone.

„To on jest niepełnosprawny, nie Myszka", pomyślała nie pierwszy raz. „Jest niepełnosprawny uczuciowo. Powinien wziąć ze mną rozwód i załatwić to raz na zawsze. Nie może tkwić w pułapce, którą sam sobie stworzył, odrzucając Myszkę i nie odchodząc".

Patrzyła przez okno, jak biega. Wciąż był młody, miał dopiero czterdzieści pięć lat. Był silny, zdrowy, przystojny. I bogaty.

„Nie będzie miał problemu ze znalezieniem nowej żony", stwierdziła z żalem.

Nie wiedziała, czy jeszcze go kocha. Zmuszona do dokonania wyboru pomiędzy nim a Myszką, wybrała córkę.

„Ona bardziej mnie potrzebuje", potwierdziła w myślach swoją decyzję. „Może niektóre kobiety szukają kogoś, komu będą potrzebne, kto będzie ich brzydkim kaczątkiem? Może na tym polega odrębność kobiet?"

Adam biegał, zataczając niewielkie kręgi. Powietrze było rześkie, świeże, jakby w nocy spadł deszcz, a kwiaty z sąsiednich ogródków pachniały intensywnie.

„To mógłby być raj", pomyślał. „Wystarczyłoby, żeby o ten dom bardziej zadbać, z zewnątrz i wewnątrz..."

Jeszcze dziewięć, dziesięć lat temu Adam chciał się odróżniać od sąsiadów. Jego dom miał być większy i piękniejszy, a rodzina niezwykła. Dziś marzył o przeciętności.

„Przeciętna rodzina i przeciętne, zwykłe dziecko, które nie bełkocze, nie ślini się, nie kapie mu z nosa, nie ma opuchniętych skośnych oczu ani IQ w okolicy 50 punktów. Wystarczyłoby, żeby miało 100, choć dziesięć lat temu uważałem, że niżej niż 140 to wstyd..."

Biegnąc, wpadł do domu i przemknął przez hol do łazienki. Odruchowo zwrócił uwagę, że Barbie z Kenem już nie leżą w kącie, na stałym miejscu. Zniknęli. Albo Myszka wzięła ich do sypialni, albo lalki zostały zniszczone i Ewa je wyrzuciła.

Gdy ubrany w garnitur wybiegł z gabinetu, zderzył się z Myszką, która zaspana, z półprzymkniętymi oczami, szła przez hol do kuchni. Koło jej nóg tańczył kociak.

„Niech się stanie coś takiego, aby ona zniknęła", wypowiedział nieme zaklęcie.

— Ta! O! — powiedziała Myszka grubym głosem.

Wyminął ją i zniknął w wyjściowych drzwiach.

*

Myszka miała problem. Jadła mleczną zupę, jak zwykle zachlapując cały przód nocnej koszulki, a koło niej, na stole, siedział kociak i chłeptał z drugiego brzegu talerza. Ewa usiłowała zaprotestować, ale Myszka podniosła głos do wrzasku, więc ustąpiła. I teraz jedli razem: kociak i dziewczynka.

„Jeśli nie chcę, by jadali z tego samego talerza, muszę robić Myszce coś takiego do jedzenia, czego kot nie tknie", pomyślała zdesperowana Ewa.

Tymczasem Myszka miała poważniejszy problem, a rozwiązywanie problemów przychodziło jej z trudnością. Problem wlatywał do głowy i wylatywał, gubiąc po drodze niektóre elementy. Powracał zmieniony lub ułomny.

Myszka nie wiedziała, czy może wyjść na strych razem z kotkiem, czy też kota ma zostawić na dole. Nie była pewna, czy można kota zostawić, czy nic mu się nie stanie. Nie wiedziała też, czy myśli o kocie i strychu, czy też o kocie i mamie. A w tle, gdzieś w pobliżu, biegał tata. Tata, który mógł na kota niechcący nadepnąć.

Problem znowu się zmienił, przybrał teraz postać biegającego taty. Gdzieś obok czaił się zagrożony kot. A potem znowu pojawił się strych. Gdy Myszce udało się wreszcie wrócić myślami do strychu, pojawił się problem Jego. I wtedy wszystko się rozwiązało.

„Skoro On stwarza koty, to pewnie je lubi", pomyślała i już było jasne, że można iść na strych razem ze zwierzątkiem.

Jeszcze przez chwilę Myszka myślała nad tym, czy każdy tata tak biega lub czai się za drzwiami, obserwując dzieci, ale tego problemu nie umiała rozwiązać, gdyż nie znała innych ojców. Przypuszczała, że wszyscy są tacy sami. Biegają, śpieszą się, i stale trzeba do nich tęsknić i marzyć o chwili, gdy przystaną blisko, bliziutko i wezmą za rękę. Myszka nie wiedziała, czy taka chwila kiedyś nadejdzie.

*

Adam czuł się wyjątkowo dobrze. Jak nowo narodzony. I po raz pierwszy był gotowy na podjęcie decyzji: pora przeciąć nienormalną sytuację. Nie można zniszczyć sobie życia ze strachu przed tym, że ktoś powie, iż

152

porzucił żonę z niedorozwiniętym dzieckiem. Nie był ani pierwszym, ani ostatnim, który to zrobi, jeśli zajdzie taka konieczność.

Genetyczne upośledzenie ze strony rodziny Ewy było oczywiste. Wskazywał na to przypadek alzheimera u jej babci. Teraz musiał się tylko upewnić, czy w jego rodzinie nie było przypadków dziedzicznych upośledzeń. To też trzeba wyjaśnić. Na wszelki wypadek. A w tym mogła mu pomóc tylko jedna osoba.

Adam wezwał sekretarkę.

— Przesyła pani czeki do domu „Piękna Jesień"? — upewnił się.

— Oczywiście.

— Czy podnieśliśmy wpłaty?

— Pan prezes regularnie wnosi obowiązkową opłatę, a dodatkowo, charytatywnie, wpłaca pan na fundusz pomocy starym ludziom i mamy odpis z podatku — wyjaśniła sekretarka.

— Bardzo dobrze — pochwalił ją. — A kiedy ostatnio pytała pani o jej zdrowie?

— Pytamy w każdy poniedziałek — odparła sekretarka.

— No i...?

— I nie jest źle. Tak mówią.

— Skleroza? A może alzheimer? — spytał, wstrzymując oddech.

— O niczym takim nie wiem. Chybaby powiedzieli? — zaniepokoiła się sekretarka. — Pan prezes nie dał dyspozycji.

— W porządku — przerwał.

Jasne, że by powiedzieli. Nie musiał dawać dyspozycji. Od razu zażądaliby jego przyjazdu. A nie zażądali jeszcze ani raz.

Zerknął na kalendarz, żeby znaleźć wolne dwa, trzy dni, o co nie było łatwo. „Niestety, bez wyjazdu się nie obejdzie", pomyślał.

★

Za pierwszym razem kociaka trzeba było wynieść na strych, gdyż wchodzenie po schodach szło mu nieporadnie. Był mały i mógł spaść, a Myszka bała się siły swego uczucia. Wiedziała, że jeśli przytuli kota zbyt mocno, zrobi mu krzywdę. Miała świadomość, że nad tym nie panuje. Mama kupiła jej kiedyś świnkę morską i miłość Myszki do małego, brązowego stworzonka była tak ogromna, że jego życie — od chwili przyniesienia do domu — nie trwało dłużej niż trzy, cztery minuty. Płacz po śmierci świnki trwał o wiele dłużej, a potem przeszedł w rozdzierające wycie. Ewa musiała zamknąć wszystkie okna i nie pierwszy raz cieszyła się, że działka, na której stał ich dom, była cztery razy większa niż sąsiednie. (Kiedyś myślała, że to o wiele za dużo, niż potrzebują, i że Adam kupuje tyle ziemi tylko po to, by inni zazdrościli. Dziś była zadowolona, że nikt nie zagląda im w okna).

Ewa uczyła Myszkę, by okazywała miłość mniej gwałtownie. Kupowała pluszowe zwierzaki, i w tym przypadku nauka nie sprawiała dziewczynce najmniejszej trudności. Kot jednak był żywy. W dodatku Myszka wiedziała, że nie dostała go od mamy. Kot był od Niego. Otrzymał też dwa życia. Myszka nie miała prawa pozbawić go tego daru z nadmiaru uczucia. On by się gniewał i być może już by nie wpuścił jej na strych. Dlatego wchodzenie po schodach razem z kotem trwało długo. Dziewczynka popychała zwierzątko ze stopnia na stopień, nie biorąc go na ręce.

„A może tata kocha mnie tak bardzo, że boi się do mnie podejść, aby mi nie zrobić krzywdy? Może obawia się, że objąłby mnie tak mocno, jak ja objęłam morską świnkę?", pomyślała nagle Myszka, wchodząc na strych. Ta myśl wiele wyjaśniała i była bardzo ważna. Myszka postanowiła ją zapamiętać.

Popołudnie było wyjątkowo piękne. Ewa nie położyła się z książką na kanapie. Wyniosła leżak, ustawiła go na trawniku i zapadła w półsenne marzenia. W swoim śnie-nieśnie widziała Adama, który podchodził wolno do córki i mówił:

— Myszka, daj rączkę... Pójdziemy na spacer.

Ona, Ewa, podawała córce drugą rękę i szli tak we troje aleją w parku. Obraz mienił się w słońcu wszystkimi barwami tęczy, jak happy endy w filmach, które lubiła oglądać. Ten sen-niesen byłby bardzo ważny, gdyby nie to, że Myszka była w nim normalną dziewczynką. Zawsze gdy Ewa śniła o córce, była ona taka jak inne dzieci. I wtedy tym boleśniej odczuwała przebudzenie.

★

Zasłony czerni rozpościerały się szybciej niż dotąd, a czerń była mniej czarna; wydawało się, że z każdą przybywa blasku i ciepła. Zaniepokojona Myszka wyczekiwała na to, co pokaże się za siódmą, ostatnią. Kot tulił się do niej i mruczał.

„Kot nie wie, co zobaczy. Ale jeśli to ujrzy, będzie już innym kotem", pomyślała, drżąc z niecierpliwości.

Łagodna, miękka w dotyku pajęcza zasłona najpierw ją otuliła, potem odsunęła się. Ale nim to się stało, Myszka zamknęła oczy. Bała się patrzeć.

Poczuła na twarzy światło i ciepło. Światło było bardzo świetliste, a ciepło dawało energię i coś więcej: poczucie szczęścia. Myszka powoli otworzyła oczy.

„Ogród...! Prawdziwy Ogród", pomyślała w zachwycie, gdyż to, co zobaczyła, w niczym nie przypominało wypielęgnowanych ogródków z ich osiedla; ba, nie przypominało nawet ogrodu botanicznego, gdzie mama raz ją zaprowadziła; było też niepodobne do eleganckiego parku w śródmieściu, gdzie chodziły czasem na spacer (rzadko, bo mama nie lubiła, by Myszka biegała za dziećmi, które uciekały przed nią równie szybko jak tata).

— Ooog... — powtórzyła głośno, postępując o mały krok naprzód, co wystarczyło, by znalazła się wewnątrz. I natychmiast zapomniała o kocie.

Ogród otoczył ją ze wszystkich stron, wydawał się nie mieć końca i tonął w słońcu, w różnych tonacjach cienia, w bujnej zieloności i zdumiewająco jaskrawych barwach kwiatów, w mnogości drzew i owoców, w aureoli fruwających motyli.

Ogród grał. Grał poszumem wysokich drzew i szelestem gęstych traw, delikatnym brzęczeniem tysięcy owadzich skrzydełek i harfianym dźwiękiem ptasich skrzydeł.

Ogród poruszał się. Trawa falowała na wietrze, gałęzie drzew wyciągały ku Myszce zielone palce, dżdżownice pełzały, a krety wyrzucały w górę kopczyki miękkiej, ciepłej ziemi; błyszczące żuki o twardych pancerzach wymijały majestatycznie nerwowe mrówki, a dojrzałe jabłka spadały z drzew i turlały się, nim znieruchomiały w zagłębieniach ziemi.

Ogród mówił. Mówił śpiewem ptaków, drżeniem liści, szmerem strumieni, ocieraniem się grzbietu jelenia o szorstki pień, rechotaniem żab, cykaniem świerszczy, rozstępowaniem się krzewów pod ciężarem łosia, cichym sykiem węża...

— Sssssssspójrz, jak pięknie — powiedział Wąż i dopiero teraz Myszka go spostrzegła.

Wąż oplatał dużą jabłoń swym wysmukłym, choć potężnym cielskiem. Podpełznął bliżej Myszki i z miękkim szelestem strącił na ziemię czerwone jabłko. Wąż był tak długi, że Myszka nie widziała jego końca. A może go nie miał? Miał za to prześliczną skórę: czarną, lśniącą od ozdobnych, kolorowych zygzaków, które naznaczały czerń, podkreślając jej połyskliwą głębię. Na widok węży w telewizorze Myszka wzdrygała się i wiedziała, że nie podeszłaby do żadnego z nich. Tego Węża w ogóle się nie bała.

— Sssssssspójrz, jak pięknie — powtórzył, zwieszając wąski łeb tuż nad jej głową. Miał czarne paciorkowate oczy, ruchliwy rozdwojony język i drobne ząbki. Uśmiechał się, gdy do niej mówił, a może jedynie sprawiał wrażenie, że się uśmiecha, po to, by Myszka się nie bała? „Więc węże potrafią się śmiać?", zdziwiła się.

— Pięknie, prawda? Sssssspójrz — powtórzył znowu, a ona jeszcze raz rozejrzała się po Ogrodzie i powoli odparła:

— Ta... ba... — Pomyślała chwilkę i dorzuciła ostrożnie: — Baaaa...

— Tak, za bardzo. Ogród jessst zbyt piękny. On częsssto przesssadza. Przesssadzanie to Jego ssspecjalność — zaśmiał się Wąż.

Znowu się poruszył, zbliżając wysmukłą, długą głowę do Myszki; jego cielsko przepłynęło miękko wśród konarów, a z drzewa spadło kolejne jabłko. Potoczyło się w stronę dziewczynki i znieruchomiało u jej stóp.

— Zjedz je — powiedział Wąż.

— Neeee. Neeee wooo...no — odparła odruchowo Myszka.

Gdy chodziły na zakupy do supermarketu, mama długo musiała ją uczyć, że nie wolno niczego brać do rąk. — To nie twoje. Nie wolno — mówiła surowo Ewa, odbierając zabrany przedmiot. Czasem było za późno. Czekolada już była obśliniona, banan rozgnieciony, złotko na czekoladce podarte, a margaryna w kolorowym pudełku leżała na podłodze, przydeptana bucikiem.

Mama zbierała to, milcząc, w rytm utyskiwań ekspedientek. I choć trwało to długo, Myszka nauczyła się, że tego, co nie należy do niej, nie wolno samowolnie brać do rąk.

Czerwone, idealne w kształcie jabłko było cudze. Ten zbyt piękny Ogród też musiał być czyjś, nie mógł być ogrodem niczyim. Jego właścicielem na pewno nie był Wąż.

— Sssssmaczne jabłko — powtórzył tymczasem smukły kusiciel, a Myszce pociekła ślina z kącika ust. Miała ochotę zjeść owoc, a równocześnie wiedziała, że nie wolno.

— Jesssssssteś małą, głupią dziewczynką — zasyczał Wąż z irytacją. — Zerwij zatem sssssama jabłko i zjedz, a ssssspełni się twoje największe marzenie.

— Taaaaa...? — spytała Myszka z niedowierzaniem.

— Tak, głuptasie! Właśnie to! Więc zerwij jabłko i zjedz! Czy wiesz, czym sssą nigdy nie sssssspełniające się marzenia?

I Wąż przechylił głowę tak, że patrzył teraz prosto w jej oczy. Dwa czarne, okrągłe paciorki naprzeciw skośnych, podpuchniętych, wąskich oczu, w nieokreślonym kolorze.

— Wieeee — odpowiedziała z powagą Myszka. Pewnie, że wiedziała, co znaczą nigdy nie spełniające się marzenia. I to nie jedno, lecz wiele. — Je jaaaa? — spytała ponownie, czując, że cała drży. Czyżby to małe jabłko miało moc większą niż wróżka z bajki o Kopciuszku?!

— Jedz, ssspróbuj — zasyczał śpiewnie Wąż.

I Myszka podskoczyła, by zerwać owoc. Nawet nie zdążyła wydać z siebie typowego dla niej sapnięcia, jakie towarzyszyło jej przy każdym wysiłku, gdy już porwała w rączki czerwone, zdumiewające swoją urodą jabłko i ugryzła duży, soczysty kawałek. Smakowało wspaniale, nie tak jak kupowane przez mamę owoce.

— Zaczarowane? — spytała Węża, głośno ciamkając, a struga soku spłynęła jej po brodzie.

Wąż przyglądał się jej, milcząc i przekrzywiając głowę. Czekał w milczeniu, aż zje cały owoc.

— Co czujesz? — spytał.

Myszka nie czuła nic.

— Nic — odpowiedziała, uszczęśliwiona. — Nie czuję nic! — zawołała w głąb Ogrodu, tak głośno, że dwie wystraszone wiewiórki stoczyły się z pnia pobliskiego drzewa i przebiegły błyskawicznie przez dróżkę.

Rzeczywiście, po raz pierwszy w swoim krótkim życiu Myszka nie czuła nic. Nie czuła ciężaru niezdarnego ciała. Nie czuła braku koordynacji rąk i nóg. Nie czuła strużki śliny sączącej się z kącika ust, ani cienia grubych powiek, zawsze opadających na źrenice. Ba, nie wątpiła w to, że oczy ma teraz duże i okrągłe. I przepełniona nie znanym sobie poczuciem własnej urody, okręciła się na czubkach palców, jak baletnica, którą widziała w telewizorze, a z jej ust, zamiast bełkotliwej mowy, wypłynęła melodyjna, dźwięczna fraza:

— Tatusiu...! Patrz!

Zawirowała w tańcu, w rytm tej samej muzyki, do której miała zatańczyć tylko dla niego, wtedy gdy podglądał ją zza uchylonych drzwi gabinetu. Teraz wirowała jak najwspanialsze tancerki w telewizorze. Ba, one tańczyły gorzej niż ona. Wirowała jak motyl płynący nad trawnikiem, jak liść na wietrze, jak pszczoła nad kielichem kwiatu. Jej rączki, szczupłe i zgrabne, wyginały się jak gałązki młodego drzewka, a nogi, długie, smukłe, silne, wyrzucała w górę jak prawdziwa akrobatka, to znów unosiła jedną na wysokość ciała, drugą wspierając na czubkach palców.

— Tatusiu! Tato! — wołała, tańcząc, ale im dłużej i szybciej wirowała, tym bardziej była pewna, że jej głos nie dotrze do ojca.

— Muszę zejść na dół i zatańczyć! — zawołała, zatrzymując się gwałtownie, ale Wąż okręcił się wokół jej ciała, przytrzymując ją w mocnym, choć bezbolesnym uścisku.

— Sssssstój! — zasyczał. — Nawet gdybyś zjadła wszysssssstkie jabłka z Ogrodu, to tam, na dole, ich czar nie działa.

Znieruchomiała, choć już ją puścił, i pomyślała z rozpaczą: „Nikt nigdy nie zobaczy mnie w prawdziwej postaci..."

— Nikt nigdy — przytaknął Wąż, a ona nie zdziwiła się, że czyta w jej myślach.

Jej myśli były teraz szybsze niż kiedykolwiek, równie lekkie i zwinne jak ona cała. Wiedziała, że gdyby miała teraz na nogach wysokie buciki, to zasznurowałaby je nie mniej sprawnie niż inne dzieci. I nikt nie brzydziłby się siedzieć koło niej, patrząc, jak je. I mogłaby bardzo szybko wypowiedzieć każde, nawet najdłuższe zdanie, a głos miałaby wysoki i śpiewny jak mama.

Mogłaby zanucić każdą melodię, złapać zręcznie piłkę, przejechać na łyżworolkach całą alejkę w parku. Mogłaby przytulić wszystkie koty świata i żadnego z nich nie zadusiłaby z miłości, gdyż będąc tak doskonała, potrafiłaby okazać miłość w sposób najdelikatniejszy.

Ale tam, na dole, będzie tą samą Myszką, którą przestała być tu i teraz. W Ogrodzie.

Miała wielką ochotę pozwolić łzom, by wypłynęły z jej nowych, okrągłych oczu, ale bała się je zepsuć. Nigdy nie było wiadomo, co może im zaszkodzić, skoro były zaczarowane.

— Porozglądam się — powiedziała, wstrzymując łzy i usiłując znaleźć coś, co odwróciłoby jej uwagę od okrutnych słów Węża.

— Tak, ssssspójrz, jak tu pięknie — zasyczał Wąż, ale już z mniejszym przekonaniem.

Nowe oczy Myszki patrzyły lepiej, dalej i bardziej przenikliwie.

— Ta trawa jest zbyt zielona — zauważyła, wpatrując się w szmaragdowy kobierzec pod swymi stopami. — I za miękka — dodała, przykucając, aby jej dotknąć. Trawa miała w sobie puszystość najlepszego i najdroższego dywanu z salonu rodziców.

Zaczęła rozglądać się i widziała coraz więcej dziwnych cech Ogrodu, które wcześniej jej umknęły. Pnie jabłoni były równiutkie i zbyt brązowe, choć powinny być spękane i szare, a niebo nad jej głową miało nieprawdopodobną barwę intensywnego szafiru. Gdy się w nie wpatrzyła, poczuła, że od natężenia koloru bolą oczy.

Kolory kwiatów wśród traw były niezwykle jaskrawe. Tak jaskrawe, że musiała zmrużyć swoje okrągłe, wszystkowidzące oczy. Zwłaszcza pomarańczowe nagietki wyglądały jak odblaskowe światełka samochodu taty.

„Gdybym była na dole, mamusia dotknęłaby pilota i wszystkie te barwy by zszarzały", pomyślała niedorzecznie.

Wąż był także niezadowolony. Patrzył na nią, potem na Ogród, znowu na nią; jakby czymś zirytowany, mrużył paciorkowate oczy, kręcił się wokół zbyt gładkiego pnia, jakby mu było niewygodnie. Wreszcie zasyczał:

— Poprawimy to.

— TO JEST DOBRE...

Myszka usłyszała nagle Głos, który wprawdzie nikogo nie pytał, ale przecież znów czuło się, że był jednym wielkim, pełnym udręki pytaniem.

— Nie, nie! — zawołała, nie chcąc mu robić przykrości. — To jest wspaniałe!

Ale wiedziała, że powinna powiedzieć prawdę: „Nie, to jest zbyt wspaniałe. To przypomina obrazki z mojej książki z bajkami. I jeszcze coś... nie pamiętam, co..."

Tak, Ogród przypominał jej jeszcze coś, co widziała kiedyś, dawno temu, ale nie umiała sobie tego przypomnieć. Wesołe miasteczko...? Kurtyna do robienia pamiątkowych zdjęć?

— Wróć do siebie, na dół. Poprawimy to — powiedział Wąż do Myszki.

— Nie, chcę jeszcze zostać — odparła prosząco. — Tu jest tyle rzeczy, które muszę zobaczyć, i tyle spraw, o które muszę spytać...

— To będzie bardzo długi dzień, zdążysz zrobić wszysssstko, czego pragniesz — zasyczał niecierpliwie Wąż.

Ale Myszka koniecznie chciała się dowiedzieć, do kogo należy tak dobrze znany jej Głos. Wiedziała, że do

Niego, ale chciała Go ujrzeć, upewnić się, kim jest i po co jest. I właśnie teraz, gdy znalazła się tak blisko tego odkrycia, gdy mogła poszukać Go w Ogrodzie, poczuła, że spowijają ją kolejne zasłony czerni, a wraz z tym przybywa jej ciału ciężaru, jej członkom powraca zwykła niezdarność, pole widzenia zaś przysłaniają ciężkie, grube, wiecznie opadające powieki. Nawet nie wiedziała, kiedy znalazła się z powrotem na strychu.

— Neee... Neee — zamruczała niezdarnie, ale już było za późno. Wprawdzie wyrzucono ją z Ogrodu, lecz obiecano zarazem, że będzie mogła wrócić. Sapnęła, wytarła skrajem rękawa ślinę w kąciku ust i zapaliła światło.

Kociak spał w najlepsze w jednym z tekturowych pudeł na zakurzonej stercie książek. Mruczał i był dokładnie taki sam jak przedtem. Myszka pogłaskała go delikatnie i pomyślała, że skoro został tu, na strychu, to widocznie Ogród został stworzony tylko dla niej.

„Tylko dla mnie", uprzytomniła sobie zdziwiona.

Ledwo zrobiła kilka kroków, natychmiast zatęskniła za tamtą, doświadczoną pierwszy raz w życiu lekkością. Chciała się rozpłakać i utopić we łzach żal za utraconą przemianą, ale usłyszała głos mamy. „Mama też by nie mogła wejść do Ogrodu", pomyślała Myszka z żalem.

— Już się bałam, że znowu tkwisz tu po ciemku. Nie widziałam światła w oknie, gdy byłam w ogrodzie...

Sylwetka Ewy majaczyła w uchylonych drzwiach.

— Ja też byłam w Ogrodzie — pochwaliła się Myszka, lecz mama nie zrozumiała, co dziewczynka mówi, gdyż słowa, które udało się jej wypchnąć językiem, zlały się w niezrozumiały bełkot:

— Jaatee byyyoooog... Taaaa... O, maa, taaaa...

Ewa nie zawsze starała się zrozumieć, co mówi Myszka. Nie sądziła, by wszystkie jej słowa były ważne.

Zdaniem Ewy, do najważniejszych należały te, które porządkowały rytm dnia i nocy i upodobniały Myszkę do normalnych dzieci. Nie słuchając, o czym chce opowiedzieć jej córka, wzięła ją za rączkę i sprowadziła na dół.

I stał się wieczór dnia siódmego.

I miał trwać wiele miesięcy.

DZIEŃ SIÓDMY: JABŁKA

Od dnia, gdy weszła do Ogrodu i zjadła jabłko, Myszce co noc śniło się, że tańczy jak baletnica z telewizora, jak motyl nad kwiatami, jak ptak pomiędzy ziemią a niebem. Już wiedziała, jakie to uczucie — tańczyć. Do tej pory tylko je sobie wyobrażała. Tymczasem było ono nie do wyobrażenia, nieporównywalne z niczym, nawet z najmocniejszym doznaniem tańca, które nawiedzało ją czasem podczas własnych, niewprawnych prób.

— Tańczę? — pytała siebie we śnie, aby po obudzeniu doświadczyć tej samej, normalnej, choć bolesnej ociężałości. Wiedziała, że ciała innych ludzi, choćby mamy, nie ciążą aż tak mocno ku ziemi jak jej. Tato też biegał lekko, jak pan z reklamy, niemal unosząc się nad podłogą, i nie kolebał się niezgrabnie na boki.

Przeżycie prawdziwego tańca było czymś wspaniałym i zarazem okropnym, gdyż Myszka teraz bardziej niż kiedyś odczuwała swoje ciało jako skorupę, która ją więzi. Dlatego i we śnie, i na jawie czuła, że musi znowu iść tam, gdzie mogła być motylem. Zawsze zapominała o wszystkim, ale o tym, że umie tańczyć, nie potrafiła zapomnieć.

— Umiem — powtarzała sobie, usiłując poderwać się leciutko, na palcach, tak jak udało się to tylko ten jeden, jedyny raz w Ogrodzie.

Niekiedy słyszała cichy, syczący głos, który namawiał ją, by spróbowała zatańczyć na przekór wszelkim przeszkodom i ograniczeniom. Więc próbowała. Próbowała w holu, choć już wiedziała, że tato przygląda się jej spoza półprzymkniętych drzwi. Próbowała na trawniku przed domem, ale mama zaganiała ją wtedy do domu, rozglądając się nerwowo, czy nie patrzą sąsiedzi. Próbowała przy każdej okazji, ale nikt w jej ruchach nie domyślał się tańca.

Myszka pamiętała teraz częściej o strychu, lecz przypominała sobie o nim wtedy, gdy była u logopedy lub na gimnastyce, a niekiedy dopiero późną nocą. Już nie wiedziała, czy tańczyła w Ogrodzie wczoraj, tydzień temu, czy przed wielu miesiącami. Czas Ogrodu, ulicy, jej domu, a także jej własny były całkowicie odmienne, i nie dało się ich mierzyć jedną miarą.

Nim Myszka ponownie wybrała się na strych, by zatańczyć w Ogrodzie, pewnego dnia poszły z mamą do supermarketu. Myszce wydawało się, że ten tajemniczy, daleki, choć niemożliwy do umiejscowienia, szeleszcząco-syczący głos namawia ją, żeby zatańczyła natychmiast, w miejscu, w którym właśnie przebywała. Ewa nie cierpiała chodzić z Myszką do supermarketu i Myszka to wyczuwała po sposobie, w jaki mama ciągnęła ją za rękę. Myszka opierała się, rozglądała, usiłowała przyjrzeć się czemuś lub dotknąć kolorowych towarów. Nawet w supermarkecie czas Myszki biegł odmiennym rytmem.

Ewa nie mogła zostawić córki w domu. Tymczasem w supermarkecie znajdowały się mniej lub bardziej „groźne miejsca". Niebezpiecznym miejscem była kolejka do kasy. Kasjerki i klienci patrzyli na nie ukradkiem, udając, że nie patrzą, aby znów szybko zerknąć. Jeszcze raz. I znowu... I jeszcze... żeby przyjrzeć się także matce tego dziecka i porównać, na ile jest do niej podobne.

Ewa sztywniała pod tymi spojrzeniami, a Myszka odbierała to i bała się. Ewa wolałaby, żeby ktoś z gapiących się ludzi po prostu podszedł i dając upust swej ciekawości, zwyczajnie spytał: „Dziewczynka z downem?", niż żeby zerkali ukradkiem, jakby ze wstydem, a przecież z zachłanną ciekawością. Widząc te spojrzenia, Ewa doskonale rozumiała Adama. I wtedy mu zazdrościła wyboru.

W supermarkecie należało się śpieszyć. Nie dlatego, by personel poganiał klientów, ale ponieważ to Ewa chciała stąd wyjść jak najszybciej. Podeszła do jednej z półek, aby wziąć kilka najpotrzebniejszych produktów. Nachyliła się nad zamrażarką z mięsem i gotowymi potrawami, chwilę pomedytowała nad półką z alkoholem. Alkohol czasem pomagał. Ewa ostrożnie wzięła do rąk jedną z butelek...

Myszka, tracąc bezpieczną rękę matki, została w tyle. A potem skręciła do półki, na której lśniły kolorowe opakowania. I do drugiej... trzeciej... chwilę później otoczył ją labirynt półek i straciła matkę z oczu.

I właśnie w tym momencie ujrzała jabłka, spiętrzone w kunsztowną piramidę na stoisku z owocami, i usłyszała muzykę dobiegającą z megafonów. Była to melodia, którą Myszka wyjątkowo lubiła. Zatrzymała się, by lepiej słyszeć. Perkusja wybijała mocny, porywający rytm. Całe ciało Myszki zaczęło wyrywać się do tańca. Jabłka leżały o krok dalej. Sięgnęła po jedno i ugryzła.

Nie, to nie było czarodziejskie jabłko, gdyż poczucie lekkości nie przyszło natychmiast, a może w ogóle nie przyszło, a jednak muzyka sprawiła, iż dziewczynce wydawało się, że jest mniej ociężała.

— Sssspróbuj... — usłyszała znajomy, szeleszcząco-syczący głos.

Nie była pewna, czy go słyszy, czy odtwarza z pamięci, a może słychać go było z magnetofonowej taśmy, która w kółko powtarzała tę samą melodię, niesioną przez głośniki po wielkiej hali ze stoiskami.

Mamy nigdzie nie było widać, a Myszka, stojąc pośrodku supermarketu, żuła powoli jabłko. Sok spływał jej po brodzie, i z każdym kęsem czuła coraz głębszą potrzebę zatańczenia. Tak głęboką, że nie umiała jej od siebie odepchnąć, mimo dobrze pamiętanych nakazów mamy, jak należy zachowywać się w takich miejscach. Jak mała myszka... cichutko, bez rzucania się w oczy.

Był chłodny dzień. Okutana w czapkę i kurtkę, w sweterek, spódniczkę i rajtuzy, obwiniła niemożnością tańca nie własne ciało czy nieposłuszne ręce i nogi, ale ubranie. I jeśli zazwyczaj zdejmowanie go zajmowało jej mnóstwo czasu, to tym razem nie trwało nawet paru minut. Rozbierając się, przypomniała sobie niesamowite uczucie z Ogrodu: ona, Myszka, wiruje, wiruje, wiruje, jak pszczoła ponad kwiatami. Ręce płynnie i z gracją uwypuklają ruchy ciała, nogi wyskakują wysoko w górę, lekkie jak motyle skrzydła, głowa dosięga jednej ze stóp, a druga stopa w tym czasie wspina się na czubki palców i niemal odrywa od podłogi w szalonym piruecie...

Ktoś pogłośnił muzykę i przymus tańca stał się mocniejszy. Myszka zrzuciła z siebie resztę rzeczy. Opadły na wykafelkowaną podłogę, a dziewczynka westchnęła głośno, ugryzła ostatni kawałek jabłka i wyciągnęła rączki do góry.

Ewa usłyszała narastający szmer głosów. Mknęły przez wielką halę, jak zbliżająca się burza, głosy nerwowe, złe, chichotliwe, zaczęły przechodzić w donośne okrzyki, i Ewa od razu zrozumiała, co się stało: Myszka... Myszka coś zrobiła. Myszka, której nigdzie w pobliżu nie było. Zniknęła.

„Zrzuciła coś z półki!", pomyślała z rozpaczą i pobiegła tam, skąd dochodził najdonośniejszy hałas.

— Boże... Boże... Dlaczego mi to robisz... — wyszeptała na widok córki, tracąc oddech i odruchowo wspierając się o pierwszą z brzegu półkę. Wszystkie ustawione tam kartony mleka zsunęły się na podłogę pod ciężarem jej ręki. Z niektórych zaczęła wypływać biała struga. Nie zwróciła na to uwagi, choć wokół rozległy się kolejne wzburzone głosy. Nie słyszała ich. Patrzyła, nie wierząc własnym oczom.

— Nie tu... tylko nie tu... Nie rób mi tego — wyszeptała, nieruchomiejąc.

Za rzędami półek stała golutka, gruba Myszka, poruszając się dziwacznie i okropnie, z ociężałością niedźwiadka, w jakimś nieprzyzwoicie obrzydliwym, spowolnionym rytmie. Miała zamknięte oczy i szeroko otwarte usta, wysunięty język wsparł się o brodę. Strużka śliny spłynęła już na piersi i pełzła ku wystającemu, białemu brzuchowi. Bose, platfusowate stopy ślizgały się niezgrabnie po kafelkowej posadzce, a ręce to dotykały gołego ciała, to wędrowały nieporadnie ku górze. Na twarzy dziewczynki malował się bolesny wyraz zachwytu i nieobecności.

Ewa stała jak sparaliżowana, niezdolna do ruchu. Walczyła w niej chęć ucieczki ze świadomością, że to jest jej dziecko i potrzebuje pomocy.

Ekspedientki gniewnie krzyczały; wiele głosów wołało wzburzonym chórem, z którego wybijały się poszczególne frazy:

— Gdzie matka...?

— Takie coś na publicznym widoku...

— Okropne... zboczone...

— Niech ją ktoś złapie...

— Ja jej nie dotknę...

— To obrzydliwe...

Myszka ocknęła się. Osaczona agresywnymi okrzykami, otworzyła oczy i dopiero wtedy zobaczyła: otaczał ją ciasny wianuszek obcych twarzy. Te twarze były nieprzyjazne lub wrogie, niekiedy wystraszone; głosy podnosiły się do wrzasku. Myszka wstrzymała oddech. A potem nieuchronnie przydarzyło się to, co mama niesłusznie nazywała „małym nieszczęściem", gdyż Myszka miała świadomość, że tym razem to jest katastrofa („dzieci z DS często nie panują nad swymi potrzebami fizjologicznymi, zwłaszcza w warunkach stresu"). Wszystkie okropne doznania zaczęły przewracać się w brzuchu Myszki i po chwili do mokrej strugi dołączyła się cuchnąca biegunka. Stała bezradna i przerażona, czując rozpacz tak wielką, że nie była w stanie jej ogarnąć. Krzyki ludzi wzniosły się aż pod sufit supermarketu.

Myszka również zaczęła krzyczeć. Jej krzyk powoli przechodził w zrozpaczone, pełne bólu wycie.

— Maaa! Maaa! Neeee...! Neee...! Aaaaaaaooooouuuuuu! Neeee!

Gniew obcych ludzi też przybrał na sile; ich głosy przekrzykiwały się, rozsadzały przeszklone ściany, odbijały się od półek. Tylko w niektórych brzmiało współczucie, w większości groźba.

— Wstyd...!

— Kto to posprząta...!

— I to w dziale z żywnością...

— Policja!

Ewa nie wiedziała, jakim cudem udało się jej opanować chęć panicznej ucieczki. Przecisnęła się przez tłum. Przyklękła i drżącymi rękami zaczęła ubierać córkę. Szarpała ją gwałtownie, z gniewu, z nerwów, z bólu i ze wstydu, więc Myszka przestała wyć i zaczęła płakać. Głosy oburzenia znów wzniosły się do sufitu.

— Bydło! Tfu! — powiedziała dobitnie jakaś kobieta, spluwając na podłogę.

Ewa nie wiedziała, jak i kiedy udało jej się ubrać Myszkę, i szarpiąc z całej siły, zaczęła ją wywlekać ze sklepu. Ale nigdzie nie było drogi ucieczki. Za nimi, krok w krok, postępował tłumek gapiów i wzburzonych ekspedientek. A w drzwiach stanęło dwu policjantów.

— To pani znęca się nad dzieckiem? — spytał jeden, a drugi przytrzymał ją za ramię, gdy usiłowała go wyminąć.

— Dlaczego takie... takie coś nie jest w zakładzie? — spytał drugi, patrząc na Myszkę z wyraźnym wstrętem.

— Czy ona jest groźna dla otoczenia? — spytał surowo pierwszy.

— Groźna... nienormalna... — zaszemrali widzowie.

— To sklep dla porządnych ludzi! — zawołała jedna z ekspedientek.

— Narobiły zniszczeń! Kto za to zapłaci?! — krzyknęła druga.

— Chciała ją tu porzucić! — oskarżyła Ewę jakaś kobieta.

— Znamy takie matki — ocenił surowo drugi z policjantów.

— Jak pan śmie... — zaczęła Ewa gwałtownie, ale urwała z poczuciem skrajnej bezradności i winy.

Myszka, rozczochrana, spocona, śliniąc się obficie, wpatrywała się ze strachem w umundurowanych mężczyzn. Mama mówiła tak szybko, że dziewczynka nie nadążała ze zrozumieniem. Ludzie, którzy osaczyli ją w sklepie, szli za nimi i już ich nie odstępowali. Myszka znowu otwarła usta do krzyku, ale Ewa odruchowo zatkała jej buzię i powiedziała coś do policjantów.

— Rozejść się — powiedział ospale jeden. Tłumek nieco się cofnął. Drugi z mężczyzn wyjął zza pasa telefon i powiedział kilka niezrozumiałych zdań. A potem już tylko wszyscy stali, milcząc: mama, Myszka, dwóch groźnych policjantów, którzy zerkali na nią z lękliwą, lecz bezlitosną ciekawością, i pełni emocji widzowie.

Pod supermarket zajechał samochód. Był zielony i Myszka od razu rozpoznała auto taty. Choć nigdy go nie dotykała, znała na pamięć śliską połyskliwość jego karoserii i miękkość foteli. Niekiedy śniło się jej, że wsiada do pachnącego, chłodnego wnętrza i tata mówi: „Gdzie chcesz jechać, Myszko...?" A Myszka odpowiada cichutko: „Tam gdzie wszyscy tańczą..."

Tata wyjątkowo nie biegł, ale szedł w ich stronę bardzo powoli, ociągając się.

„Zbliża się... Tata się zbliża", pomyślała Myszka. „Tata stanie koło mnie. I wszystko już będzie dobrze".

Tata rzeczywiście stanął blisko niej. Rozmawiał z mężczyznami w mundurach, udając, że nie widzi ciasnego wianuszka gapiów. Myszka patrzyła na niego zachłannym wzrokiem i miała uczucie, że jego twarz, mimo wiosennej pory, powleka chłodny szron.

A potem tata, mama i Myszka wsiedli do samochodu.

— Au...! — zaśmiała się krótko dziewczynka i z rozjaśnionymi oczami spojrzała na szerokie plecy taty. Poczuła się bardzo szczęśliwa. — Au... Ta! O! — powtórzyła grubym głosem, ale mama i tata milczeli jak zaklęci.

Myszka zamilkła, spłoszona. Miała uczucie, że chłodny szron z twarzy taty powoli pełznie ku mamie, a potem wypełnia cały samochód. Nagle w wesołym, zielonym aucie zrobiło się szaro i zimno. I choć spełniło się jej marzenie — jechała z tatą tym niedostępnym wcześniej samochodem — poczuła się jak w pułapce. Nie zdziwiła się, że mama płacze. Też chciała płakać, ale łzy nie chciały płynąć.

— Ma, taaaa... — wybełkotała, czekając, aż mama ją przytuli i pocieszy, powie, że wprawdzie stało się „małe nieszczęście", ale za chwilę wszystko będzie dobrze. Lecz mama odwróciła głowę.

„Mamo, tatusiu... Ja tańczyłam... Mamusiu, tato... tańczyłam...", mówiła Myszka, nie umiejąc przekształcić myśli w słowa. Były takie proste, jednak nie przechodziły przez usta. Żadne ze słów nie umiało wyjść z ust takie, jak je słyszała i układała w myślach. Zawsze wychodziły zniekształcone i bełkotliwe. I tylko tam, w Ogrodzie, po raz pierwszy w życiu przekonała się, że umie mówić. Wąż ją rozumiał. Drzewa, kwiaty i wszelkie stworzenia ją rozumiały. Ona rozumiała samą siebie. Ale dopiero po zjedzeniu jabłka... Jednak jabłko w supermarkecie nie było tamtym jabłkiem. Otworzyła usta, by jeszcze raz coś powiedzieć — i zaraz je zamknęła.

„Ona znowu tańczyła. Tańczyła w publicznym miejscu, wśród obcych ludzi, wykonując te swoje okropne ruchy. I rozebrała się jak wtedy w holu. I załatwiła się na oczach wszystkich... Jest teraz brudna, śmierdzi, a ja musiałem potwierdzić, że to moja córka", myślał tymczasem Adam, który bezbłędnie rozpoznał słowo „taaa". Prowadził auto mechanicznie, wściekły, nieszczęśliwy, pełen upokorzenia. I równocześnie, niemal bez udziału woli, zastanawiał się, dlaczego Myszka tak rozpaczliwie pragnie tańczyć. „Ona wierzy, że poprzez taniec wyrwie się z tej skorupy", pomyślał, a potem dotarło do niego, że skoro coś ma się wyrwać z tego nieforemnego ciała, to znaczy, że w środku tkwi jakaś inna, nie znana mu istota.

Szybko odepchnął tę myśl. Dzisiejsze zdarzenie pokazało jasno, że to on ma rację, gdy chce ostatecznie rozwiązać tę sprawę. Do tej pory usiłował zapewnić Ewie z Myszką środki do życia i po prostu im nie przeszkadzać, pod warunkiem że one nie będą przeszkadzały jemu. Ale właśnie dziś jego dobra wola została wystawiona na próbę. Wciągnęły go w to. I to jak... Jego asystentka odebrała telefon z policji. Zapewne już wie całe biuro... Musiał wyjaśniać dwóm przedstawicielom porządku, że „tak, tak... moja żona jest dobrą matką... nie, ona nie porzuciła niedorozwiniętego dziecka; to dziecko nie jest groźne dla otoczenia; nie, nie mogło nikomu nic zrobić... ugryzło ekspedientkę...? może się przestraszyło? Przecież to dziecko, a nie wściekłe zwierzę... Oczywiście, zapłacę przyzwoitą sumę w ramach rekompensaty... To nieprzewidziany zbieg okoliczności... Zwykle córka zachowuje się spokojnie, a żona jej pilnuje... Tak, ma dom i oboje rodziców... Jestem ojcem, oczywiście... Nie, nie, to się już nie powtórzy, daję osobistą gwarancję..."

Tłumaczył to wszystko, czując na sobie spojrzenia obcych ludzi, którzy otaczali ich zwartym kordonem rozgorączkowanych, nachalnych spojrzeń.

— Proszę, oto moja wizytówka — powiedział na końcu, a zatem zrobił to, czego poprzysiągł sobie, że nigdy nie zrobi: poręczył za Myszkę swoim nazwiskiem. To było tak, jakby ją uznał.

A teraz obie jechały jego autem. Jechały z nim pierwszy raz od dnia, gdy — milczący, przygnębiony i wściekły — przywiózł je ze szpitala. Malutką Myszkę, dziesięciodniowe niemowlę; jej obecny wygląd, zachowanie i stopień niedorozwoju przekroczyły jego najgorsze przewidywania. I Ewę, którą przecież kochał i która wciąż miała szansę odwrócić to, co uczyniła: wystarczyło oddać to dziecko do odpowiedniego zakładu, i znowu mogli stać się idealnie dobranym, zakochanym w sobie małżeństwem. Zaklął półgłosem, dosadnie, wulgarnie, tak jak nigdy dotąd tego nie robił.

Kątem oka ujrzał, że Myszka objęła płaczącą matkę grubymi rączkami. Jak przewidział lekarz, była gruba, bardzo gruba i nie potrafiła opanować łakomstwa. Prawie wszystkie dzieci z DS były grube i łakome. Prawie wszystkie jadły za dużo. Ze strachu, jak mówił lekarz („dzieci z DS przedłużają czynność jedzenia, gdyż to je uspokaja i daje chwilowe poczucie bezpieczeństwa oraz zadowolenia").

— Neee paaaa... Neee paaaa... — bełkotała Myszka do matki.

— Ja nie płaczę — odparła Ewa, szlochając, i objęła córkę gwałtownie, boleśnie, do czego Myszka już przywykła.

Adam nie powiedział ani słowa. Zatrzymał auto przed domem, nie patrzył, jak wysiadają, i natychmiast odjechał z powrotem.

Ewa połykała tabletki i chodząc nerwowo po mieszkaniu, rozpamiętywała słowa lekarza:

— To jedna z cięższych postaci downa, musi pani to zrozumieć. I jeszcze jest tu coś, co jest podobne do porażenia mózgu, choć trochę inne. Nietypowe. Informowałem o tym pani męża — mówił lekarz z rutynową łagodnością.

— Kiedy? — zdziwiła się Ewa.

— Dawno temu — spłoszył się lekarz. Obiecał Adamowi dyskrecję, w zamian za honoraria, niezależne od rutynowego leczenia. — Te dzieci często się rozbierają i załatwiają pod siebie. Może ona robi to na złość?

— Ona nie robi tego na złość — ucięła Ewa.

Była pewna, że Myszka rozbiera się nie z gniewu, nerwów czy strachu. Czuła, że coś chce w ten sposób wyrazić. Nie wiedziała, co, a córka nie potrafiła tego powiedzieć.

— To na pewno agresja — mówił lekarz. — Naturalna, wzmożona agresywność, typowa cecha dzieci upośledzonych. No i ta ciemna plamka... Nie ma sensu, żebyśmy robili trepanację czaszki, aby ją zdiagnozować, zwłaszcza że operacja nie poprawi stanu dziecka, a może zagrozić jego życiu. Ale to coś uciska ważne ośrodki w mózgu i czyni jej schorzenie bardziej nietypowym niż w zwykłym przebiegu DS.

— To rozbieranie zdarzyło się już kilka razy. Czy będzie się powtarzać? Czy jest możliwe, że ona zrobi to w miejscu publicznym? Na przykład w szkole, gdyby do niej poszła? — pytała wówczas zdenerwowana Ewa, nie przewidując, że TO zdarzy się w supermarkecie.

— Może to zrobić gdziekolwiek — odparł lekarz współczująco.

— I to nie minie z wiekiem?

Lekarz pokręcił głową.

— W tej chorobie, proszę pani, niewiele rzeczy mija z wiekiem. Więcej się pojawia.

I teraz Ewa, przywołując słowa lekarza, łykała kolejne tabletki, popijając koniakiem, i chodziła, chodziła, chodziła bez sensu po całym domu: hol, kuchnia, hol, salon, hol, sypialnia, hol, zamknięte drzwi gabinetu, hol...

— Taaaaaa... Taaaaaa... Maaa, taaa — mówiła Myszka grubym, chrapliwym głosem, drepcząc za nią uparcie, by towarzyszyć jej w tym bezsensownym marszu.

— Oooch, odczep się wreszcie z tym bełkotem! — krzyknęła Ewa histerycznie, ruszyła biegiem i zatrzasnęła za sobą drzwi salonu.

Myszka usiadła w holu i wzięła do ręki nagą Barbie. Wykręciła jej nogi i ręce, skołtuniła fryzurę. Zaczęła uderzać lalką o ścianę, mocno, mocniej, coraz mocniej — ale Barbie była niezniszczalna. Rzuciła ją z powrotem na podłogę i zaczęła kiwać się miarowo to w przód, to w tył.

I stał się wieczór, dzień siódmy. Dzień odpoczynku.

DZIEŃ SIÓDMY: ODPOCZYNEK

Ewa nawet nie zauważyła, kiedy Adam wyjechał. Dostosowała się do rytmu życia Myszki i zaakceptowała go. Szła do kuchni robić śniadanie w porze, w której inni jadali wczesny obiad. Adam był wówczas w firmie. Już przed narodzinami Myszki jego dzień pracy wydłużył się do kilkunastu godzin, co wówczas Ewa przyjęła ze zrozumieniem: zarabiał na budowę i urządzenie ich wspólnego domu. Zarabiał też na ubezpieczenie dziecka i nie zaniedbał podpisać papierów już na trzeci dzień po urodzeniu córki, gdy ich dziecko pojawiło się w świecie ubezpieczeń i polis na życie.

Polisa miała zagwarantować pieniądze na przyszłe studia dziewczynki, na studia w najbardziej renomowanym uniwersytecie Europy. A może w USA? Czemu nie Harvard lub Yale?

— Nawet gdyby moje interesy miały iść źle lub gdyby mnie nagle zabrakło, wtedy polisa da naszemu dziecku gwarancję dobrego życia — tłumaczył Ewie, która nie protestowała, nie wytykała mu przesady, gdyż jeszcze wtedy zdawało się jej, że zna i rozumie wszystkie jego obsesje, lęki, zalety i wady. I nocne strachy. A wśród nich ten najgorszy ze wszystkich: że dziecko może zostać osierocone.

Gdy Adam miał pięć lat, jego rodzice zginęli w wypadku samochodowym. Gdy dorósł — pod czujnym okiem babci — nauczył się przewidywać wszystko, łącznie (a może przede wszystkim?) z najgorszymi możliwościami, które Ewie wydawały się odległe, nierealne, a jemu prawdopodobne. Wypadek, nagła śmierć, ruina majątkowa... Nie przewidział tylko narodzin ułomnego dziecka.

Ewa domyślała się, że w jego starannie zaplanowanym życiu, w którym rozpatrywał z góry dziesiątki wariantów i nigdy nic go nie zaskakiwało, narodziny Myszki były tożsame z narodzinami chaosu; z czymś na kształt pojawienia się tornada w strefie geograficznej, w której nie było ono znane. Myszka to był „czynnik X", który burzy wszystko, co było uporządkowane. Myszka była „Obcym" z filmu o kosmitach.

Ewa, ku swemu zdumieniu, rozumiała Adama. Jej rozsypało się tylko życie, jemu rozsypał się świat. Musiał sobie z tym radzić sam, a ona nie wiedziała, jak to zrobi.

Gdy spotykali się w swym dużym domu — niezwykle rzadko — zamieniali kilka zdawkowych słów lub milczeli. Ewa pytała obojętnie, czy w firmie wszystko w porządku. On równie obojętnie przytakiwał i rewanżował się pytaniem, czy niczego jej nie brakuje. Pieniędzy? Może coś trzeba przywieźć z miasta? Czy w domu wszystko funkcjonuje? Nie jest potrzebny hydraulik? Elektryk? Może należy zamówić kogoś, by przyciął trawę?

Oboje omijali w tej quasi-rozmowie osobę Myszki, choć ta przez wiele lat raczkowała u ich stóp.

„Mógłby spytać, dlaczego to robi dopiero w wieku czterech lat", myślała Ewa i była skłonna podzielić się z nim wiedzą, którą nabyła z podręczników. Ale on tej wiedzy nie potrzebował. A ona nie wiedziała, że dochodził do niej tak samo jak ona.

Gdy Myszka, mając pięć lat, zaczęła stawać na nogi — trzymając się mebli lub łapiąc silną rączką za uchwyt szuflady, która wysuwała się i z hukiem spadała na podłogę — Adam wymijał ją jak sprawny, wygimnastykowany sportowiec. Potrafił odsunąć się tak szybko i płynnie, że nie dotknął jej choćby mimochodem. Pewnego wieczoru Myszka rozbiła sobie nos, gdyż jej wyciągnięta rączka trafiła w pustkę, zamiast chwycić jego nogę, która przed sekundą była tuż obok. Gdy Ewa tuliła córkę i przykładała lód, by zatamować krwotok, Adama już nie było w kuchni.

Odtąd ich spotkania stały się jeszcze rzadsze. Jakby Adam wystraszył się, że dziecko nie wyczuje tego, że on go nie chce. Nie chce jego widoku, dotyku, nie chce słyszeć brzmienia jego głosu. Czasem, leżąc w salonie na kanapie — tej niegdyś w kolorze herbacianej róży, dziś poplamionej kawą, sosami, winem i brudnymi rączkami Myszki — Ewa widziała cień Adama przesuwający się błyskawicznie przez hol. Zmierzał do gabinetu, który stał się jego twierdzą, lub szedł do wyjściowych drzwi. Powoli przestała zwracać uwagę na to, czy mówi „dzień dobry" i „do widzenia"; prawdopodobnie mówił, był przecież dobrze wychowany, ale głośno puszczone radio lub telewizor zagłuszały jego głos. Radio zagłuszało też posapywanie Myszki, która bawiąc się, wydawała nieartykułowane dźwięki. Niekiedy rozczulały one Ewę, a czasem doprowadzały do pasji (Ewa już wiedziała, że ceną za nieodrzucenie Myszki są niekontrolowane wybuchy uczucia do córki — miłości lub gniewu).

Co tydzień na blacie stołu w kuchni leżały pieniądze. Kładł je tam Adam, zawsze w ilości przekraczającej ich potrzeby. Zatem gdy w kolejnym tygodniu, w określonym dniu pieniądze nie pojawiły się, Ewa przez chwilę była zdziwiona. Nazajutrz zepsuł się kran w łazience — oczywiście zepsuła go Myszka — i Ewa nadaremnie przeszukiwała stare kalendarze z telefonami. Figurował tam wprawdzie hydraulik, lecz dawno zmienił adres. Książka telefoniczna zdematerializowała się tak, jak zawsze znikają potrzebne przedmioty. Być może zamknął ją u siebie Adam. A woda z kranu ciekła coraz bardziej.

Ewa, zdeterminowana, zatelefonowała do firmy męża. Nie przedstawiła się, a równocześnie nie pomyślała, że po paru latach sekretarka mogła się zmienić lub zapomnieć jej głos.

— Prezes wyjechał w sprawach prywatnych. Wziął kilka dni urlopu. Czy coś przekazać? Pani była umówiona? — pytał melodyjny, bezosobowy alt.

„Skąd wezmę hydraulika?", pomyślała bezradnie. „A więc Adam jest prezesem", to była jej druga myśl.

Zawsze chciał być prezesem w tej swojej firmie, założonej wspólnie z kolegami, która od początku świetnie prosperowała, a po fuzji z inną, zachodnią, była wręcz modelowym przedsiębiorstwem.

„Wyjechał? Ciekawe, gdzie i z kim?", to było jej trzecie stwierdzenie, równie obojętne jak drugie. Teraz najważniejszy był hydraulik.

Książka telefoniczna znalazła się w kuchni; oczywiście leżała w najbardziej widocznym miejscu, na kredensie. Gdy Ewa przewracała kartki, pomyślała przelotnie, że gdyby Myszka była inna, mogliby wyjeżdżać we troje. A ponieważ Adam lubił mieć wszystko to, co najlepsze („uraz po ubogim dzieciństwie", pomyślała), więc zapewne jeździliby na Karaiby, na Bali, Hawaje, Seszele, do Afryki.

„Może jest w Afryce i ogląda różowe flamingi", pomyślała obojętnie.

Różowe flamingi oglądały kilka dni temu z Myszką w telewizorze. Nagle zapomniała o hydrauliku i przypomniała sobie różowe piórko znalezione na strychu. Powinno być w kuchni. Tam gdzie książka telefoniczna. Ale znikło. I na pewno nie było różowe.

*

Adam znajdował się blisko. Niecałe trzydzieści pięć kilometrów od domu. Zatrzymał auto i rozłożył mapę. Adres znał na pamięć, przecież co miesiąc wysyłał tu niemałą kwotę pieniędzy. Właściwie nie on — sekretarka. Osobiście nigdy tu nie był.

Okolica była spokojna, krajobraz nie porywał urodą, ale nie raził poczucia estetyki. Dom stał wśród drzew, w niewielkim parku. Przebywała tu babcia Adama. Wykupił miejsce, hojnie płacąc za komfortowe warunki bytowania, które gwarantowała nazwa pensjonatu: „Piękna Jesień". Kiedy to było?

„Właśnie, kiedy to było?", zamyślił się, lecz nie umiał sobie przypomnieć. „Trzy lata temu? A może pięć?" — gotów był przyjąć taki okres, lecz racjonalna strona jego umysłu zaprotestowała: „Oddałeś ją tu, gdy zacząłeś budować dom".

Zatem dziewięć. Dziewięć lat temu...?! Jego dłonie odruchowo zmięły mapę, ale zaraz rozprostował ją na nowo, złożył starannie i schował w skrytce.

„Dziewięć lat i ani razu jej nie odwiedziłem?", zdziwił się szczerze.

Oddali tu babcię po wspólnie podjętej decyzji. On zaczął budować dom. Firma i budowa pochłaniały go bez reszty. Ewa pracowała dla zagranicznego koncernu i miała szansę na awans. Po wcześniejszych przeżyciach z własną babcią z alzheimerem reagowała nerwowo na zachowanie staruszki. Wszystko wydawało się jej pierwszym symptomem tej strasznej choroby. Choć nie miała czasu, chciała wyprowadzać babcię na spacer i przyprowadzać do domu (jej własna babcia wielokrotnie się gubiła). Bała się zostawić starszej pani klucze, telefonowała po kilkanaście razy na dobę, pytając, czy gaz jest na pewno wyłączony.

Pewnego dnia, gdy Adam ustalał z projektantem szczegóły wyposażenia domu, a Ewa podejmowała z szefem delegację japońską, babcia rzeczywiście zostawiła otwarty gaz. Wybuch zniszczył część kuchni w ich starym mieszkaniu, staruszka zaś odniosła niewielkie obrażenia, dzięki temu, że w tym czasie rozmawiała z sąsiadką na korytarzu.

— To bez sensu — powiedział wtedy Adam. — Ty stracisz pracę, ja włożę pieniądze w dom i nie dopilnuję, żeby był taki, jak sobie wymarzyłem. Wszystko dlatego, że babcia musi mieć stałą opiekę! A przecież są komfortowe instytucje, prawie jak sanatoria, w których będzie jej po prostu bezpieczniej.

— Wyślemy ją tam na czas budowy domu — zgodziła się Ewa.

Babcia, raz mniej, raz bardziej sprawna umysłowo, też się zgodziła.

— W nowym domu będzie na ciebie czekał twój pokój — obiecał Adam.

To Ewa odwiozła babcię. I to Ewa odwiedziła ją jeszcze dwa, a może trzy razy. I dlatego on sam nie umiał teraz tu trafić. To także Ewa spytała, kiedy ją wezmą z powrotem, a on odparł, że jest na to czas; że fachowa opieka na pewno dobrze robi staruszce. I ten spokój, i park dokoła, o którym opowiadała Ewa, regularne posiłki według stosownej diety, i towarzystwo w jej wieku... Adam nawet zażartował, że może babcia wyjdzie drugi raz za mąż za jakiegoś pensjonariusza?

A potem, razem z najwyższej klasy fachowcami, pilnowali wykończenia wymarzonego domu. Gdy przekroczyli jego próg (Adam wniósł Ewę na rękach, jakby po raz drugi brali ślub), ich wejściu towarzyszyło delikatne, melodyjne trzepotanie wiatrowych dzwoneczków. Rozwiesili je wszędzie, wierząc, że dają szczęście; że ich harmonijne, łagodne brzmienie zapewni im poczucie harmonii.

Planując ostateczny rozkład wnętrz, zapomnieli jednak o pokoju dla babci, za to zaczęli mówić o pokoju dziecinnym. A potem przyszła na świat Myszka.

„To przez Myszkę babcia przebywa tu już dziewięć lat", pomyślał Adam mściwie. „Przez Myszkę o niej zapomniałem".

Jadąc przez to nieznane miasteczko, Adam zapytał o drogę i stał teraz przed bramą wjazdową do parku, nie mając odwagi ruszyć dalej.

„Dziewięć lat...", myślał, nie rozumiejąc, jak mogło ich tyle minąć, a on tego nawet nie zauważył. „Może nie kochałem jej dostatecznie?", przemknęło mu przez głowę, pamięć zaś wydobywała krótkie, urwane obrazki z dzieciństwa, lat szkolnych i z młodości.

Tak, nie lubił babci, i gdy zostali sami, we dwoje, modlił się, żeby Bóg zabrał ją, a zwrócił mu rodziców. Ich śmierć wydawała się tak straszliwą niesprawiedliwością! Przecież ona była stara, a oni młodzi i piękni. Takimi ich zapamiętał, jeśli pięciolatek może coś pamiętać. Był przekonany, że wręcz drobiazgowo umiałby odtworzyć tamten straszny dzień, w którym rodzice wsiedli do samochodu, razem z dużym psem — i żadne z nich nie wróciło. Ani mama, ani ojciec, ani pies.

„Brązowy... Pies był brązowy. Chyba kudłaty? W każdym razie spory", wydobywał z pamięci szczegóły.

Początkowo nienawidził więc babci za to, że to ona żyła, a nie oni. Potem za to, że zmuszała go do nauki, a on nie lubił szkoły. W szkole zawsze pytano o rodziców, o to, co robią i jacy są.

— Fajowych masz starych?

— Nie mam starych — odpowiadał i tak często zmieniał szkoły, aż zrozumiał, że lepsza jest ta, w której nikt nie pyta, bo wszyscy już wiedzą — od takiej, w której trzeba opowiadać wszystko na nowo. Ale szkoły nadal nie lubił i maturę zdał tylko cudem.

Przed jego oczami, jak film, rozwinęła się taśma pamięci: on, już osiemnastoletni, wyrośnięty nad wiek, stoi przed babcią z zaciśniętymi pięściami i krzyczy:

— Załatwiłaś to! Znowu wzięłaś ich na moje sieroctwo, tak?!

Babcia udaje, że szuka czegoś w szufladzie, i nic nie mówi.

„Jak właściwie brała nauczycieli na moje sieroctwo?", zamyślił się. Niewątpliwie robiła to, przecież uczył się fatalnie. Zawsze gdy wydawało się, że już, już zostanie usunięty ze szkoły lub że zatrzymają go w tej samej klasie na drugi rok (raz tak się zdarzyło), starsza pani wkładała swój najlepszy czarny płaszcz i czarny kapelusz — których nie lubił, bo wciąż przypominały, że od kilkunastu lat jest w żałobie po jedynej córce, jego matce — i szła do szkoły na jakąś tajemniczą rozmowę. Dostawał potem marną trójczynę i przechodził z klasy do klasy. Na maturze matematyk podpowiedział mu brakujący wynik, a polonistka naprowadziła go na ideę wypracowania.

— Przepchałaś mnie z klasy do klasy i przez maturę, mnie, sierotę bez ojca i matki, tak? — szydził z niej, gdy starannie chowała jego końcowe świadectwo.

Więc nienawidził jej wtedy za to, że uniemożliwiła mu bunt. Bunt przeciw wszystkiemu, ze szkołą włącznie. A potem przez trzy lata demonstracyjnie nic nie robił. Za wyciągane od niej pieniądze włóczył się po kawiarniach. Przystał do grupy hippisów i za kradzione z domu drobiazgi kupował narkotyki. Nigdy nie wpadł w narkomanię. „Byłem na to za wygodny i zbyt tchórzliwy, czy wręcz przeciwnie: za rozsądny i za mądry na swój wiek...?", zastanawiał się teraz, aby dojść do wniosku, że ani jedno, ani drugie. To ona, ta szczupła, elegancka staruszka, niższa od niego o głowę, nie dopuściła do tego, by całkiem się wykoleił. Raz nawet uderzyła go w twarz, oddał jej. Przewróciła się. Złamała rękę. I gdy ostentacyjnie chodziła z gipsem, nie mówiąc ani słowa, tylko patrząc na niego, właśnie wówczas złożył papiery na studia, udając, że nie widzi jej satysfakcji.

Teraz bał się wjechać autem do parku, odnaleźć ten dom, a w nim tę starą kobietę.

„Może już nie żyje?", uczepił się kurczowo tej myśli, lecz zaraz pojął, że przecież by go powiadomili. Regulował co miesiąc rachunki za jej pobyt. Dostawał potwierdzenia na piśmie. Myśl o jej śmierci była ratunkiem przed koniecznością stanięcia z nią twarzą w twarz. Bo co jej powie? Dlaczego nie było go tyle lat?

„Dlaczego nie byłem u niej tyle lat? Nie wiem... No, ale w końcu jestem. I wezmę ją z powrotem do domu", pomyślał, by już w następnej sekundzie uprzytomnić sobie, że tego domu, do którego obiecywał ją wziąć, dawno nie ma.

„Nie zwalę staruszki Ewie na głowę, żeby miała na karku już dwie... dwie niedorozwinięte", stwierdził trzeźwo i dopiero wtedy zastanowił się, czy w ogóle był sens, żeby tu przyjeżdżać.

Jechał, żeby ją spytać, czy w ich rodzinie były przypadki umysłowego niedorozwoju. Lub jakiekolwiek ślady innych chorób nerwowych czy psychicznych. Jechał upewnić się, że jest czysty.

„Ona po prostu nie będzie tego pamiętać. Tak jak dziewięć lat temu nie pamiętała, że trzeba wyłączyć gaz, a moją żonę nazywała raz Ewą, innym razem Marysią. Imieniem mojej matki... A do mnie mówiła Adam, to znowu Janek. Ciekaw jestem, czy imię Jan pasowało do mojego ojca?", zastanowił się, by zaraz sobie odpowiedzieć: „Imiona zawsze pasują do zmarłych, bo już nie można tego sprawdzić".

„Matka", „ojciec"... Ominęło go nazywanie ich „mamusią" i „tatusiem". Nie pamiętał, czy tak do nich mówił. Coś ścisnęło go w gardle, ale opanował się. Wjechał samochodem przez otwartą bramę.

187

— Czy coś się stało? — spytała niepewnie elegancka recepcjonistka (bardziej kojarząca się z sanatorium niż z domem spokojnej starości), gdy podał swoje nazwisko, a potem babci.

Nie wiedział, co odpowiedzieć. Przecież to on powinien spytać, czy nic się nie stało tej osiemdziesięciojednoletniej staruszce; czy nie jest chora; czy w ogóle jest sprawna. Potem zrozumiał, że to jego pierwsza wizyta, co kobieta musiała stwierdzić w grubej księdze pacjentów, gdyż uważnie ją przeglądała. I właśnie to wprawiło ją w stan zdziwienia i niepewności.

„Po co tu przyjechałeś?", pytało jej chłodne spojrzenie. „Chcesz się dowiedzieć, ile ona jeszcze pożyje? Jak długo będziesz musiał płacić? A może interesuje cię spadek?"

— Jestem bardzo zadowolony z formy opieki nad babcią... Byłem za granicą. Cieszę się, że nie musiałem martwić się o staruszkę — oświadczył po krótkotrwałym namyśle.

— To ośrodek na wysokim poziomie — odparła recepcjonistka tak, jakby chciała go przekonać, by nadal trzymał tu babcię. Jakby myślała, że przyjechał, bo może ma inny pomysł, co z nią zrobić.

— W jakim ona jest stanie? — spytał rzeczowo, bo nagle stwierdził, że nie ma żadnego powodu, by się usprawiedliwiać przed tą kobietą. Za dużo im płaci, by się tłumaczyć. Zarabiają na nim za dobrze, aby rościć sobie prawo do oceniania go.

— Wszyscy nasi pacjenci są w bardzo dobrym stanie — odparła z naciskiem kobieta.

— Domyślam się. Pytam, czy da się z nią rozmawiać. Czy rozumie, co się do niej mówi. Czy rozpoznaje... — i tu urwał, ale ona zręcznie mu podpowiedziała:

— ...personel? Tak. Rozpoznaje. Tylko niekiedy nas myli — uśmiechnęła się i dorzuciła przymilnie: — Słodka staruszka...

„Wszystkie są słodkie za takie pieniądze", pomyślał ze złością, a zarazem z ulgą. Babcia nigdy nie była słodką staruszką. Więc jeśli nią teraz jest, to musi być bardzo stara. Tak stara, iż może już nie pamiętać jego obietnicy, że zabierze ją stąd.

Szedł za pielęgniarką jasnym korytarzem z kolorowym chodnikiem i wesołymi obrazkami na ścianach. Wszystko było tu niezwykle wesołe. Jak dla dzieci.

A jednak zanim nacisnął klamkę wskazanego pokoju, serce zatrzepotało w nim jak wróbel uwięziony w gęstym żywopłocie. Widział raz takiego szarego, małego ptaszka i pomógł mu odlecieć, rozchylając gęste, kłujące gałązki. Uświadomił sobie, że boi się stanąć z babcią twarzą w twarz, tak jak wtedy, gdy miał kilkanaście lat, wagarował, palił, zawalał szkołę.

Starsza pani siedziała nieruchomo w fotelu przy oknie. Patrzyła przez nie i gdy usłyszała skrzypnięcie drzwi, odwróciła się. Ale nim się odwróciła, rozpoznał te wyprostowane plecy. Zawsze tak się nosiła: biednie ubrana i pełna godności. A teraz patrzyła na niego. Najpierw wydało mu się, że gwałtownie rozszerzyła oczy, potem przypomniał sobie, że przecież miała właśnie takie: dziecięco okrągłe, jakby zdziwione. Ruszył ku niej, zastanawiając się, co ma zrobić: objąć ją? Nigdy tego nie robił. Położyć głowę na jej kolanach i rozpłakać się?

„Dlaczego nigdy tego nie robiłem? Dlaczego nie przytulałem się do niej, skoro poza nią nie miałem nikogo? Dlaczego jej nigdy nie objąłem? Jest jedyną osobą, której mógłbym teraz wyznać, jak bardzo cierpię", pomyślał.

— Babciu... — odezwał się niepewnie, stojąc sztywno, w odległości dwóch metrów od jej fotela. Wciąż patrzyła na niego szeroko otwartymi oczami.

— Czy ja pana znam?

Jej głos był drżący, ale nadal pobrzmiewał w nim ton niegdysiejszej stanowczości. I elegancji, którą w sobie miała, a którą bezwiednie od niej przejął. Bieda, w którą popadli, zaczęła się po śmierci rodziców. Umiała z nią żyć tak, jakby przynależała do wyższej warstwy społecznej. Całymi tygodniami jedli do chleba najtańszy ser, ale ona pouczała go, by nie trzymał kromki oburącz, i kroiła ją na malutkie, eleganckie kanapeczki. „Trzymała szpan", pomyślał. „I nauczyła mnie, jak go trzymać".

— Babciu, to ja... Adam.

Staruszka uśmiechnęła się i gdy on już, już chciał odwzajemnić uśmiech, usłyszał jej grzeczne, ale stanowcze stwierdzenie:

— Pan nie jest Adamem. Adam nie żyje.

Na chwilę przestał oddychać i dopiero niedotleniony mózg podpowiedział mu, że musi zaczerpnąć powietrza.

— Przecież tu stoję! — żachnął się, a ona powtórzyła:

— Adam nie żyje od czterdziestu lat.

— Babciu... — zaczął jeszcze raz, a ona przerwała z tą samą, dobrze znaną mu wyższością:

— Nie jestem pana babcią. I nie lubię, gdy ktoś obcy tak do mnie mówi. Nawet pielęgniarkom na to nie pozwalam, choć uwielbiają mówić w ten sposób do pacjentów. Myślą, że to nam sprawia przyjemność.

— Jestem babci wnukiem, Adamem — powiedział wolno i z naciskiem. — To prawda, że nie było mnie tu pięć lat — skłamał odruchowo, ale pod wpływem jej wzroku natychmiast się poprawił: — dziewięć („Już nie muszę się jej bać", uświadomił sobie), więc mogłem się zmienić i pewnie mnie nie pamiętasz, ale...

Przerwała mu chłodno i z tą samą stanowczością:

— Owszem, miałam dwóch wnuków, Adama i Jana, ale ten pierwszy zginął, gdy był dzieckiem, a drugi wyjechał za granicę i nie wrócił. Proszę nie wywoływać duchów. I nie denerwować mnie. Proszę wyjść. Nie znam pana.

Przez chwilę stał, zastanawiając się, co zrobić, a potem odwrócił się i wyszedł — gdyż nagle zdał sobie sprawę, że pielęgniarka tragicznie się pomyliła. To nie był ten pokój. To nie była ta staruszka. Nie widział babci od dziewięciu lat i wziął za nią obcą kobietę. W dodatku ją zirytował. I pośrednio się przyznał, że jej nie pamięta. Tak, ta kobieta była do niej podobna, lecz przecież nie do tego stopnia. Babcia była szczupła, ale tęższa. I wyższa. A w fotelu siedziała drobna i chuda starsza pani. I miała chyba mniej niż osiemdziesiąt lat.

— Pielęgniarka zaprowadziła mnie do niewłaściwego pokoju — oświadczył w recepcji.

— Niemożliwe — odparła kobieta. — Zaraz sprawdzimy.

Ostry dzwonek ponownie przywołał pielęgniarkę.

— To pan się myli — powiedziała z wyraźnie zaakcentowaną pewnością. — Nasi pacjenci od lat mieszkają w tych samych pokojach. Był pan w pokoju, który od początku należy do pana babci. Nasi pacjenci noszą te same numery co pokoje, właśnie dlatego, aby ich nie pomylić.

— Proszę jeszcze raz sprawdzić nazwisko — zażądał. Kobieta z recepcji rozłożyła grubą książkę.

— Numer pokoju i nazwisko są zgodne.

— Babcia mogła zamienić z kimś swój pokój — oświadczył spokojnie, choć był coraz bardziej zdenerwowany.

— Nie mogła. Musielibyśmy o tym wiedzieć — odparła kobieta.

— Ale osoba, do której pani mnie zaprowadziła, w ogóle mnie nie poznaje! — zawołał gniewnie.

Obie kobiety spojrzały na niego uważnie, jedna badawczo, druga z widoczną ironią. To pielęgniarka odezwała się pierwsza:

— A kiedy był pan u niej ostatnio?

Zacisnął zęby. Nie zamierzał się przed nikim tłumaczyć, a już zwłaszcza przed kimś obcym, komu w dodatku płacił niemałe pieniądze.

— Staruszka, do której mnie pani zaprowadziła, miała dwóch wnuków. Moja babcia miała tylko mnie. W przypadku tej obcej pani jeden wnuk nie żyje, drugi wyjechał za granicę. Ja, jak pani widzi, stoję tu cały i zdrowy, a za granicę jeżdżę na krótko.

Kobieta wpatrywała się w milczeniu to we wpis w książce, to w Adama.

— Tu jest napisane, że pana babcię przywiozła krewna, a nie pan. Pani Ewa...?

— Moja żona — przerwał.

— Zatem to ona była ostatnią osobą, która widziała starszą panią. I odwiedziła ją kilka razy. Parę lat temu, ale zawsze... Pana tu nigdy nie było, a starzy ludzie szybko zapominają. Lepiej, by przyjechała tu pana żona. Myślę, że ona rozpozna babcię.

— A te opowieści o dwóch wnukach... To pani nie dziwi? — zaczął Adam agresywnie, ale kobieta przerwała mu, tym razem już z nie skrywanym chłodem:

— Nic mnie nie dziwi w przypadku mieszkańców

tego domu. Wielu z nich cierpi na sklerotyczne zmiany. Inni czują się osamotnieni i porzuceni, więc zmyślają powody, dla których rodzina ich nie odwiedza. Jeszcze inni potrafią sobie stworzyć urojoną rodzinę. Wtedy jest im lżej.

Adam zamilkł. Z trudem wykrztusił z siebie słowa obojętnego pożegnania. Miał ochotę zwyzywać recepcjonistkę, ale opanował się. Dotarło do niego, że byłaby to agresja, zwrócona bardziej ku sobie niż ku niej.

Wsiadał do auta, myśląc o tym, że powinien tu przywieźć Ewę. Nie chciał jednak z nią o tym rozmawiać. Nie chciał też odrywać jej od córki, z którą spędzała każdą chwilę („jak niewolnica", pomyślał), a nie mógł — i nie chciał — przywozić ich tu obu: Ewy z Myszką.

„Te kobiety doszłyby do wniosku, że cała nasza rodzina jest niedorozwinięta", pomyślał z gorzką ironią. „Ja, bo nie rozpoznaję babci, babcia, bo mnie nie pamięta, a ja i Ewa dlatego, bo spłodziliśmy nienormalne dziecko. Mamy to w genach..."

Nagle zapragnął pojechać do tamtego szpitala, do którego po wypadku zawieziono jego rodziców, tylko po to, by stwierdzić, że nie żyją. To babcia nie zabrała go tam z sobą, choć długo się przy tym upierał. A gdy wydoroślał, nie chciał oglądać tego miejsca i nigdy tam nie był, ale wciąż pamiętał nazwę miejscowości.

„Może zrobiono im sekcję? Pobrano próbki krwi?", pomyślał teraz. „Może jest jakiś ślad w szpitalnych dokumentach, nawet jeśli minęło tyle lat?" Któreś z nich zginęło na miejscu, ale drugie, jak mówiła babcia, jeszcze żyło jakiś czas. Jak długo? Dzień? Dwa? Może lekarz zrobił notatkę z rozmowy. Przed operacjami, przed podawaniem leków lekarze pytają o przebyte choroby.

Odczuwał nieprzepartą potrzebę uzyskania pewności, że to geny Ewy są winne narodzinom Myszki.

„I wtedy wezmę rozwód", postanowił. „Bo chcę mieć syna. Normalne dziecko. Przecież po to pracuję, po to osiągam sukcesy. Tylko po to, żeby to wszystko komuś zostawić..."

Geny Ewy są winne. Tak. Przyjechał do tego domu, aby się o tym przekonać. Tylko o tym chciał rozmawiać z tą obcą kobietą, która kiedyś, być może, była jego babcią, a teraz roi sobie coś w głowie i nie chce go pamiętać.

Nie to jednak było teraz ważne. Już wiedział, co go uwierało — niemożność podjęcia decyzji. Lecz właśnie ją podjął. I poczuł ulgę. Przecież to było jasne: rozwiedzie się, ale wcześniej udowodni swoją genetyczną czystość.

„Dlaczego urodziłem się w XX wieku? Czemu nie przyszedłem na świat teraz, na początku XXI wieku, gdy człowiek już panuje nad genetyką! Gdy wkrótce nie człowiek będzie zależny od genów, ale one od niego!", myślał sfrustrowany. „Już za pięć albo dziesięć lat każdy mężczyzna, zanim się ożeni, sprawdzi genom kandydatki na żonę. Zanim spłodzi dziecko, upewni się, jakie ono będzie, lub wręcz wpłynie na jego wygląd, umysłowy rozwój, na charakter. Wykluczy się tragedie, niedobrane związki, upośledzone dzieci..."

Wsiadł do samochodu i z nadmierną prędkością ruszył prosto do miejscowości zaznaczonej na mapie małym punkcikiem, w której zakończyło się życie jego rodziców. Kiedyś, gdy był dzieckiem, całymi godzinami wpatrywał się w ten czarny punkcik. Niewiele większy od kropki. To nie było miasto czy miasteczko, ale najwyżej mieścina.

„Swoją drogą, co oni tam robili?", zamyślił się, nie po raz pierwszy. „To niemal drugi koniec kraju... Czego tam szukali? W dodatku z psem... Jechali na wakacje, a mnie podrzucili babci? Może byłem nie chcianym dzieckiem i nic o tym nie wiem?"

„Nie chcianym, jak moja córka..."?, zaświtała mu w głowie niespokojna myśl, ale zaraz ją odrzucił. Pamiętał, że go kochali. Tego się nie zapomina. „Nie zapomina się też odrzucenia", usłyszał podszept, ale zaraz skoncentrował się na prowadzeniu auta.

Przenocował w nędznym hoteliku gdzieś po drodze. W nocy śniła mu się Myszka. Tańczyła. Naprawdę tańczyła. Lekko, zwiewnie, pięknie. Tańczyła w wielkim, rozsłonecznionym sadzie. A tańcząc, wołała:

— Tato! Tatusiu! Patrz!

Ten krzyk go obudził. Nie spał już do rana, przewracając się na twardym hotelowym łóżku, spocony, zły, zdecydowany.

*

Po wydarzeniach w supermarkecie Ewa po raz pierwszy zatelefonowała do Anny. Przez osiem lat utrzymywały ze sobą kontakt sporadyczny i oficjalny. To Anna telefonowała co jakiś czas, na początku miesiąca, a potem coraz rzadziej, pytając, co słychać.

— W porządku — mówiła sucho Ewa.

Kobieta wyczuwała jej niechęć i po kilku zdawkowych pytaniach odkładała słuchawkę. Ewa podejrzewała Annę, że pobiera honoraria z jakiejś instytucji opiekuńczej i dlatego interesuje się dziećmi z zespołem Downa.

„Przekonywanie matek do własnych dzieci to też jakiś fach, choć niełatwy. Trudno, by robiła to za darmo", myślała z gorzkim uśmiechem.

Nigdy nie rozstrzygnęła, czy wtedy, osiem lat temu, wróciła do domu z Myszką wskutek rozmowy z Anną, czy z własnego wyboru.

Nie, to nie był wybór. Wybór to świadoma decyzja, a ona ani wtedy, ani dziś nie umiała racjonalnie jej uzasadnić. Wiedziała tylko, że była to decyzja nagła, i gdy ją już podjęła, postanowiła sprostać jej za wszelką cenę. Nie wiedziała, że ta cena będzie aż tak wysoka.

„Gdybym wiedziała, czy wzięłabym Myszkę?", zadała sobie w duchu pytanie, ale nie znalazła odpowiedzi.

A teraz zapragnęła, żeby Anna przyszła i zobaczyła Myszkę. I żeby znalazła jakieś słowa, lub choćby jedno, jedyne słowo, które da jej siłę, by wytrwać.

— Będę za godzinę — powiedziała tamta tak szybko, jakby obawiała się, że Ewa się rozmyśli.

Już na początku wizyty doszło między nimi do starcia. Anna przyniosła pudło czekoladek, które Myszka natychmiast otworzyła i zaczęła jeść, pakując garściami do buzi i obśliniając wszystkie po kolei.

— Chowam przed nią słodycze. Nie widzisz, że jest za gruba? — spytała Ewa agresywnie. Nie mogła wydrzeć Myszce prezentu, gdyż wiedziała, że reakcja dziewczynki będzie gwałtowna i histeryczna. Jedynym sposobem na to, aby Myszka nie przejadała się, było chowanie tego, co szczególnie lubiła. Zwłaszcza słodyczy.

— Myślałam, że wiesz o otyłości dzieci z DS — wytknęła Annie jej zachowanie. „Gdyby była tak mądra, jak udaje, toby nie dała Myszce tych czekoladek", pomyślała ze złością. Nagle uświadomiła sobie, że jest niepotrzebnie agresywna i chorobliwie podejrzliwa. „Czy taka jestem wobec całego świata?", wystraszyła się.

— Tak, wiem — powiedziała ze skruchą Anna. — Ale czasem myślę, że te dzieci mają tak niewiele przyjemności. Wiem, że to nieprawda. Mają bogaty wewnętrzny świat. Przekarmiamy je wyłącznie z poczucia bezradności, że nie umiemy do tego świata zajrzeć. Koniecznie chcemy coś im z siebie dać, zatem dajemy rzeczy najprostsze. Ja też utuczyłam Elżbietę — zaśmiała się niepewnie.

Obie czuły się nieswojo, choć każda z innego powodu. Anna przyglądała się ukradkiem Myszce i miała poczucie winy. Bez dodatkowych wyjaśnień, gołym okiem było widać, że dziewczynka ma jedną z cięższych postaci DS. A może nawet coś bardziej skomplikowanego? Może powinna się znaleźć w zakładzie? Ewa domyślała się, o czym tamta myśli, i odruchowo miała jej to za złe.

— Pokaż mi jej zdjęcie — powiedziała Ewa i Anna bez słowa sięgnęła do torebki. Przez jej twarz przebiegł trudny do ukrycia niepokój.

Ze zdjęcia uśmiechała się do Ewy szesnastoletnia Elżbietka. Oczywiście, była za gruba, a czujne oko odróżniało charakterystyczną mongolską fałdę, kartoflowaty nosek i za duży język wsparty w uśmiechu o dolną wargę. A jednak ktoś nie znający objawów syndromu Downa mógł uznać tę prawie dorosłą dziewczynę za osobę normalną, choć o nietypowej urodzie. Myszka była przy niej okazem znacznie gorszej postaci choroby.

— Żałujesz... — szepnęła Anna.

— Nie — pokręciła głową Ewa.

— Nie? — zdziwiła się tamta.

— Nie. To... za trudne, by o tym mówić, ale nie żałuję. Boję się, a to inne uczucie.

Myszka siedziała z kotem na kolanach, starając się z całych sił nie tłamsić go z nadmiaru uczucia. Słuchała rozmowy matki z tą obcą kobietą, z niejasnym przeczuciem, że dotyczy ona jej osoby. Zawsze czuła się wtedy winna, choć nie wiedziała, dlaczego. Czuła się winna, gdy mama rozmawiała z lekarzem, z logopedą, z panią od gimnastyki, z obcymi kobietami w parku. I z tatą. Dopóki kobieta przyglądała się jej ukradkiem, Myszka jej nie lubiła. Nie lubiła obcych, którzy osaczali ją skrywanymi, a przecież badawczymi spojrzeniami. Ale teraz ta kobieta nie ukrywała, że na nią patrzy, więc Myszka obdarowała ją uśmiechem.

— Ten uśmiech... — szepnęła Anna. — Zauważyłaś, że w ich uśmiechu jest porażająca dawka ufności? Większej niż u zwykłych dzieci. Ona nie znika z wiekiem, zobaczysz. Nasila się. Moje jedyne zmartwienie to ufność Elżbiety wobec wszystkich ludzi, choć tak niewielu na tę ufność zasługuje. A czego ty się boisz? Co cię martwi?

— Przyszłość — odparła krótko Ewa.

— Przyszłość — pokiwała głową Anna. — Tak. Rozumiem cię lepiej, niż myślisz.

— Nie — powiedziała Ewa. — Masz drugie dziecko, prawda? Syna? I on kiedyś zaopiekuje się siostrą.

— Nie mam prawa go tym obarczać. Zrujnowałabym mu życie — szepnęła Anna.

— Ale twoja Elżbieta jest prawie bliska normalności! — zawołała Ewa.

— Bliska? — uśmiechnęła się blado Anna. — Sześćdziesiąt punktów w testach na IQ, połowa średniej. Tak, można to nazwać „blisko". U Myszki pewnie jest...

— Nie robiłam jej testów — przecięła sucho Ewa. — To nic nie da, że dowiem się, ile ma punktów. Trzydzieści? Trzydzieści pięć i pół? Te punkty niewiele mówią o człowieku. I w małym stopniu rzutują na przyszłość.

— Tak — przyznała Anna.

— Jaka będzie między nimi różnica za kilkanaście lat, jeśli twoja Elżbieta nauczy się wyplatać koszyki, a dla Myszki będzie to nieosiągalną sztuką? — spytała brutalnie Ewa. — Skoro brat się nią nie zajmie, to kto?

— Opieka społeczna — szepnęła Anna. — Ale Elżbieta nie nauczyła się wyplatać koszyków. Maluje różne wzory na zabawkach i na szkle. Ma wspaniałą plastyczną wyobraźnię.

— Nie wiem, jaką Myszka ma wyobraźnię — stwierdziła rzeczowo Ewa. — Może dużą. Może jej w ogóle nie ma. Nie znam jej wewnętrznego świata, choć wiem, że istnieje. Nie wiem, co dzieje się w tym świecie. Ale jeśli twój syn nie zajmie się kiedyś twoją córką, to różnica tych dwudziestu lub trzydziestu punktów w testach na IQ niewiele zmieni w jej przyszłości.

— Tak — powiedziała Anna.

Zapadło milczenie, jakby obie spojrzały w tę samą przyszłość.

Myszka patrzyła na nie uważnie, zaciskając usta. Zawsze zamykała usta, gdy myślała. Mama martwiła się o nią, to było pewne. Mama sądziła, że kiedyś, nie wiadomo kiedy, Myszka zostanie sama. A przecież to nie była prawda...

— Maa... ooog... — powiedziała i nie dokończyła zdania. Chciała powiedzieć mamie, że zawsze czeka na nią Ogród, lecz nagle pomyślała, że być może Ogród ma zostać tajemnicą. Nie zastanawiała się nad tym, ale przecież Ogród ukazywał się tylko jej, już nawet kota nie wpuszczał, i zapewne nie wpuściłby mamy. Może nie należało o nim mówić?

— Coś ci opowiem — zaczęła Anna. — Widziałam kiedyś w telewizji film: *Dzieci Gai*. Znasz?

Ewa pokręciła głową. W telewizji oglądała wyłącznie seriale i teleturnieje. „Strasznie zgłupiałam", pomyślała, ale zaraz sama wytłumaczyła się przed sobą: „Od rana do nocy i od nocy do świtu uczestniczę w najbardziej dramatycznym serialu świata i odpowiadam na najtrudniejsze pytania w najtrudniejszym teleturnieju. Potem chcę już tylko odpocząć..."

— *Dzieci Gai...* — ciągnęła Anna. — To był angielski dokument o ludziach ułomnych. Był tam człowiek z ogromną głową, osadzoną na skarlałym ciele, który całe życie spędza na wózku inwalidzkim. Mężczyzna z wrodzoną łamliwością kości, wtłoczony raz na zawsze w gipsowy gorset, nawet głowę podtrzymywał mu specjalny stelaż. Młoda kobieta, ofiara thalidomidu, pozbawiona od urodzenia rąk i nóg. I ta kobieta powiedziała, iż niewiele różni ją od Wenus z Milo!, że chciałaby, żeby dostrzegli to inni! Pytała, dlaczego brak rąk u Wenus z Milo dowodzi urody, a u niej jest traktowany jako kalectwo? Ta kobieta malowała wspaniałe obrazy, trzymając pędzel w ustach. A kruchy, skarlały człowiek w gipsie wyznał, że przez każdą chwilę swego życia walczy o to, by nic sobie nie złamać i bezpiecznie przetrwać kolejny dzień, że każda, z mozołem wywalczona chwila jest czymś wspaniałym i ciekawym. Mężczyzna na wózku oświadczył, że świat jest fascynujący, że uwielbia jego odkrywanie. Wszyscy, każde z osobna, wyznali, że kochają życie w każdej godzinie, minucie, sekundzie. I nawet dla tej jednej sekundy chcą żyć... Dałaś Myszce osiem lat życia. Może kiedyś, gdy ciebie zabraknie i zamkną ją w zakładzie, nie będzie tkwić tam pusta i samotna. Będzie wypełniona obrazami świata, miłością do ludzi, których znała, pamięcią o tym, jak miękkie i puszyste jest futerko kota i jaki zapach ma kwiat na wiosnę. Będzie miała do czego tęsknić. Tęsknota to także forma życia...

Spojrzały na siebie z nagłym zrozumieniem, a potem obie przeniosły wzrok na Myszkę. Dziewczynka głaskała kota i uśmiechała się do nich ufnie. Nagle wyciągnęła rączkę do Anny i powiedziała, postanawiając powierzyć tej kobiecie swoją tajemnicę:

— Maa oog...

Anna pokiwała głową.

— Wiesz, co ona mówi? — spytała szeptem. Ewa pokręciła głową.

— Czasem mi się wydaje, że wiem, a niekiedy myślę, że ona mówi o wiele więcej, niż przypuszczam, tylko ja tego nie rozumiem. Czy ty zawsze rozumiesz Elżbietę?

Anna pokręciła głową.

— Nie. Elżbietka opowiada mi, że kolory, którymi maluje, śpiewają. I że ona zawsze wie, co którym ma pomalować. Bo ten kolor jej to mówi. Śpiewem. Niekiedy Elżbietka wydaje dziwne dźwięki i wtedy mam wrażenie, że ona śpiewa, choć tego nie słyszę... — Anna urwała, robiąc rękami jakiś dziwny gest, jakby chciała wyjąć coś z wnętrza własnego ciała i pokazać Ewie: — Ona śpiewa w środku, wewnątrz siebie.

— Bo w nich jest coś bardzo dziwnego, właśnie tam, w środku... — szepnęła Ewa. — Żaden podręcznik, żaden lekarz, żaden najwybitniejszy specjalista od DS nie powie mi, co jest we wnętrzu mojej córki. Ale ja i tak wiem: tam jest motyl, którego nigdy nie zobaczę. Czy już rozumiesz, dlaczego nie żałuję swojej decyzji?

Anna kiwnęła głową, ale Ewa dokończyła:

— Pielęgnuję tego motyla, ale to trudne pielęgnować coś, co tylko przeczuwasz, że jest.

— Idź zatem do szpitala i powiedz to obcej kobiecie, która urodzi takie dziecko jak twoje i będzie w szoku. Jesteś jej to winna — powiedziała Anna, lecz Ewa pokręciła głową.

— Nie mogę. Ty możesz, bo pokażesz im zdjęcie Elżbietki i one uwierzą, że można ujść nachalnej ludzkiej ciekawości i zapobiec odrzuceniu ich dziecka przez świat. A ja musiałabym pokazać im Myszkę. Wtedy one ucieknę przed swoim dzieckiem i już nigdy nie zechcą go zobaczyć...

Zamilkły. Myszka patrzyła na nie i mruczała coś, co mogłoby przypominać melodię — pod warunkiem, że którakolwiek z nich znałaby Mahlera. Ale obie go nie znały.

— Anno, dobrze mi zrobiła ta rozmowa, ale już idź. Myszka się niecierpliwi... Patrz, zaczyna się kiwać, coś mruczy...

Myszka rzeczywiście kiwała się, gdyż myślała już tylko o tym, że chciałaby szybko zjeść obiad i pójść na strych.

Trwał dzień siódmy.

DZIEŃ SIÓDMY: KOBIETA I MĘŻCZYZNA

Gdy rozsuwały się kolejne zasłony — miękkie, zróżnicowane w odcieniach czerni, przypominające pajęczyny, choć gęściejsze — Myszka zastanowiła się, czy także Ogród nie jest taką zasłoną, tyle że barwną. Taką jak kurtyna w wesołym miasteczku.

Wesołe miasteczko przyjechało na duży plac koło ich osiedla i rozstawiło tam karuzele, strzelnice i namioty z tajemniczą zawartością. Obok miasteczka pojawiły się budki ze słodkomdłą cukrową watą, chrupiącym popcornem, balonową gumą do żucia, coca-colą i wafelkami oblanymi lepką od lipcowego słońca czekoladą.

Z wesołego miasteczka już z daleka niosła się wesoła muzyka i radosne okrzyki dzieci, więc Ewie nie udało się wymigać od próśb Myszki, choć bała się tej wyprawy. A jednak było mniej strasznie, niż sądziła. Bardziej od Myszki uwagę zwiedzających przyciągały kobiety o dwóch głowach lub z brodą, karlice i karły, Wróżka z Jedynie Prawdziwymi Horoskopami, potężne diabelskie koło, salon krzywych luster, strzelnica z błyszczącą panią z plastiku, z której — kiedy nabój z karabinu trafiał w biust — opadało skąpe ubranie.

Myszka z zachwytem zwiedziła prawie wszystko, poza salonem krzywych luster, gdzie mama nie chciała z nią wejść. Mama już dawno usunęła z domu większość luster; pozostawiła tylko to w łazience, w którym dziewczynka widziała jedynie czubek głowy. Mama nie lubiła, gdy Myszka patrzyła w lustro; Myszka też tego nie lubiła. Przejrzała się w lustrze tylko raz — zanim mama zdjęła je ze ściany — i wystraszyła się. Pokazując palcem na swoje odbicie, potrząsała głową, powtarzając z niepokojem:

— Neee... neee...

Ewa odniosła wrażenie, że jej córka wzięła swoje lustrzane odbicie za kogoś obcego, kogo nie chciała oglądać.

Mimo nalegań Myszki nie wsiadły też na karuzelę, której siodełka wirowały w szalonym pędzie, a pasażerowie wydawali z siebie podekscytowane piski. Tym razem Ewa obawiała się „małego nieszczęścia", gdyby córka się wystraszyła. Za to pozwoliła jej pojeździć na drewnianych konikach, które spokojnie bujały się w górę i w dół, łagodnie, bezpiecznie, jednostajnie. I tylko dwoje dzieci pokazywało Myszkę palcami, gdyż reszta zajęta była jazdą.

A potem poszły zrobić sobie zdjęcie. I Myszka miała teraz przed oczami tamto miejsce przeznaczone do wykonywania pamiątkowych fotografii. Pośrodku wesołego miasteczka rozpięta była jaskrawa, kolorowa kurtyna. Nieznany artysta namalował na niej szmaragdowozielone drzewa; piasek był żółty jak dojrzała cytryna; morze w kolorze turkusu z maminego pierścionka, z bałwaniastymi falami, które wieńczyły mlecznobiałe grzebienie. Poza brązowo-zielonymi drzewami widać było wielobarwne zwierzęta: czerwone wiewiórki, kropkowane symetrycznie żyrafy, zebry z równiutko odrysowanymi pasami, a przede wszystkim motyle ze zdumiewającą mieszaniną kolorów na wielkich skrzydłach. Myszka nie mogła się im napatrzyć — tak były inne od tych, które oglądała, gdy fruwały nad ich trawnikiem. Nad tą rozbuchaną feerią barw rozpościerało się niebo, tak szokująco szafirowe, że Myszka aż uśmiechnęła się do tego niespotykanego koloru.

Na kurtynie, koło pierzastej palmy, stały dwie wyraziście odmalowane różowe postacie: kobieta i mężczyzna. Należało wsadzić głowę do otworu, który znajdował się tam, gdzie powinny znaleźć się twarze. I już po chwili z aparatu fotograficznego leniwie wysuwało się zdjęcie. Dziwnym sposobem zdjęcie było mniej kolorowe niż kurtyna, jakby aparat nie był w stanie oddać szaleństwa barw. Myszka wiedziała o zdjęciach, mama bowiem, po wielu prośbach, pozwoliła jej stanąć na stołeczku z tyłu kurtyny, włożyć buzię w otwór i zrobić sobie zdjęcie. Ale gdy zdjęcie wysunęło z aparatu kolorowy język, mama schwyciła je, jeszcze mokre, zmięła i wyrzuciła do kosza.

— Nie wyszło, trudno — powiedziała do Myszki z zakłopotanym uśmiechem.

— Neee? Jaa...? — spytała Myszka, a zakłopotany uśmiech mamy stał się jeszcze bardziej zakłopotany.

— Nie, nie ty. Ty jesteś w porządku. To ten.... ten przeraźliwy krajobraz wyszedł okropnie. Kolory się nie udały. Wyblakły — odparła mama niezrozumiale.

...i-właśnie ten krajobraz z jaskrawej kurtyny wesołego miasteczka podobny był do Ogrodu. Ale nie tego, na który Myszka dzisiaj patrzyła, lecz do Ogrodu sprzed kilku dni. Ponieważ zaszła w nim zmiana.

Myszka postąpiła krok w przód i Ogród, jak zwykle, otoczył ją szczelnie i w taki sposób, że nagle odczuła jego dziwną nieskończoną skończoność. W przeciwieństwie do tego, co On stwarzał wcześniej — niebo, ziemię, wodę i przestrzeń pomiędzy nimi — Ogród zdecydowanie miał początek. I tylko początek. Myszka miała uczucie, że gdyby szła ciągle naprzód i naprzód, wróciłaby do tego samego punktu, z którego wyszła.

Ale nie tylko to się zmieniło. Ogród miał teraz bardziej stonowane kolory. On umiał poprawiać swoje błędy. Obecny Ogród był, zdaniem Myszki, o wiele ładniejszy. Postanowiła go zwiedzić i cichutko posapując, ruszyła tam, gdzie wydawało się jej, że wśród drzew prześwituje strumyk.

— Ssssspójrz, jak pięknie! — zasyczał Wąż nad jej głową.

Znowu widziała jedynie kilka zwojów jego cielska, zwieszonego z drzewa, i pomyślała, że nawet jeśli Ogród ma tylko początek, to Wąż niewątpliwie jest nieskończony. Wcale by się nie zdziwiła, gdyby się okazało, że wielkość Ogrodu wyznacza jego długie, wijące się ciało.

— De...dooob — powiedziała, wiedząc od mamy, że zawsze powinno się mówić „dzień dobry".

Wąż zasyczał gniewnie:

— Sssssstój, zapomniałaś o jabłku.

Nie zapomniała. Ale przeczuwała, że czarodziejskie jabłonie do kogoś należą. Tym właścicielem nie był Wąż. I bała się, że gdy zerwie jabłko, czyjś Głos powie: „To NIE jest dobre..."

— Sssssspójrz, ile ich tu jessst — uśmiechnął się Wąż, odpowiadając jej myślom: — Nie bój się, On pozwala jeść jabłka ze wszysssstkich drzew, poza jednym, którego i tak nie znajdziesz. Jessst dobrze ssschowane.

Gryzła jabłko, połykając łapczywie soczyste kęsy, i rozglądała się wokół.

— A gdzie jest to zakazane drzewo? — spytała.

— Wszędzie i nigdzie. To zwykłe drzewo i dlatego trudno je odnaleźć — wyjaśnił uprzejmie Wąż.

Zjadła całe jabłko, a nawet ogryzek. Wąż uśmiechał się do niej, pokazując drobne ząbki.

— Jesssssteś śliczna i lekka jak motyl — stwierdził.

„I nikt o tym nie wie oprócz mnie", pomyślała Myszka z żalem, ale Wąż odpowiedział jej myślom:

— W każdym człowieku powinno być coś, o czym wie tylko on sam. Człowiek bez choćby jednej tajemnicy jesssst jak orzech, z którego po rozłupaniu zosssstanie sssama ssskorupa. Ludzie za częssto dbają tylko o ssskorupę. Masz szczęście, że jesssteś inna.

— I myślę teraz tak szybko jak wiatr — pochwaliła się.

— I nie zapominasz — dorzucił Wąż.

— Nie zapominam — przytaknęła. — A co będziemy dzisiaj robić?

— Och, to oczywisssste. Będziemy odpoczywać. Mamy mnóssssstwo czasu do wypoczywania. Odpoczynek to ssskomplikowane zajęcie — oznajmił Wąż i dodał, wciągając swoje cielsko wyżej na drzewo: — No, to wędruj sssobie dalej.

I Myszka powędrowała w głąb Ogrodu, mając uczucie, że zatacza jedynie krąg wzdłuż niewidzialnego muru wytyczonego ciałem Węża.

Trawa wciąż była szmaragdowa, ale nie taka jak na kurtynie z wesołego miasteczka. Szafir nieba wyblakł. Pomarańczowe nagietki już nie gryzły w oczy, najwyżej troszeczkę. Wędrująca w oddali majestatyczna żyrafa nie miała symetrycznych kropek. Jabłonie były zwykłymi jabłoniami.

Wciąż widziała wszystko niezwykle wyraziście i dokładnie, jakby wyostrzył się jej zmysł wzroku lub jakby jej myśli dogoniły wreszcie spojrzenie (albo na odwrót, tego nie była pewna). Na dole Myszka najpierw coś widziała, a dopiero potem w jej mózgu pojawiała się nazwa, w dodatku nie zawsze trafna. Niekiedy pojawiało się wiele różnych nazw i musiała zdecydować się na jedną. Wybierała nie zawsze prawidłowo. Tu, na górze, wzrok i myśli biegły obok siebie, w jednej parze, równiutko, płynnie, nie natrafiając na żadne przeszkody, a wybór właściwego słowa nie nastręczał żadnych trudności. Uświadomiła sobie, że każdą rzecz można określić wieloma słowami i że czasem słowo zmienia charakter nazwanego przedmiotu. Pojęła, jak mocny jest związek między nazwą a przedmiotem. Równie mocny jak imienia z człowiekiem.

Śpiew strumyka był wyrazistszy, choć leniwy, gdyż nie płynął on z góry, lecz po równinie. Drzewa rosły coraz rzadziej, ustępując miejsca rozsłonecznionej polanie. Myszka zobaczyła, że koło strumyka ktoś stoi. I niemal równocześnie jej sprawny mózg zarejestrował dwa fakty: że to była Kobieta i że to była Kobieta całkiem naga. Obecność Kobiety nie zdziwiła Myszki. Jej nagość — tak.

Myszka widziała kiedyś nagą mamę. Mama była w łazience, myła się pod prysznicem i w szparze drzwi nie dostrzegła oczu Myszki. Drzwi były uchylone, gdyż mama chciała słyszeć, gdyby Myszka ją wołała. Mama zawsze chciała być w zasięgu głosu Myszki. Dlatego wszystkie drzwi były przymykane, lecz nie domknięte — oprócz drzwi do gabinetu taty.

Więc Myszka patrzyła. Mama stała w otwartej kabinie prysznicu. Krople wody przez ułamki sekund zatrzymywały się na niej, przypominając małe, błyszczące perełki, a potem spływały w dół. Jej ciało nie było ociężałe i nieforemne jak ciało Myszki. Nie było walcowate, nie przypominało małego pieńka w lesie. I wreszcie — a to było najważniejsze, co Myszka zobaczyła — nie było takie łyse jak jej własne. Mama miała wgłębienia i wypukłości, które zaskoczyły Myszkę, gdyż nie zawsze były w tych miejscach, w których można się było ich spodziewać. Na przykład brzuch mamy nie był ani trochę wypukły, jak u Myszki, lecz wklęsły. Dla odmiany piersi nie były płaskie, z małym guziczkiem pośrodku, lecz okrągłe i wystawały z płaszczyzny ciała jak dwa jabłka obleczone miękką skórą. Jednak najbardziej zdumiewający był rudawy meszek pod pachami, tam gdzie u Myszki było łyso, i taki sam, choć o wiele gęściejszy, w miejscu, gdzie kończyły się (lub zaczynały?) obie nogi, płynnie przechodzące w gładki brzuch.

„Więc włosy nie rosną tylko na głowie?", zdziwiła się Myszka, lecz zaraz przypomniała sobie tatę. Tata przebiegał czasem przez hol do łazienki. Jego koszula była wtedy rozpięta i powiewała przy każdym ruchu; w biegu wkładał ją w spodnie i zapinał guziki. Gdy koszula powiewała, Myszka widziała na piersiach ojca włosy: krótkie, ciemne, twarde, inne niż te na głowie. „Gdzie jeszcze rosną tacie włosy?", zamyśliła się i choć zaraz zapomniała o swym niemym pytaniu, odpowiedź przyszła wkrótce wraz z dużym albumem, który mama wniosła kiedyś do domu, gdy wróciły z zakupów. Album był pełen nagich pań i panów, a gdy Myszka zaczęła go oglądać, mama powiedziała, że to są reprodukcje obrazów. Myszka nie pojęła słowa „reprodukcje", nie mogła też zrozumieć, dlaczego te obrazy wolno było oglądać, a mamy kąpiącej się pod prysznicem lub nagich pań w telewizorze — nie.

— Myszka... — powiedziała wtedy mama spokojnym głosem, a woda spływała z niej ciepłą, pienistą strugą. — Myszka, nie podglądaj. To nieładnie.

— Ja paaa.... Ty teeee — odparła stropiona Myszka, pamiętając, że przecież mama też ogląda ją golutką, gdy siedzi w wannie pełnej mokrej wody.

— To co innego — oznajmiła mama i Myszka pomyślała, że zaskakujące było to wszystko, co mama miała, a Myszka nie.

Później Myszka widziała jeszcze nagie panie w telewizorze, a raz nawet jednego pana, lecz bardzo krótko, gdyż mama kliknęła pilotem i nagusy przemieniły się w psa Pluto. A jeszcze później Myszka dostała Barbie i Kena.

Naga Kobieta w Ogrodzie była jak żywa Barbie. To stwierdzenie napłynęło do mózgu Myszki równie błyskawicznie jak rejestrowane wzrokiem szczegóły wyglądu Kobiety, tak inne niż u mamy, tak podobne jak u lalki, której nigdy nie potrafiła polubić.

„Jest okropna", pomyślała, nie odrywając oczu od Kobiety. „Jest równie okropna jak Barbie..."

Początkowo ogarnął ją smutek. Była pewna, że On, stwarzając Kobietę, powiedział głośno: TO JEST DOBRE — i czekał. W Jego głosie niewątpliwie zabrzmiało to bezradne pytanie, które dźwięczało też wtedy, gdy On stwarzał czerwoną trawę, kwadratowe słońce lub księżyc z nosem. Ale gdy stwarzał Kobietę, nie było nikogo, kto mógłby zawołać: „Nie! Nie rób z niej Barbie!" Teraz było za późno.

„Nie powiem, że popełnił błąd. Byłoby Mu smutno", pomyślała Myszka i podeszła kilka kroków bliżej.

Kobieta nie widziała jej. Patrzyła przed siebie, w głąb Ogrodu, choć bez zainteresowania, i leniwie drapała się pod nagą pachą. Potem przeciągnęła się i wyprężyła, cicho wzdychając, i właśnie wtedy Myszka dostrzegła drugi powód, dla którego Kobieta kojarzyła jej się z Barbie. Pierwszym były włosy Kobiety i jej twarz. A drugim — piersi. To nie były mamine żywe jabłka obleczone skórą i poruszające się płynnie z każdym ruchem. Piersi Kobiety miały inny kształt: sterczały wysoko, spiczasto i były całkowicie martwe.

Myszka nie wytrzymała i zapragnęła to sprawdzić. Gdy dostała Barbie, szybko odkryła, że choć można jej zginać ręce i nogi, przekręcać głowę, splatać lub upinać długie włosy, to z piersiami nie można nic zrobić. Myszka usilnie próbowała je zmniejszyć, ugniatała je palcami, wciskała, ale wciąż były duże i tak spiczaste jak te u Kobiety, a w dodatku twarde jak kamień. „Kauczukowe", powiedziała mama, patrząc, jak Myszka nadaremnie usiłuje je spłaszczyć.

Dziewczynka podeszła do nieznajomej, wyciągnęła rękę i dotknęła jej piersi wyciągniętym palcem. Pierś ani drgnęła, była twarda i nieustępliwa. Za to Kobieta spojrzała na nią oczami Barbie. Oczy lalki zawsze zachwycały Myszkę, mimo że bezmyślnie patrzyły przed siebie emaliowanym błękitem. Za to były wielkie, okrągłe, bez żadnej fałdki nad powiekami. Oczy Kobiety były identyczne. Nosek też miała malutki i zgrabny, usta zaś doskonale wypukłe. A na nich ten bezmyślny półuśmiech (zamyślona mama przygryzała wargi, a kąciki jej ust opadały w dół lub krzywiły się).

Dopiero teraz, gdy Myszka dotknęła Kobiety, ta zwróciła na nią pusty, błękitny wzrok.

— Ooo... — powiedziała i odruchowo cofnęła się.

I wtedy Myszka ujrzała, że — w przeciwieństwie do mamy — Kobieta nie ma żadnych włosów tam, gdzie jej nogi schodziły się w nieduży, tajemniczy trójkąt, przyozdobiony rudawym futerkiem. Ba, Kobieta nie miała tam nic. Jak Barbie.

— Baar si? — spytała raz Myszka, lecz mama nie odpowiedziała wprost na pytanie, czym siusia Barbie, tylko oświadczyła, że lalki w ogóle nie siusiają. Zatem Kobieta również nie siusiała i było to zaskakujące. Gdyż w takim razie nie mogła być prawdziwa.

Myszka przyglądała się jej i dostrzegała coraz więcej podobieństw do swojej lalki. Nogi Barbie były przesadnie smukłe, niemal chude, bardzo długie i — w przeciwieństwie do nóg mamy — szeroko rozstawione. Uda mamy były pełne i dotykały siebie. Myszka była pewna, że ocierają się, gdy mama chodzi (prawie tak jak jej, co było nieprzyjemne, szczególnie latem, gdy Myszka czuła pot, który sklejał jej nogi). Nogi lalki były równie chude powyżej kolan jak i w łydkach, na górze zaś, pomiędzy nimi, był spory, pusty odstęp. Myszka początkowo myślała, że to jest miejsce na majtki. Ale potem, oglądając mamę pod prysznicem, stwierdziła, że jest tam coś więcej. I że jest raczej odwrotnie: majtki są po to, aby to coś przykryły. Kobieta miała takie nogi jak Barbie, a pomiędzy nimi prześwitywała gładka, cielista przestrzeń.

— Ona nie siusia — stwierdziła po raz wtóry Myszka, ale ponieważ tu, na górze, jej myśli biegły równie szybko jak spojrzenie, nie powiedziała tego głośno, co niewątpliwie zdążyłaby zrobić na dole. Jej myśli pobiegły dalej i zaczęły się układać w tajemnicze nie wypowiedziane zdanie:

„Teraz nie pomoże żaden pilot...."

Jeśli pilot w ręku mamy przemienił kiedyś nagie kobiety w psa Pluto, kilka dni temu zaś — nie wiadomo na czyje życzenie — złagodził nienaturalne barwy Ogrodu, tak tym razem Myszka obawiała się, że Kobieta nie zmieni tak łatwo swego podobieństwa do Barbie. A zresztą Myszka nie wiedziała, czy tego chce. W dziwny sposób to podobieństwo dodawało dziewczynce pewności siebie, której zawsze jej brakowało, gdy spotykała obcą osobę.

Myszka instynktownie wyczuwała, że mama nie lubi obcych. Ci jednak z rzadka przychodzili do ich domu, i najpierw ich wzrok zatrzymywał się na Myszce, a potem szybko, prawie w popłochu, uciekał, jak wzrok taty. Tyle że wzrok taty uciekał daleko, za to spojrzenia obcych ukradkiem powracały. Listonosz, pan z elektrowni, śmieciarz, pani z sąsiedztwa, pan z pracy taty, który wpadł nie zapowiedziany (tata prawie przepchał go z holu do swego gabinetu, jakby chciał skrócić czas, w którym pan będzie przewiercał wzrokiem przycupniętą w kącie Myszkę), to byli obcy ludzie i na ich widok Myszce instynktownie udzielał się lęk mamy.

Bawiąc się Barbie, Myszka odczuwała swoją nad nią przewagę: wobec emaliowanego błękitu jej oczu, ostro sterczących piersi, posłusznej giętkości rąk i nóg, nie-prawdopodobnie wąskiej talii, którą można było wygi-nać w różne strony (lalka sprawiała wtedy wrażenie, że zwraca się ku komuś lub czemuś, z tą samą znudzoną, grzeczną obojętnością). Barbie była okropna, ale to ona, lalka, była dla Myszki, a nie na odwrót. Już w przypadku kota niekiedy było inaczej.

Kobieta w Ogrodzie była zatem sztuczna, nieprawdziwa, w szczególnie odpychający sposób, a równocześnie podobała się jej, gdyż będąc Barbie, nie była obca. I gdy Myszka spoglądała na Kobietę, widziała w jej oczach tyle samo zrozumienia, co w oczach Barbie.

— Sssspotkałyście się — zasyczał Wąż i opuścił długi, wąski łeb z pobliskiego drzewa. Była to również jabłoń i Myszka pomyślała, że musi go spytać, czy nie ma tu innych drzew, na przykład palm, które widziała na kurtynie w wesołym miasteczku. Ledwo to pomyślała, wydało jej się, że w głębi Ogrodu widzi charakterystyczny, strzępiasty kształt liści i wdzięcznie wygięty omszały pień. Szybkość i sposób, w jaki każda myśl spełniała się w Ogrodzie, trochę ją zaniepokoiły.

„Czy On nie bierze wszystkiego z moich myśli?", pomyślała z nieokreślonym lękiem, gdyż czuła, że jej głowa nie bardzo nadaje się do tego, aby z niej czerpać. Wprawdzie umiała Mu pomóc, by nadał księżycowi i słońcu okrągłe kształty, ale wtedy była pewna, że miały być właśnie takie. Jednak jarmarczna uroda Ogrodu pojawiła się bez jej woli — podobnie jak wygląd Kobiety. A jedno i drugie tkwiło w pamięci dziewczynki.

„Mam w głowie chaos, a On z niego czerpie", stwierdziła wystraszona.

Myszka szybko zapomniała o swym problemie, tak była zafascynowana spotkaniem obcej osoby, której się nie bała i która nie uciekała na jej widok z oczami.

Kobieta patrzyła na Myszkę wzrokiem podobnym do tego, jakim spoglądała na pobliską jabłoń, na szafirowe niebo, na piaszczystą ścieżkę. Jakby Myszka była jeszcze jednym przedmiotem, rośliną czy zwierzęciem, które zawsze należały do Ogrodu — lub jakby tej Kobiety nic nie ciekawiło.

Myszka wiedziała, co ciekawi lalkę Barbie: szafa z ubraniami, buty na wysokich obcasach, samochód i Ken. Wzrok Barbie nigdy nie spoczął na Myszce, gdyż patrzył niewiadomogdzie i niewiadomonaco. Dlatego teraz, w odpowiedzi na pytanie Węża, mogła spokojnie skłamać:

— Sssspodobała ci się? — zasyczał Wąż.

— Tak, tak — odparła z gorliwym pośpiechem, a on przyjrzał się jej uważnie.

— Udała Mu się — powiedział Wąż, z ledwie wyczuwalną wątpliwością, ale Myszka usłyszała ją i ostrożnie spytała:

— A jest z niej zadowolony?

— To chyba oczywisste — odparł Wąż. Myszka nie chciała nikomu robić przykrości, a tym bardziej Temu, który stworzył Kobietę, więc tylko kiwnęła głową.

Kobieta stała wciąż w tej samej pozie, leniwie wygięta, eksponując talię jak osa i spiczaste piersi. „Gdyby mama miała takie, to przytulając się, na pewno by mnie nimi ukłuła", pomyślała Myszka.

— Czy ona umie mówić? — spytała.

— Trochę — odparł niecierpliwie Wąż. — Nauczy się — dodał po chwili. — Mogłabyś jej w tym pomóc — dorzucił ponownie, po krótkim namyśle.

— A umie chodzić? Czemu stoi wciąż w tym samym miejscu?

— Źle chodzi — przyznał Wąż.

— Bo one zawsze mają niewygodne buty. Bez nich nie potrafią nawet stać — wyjaśniła Myszka. Barbie miała kilka par butów, a wszystkie na bardzo wysokich obcasach.

— Buty w Ogrodzie, też coś... Ja obywam się bez butów — skrzywił się Wąż. — Jeszcze chwila i powiesz, że powinna być ubrana!

— Powinna mieć szafę z ubraniami — odruchowo przytaknęła Myszka, a Wąż gwałtownie zaprzeczył:

— Szafa? W Ogrodzie? I ubrania?! Ona musi być naga, bo nie ma niczego do ukrycia.

— Nie ma. Niczego — przytaknęła Myszka gorliwie, a Wąż zerknął na nią nieufnie.

Kobieta nie słuchała ich słów. Rozglądała się po Ogrodzie, obracając sztywno nieskazitelnie piękną głowę.

— Czy ona umie się śmiać? — spytała znowu Myszka.

— Nie — odparł oschle Wąż. — Żeby się śmiać, trzeba mieć z czego. Ale widzisz, że się uśmiecha!

— Hmm... — bąknęła Myszka, patrząc na grymas uśmiechu i milczące, wypukłe usta Kobiety. — A czy zechce się ze mną zaprzyjaźnić? — spytała.

— Zechce. Lecz jeszcze nie wie, co to przyjaźń.

Myszka zrozumiała odpowiedź Węża. Barbie też nie wiedziała, co to przyjaźń. Pozwalała się wyginać, czesać, przebierać, ustawiać w wyszukanych pozach i podziwiać. Nie wzbudzała jednak uczuć ani ich nie dawała. Nie miała w sobie nieporadności pluszowego miśka, z którym dziewczynka sypiała kiedyś w łóżku. Nie było w niej tak bardzo ludzkiej brzydoty, jaką miała szmaciana lalka, siedząca w rogu jej pokoju, którą zawsze można było pogłaskać po sznurkowych włosach. W Barbie była doskonałość, której nie można było osiągnąć i która nie budziła sympatii.

— Tak, ona Mu się udała — westchnęła Myszka z pokorą. „Może gdybym i ja była taka, to tata by tak nie biegał?"

Kobieta wciąż milczała, z tym samym niewyraźnym półuśmiechem na ustach, więc Myszka znudziła się i już chciała ruszyć dalej, gdy ujrzała, że idzie ku nim Mężczyzna. I wcale nie zdziwiła się jego wyglądem. To było oczywiste: ta Kobieta miała swojego Kena.

Mężczyzna również był nagi.

„Wreszcie obejrzę całego Mężczyznę", pomyślała Myszka, przypominając sobie tatę. Myszce nigdy nie udało się ujrzeć go pod prysznicem. Tata wchodził do łazienki owinięty w ciemny, jedwabny szlafrok i wychodził dokładnie taki sam, tylko czyściejszy. Mimo to Myszka była przekonana, że skoro mama w tym miejscu, gdzie kończą się nogi, miała puszyste futerko, to zapewne u taty musiało być tam coś równie zaskakującego, a może nawet bardziej.

Ale Mężczyzna, który ku nim się zbliżał (chodził o wiele lepiej niż Kobieta), także nie miał tam nic, poza gładką, jak wszędzie, różową skórą. Myszka najpierw się zdziwiła, ale potem przypomniała sobie Kena. On też tam nic nie miał.

„Za to razem mają dom, auto, psa, konia i szafę pełną ubrań", pomyślała.

— Ssssspójrz na nich — zasyczał Wąż. — Udali się?

— Ooo, tak — odparła, już nie wiedząc, czy kłamie, czy mówi prawdę.

Nagle Ogród zastygł. Przez chwilę sprawiał wrażenie, że jest nieruchomym obrazem, a nie żywym Ogrodem. Owady i ptaki zatrzymały się w locie; ustało ich brzęczenie i trzepotanie skrzydeł. Motyle zawisły w powietrzu. Krety przestały wyrzucać kopczyki świeżej ziemi. Kobieta i Mężczyzna zastygli w swych pozach: on z nogą lekko uniesioną do następnego kroku; ona zwrócona ku Myszce i wciąż niezbyt nią zainteresowana. Mimo to sprawiali wrażenie, że czekają. Także Wąż przechylił łeb i widać było, że nasłuchuje.

I oto rozległ się Głos. Niby pytał, ale jakby czekał na pochwałę. Myszka miała uczucie, że oczekuje jedynie odpowiedzi twierdzącej.

— TO JEST DOBRE.

Spojrzała pytająco na Węża.

— Sssspraw mu trochę przyjemności, nie ma ich wiele. Ma ssssame kłopoty. Wciąż sssstwarza i sssstwarza, a to, co sssstworzy, ciągle go zawodzi — syknął niecierpliwie.

— Mam Mu odpowiedzieć? — szepnęła.

— Sssssssssskądże! — zirytował się Wąż. — Sssądzisz, że ktoś taki jak On będzie cię pytał o zdanie?! Wyssstarczy, że pomyślisz, iż to jessst dobre!

Ale Myszka nie umiała pomyśleć, że właśnie Barbie — w dodatku Barbie wielkości normalnej kobiety — jest dobra i powinna znaleźć się w Ogrodzie. Zwłaszcza jeśli miała — jak mówiła mama — panować nad rybami, ptactwem i wszelkim zwierzem. Zamilkła zatem i już tylko nasłuchiwała.

— TO JEST DOBRE — powtórzył Głos bardziej pewnie. Bez znaku zapytania. A jednak Myszka wciąż go słyszała. Malutkie echo wątpliwości. Tych wątpliwości, które tkwiły także w niej. Ogród był wprawdzie mniej jaskrawy, ale jego barwy wciąż przypominały raczej obrazek niż rzeczywistość. A Kobieta i Mężczyzna...

Wolała o tym nie myśleć. Co z tego, że czuła się wobec nich pewnie, skoro nie umiała ani ich polubić, ani im zaufać?

— TO JEST DOBRE — oznajmił huczący Głos z ledwie słyszalną odrobiną zniecierpliwienia.

Ogród, widocznie mało wrażliwy na różnice barw Głosu, usłyszawszy słowa, na które czekał, znowu ożył. Kobieta westchnęła i przeciągnęła się. Mężczyzna postąpił kilka kroków i stanął przy niej, kładąc jej rękę na ramieniu. Jednak dotykał jej tak, jakby dotknął pnia drzewa. I znowu zastygli w swych pozach.

„Nudzą się, jak Barbie z Kenem. Bo sami są nudni", pomyślała Myszka.

Już, już chciała o to spytać, gdy Wąż nagle powiedział:

— Idź sssobie.

— Chciałabym jeszcze zostać — odparła, ale Wąż pokręcił płaskim łbem.

— Wyssstarczy — oznajmił.

— Dobrze, idę. Ale dlaczego nie mogę zabrać na dół swojej przemiany? — spytała z gniewnym smutkiem. — Czy tylko ty i oni dwoje będziecie wiedzieć, jak szybko myślę? Jak lekko chodzę? Jak tańczę?

Wąż milczał, sprawiając wrażenie, że nasłuchuje. Potem poruszył się i szepnął:

— On powiedział, że dosssssstaniesz cząssssstkę Ogrodu, żeby ci nie było ssssmutno.

— Cząstkę Ogrodu? — zdziwiła się Myszka.

— Akurat taką, żeby ci o nasss przypominała. A teraz idź. Ten dzień trwa już bardzo długo. Może wrócisz, zanim się ssssskończy, a może nie. Ssssam nie wiem, to nie ode mnie zależy. Ale ten dzień wciąż trwa i jeszcze będzie trwać.

— I co będziecie robić tak długo? — zdziwiła się Myszka.

— Odpoczywać — wyjaśnił, a potem zsunął część obłego cielska z pnia drzewa i popchnął ją leciutko.

Nawet nie zauważyła, kiedy z powrotem znalazła się na strychu. Kot wciąż spał, zwinięty w kłębek na jednym z pudeł.

„Oni go tam nie wpuszczają, bo jest zbyt prawdziwy", pomyślała Myszka. „Zaraz, zaraz... A ja?"

Szybko znalazła odpowiedź:

„A ja zjadam jabłko i staję się równie nieprawdziwa jak oni".

— Myszka, kolacja — powiedziała mama, uchylając drzwi strychu. Żarówka już się świeciła, kot się obudził i wszystko wyglądało tak zwyczajnie, jak powinno wyglądać. Z wyjątkiem Barbie i Kena, którzy leżeli na podłodze, odarci ze swych ubrań.

— Wzięłaś ze sobą lalki? — uśmiechnęła się mama z zadowoleniem. Obecność lalek wyjaśniała, co Myszka może robić na strychu. „Po prostu się bawi", pomyślała Ewa.

A Myszka patrzyła na Barbie i Kena i zastanawiała się, po swojemu, powoli, lecz wytrwale:

„Skąd oni się wzięli, skoro ja ich tu nie przyniosłam?"

I skończył się wieczór, ale wciąż trwał dzień siódmy. Najtrudniejszy i najdłuższy z całego tygodnia. I najbardziej zagadkowy. Niektórzy bowiem twierdzili później, że On stworzył Mężczyznę i Kobietę na własne podobieństwo — co było niemożliwe. Innym dla odmiany wydawało się, że to Kobieta z Mężczyzną stworzyli Jego na podobieństwo swoje, próbując w ten sposób zabrać Mu wolność. Ale to już całkiem inna historia, która nie należała do dnia siódmego.

DZIEŃ SIÓDMY: ADAM I EWA

Adam miał przed sobą kolejny dzień urlopu. Poprzedni zmarnował w pensjonacie „Piękna Jesień", rozmawiając z nieznajomą staruszką. Nie wiedział, co jeszcze mógłby zrobić, aby wyjaśnić tamto nieporozumienie. Przywiezienie Ewy, by rozpoznała starszą panią, nie wchodziło w grę, a on sam już jej nie pamiętał. Dziewięć lat dla dziecka i dla starego człowieka to bardzo dużo. Adam nie umiał i nie mógł rozstrzygnąć, czy to jest — jak chciały recepcjonistka z pielęgniarką — jego babcia z zaburzeniami pamięci, czy nieznajoma z dwoma wnukami.

Zmarnował cały dzień, a teraz należało dołożyć bezsenną noc, spędzoną w mało komfortowym hotelu w nieznanej miejscowości. Spał źle, nerwowo, klimatyzacja nie działała, a okien nie dało się otworzyć. Ledwo ktoś z hotelowych gości otwierał kurek z wodą, rury kanalizacyjne w całym budynku fałszywie trąbiły, a drzwi szaf skrzypiały niemelodyjnie w dziesiątkach pokojów. Za oknami pokrzykiwali pijacy i ujadały psy. Adam nie spał i zastanawiał się tępo, dlaczego wrzaski pijackie i ujadanie psów są tak podobne pod każdą szerokością geograficzną.

A potem zmarnował kolejne pół dnia. Okazało się, że są dwie miejscowości o tej samej nazwie. Ta właściwa, w której znajdował się szpital, gdzie czterdzieści lat temu stwierdzono zgon jego rodziców, była kilkaset kilometrów dalej, w innym regionie. W tej zaś, do której dotarł po męczącej jeździe, nie było żadnego szpitala. Zatem przez długie lata, jako dziecko, wpatrywał się w niewłaściwy punkt na mapie, głęboko wierząc, że łączy się w ten sposób z rodzicami. Jakimś cudem wydobył z pamięci nazwę województwa, którą przed laty wymieniała babcia, i doszedł do wniosku, że tak jak błądził wtedy palcem po mapie, tak błądzi dziś w swoich poszukiwaniach.

„Nie tylko nie umiem rozpoznać babci, ale nawet śmierć rodziców umiejscowiłem nie tam gdzie trzeba", pomyślał ze złością, czując, że wszystko się przeciw niemu sprzysięga, nawet mapy i własna pamięć.

Pamiętał, że jako dziecko chciał koniecznie jechać do tej odległej miejscowości, gdzie ojciec i matka wpadli samochodem na drzewo, rosnące na ostrym zakręcie. Babcia nigdy na to nie pozwoliła.

— Po co? To nie przywróci im życia — mówiła wtedy, gdy był dzieckiem, i później, gdy studiował i w zasadzie mógłby sam podjąć decyzję. Nie reagowała na jego pytania, odpowiadała niechętnie, półgębkiem lub wcale. Nie zabrała go ze sobą nie tylko na identyfikację ich ciał, ale nawet na pogrzeb.

„Dlaczego jej posłuchałem?", zamyślił się. „Może po prostu nie chciałem oglądać drzewa, które zabiło moich rodziców?"

Rzeczywiście, wtedy nie chciał. Teraz też nie. Ale postanowił, że jeśli to drzewo jeszcze rośnie, jeśli nikt go nie ściął (czterdzieści lat to dużo dla człowieka, ale niewiele dla drzewa), to mimo wszystko je obejrzy. Ale teraz najważniejszy był szpital.

„Czy jakiś ślad został po nich w tym szpitalu? I czy w ogóle istnieją jakieś archiwa? A może ich akta tkwią gdzieś w piwnicy, gniją od wilgoci lub niszczeją nie zabezpieczone, i nikt się nie pofatyguje, by je odszukać, nawet jeśli zapłacę?", zastanawiał się, jadąc do właściwej miejscowości. Wcześniej upewnił się, dzwoniąc z komórki, że jest tam szpital, że nie padł ofiarą żadnej reformy ani nie popadł w ruinę. W końcu był to niewielki, prowincjonalny szpitalik. Ale wciąż istniał i przyjmował pacjentów.

„Czego oni tam szukali?", zadawał sobie to pytanie po wielokroć przez całe życie. Babcia nigdy na ten temat nie mówiła.

— Skoro jechali, to widocznie musieli — słyszał od niej i zaraz zmieniała temat. Najwyraźniej nie chciała o tym rozmawiać. Pewnie uważała, że roztrząsanie ich śmierci źle na niego wpływa. A może źle wpływało na nią i dlatego unikała tematu? W końcu jego mama była jedyną, ukochaną córką babci.

Mała miejscowość, niewielki szpital — i drzewo, rosnące raptem dwieście metrów od niego, na ostrym

zakręcie. Nic dziwnego, że ich tam od razu prze-
wieziono....

„Żywych czy martwych?", usiłował sobie przypomnieć, ale nawet tego nie był pewny. „Chyba jedno
z nich (które?) żyło jeszcze dzień lub dwa". Było
oczywiste: w szpitalu zrobiono sekcję zwłok. W ich
aktach zgonu, które leżały schowane w babcinej kasetce,
dawno odnalazł długie, wyblakłe łacińskie nazwy. Nie
umiał ich rozszyfrować, atrament się rozmazał, ale
stanowiły ślad po medycznym badaniu.

Po kolejnych godzinach podróży Adam wjechał na
niewielki, typowo małomiasteczkowy rynek, który —
jak wszystkie tego typu place — miał sporo uroku,
ale Adam nie miał czasu ani ochoty, by go podziwiać.
Zarejestrował wzrokiem obecność kiepskiego zapewne hotelu, w którym przyjdzie mu spędzić noc —
i ruszył tam, gdzie kierowały go drogowskazy. Szpital
był tu na tyle ważnym budynkiem, że oznakowano do
niego drogę.

*

— Skąd masz ten kwiatek? — spytała Ewa, gdy
schodziły ze strychu. W zaciśniętej dłoni Myszki tkwił
pomarańczowy nagietek.

„Pomarańczowy? Niemal parzy... Jest jak odblaskowe światełko roweru", pomyślała Ewa i odruchowo
stwierdziła: „Takich kwiatków nie ma".

— Pokaż! — zwróciła się do Myszki, ale ta zaprotestowała gniewnym, nieartykułowanym chrząknięciem. —
Oddam, chcę tylko zobaczyć. I powiedz, skąd go
masz — powtórzyła cierpliwie Ewa.

— Og... — odparła Myszka.

— Nie sadziłam kwiatów w ogrodzie — powiedziała Ewa zmęczonym głosem, gdyż nagle uświadomiła sobie, że nie hoduje kwiatów od tylu lat, ile ma ich Myszka.

Poczuła się winna. Katastrofa, jaką początkowo stały się narodziny córki, objęła nie tylko jej małżeństwo, ale cały dom, a nawet ogród. Ten ogród, który przed dziewięciu laty urządzała specjalnie wynajęta firma, aby go „ładnie zakomponować". Przywieziono nawet trawę, rozpiętą na miękkiej siatce, aby nie musieli czekać, aż wyrośnie prawdziwa „niemal angielska murawa". Zanim zdecydowali się z Adamem na kompozycję ogrodu, przejrzeli mnóstwo prospektów i kolorowych magazynów.

„I po co to wszystko, skoro tam już nic nie ma. Nie trzeba było żadnego kataklizmu, gradobicia, tornada, syberyjskich mrozów. Wystarczyły narodziny dziecka", pomyślała Ewa z sarkazmem. Nagle uświadomiła sobie, jak bardzo zmieniła się jej życiowa hierarchia wartości. „To dobrze czy źle?", zamyśliła się, lecz nie umiała na to odpowiedzieć.

— Og — powtórzyła z uporem Myszka.

Ewa, pomimo wysiłków logopedy, wciąż nie widziała postępów w nauce Myszki, Myszka nadal połykała sylaby. „Nikt nigdy nie domyśli się, co znaczy og", stwierdziła zrezygnowana. „A czy jej wystarczy, że będzie rozumieć siebie samą?"

— Og — powtórzyła cierpliwie Myszka, wyciągnęła rękę i dała mamie kwiatek.

Ewa stała zapatrzona w jego niezwykłą, pomarańczową barwę i nadal myślała: „Bale charytatywne, społeczne akcje, szkoły integracyjne, byle ułomność była drobna, nikomu nie przeszkadzała, nie psuła apetytu".

— Og! — wrzasnęła Myszka, bijąc pięściami o ścianę, i niezgrabnie ruszyła w stronę wyjściowych drzwi.

Ewa odruchowo poszła za nią, a koło nich, plącząc się wokół nóg, tańczył Mia. Wyszły przed dom i skręciły za róg, gdzie rozciągał się ich wypielęgnowany niegdyś ogród.

— Tam są jedynie pokrzywy, perz, osty i trawa — ostrzegła Ewa. — Poparzysz się, pokłujesz i będziesz płakać.

Myszka pokręciła głową. Szły w stronę niewielkiej drewnianej furtki w wysokim murze, kryjącym miejsce, w którym nogi Ewy nie postały od kilku lat. Był to spory kawał gruntu, około dwudziestu arów, otoczony wyszukanym, estetycznym ogrodzeniem z białego kamienia. Adam, budując dom, dokupił tę ziemię i odizolował od sąsiedztwa, marząc o tym, że będzie to ich „schronienie przed światem"; „ogród marzeń" — z gładką, zieloną murawą, oczkiem sadzawki, grzecznymi kwiatowymi klombami, skalnymi ogródkami i kwitnącymi krzewami. Początkowo Ewa wyobrażała go sobie inaczej: że będzie bujny, dziki, naturalny; że więcej będzie w nim pracy ich rąk, a przede wszystkim wyobraźni, ale Adam przeforsował gotowy projekt eleganckiego ogrodu, typowego dla miejskich rezydencji. mimo to Ewie udało się gdzieniegdzie zburzyć jego ład, zakłócić sztuczną symetrię, przynajmniej na tyle, że była zdolna go polubić.

„I porzuciłam go", pomyślała. „Po raz ostatni zamknęłam tę furtkę cztery dni przed narodzinami Myszki. Prawie dziewięć lat temu. Ogród-marzenie zamienił się w ogród-pobojowisko. W królestwo pokrzyw i perzu".

Zbliżyły się do furtki w murze. Najpierw Ewa poczuła zapach. Silny i podniecający.

„Chwasty pachną mocniej od kwiatów?", zdziwiła się i pchnęła furtkę. Weszły do środka.

Zapadał zmierzch i wszystkie barwy były trochę zgaszone, a mimo to kwiaty świeciły jak nagietek w jej dłoni. Było ich mnóstwo. Rozsiały się wszędzie nierównymi, naturalnymi rabatami, przypominającymi kwietną dżunglę. Pomarańczowe nagietki, żółte irysy, chłodne bławatki, gorące od czerwieni róże, porażające bielą lilie... Tylko gdzieniegdzie rosły pokrzywy, ale nie sprawiały wrażenia chwastów; Ewa osądziła, że rosną, gdyż ktoś chciał, aby rosło tu wszystko, co pragnie wyjrzeć z ziemi na świat. I to wszystko razem wydawało odurzający zapach, przy którym gasła nuta najbardziej wyszukanych perfum. Mimo zmierzchu wciąż słyszała pracowite brzęczenie pszczół, buczenie trzmieli, widziała drżące trzepotanie motylich skrzydeł. W ogrodzie śpiewały ptaki i przez chwilę Ewie wydawało się, że wznoszą ku mroczniejącemu niebu jakąś harmonijną, wspólnie wygrywaną melodię: kantatę na cześć życia, doskonale zinstrumentowaną przez nieznanego kompozytora.

— Ogród ocalał! — powiedziała głośno, zdumiona i szczęśliwa. „Ogród obronił się przede mną", dodała w myślach.

Nagle poczuła energię, która promieniowała z tych roślin. Ich wolę przetrwania, umiłowanie każdego dnia i nocy; ich niecierpliwe wyczekiwanie porannych promieni słońca i kropli nocnej rosy. Ich żądzę przeżycia pomimo wszystko.

„Ogród przetrwał, bo się nie poddał", zrozumiała w nagłym olśnieniu.

Jej bierne, beznadziejne pogodzenie się z losem przemieniało się teraz — wraz z każdym oddechem, z którym wchłaniała w siebie zapach ogrodu — w dziwne poczucie mocy. Przecież ona nie uważa Myszki za klęskę swojego życia! Dbanie o nią, żmudne nawiązywanie kontaktu, najpierw uczuciowego, potem słownego, nauczenie jej aż tylu rzeczy — nieosiągalnych dla dzieci z tym stopniem choroby i z tą tajemniczą, ciemną plamką w mózgu — przecież to nie jest powód do klęski, ale do dumy! Dlaczego zaniedbała dom, siebie, swoje zainteresowania i pasje, dlaczego...?

„Wszystko naprawię", postanowiła, czując, że wstępuje w nią niezwykła energia.

— Taaaaaa — powiedziała Myszka i wyciągnęła ręce. Ewa podała jej swoje. Nie wiedziała, co znaczy to słowo, lecz instynktownie wyczuła, co powinna zrobić. Trzymając się, zatoczyły koło, jedno, drugie, trzecie, a potem Ewa uniosła w górę rękę Myszki i kilkakrotnie obróciła dziewczynkę, wprawiając ją w wirujący, taneczny ruch. Myszka zaśmiała się radośnie. Ewa schwyciła ją teraz za ręce i obracały się już obie. A ogród śpiewał im do rytmu. Śpiewał głosami ptaków, szumem wiatru, cichnącym bzyczeniem owadów, szelestem liści.

— Mamy ogród! Nasz własny! — zawołała do córki.

— Da — powiedziała Myszka.

— Co mam dać? — zaśmiała się.

— Da og — powiedziała z powagą Myszka.

No tak, ktoś dał im ogród, stwierdziła Ewa, nie zastanawiając się nad sensem słów Myszki. Niewątpliwie darczyńcą był czas. Czas, który ocalił to miejsce. I czas, który płynął w tym ogrodzie inaczej. Ewa nawet nie zauważyła, kiedy zapadła głęboka noc.

— Musimy wracać. Późno — powiedziała do córki, wciąż zdyszana od tańca. — Jutro tu przyjdziemy.

Mamy wreszcie miejsce, w którym możemy robić, co chcemy, i gdzie nikt nas nie zobaczy...!

— Stych — przypomniała jej Myszka.

Ewa nie odezwała się, ale pomyślała, że teraz, gdy odkryły ogród, na pewno nie pozwoli, żeby Myszka tkwiła godzinami w tym zakurzonym, dusznym i ciemnym pomieszczeniu. Jednak nie powiedziała ani słowa.

W nocy, gdy Myszka już spała, Ewa cichutko wspięła się po schodach i zamknęła strych na klucz, który schowała w puszce po herbacie, wysoko, jak najwyżej, na szczycie kredensu.

*

Adam przewracał się w niewygodnym hotelowym łóżku, spocony, wściekły i nieszczęśliwy. Hotel był paskudny, najpodlejszej kategorii, lecz czego się można spodziewać po hotelu w takiej mieścinie? Dobrze, że w ogóle był. Niestety, okna były zamknięte na głucho i jak się okazało po bliższym przyjrzeniu, zabite gwoździami (zapewne zamki nie trzymały i ktoś z personelu „zabezpieczył" je przed wiatrem).

W pokoju unosiły się woń stęchlizny, nie wietrzonej pościeli i kwaśny odór papierosów, wypalonych przez setki dotychczasowych gości. O ich liczbie świadczyły wgniecenia w materacu, a zwłaszcza głęboki dołek, w który się zapadał. Brzydził się tego łóżka — tak jak brzydził się cudzych ubrań, obcej pościeli, nie domytych talerzy w restauracjach, szklanek, z których ktoś przed nim pił — i Myszki. Wściekły, zdjął z łóżka koc, rozścielił na podłodze, na nim poduszkę i kołdrę, i wyciągnął się.

Wizyta w szpitalu była równie nieudana jak ta w domu starców. Już na wstępie, po jego pierwszych słowach, kobieta w recepcji spojrzała z urażonym zdumieniem:

— Wypadek sprzed czterdziestu lat?! I chce pan znaleźć dokumentację? Tu, w naszym szpitalu?

— Tu ich przywieziono — powiedział Adam.

— Żywych czy martwych? — spytała i Adam niejasno przeczuł, że pyta raczej z ciekawości niż z chęci udzielenia mu pomocy.

— Nie wiem — odparł ponuro.

— Mówi pan o rodzicach i nie wie pan, jak zmarli? — zdziwiła się kobieta ze szczerością cechującą ludzi dobrych, lecz źle wychowanych.

— Wpadli na drzewo niedaleko szpitala. Jakieś dwieście metrów obok.

— Wdowi Dąb — mruknęła kobieta.

— Jak? — zdziwił się z kolei Adam.

— Mówię, że to na pewno był Wdowi Dąb. Tak nazywamy wielkie drzewo, obok którego musiał pan przejeżdżać, ale pewnie nie zwrócił pan uwagi. Niegdyś stało przy samej drodze, ale drogę wiele lat temu przesunięto. Za dużo było wypadków. Mama opowiadała mi, jak to było z tym drzewem — ciągnęła kobieta z wyraźnym ożywieniem. — Ono podobno rosło tak, że przy większej prędkości trudno je było ominąć. Wyrastało tuż za zakrętem. Gdy wypadków było coraz więcej, ktoś zdecydował, że należy ściąć drzewo albo przesunąć drogę. Wybrano to drugie wyjście, bo Wdowi Dąb to zabytek przyrody...

— Wdowi Dąb? — powtórzył Adam.

— Tylko za czasów mamy zdarzyło się tu z piętnaście śmiertelnych wypadków i drugie tyle katastrof, z których ludzie cudem wyszli z życiem. Już za czasów prababki wpadali na drzewo furmankami, saniami, a nawet konno. A jeszcze wcześniej... kto wie, co było wcześniej, skoro to drzewo ma już z pięćset lat? Na pewno to tu zginęli pana rodzice, bo nową drogę wytyczono jakieś trzydzieści lat temu.

Teraz, gdy okazało się, że Adam mówi o jednej z tych tragedii, które podniecały wyobraźnię małego miasteczka, kobieta stała się chętna do rozmowy; zapewne każdy wypadek komentowany był w tonie sensacji i pamiętano go latami.

— Czterdzieści lat temu — zamruczała pod nosem, szperając w pamięci. — Z przypadków, które ja pamiętam, długo mówiono o młodej parze, która jechała tędy w podróż poślubną...

— To nie oni — uciął Adam.

— ...o młodym chłopaku, który ukradł auto rodzicom, zabił siebie i dwie dziewczyny...

Adam westchnął. Zanosiło się na dłuższe wspomnienia.

— ...i o parze z dzieckiem — dorzuciła zachęcająco kobieta.

— Oni jechali sami — stwierdził oschle. — Ja zostałem w domu, z babcią.

— Czego tu szukali? Ani to wczasowisko, ani droga przelotowa — mruknęła kobieta, ale Adam milczał. On również tego nie wiedział.

Kobieta znowu wysilała pamięć.

— Kto wie, czy starego archiwum nie przenieśli do piwnicy. Może je zniszczyli, a może nie? Nie ma obowiązku trzymać tego tyle lat, ale Jadwiga może to przechowała.

— Jadwiga? — podchwycił Adam.

— Nasza archiwistka. Przeszła na emeryturę, ale zanim odeszła, zrobiła porządek z papierami. Wie pan, ona zawsze była akuratna... Dziś już takich nie ma — dorzuciła po namyśle.

— Dziś od tego są komputery — powiedział Adam.

— No — przytaknęła bez entuzjazmu rozmówczyni.

— A gdzie mam szukać tej pani Jadwigi?

Jadwigę, starszą panią powyżej sześćdziesiątki, rzeczywiście zastąpiły dwa komputery. Ale ona sama nadal pracowała, prowadziła w szpitalu niewielki bufet dla pracowników i pacjentów.

— Czterdzieści lat, mówi pan... — zamruczała w zadumie. — To miałam wtedy jakieś dwadzieścia trzy... Wszystko pamiętam. Widzi pan, tych co się rozbijali o Wdowi Dąb, zawsze zwozili do nas. Powiem panu, że ten szpital to zbudowali głównie dlatego. Szpital i kostnicę. Ufundował je tutejszy dziedzic, jeszcze w dziewiętnastym wieku, i tak zostało. Kostnica, a jak ktoś przeżył, to renimka.

Adam podniósł brwi, więc Jadwiga zaraz wyjaśniła:

— Sala do reanimacji, tak na nią mówimy. Niektórzy wychodzą z niej do życia, inni nogami do przodu... W jakim kolorze było to auto? — spytała nagle po kobiecemu. Adam odpowiedział bez namysłu:

— Zielone.

Przed oczami znowu mignął mu ten widok: on, wychylony przez okno, trzymany za ramię przez babcię — i oni, z brązowym, kudłatym psem, wsiadający do zielonego samochodu. Mama machała ręką na pożegnanie. Taką ją zapamiętał: w jasnej sukience, z rozwianymi włosami, z uśmiechem na zwróconej ku niemu twarzy i z ręką na głowie psa. Nie wiedziała, że ten jej uśmiech i ten gest ręki zastygną już na zawsze na kliszy jego pamięci i że w tej pamięci ona już nigdy nie wykona innego gestu.

— Para ludzi, około trzydziestki?

— Ojciec miał trzydzieści cztery, ona trzydzieści — powiedział.

— Była taka para, ale z dzieckiem. Ojciec i dziecko zginęli na miejscu, ona żyła jeszcze cały dzień. Bardzo się męczyła. Wciąż o nich pytała.

— To nie oni. Oni mieli tylko psa.

— Pies mógł uciec...

— Nie wiem, co się stało z psem — powiedział, trochę zdziwiony, że pies zatarł się w mrokach niepamięci. A przecież musiał kochać go jako dziecko...

Na usilne prośby Adama i po wsunięciu w rękę starej kobiety nowego banknotu bufet został zamknięty i Jadwiga zeszła z nim do piwnicy. W wilgotnym, dusznym pomieszczeniu, obok chłodnych rur centralnego ogrzewania, na których skraplała się woda, leżały wielkie tekturowe pudła ze starymi kartotekami. Recepcjonistka nie kłamała. Pani Jadwiga była akuratna. Na każdym z pudeł wypisała starannie odpowiedni rok, bez trudu więc znaleźli to, w którym powinna leżeć dokumentacja dotycząca rodziców Adama. I leżała. W szarej teczce, obwiązanej sznurkiem.

— Takie to zbutwiałe, zawilgłe... — pokręciła głową pani Jadwiga. — Człowiek o to dbał, składał według alfabetu, przechowywał w teczkach, a oni do piwnicy... Na zmarnowanie... A tu co kartka to czyjeś życie.

Życie rodziców Adama skryło się na trzech kartkach, ale nazwisk tylko się można było domyślić.

— ...kończy się na „icz", więcby się zgadzało — powiedziała niepewnie pani Jadwiga, patrząc na rozmazane atramentowe plamy. — Mama to była Maria?

— Tak — powiedział Adam, wstrzymując oddech — Maria...

„Maria, kleks, icz — oto co z niej zostało", pomyślał. — Przywieziona o godzinie 13.40. Zmarła następnego dnia o 23.25.

Adam milczał i myślał o godzinach, w czasie których jego matka — przytomna? nieświadoma? — leżała na łóżku w jednym z pokoi tego małego szpitala. Co czuła? Czy zdążyła o nim pomyśleć? Czy zdawała sobie sprawę z tego, że umiera i nigdy go nie zobaczy? Że go opuszcza? Zostawia samego? I że on ma tylko pięć lat i rozpaczliwie jej potrzebuje?

— A mówiłam, że były trzy osoby — przerwała mu pani Jadwiga, która w okularach na nosie analizowała rozmazany przez wilgoć jedyny ślad po jego rodzicach, zamknięty w trzech zbutwiałych kartkach.

— Pan patrzy: tu są jeszcze dwie osoby i chyba obie o tym samym nazwisku? Końcówka „icz" na drugiej kartce jest zamazana, ale zgadza się pierwsza litera. „R...", widzi pan? W jednym wypadku to był mężczyzna i nawet mamy jego wiek: trzydzieści cztery lata. A w drugim wiek się rozmazał.... Zaraz... to też mężczyzna. Albo dziecko? Dziecko płci męskiej. Kto ich tam wie, jak akurat w rubryce „wiek" plama... Ale obie osoby zmarły w tym samym czasie, i tu napisano, że wskutek wypadku. A że te trzy kartki są razem spięte, więc wszystko pochodzi z tej samej katastrofy. Na pewno rodzina... — ciągnęła pani Jadwiga z niezrozumiałym dla Adama ożywieniem. Na jej twarz wystąpiły rumieńce, a na ustach pojawił się uśmiech. Uprzytomnił sobie, że ona nie wspomina tych dramatycznych zgonów, lecz swoją młodość. Gdy jego rodziców przywieziono do szpitala, ta sześćdziesięcioparoletnia kobieta miała dwadzieścia trzy lata. Była młoda, może ładna, pełna nadziei i życia. Przed jego rodzicami już nie było niczego — przed nią wszystko. Więc uśmiechała się teraz do wspomnień, patrząc na sterty zniszczonych, butwiejących akt, których kiedyś dotykały jej młode, gładkie dłonie. Adam nie miał jej tego za złe. Ale sprostował pomyłkę:

— Nie mogło być ich troje.

— Jednak tutaj jest trójka — powtórzyła z uporem pani Jadwiga.

Adama nagle olśniło:

— Mogli wziąć jakiegoś autostopowicza... — zaczął, a po chwili wyszeptał: — A jeśli wpadli na drzewo, bo chcieli wyminąć przechodnia? I jeśli... — urwał zmieszany.

— ...jeśli przejechali go — dokończyła kobieta. — Pyta pan, co by było wtedy, gdyby kogoś przejechali? Czy przywieziono by ich razem do szpitala? Pewnie tak.

— Ten ktoś mógł być pijany... mógł wtargnąć na jezdnię — powiedział usprawiedliwiająco Adam. Nie chciał nawet teraz, po tylu latach, pogodzić się z myślą, że jego rodzice, sami ulegając wypadkowi, mogli równocześnie spowodować czyjąś śmierć. W jego rozbiegane, rozgorączkowane myśli wtargnął trzeźwy głos pani Jadwigi:

— Wiem tylko tyle, że byłam sumienną urzędniczką. Nigdy bym nie podpięła obcego do akt rodziny.

— Niech pani spróbuje sobie przypomnieć — poprosił nagląco.

— Chyba... chyba że ten obcy nie miał dokumentów i odruchowo wpięłam go w kartotekę pana ojca? No bo zginęli razem, w tym samym czasie, nie?

Adam westchnął. To w zasadzie wszystko wyjaśniało. Pijany lub lekkomyślny przechodzień, może dziecko, nagły, spóźniony skręt kierownicy, potrójna śmierć, a wśród nich jedna przedłużona o wiele godzin męczarni, o strach o bliskich i fizyczny ból.

„Mam nadzieję, że była nieprzytomna", pomyślał.

— Był z nimi pies — przypomniał dla porządku.

— Mógł ocaleć i uciec. A zresztą... kto by pisał o psie w poważnych szpitalnych aktach? Pies to pies — powiedziała kobieta.

Niemal równocześnie z jej słowami Adamowi zakręciły się w oczach łzy. W absurdalny sposób wstrząsnęła nim myśl o oszalałym z przerażenia psie, który błądzi po nieznanej okolicy.

Szybko się opanował, nie chcąc, by urzędniczka dostrzegła jego wzruszenie. Przypomniał sobie, po co jechał tyle godzin. Czy tylko po to, by ujrzeć miejsce, gdzie jego rodzice przeżyli ostatnie chwile życia?

— Czy zrobiono sekcję? — spytał.

— Może i tak, ale z tych kartek się nie dowiemy — powiedziała pani Jadwiga. — Pan patrzy... Same kleksy... plamy... albo tak wyblakłe pismo, że się nie przeczyta.

— Ale ja muszę wiedzieć! — zawołał gwałtownie.

— Co? — zdziwiła się urzędniczka.

— Chcę poznać ich geny, rodzinne choroby, wszystko, co można wywnioskować z badań krwi, które na pewno ktoś im zrobił!

— Po co to panu? Nie wystarczy, że umarli? I to w ten sposób? — spytała kobieta.

— Pani nic nie rozumie. I nie jest pani w stanie zrozumieć — powiedział z nie zamierzoną arogancją. — Żyjemy już w innych czasach niż te, o których pani pamięta. Na podstawie drobnych, pozornie mało znaczących badań możemy wywróżyć przyszłość wielu pokoleń. Dziś można zrobić analizę krwi małej dziewczynki i na tej podstawie przewidzieć, jakie dziecko urodzi za dwadzieścia lat... Możemy się dowiedzieć, czy to dziecko za lat pięćdziesiąt zachoruje na alzheimera lub nowotwór, czy nie grozi mu opóźnienie w rozwoju lub inna genetyczna skaza. Możemy nie dopuścić, żeby... — Adam urwał.

„...żeby co?", pomyślał nagle. „Żeby jakaś kobieta nigdy w życiu nie urodziła dziecka, bo istnieje prawdopodobieństwo, że będzie to dziecko z downem, z nowotworem, z niedorozwojem mózgu, z afazją mięśni?"

— Po co to panu... — powtórzyła Jadwiga i Adam ujrzał, że patrzy na niego ze współczuciem.

No tak... Jej miejsce w dzisiejszych czasach było już tylko w tym nędznym, szpitalnym bufecie, a on próbował z nią rozmawiać jak z przedstawicielem *Homo sapiens* na miarę dwudziestego pierwszego wieku.

Wyblakłe oczy emerytowanej urzędniczki patrzyły na niego z rosnącą litością.

— Wdowi Dąb stoi jakieś dwieście metrów od szpitala, ale już nie przy drodze, tylko na łące. Zobaczy go pan na pierwszym zakręcie w lewo. Można tam podejść, jest ścieżka. Na drzewie przybito krzyż. Dla upamiętnienia tych, co zginęli. Okoliczni ludzie palą tam świece w Dzień Zaduszny, a czasem i w inne dni. Niech pan idzie. Przecież po to pan jechał tyle kilometrów...

„Po to?", zdziwił się. Nie przyjechał tu, aby stać pod Wdowim Dębem, ani nawet by poznać dziwną nazwę tego potężnego, rozłożystego drzewa, któremu rzeczywiście należało się miano pomnika przyrody. A jednak pół godziny później już pod nim stał.

Jego wzrok wędrował po burej, grubej, chropawej korze pnia, szukając starych, dawno zabliźnionych ran od uderzeń wielu ton żelastwa. Nie znalazł jednak ani śladu, poza wyciętym sercem z czyimiś inicjałami.

„Ktoś tu umierał, a ktoś inny kochał się w cieniu tych gałęzi", pomyślał.

Łagodny, ciepły wiatr poruszył liśćmi i nagle wydało mu się, że drzewo mówi do niego śpiewnym, cienkim głosem. „Mama?", pomyślał.

— ...asio... Adasio...

— Mamo... — wyszeptał nagle Adam, objął pień i zapłakał. Łzy płynęły niekontrolowane i musiało to trwać długo, skoro poczuł je na twarzy, na szyi, na rękach.

— ...aaasio... Adasio... oć... oć...

Nie płakał tak od czasów, gdy przestał być dzieckiem. A przestał nim być bardzo wcześnie, gdyż jak sam stwierdził, dziećmi są tylko ci, którzy mają rodziców — nawet gdy są już dorosłymi ludźmi. On przestał być dzieckiem w wieku lat pięciu, gdy babcia powiedziała mu nienaturalnie spokojnym głosem:

— Mama i tata nigdy nie wrócą.

Płakał teraz długo, choć już bez łez, a dąb opowiadał coś w swojej niezrozumiałej, szeleszczącej mowie.

— Oć, oć... Bawimy się? ...asio, Adasio... Oć... oć...

„To drzewo mówi do mnie dziecięcym głosem. Czy to mój głos, gdy miałem pięć lat? I czy drzewa mówią?", pomyślał, a drzewo wciąż szeptało, poruszając liśćmi:

— Oć... oć... Aaaś... Oć...

— Drzewa nie mówią — powiedział głośno i stanowczo do grubego, burego pnia, i drzewo zamilkło.

Adam cofnął się o parę kroków i podniósł głowę, by mu się przyjrzeć. Było potężne. Zabiło tylu ludzi, a samo wciąż żyło.

Nie czuł żalu do dębu. Prędzej do tej trzeciej, obcej osoby, której kartę podpięto do ostatnich akt jego rodziców. Osoba płci męskiej (a może dziecko?), która wtargnęła pod samochód jego rodziców i...

„...spowodowała wypadek", dokończył w myślach, a jakiś zimny, nieznośnie logiczny głos powtarzał mu w mózgu: „...albo jechali za szybko i zabili nie tylko siebie, ale i Bogu ducha winnego człowieka. Prawdopodobnie dziecko".

Zrozumiał, że nie chce wiedzieć, jak było naprawdę. I że pośrednio wyjaśniło się, dlaczego babcia nigdy nie chciała rozmawiać z nim o wypadku. Musiała wiedzieć, że wina leżała po ich stronie, i nie chciała go obciążać tą straszną wiedzą.

Zapadła noc i Adam leżał bezsennie na podłodze okropnego hoteliku, przewracając się z boku na bok, spocony, zły i smutny.

— Po cholerę tu przyjechałem... — szeptał, powtarzając to zdanie tak długo, wciąż na nowo, niemal bez końca, aż wreszcie zasnął.

W nocy przyśniła mu się Myszka, która rozebrała się do naga na najbardziej ruchliwym skrzyżowaniu miasta, koło jego biurowca, i tańczyła w pokraczny, nieprzyzwoity sposób, nieświadoma tego, co robi. Dookoła narastał korek trąbiących zajadle, rozjuszonych jak byki czerwonych samochodów, a z okien wyglądały twarze podekscytowanych ludzi.

— To pana córka, panie prezesie? — pytał grzeczny głos jego asystentki.

— Nie — odparł chłodno Adam. — Moje geny są czyste. Sprawdziłem je na Wdowim Dębie.

Rano wsiadł do samochodu i nawet nie jedząc śniadania, ruszył w powrotną drogę. Do domu.

„Do domu?", zadał sobie pytanie. „Czy jeszcze jest gdzieś mój dom?"

I znowu uświadomił sobie, że Myszka zabrała mu wszystko, co miał, wszystko, co tworzył i co budował z taką pasją i optymizmem — i nic mu w zamian nie dała. Nic.

★

Ewa sprzątała dom i śpiewała. Słysząc własny głos w tej lekkiej i pogodnej melodii, najpierw się zdziwiła. Uświadomiła sobie, że przez ostatnich dziewięć lat nie zanuciła ani razu, choć wcześniej, przed narodzinami Myszki, śpiewała przy lada okazji. Roześmiała się i zanuciła głośniej.

„Wszystko posprzątam, wszystko naprawię, przywrócę temu domowi ład i urodę", pomyślała z nie znaną sobie energią.

Wczoraj, w tym cudem ocalałym ogrodzie, zrozumiała, że żyła z dnia na dzień, już o poranku marząc o nocy, która nieuchronnie przyjdzie i na krótko pozwoli zapomnieć, a w nocy dając upust lękowi, że nie ma odroczenia od kolejnego dnia, podobnego kropla w kroplę do tego, który minął. Żyła w beznadziejnym poczuciu uczciwie spełnianego obowiązku, który spadł na nią bez jej woli i którego dobrowolnie nigdy by na siebie nie wzięła. Żyła bez radości i bez poczucia sensu, choć ze świadomością czystego sumienia.

„Czyste sumienie to tak mało", uświadomiła sobie, stwierdzając ze zdumieniem, że jeśli czystemu sumieniu nie towarzyszą miłość i radość, to wszystko przemienia się w gorycz i poczucie klęski.

Wola życia emanująca z ogrodu, jego uroda, zapach, przedziwna moc — które płynęły ku niej — zdemaskowały pustkę, która ją osaczyła. A przecież pustki nie powinno być — i w rzeczywistości nie było. Przecież obok niej, z nią, w niej cały czas była Myszka. To Ewa nauczyła ją chodzić, mówić, ubierać się, ostrożnie stawiać kubek, samodzielnie wycierać zaślinioną buzię, sznurować buty, jeść, oglądać książki z obrazkami. Nauczyła ją wszystkiego, co innym dzieciom przychodziło z łatwością, lecz im większy był trud, jaki wkładały w tę naukę, tym większa była radość Ewy. I to ona, Ewa, odbierała codziennie ufny uśmiech córki; to ona dawała jej poczucie bezpieczeństwa i w zamian była obdarzana miłością.

„Przecież kocham Myszkę, a ona kocha mnie! I powinnam się z tego cieszyć, a pogrążyłam się w poczuciu beznadziei. Ale teraz wszystko naprawię. Wszystko. W domu. W sobie. Wszędzie", myślała gorączkowo, czyszcząc zastarzałe plamy na herbacianej niegdyś kanapie i na ongiś kremowym dywanie, zeskrobując je ze stołu, z poręczy schodów, próbując przywrócić domowi jego pogodną jasność.

Po raz pierwszy od dłuższego czasu wyjęła z garażu kosiarkę i nadal pogodnie nucąc, przystrzygła trawnik przed domem. Spojrzała z dumą na swoje dzieło i roześmiała się.

„Taka prosta rzecz, a wszystko inaczej wygląda", stwierdziła.

Myszka chodziła za nią krok w krok, patrząc w skupieniu i z nieokreślonym niepokojem. Żywiołowa radość matki była czymś zbyt nowym, by mogła się jej udzielić. Dreptała za Ewą, obserwując ją czujnie i z niedobrym przeczuciem, że ta zmiana niekoniecznie dobrze wróży. Wreszcie uznała, że przed tą zmianą trzeba się schować. Należy ją przeczekać i zobaczyć, co z tego wyniknie.

— Stych — powiedziała ufnie do matki.

Zmienność strychu była dla niej czymś naturalnym. Zmienność tego wszystkiego tu, na dole, była niepokojąca i nieprzewidywalna. On stwarzał tam wszystko wciąż od nowa i od nowa, więc oczekiwanie na kolejną zmianę było częścią harmonii panującej w Ogrodzie. Zmiany na dole zbyt często przynosiły niedobre zakończenia.

— Stych — powtórzyła, ciągnąc matkę za rękaw.

Ewa oderwała się od porządkowania półek z książkami. Pokręciła głową i powiedziała usprawiedliwiająco:

— Nie, już nie zostawię cię samej. Byłam egoistyczna, szukałam chwili spokoju i porzucałam cię na tym zakurzonym, ciemnym strychu. Teraz już zawsze będziemy razem. Pójdziemy na spacer, do parku, gdzie tylko chcesz... Nawet do supermarketu — dodała po namyśle, gotowa stawić czoło wszystkim nachalnym, natrętnie zaciekawionym spojrzeniom. — Nie będę się wstydzić, przeciwnie, będę z ciebie dumna... — ciągnęła bardziej do siebie niż do dziewczynki, nie patrząc w jej stronę. W tym momencie była psychicznie gotowa nawet na to, by ubrać Myszkę w najlepszą sukienkę i pójść z nią do biura Adama.

„Weszłabym i mówiłabym każdemu z pracowników: „A to jest córka waszego szefa...", zachichotała na myśl o ich spojrzeniach i zażenowaniu Adama. „Zrobię to", pomyślała z mściwą, gniewną pasją.

Nie zauważyła, że wyraz twarzy Myszki zmienił się, jej rysy stężały, że dziewczynka zaczerwieniła się, tracąc oddech.

Mama chciała jej zabrać strych... Mama zamierzała zakazać jej pójścia tam, gdzie ona, Myszka, mogła być sobą; gdzie była lekka, szybka, zwinna; gdzie mogła tańczyć. I gdzie jej oczekiwano. Myszka wyczuwała, że Ogród to jedyne miejsce, gdzie ktoś naprawdę cieszy się na jej widok. Wąż, Kobieta, Mężczyzna, i wreszcie On. Był wprawdzie niewidzialny, ale objawiał się Głosem. Budował dla niej kolejny świat, nie zawsze najpiękniejszy, ale natychmiast poprawiał to, co zepsuł. I ona, Myszka, mogła o tym współdecydować. Tu, na dole, nie umiała powstrzymać nieustannego biegu ojca, a w miłości matki instynktownie wyczuwała brak radości. I tutaj nic się jej nie udawało.

— Stych... — spróbowała powiedzieć jeszcze raz, ale bezsilność podeszła jej do gardła i zdławiła nie tylko oddech, ale słowa.

Poczuła, że musi nabrać tchu — i wrzasnęła. Wraz z powietrzem, które napłynęło do jej słabych płuc, z jej ust wydobyło się rozpaczliwe wycie.

Myszka wyła w straszliwy sposób, i były to dźwięki, jakich Ewa jeszcze nie słyszała. Zaczęła uderzać głową o ścianę. Chciała wyrzucić z wnętrza głowy tę okropną myśl, że już nigdy nie pójdzie na strych i nigdy nie zobaczy Ogrodu. Nie myślała o niczym innym, tylko o tym („upośledzone dzieci obsesyjnie myślą o jednej i tej samej rzeczy, a niezdolność jej wyartykułowania wywołuje u nich falę paniki i agresji").

Uderzała głową tak mocno, z taką pasją, pełna lęku i gotowa do walki, że po kilku uderzeniach z jej czoła zaczęła sączyć się krew („agresja u dzieci upośledzonych niezwykle często przemienia się w autoagresję").

— Myszka! Myszka! — krzyczała Ewa, nie rozumiejąc, co się dzieje. W jej okrzyku najpierw było zdumienie, strach, ale wkrótce dołączyła się gwałtowna i pełna żalu wściekłość („rodzice niepełnosprawnego dziecka muszą kontrolować swoje reakcje, gdyż żyjąc w silnym stresie, obdarzają je na przemian nadmiarem miłości, która staje się wtedy uczuciem toksycznym, lub kompensują swój zawód i poczucie krzywdy atakami gniewu. Tymczasem upośledzone dziecko potrzebuje zachowań emocjonalnie wyrównanych, po to aby mogło czuć się bezpiecznie").

„Wtedy gdy jestem gotowa odmienić dla niej życie i cieszyć się z jej istnienia, właśnie wtedy ona wszystko psuje...!", pomyślała nagle z zimną furią.

Jej ręce niemal odruchowo schwyciły Myszkę, i choć powstrzymała ją od dalszego bicia głową w ścianę, to równocześnie zaczęła okładać dziewczynkę mocnymi, gwałtownymi uderzeniami. Ewa biła córkę i wrzeszczała w niepohamowanym, rozpaczliwym poczuciu żalu:

— To ja dla ciebie...! A ty...! Potworze! Grubasie! Poczwaro!

Z ust Ewy wymykały się słowa brutalne, wulgarne, nienawistne. Po raz pierwszy od ośmiu lat odrzuciła wszelkie hamulce i wyrzucała z siebie długo tłumione negatywne uczucia, które tkwiły w niej równie mocno jak miłość do córki.

Tylko Myszka kątem skośnych oczu dostrzegła ojca stojącego w drzwiach. Po raz pierwszy od dłuższego czasu stał nieruchomo, a nie biegł, i patrzył teraz na nie z mieszaniną zdumienia, wstrętu i bezradności.

„Teraz podejdzie i mnie dotknie. Weźmie mnie na ręce i uratuje przed gniewem mamy", pomyślała Myszka z nadzieją.

Adam wyciągnął ręce, schwycił rozszalałą Ewę i odciągnął od dziecka.

Ewa stała przez chwilę oszołomiona, z rękami uniesionymi w górę, wstrzymując oddech. Potem głośno wciągnęła powietrze i zaczęła płakać.

— Maa... Maaa... — powiedziała Myszka grubym głosem, czując, jak miłość do matki rośnie w niej równie gwałtownie jak gniew Ewy. — Maaa... — powtórzyła i przytuliła się do niej mocno. Po chwili już obie płakały, objęte ramionami; obie przerażone i nie rozumiejące tego, co się z nimi dzieje. Nie zauważyły, że Adam odchodzi i zamyka za sobą drzwi.

I stał się kolejny wieczór dnia siódmego. I był to dzień odpoczynku jedynie z nazwy, gdyż stwarzanie człowieka odbywało się z największym mozołem. Tym większym, że nikt nigdy nie umiał odpowiedzieć, czy to jest dobre.

DZIEŃ SIÓDMY: „NIC" POD FIGOWYM LIŚCIEM

— Myszka, znowu na strych? — spytała Ewa z rezygnacją, a zarazem ulgą, słysząc, jak dziewczynka, stąpając z właściwą sobie ociężałością, wspina się po drewnianych schodach. Każdy stopień skrzypiał pod jej ciężarem i to oddalające się skrzypienie z wolna przywracało Ewie spokój. Godzinę temu wspięła się na krzesło i wyjęła klucz z puszki po herbacie. Otworzyła drzwi strychu, a potem z ulgą zbiegła na dół.

„Nie będę jej niczego zabraniać", postanowiła. „Niech będzie, jak jest. Każda próba zmiany jest w jej przypadku wyłącznie zmianą na gorsze. Ja też nie będę w sobie niczego zmieniać. Może nawet już nie umiem? Niech więc to trwa".

Uświadomiła sobie, że dokładnie od tylu lat, ile liczy Myszka, nastawiła się wyłącznie na przetrwanie.

„Czy Myszka też myśli tylko chwilą, jak ja? Bojąc się jutra? I czy w ogóle myśli? Czy też jej doznania są obrazem? Melodią? Czuciem? A może są to tylko rozbłyski światła w mrocznym chaosie?", myślała, idąc do salonu.

Schody wciąż skrzypiały, zatem Myszka wędrowała na górę, gdzie jak zwykle utknie na wiele godzin. Ona zaś, Ewa, poczyta sobie pogodną książkę, nieuchronnie zmierzającą do happy endu. Wszystkie takie książki były do siebie podobne, ale miały jedną zaletę: nie smuciły.

„Co Myszka widzi w tym strychu...", pomyślała po raz nie wiadomo który, choć bez szczególnego zainteresowania. Było oczywiste, że na strychu nie ma nic ciekawego.

*

Myszka nie dziwiła się, że w Ogrodzie wciąż był dzień. Nigdy nie zapadała tu ciemna noc czy choćby szary zmierzch. Rozumiała, że noc i dzień, których stwarzanie On pozwolił jej zobaczyć, przynależały do strefy dołu. Do miejsca, w którym żyła z mamą i z przebiegającym przez dom ojcem. Tam spadły Jego gwiazdy, aby rozświetlać mrok. Tu, w Ogrodzie, nie tylko ciągle był dzień, ale w dodatku był to stale ten sam świeży, rześki poranek.

Dziewczynka zjadła jabłko i poczuła, jak jej ciało wzlatuje. Zjadanie jabłka należało już do rytuału, tak jak taniec. Po buzi Myszki jeszcze spływał sok, zęby przeżuwały ostatni kęs owocu, ale ciało już czuło porywającą lekkość i drżąc z emocji, przygotowywało się do szalonego piruetu. W tańcu Myszka najbardziej lubiła wirowanie, tak szybkie, że wszystkie kolory przestawały się różnić i scalały w jeden tęczowy blask. Uwielbiała naśladować uginające się na wietrze gałęzie; jej ramiona wyciągały się ku górze, aby opaść ku stopom, a całe ciało było wiotkie i elastyczne jak trzcina. Kiedyś widziała taki taniec w telewizorze: tancerki ubrane były na biało, w króciutkie, sztywno sterczące spódniczki, i Myszka wiedziała bez słów, że są łabędziami. Ich ciała gięły się jak łabędzie szyje — w taki sam sposób, jak teraz gięło się ciało Myszki. Potem sfrunął ku nim czarny łabędź — najpiękniejsza tancerka, w równie pięknym, błyszczącym czarnym stroju — i zawirował. Wydawało się, że unosi się w powietrzu, że fruwa jak prawdziwy ptak.

Teraz w Ogrodzie Myszka była na przemian to białym, to czarnym łabędziem, wykonującym swoje *pas* na czubkach paluszków lub szybującym jak ptak.

Tańcząc, Myszka zawsze słyszała muzykę. Nie znała nazwisk kompozytorów, którzy ją stworzyli — tak jak On stwarzał niebo i gwiazdy, zapewne nie znając ich nazw — ale wiedziała, że jest to muzyka z pokoju taty; ta, która dobiegała do niej zza grubo obitych drzwi gabinetu, przenikała przez ściany i wprawiała dziewczynkę w szczególny trans. To ta muzyka, słyszana od czasu, gdy jeszcze raczkowała po domu i dopiero uczyła się rozróżniać dźwięki, tchnęła w nią impuls do tańca. I teraz Myszka, nic o tym nie wiedząc, tańczyła do muzyki Czajkowskiego. To Czajkowskiego wygrywały wszystkie świerszcze, wyśpiewywały ptaki, szumiały liście drzew, a nawet brzęczały komary.

Była świadoma, że Wąż, jak zwykle, obserwuje ją w trakcie tańca, ale sprawiało jej to przyjemność. Miała w nim widza uważnego i życzliwego, który nie uciekał jak tato, nie lekceważył jej, jak niekiedy mama, widział i rozumiał wszystko.

Zakończyła swój taniec głębokim ukłonem, takim, jaki oglądała w telewizorze u prawdziwych tancerek. Kłaniała się po kolei drzewom, krzewom, kwiatom, Wężowi — i niewidzialnemu Jemu, który obdarzył ją darem.

Potem ruszyła przed siebie. Już wiedziała, że w Ogrodzie wszędzie jest blisko i nie można się zgubić. Ogród miał przecież tylko początek, a ograniczał go niewidoczny ogon Węża. Gdyby miała zbłądzić czy skręcić przez pomyłkę do innego świata niż jej własny lub do Ogrodu zamieszkanego przez inne istoty — w którym On nie przewidział dla niej miejsca — była pewna, że Wąż w odpowiedniej chwili leciutko uderzy ją płaskim łbem i zawróci na właściwą ścieżkę. Ale dziewczynka nie chciała szukać innych ścieżek niż te, które były dla niej wytyczone.

Kobieta i Mężczyzna znajdowali się w tym samym miejscu co poprzednio, w pobliżu strumienia, a strumień płynął leniwie, gdyż najprawdopodobniej kręcił się w kółko. Nigdy nie zdołał rozwinąć się w rzekę. Myszka pomyślała, że rzeka jest pomiędzy: pomiędzy strumieniem a morzem lub strumieniem a inną rzeką. Rzeka nie była Początkiem, lecz Środkiem, więc nie mogło jej być w Ogrodzie. Kobieta i Mężczyzna też byli tylko Początkiem Kobiety i Mężczyzny. Ale to nie był najlepszy Początek — Barbie i Ken — bowiem Myszka wiedziała, jaki jest ich Środek: szafa pełna ubrań.

„Zostawią po sobie tylko szafę?", zamyśliła się.

Podeszła bliżej, ale skryła się za drzewo. Chciała przyjrzeć się Kobiecie i Mężczyźnie, sprawdzić, czy rzeczywiście nie ma żadnych różnic między nimi a Barbie i Kenem. Już pierwsze uważne spojrzenie wywołało na jej twarzy rumieniec. Odwróciła głowę i zagryzła wargi. To, co zobaczyła, było niezgodne z tym, co powinno było być, i niewątpliwie było nieprzyzwoite.

Tymczasem Kobieta dostrzegła ją swymi okrągłymi, błękitnymi oczami:

— Widzę cię zza tamtego drzewa. Dlaczego się chowasz? I odwracasz głowę? Czy jestem aż tak brzydka, że nie możesz na mnie patrzyć? — spytała z niepokojem.

„Ona myśli tylko o wyglądzie, jak Barbie", skonstatowała z niechęcią Myszka.

— Nie mogę na was patrzeć — wyznała wreszcie. Nie umiała kłamać, ale nie chciała mówić prawdy. Wyjawienie im, że są Barbie i Kenem, było, jej zdaniem, także nieprzyzwoite. — Nie mogę na was patrzyć, ale nie dlatego, że jesteście brzydcy. Przeciwnie, jesteście zbyt ładni — dodała szybko, aby pozostać wobec nich uczciwą, lecz nie powiedzieć wszystkiego.

— To dlaczego odwracasz od nas wzrok? — zdziwił się Mężczyzna. On także spostrzegł, że spojrzenie dziewczynki wędruje wszędzie, byle nie w ich stronę. A co zerknie ku nim, to odwraca głowę, udając zainteresowanie drzewami, trawą lub nieskazitelnym błękitem. Mężczyznę zdenerwowało to podwójnie: zaobserwował to później niż Kobieta, co odczuł jako porażkę. I miał niejasne przekonanie, że we wszystkim powinien być lepszy niż Kobieta, gdyż On stworzył go pierwszym. Kobieta rozumowała podobnie: On stworzył ją drugą, więc niewątpliwie musiała być lepsza od Mężczyzny. Za drugim razem popełnia się przecież mniej błędów. A mimo to oboje nie podobali się tej dziewczynce.

— Co ci się w nas nie podoba? — spytał Mężczyzna po długim namyśle.

„On myśli tak jak ja na dole. Jego myśli nie mogą dogonić oczu", stwierdziła Myszka.

— To nie tak... Podobacie mi się. Ja tylko wstydzę się na was patrzyć — powiedziała niechętnie.

— Dlaczego? — zdziwiła się Kobieta.

— Nnnie wiem... — skłamała.

Ale Wąż już zsunął się z drzewa i dmuchnął jej w kark, sycząc:

— Ssspróbuj im to powiedzieć...

Myszka milczała. Nie miała pewności, czy On by tego chciał. Stwarzając Kobietę i Mężczyznę takimi, jacy byli, zapewne wierzył w ich doskonałość. Wziął ich obraz z jej głowy, nie wiedząc, że obraz ten znalazł się tam tylko przypadkiem, za sprawą taty. W dodatku Myszka zastanawiała się, czy to, czego im brakuje, nie jest jednak dowodem doskonałości. Być może istnienie „tego" jest przyczyną wielu problemów...

— Mów... — ponaglił Wąż, a Kobieta i Mężczyzna patrzyli na nią wyczekująco. Niema prośba w oczach Kobiety poruszyła Myszkę, bo ciekawość i żal zmieniły wyraz jej emaliowanych, błękitnych oczu. W pustym, pozbawionym głębi błękicie błysnęło malutkie światełko. „Powiem", zdecydowała.

— Wstydzę się, bo gdy nas was patrzę, to widzę, że nic „tam" nie macie — szepnęła cichutko.

— Gdzie? — spytał zdziwiony Mężczyzna, ale Kobieta już opuszczała głowę, aby zbadać wskazane przez Myszkę miejsce.

— A co mamy „tam" mieć? — spytała z irytacją.

— Nie wiem — wyznała Myszka. — Ale to, co „tam" macie, a raczej to, czego nie macie, jest nieprzyzwoite i nie chcę na to patrzyć.

— Dlaczego? — spytał Mężczyzna.

— Bo to jest „Nic" — odparła i odetchnęła z ulgą, że ma to za sobą.

Mężczyzna siedział nieruchomo, z posępną miną, lecz w oczach Kobiety znowu coś zaiskrzyło:

— Chcę wiedzieć, co powinnam „tam" mieć! — zawołała z gniewem.

Myszka zauważyła, że gdy Kobieta się gniewa, jej podobieństwo do Barbie maleje. Ale w odpowiedzi na okrzyk Kobiety umiała tylko wzruszyć ramionami. To, co widziała u mamy w łazience, oglądała zbyt krótko, aby opisać. Nie sądziła zresztą, że opis coś pomoże.

— Zatem to, co „tam" mamy, jest nieprzyzwoite — powtórzył Mężczyzna po kolejnym długim namyśle.

— To czego „tam" nie macie — poprawiła go Myszka.

Wąż, zaciekawiony rozmową, kolebał się na boki, poruszając rytmicznie płaskim łbem. Kobieta nie namyślała się tak długo jak Mężczyzna.

— Możemy to „Nic" czymś przysłonić! Czy wtedy będziesz na nas patrzyć? — spytała.

— Tak! — ożywiła się Myszka. — To przecież jasne! Musicie znaleźć jakieś ubranie!

„No i zaczyna się...", uprzytomniła sobie z niepokojem. „Zaraz będzie szafa z ubraniami..."

A jednak wolała Barbie ubraną niż nagą. Gołą Barbie tam, na dole, przenosiła wciąż z miejsca na miejsce, mając nadzieję, że zniknie. Lub że mama ją wyrzuci. Ale Barbie na dole nie znikała — podobnie jak Kobieta w Ogrodzie. Myszka pomyślała, że Barbie są wszechobecne i niezniszczalne.

— Czy ubranie to coś, co przysłania „Nic"? — spytał wolno Mężczyzna, lecz Kobieta już rozglądała się po Ogrodzie. Po chwili wstała i sięgnęła po liść jabłoni.

— Za mały? — spytała.

— Trochę mały — przytaknęła niepewnie Myszka. Skoro liść miał przykryć „Nic", jego wielkość była istotna.

— Największy w Ogrodzie jest liść figi — stwierdził Mężczyzna.

Myszka musiała przyznać, że choć Mężczyzna myśli wolniej niż Kobieta, to częściej zdarza mu się trafić w sedno. On tymczasem już szedł ku drzewu.

— Czy tak jest dobrze? — spytała Kobieta, gdy każde z nich zakryło „Nic" dużym i mięsistym liściem.

— Wssssspaniale — zasyczał Wąż, zanim Myszka zdążyła przytaknąć. Dziewczynka miała uczucie, że Wąż doskonale się bawi, ale najbardziej rozśmiesza go figiel, jaki Mu robi. Skoro On stworzył Kobietę i Mężczyznę bez figowych liści, całkiem nagich, zapewne musiał mieć w tym jakiś cel.

— No, teraz już możesz na nas patrzyć — powiedziała Kobieta.

— Mogę — przyznała dziewczynka. Patrzenie na „Nic" było czymś bardzo męczącym. Za to „Nic" pod figowym liściem wyglądało interesująco. Dziewczynka ze zdumieniem odkryła, że „Nic", jeśli jest zakryte, może wzbudzić ciekawość. Wąż zachichotał i zrozumiała, że śmieje się do jej myśli.

— Teraz już możesz z nami rozmawiać — rzekł Mężczyzna.

— ...bo trochę się nudzimy — dorzuciła Kobieta.

Myszka jednak czuła, że do rozmowy nadal czegoś brakuje. Myślała chwilę, znów zauważając, że jej myśli w Ogrodzie biegną niemal tak szybko jak słowa, a czasem nawet szybciej, i oświadczyła:

— Jeszcze nie możemy rozmawiać. Nie wiem, jak się do was zwracać.

— Czy to jest ważne w rozmowie? — zainteresował się Mężczyzna.

— Ważne. Muszę znać wasze imiona. Ja jestem Myszka — oznajmiła.

Wąż znowu zachichotał, najwyraźniej zadowolony.

— Dlaczego nie mamy imion? — spytała z pretensją Kobieta, zwracając się nie wiadomo do kogo: do Mężczyzny? Do Węża? Do Niego?

— Myślę, że z imionami nie ma kłopotu — powiedziała Myszka. — Możecie sobie wybrać takie, jakie się wam podobają.

— Nie znam żadnych imion, więc skąd mam wiedzieć, które jest ładne? — obruszyła się Kobieta.

— Tak, nie znamy żadnych imion — przytaknął Mężczyzna.

— Ona je zna — podpowiedział usłużnie Wąż, wskazując łebkiem na Myszkę.

— Więc daj mi imię — poprosiła Kobieta.

— I mnie też — dołączył Mężczyzna.

Myszka nie wiedziała, jakie imiona dla nich wybrać. Odruchowo chciała powiedzieć „Barbie" i „Ken", ale pomyślała, że to ich obrazi. W telewizorze słyszała różne dziwaczne imiona: Esmeralda, Emanuela, Andżelika, Patryk, lecz żadne jej się nie podobało. Naprawdę znała tylko dwa imiona.

— Ty będziesz Ewą, a on Adamem — oznajmiła.

— Co za pomysssssłowość! — zasyczał Wąż.

— Też mi się podobają — stwierdziła Kobieta, a Mężczyzna skinął głową twierdząco.

— Ewa — powiedział, patrząc na Kobietę tak, jakby wraz z imieniem na nowo ją odkrył.

— Adam — rzekła ona, a Myszka po raz pierwszy usłyszała w jej głosie nikły ślad czułości. „Być może uczucie musi mieć jakieś imiona", pomyślała.

— Teraz gdy nadałaś im imiona, ssstworzyłaś ich po raz wtóry — ostrzegł Wąż. Dziewczynka spojrzała na niego niespokojnie, ale nic nie powiedziała. Nie wiedziała, co mogłaby powiedzieć.

Nagle cały Ogród wstrzymał oddech i rozległ się Jego potężny, huczący Głos:

— CZY TO JEST DOBRE...

Echo Jego wątpliwości ugodziło tym razem w dziewczynkę i zabolało. Czuła się winna, zwłaszcza że wciąż nie wiedziała, co powiedzieć.

Tymczasem Kobieta z Mężczyzną bawili się swoimi imionami.

— Adam... — powtarzała śpiewnie ona, wkładając w to coraz więcej różnych uczuć, jakby poznając nie znane sobie możliwości: imię jako pieszczota, obojętność, gniew, tęsknota, miłość, nienawiść. Imię jako dotyk. Imię jako cios. Imię jako narodziny. Imię jako śmierć. Myszka razem z Ewą poznawała różne możliwości imion i rosło w niej zdumienie. Była to całkiem nowa wiedza.

— Ewa — odpowiadał Mężczyzna, odkrywając, że samym brzmieniem głosu można wyrazić aż tyle znaczeń.

— Adam...

— Ewa...

— Wyssstarczy — powiedział nagle Wąż do Myszki. — Wtrąciłaś Mu się w ssstwarzanie, ale teraz już sssobie idź. No, idź, idź, bo każda zmiana potrzebuje trochę sssamotności... Tylko wróć, póki trwa dzień siódmy, bo w ósssmym będzie za późno.

Popchnął ją leciutko i sama nie wiedziała, kiedy ani jak znalazła się na strychu. Mia obudził się z głębokiego snu, otworzył ślepia i zamruczał.

— Mia — powiedziała Myszka grubym, bełkotliwym głosem i nagle zatęskniła do muzyki, jaką można wydobyć z siebie jednym krótkim słowem. Ale tu, na dole, ta sztuka była dla niej niedostępna. Gdyby umiała śpiewnie, z całą gamą uczuć powiedzieć „tatusiu" — tak jak Kobieta wymawiała imię Mężczyzny — tato na pewno by się zatrzymał choćby na chwilę. Stanąłby przy niej i spytał: „Słucham cię, Myszko..." I słuchałby naprawdę.

— Oć, oć, Mia — powiedziała, czując wszystkie ograniczenia swojego języka, swego ciała i umysłu.

I stał się kolejny wieczór dnia siódmego, dnia odpoczynku, w którym okazało się, że „Nic" może być bardziej kłopotliwe niż „Coś".

DZIEŃ SIÓDMY: GRZECH

Gdy Ewa z Myszką weszły nazajutrz do ogrodu za domem — zastały tylko chwasty, perz i zwiędnięte, wysuszone strąki. Kwiaty znikły. Ich zapach rozwiał się w powietrzu, ustępując miejsca mdłej woni zgnilizny.

— To niemożliwe! Miałam omamy? — powiedziała zdumiona Ewa. — Byłam pewna, że wczoraj wieczorem był tu prawdziwy ogród...

„Bo był", pomyślała Myszka. „On nam go dał. Ale do jego pielęgnacji potrzebna była miłość, a nie gniew".

Ta myśl nie przebiegła jej przez głowę gładko i szybko, jak tata, gdy przemykał przez dom, ale mozolnie wspinała się po stromych i nierównych schodkach jej umysłu. Utykała w zaułkach, wpadała w czarne dziury, w których czas stał w miejscu, rozpryskiwała się jak mydlana bańka i dobrnęła do końca jako nie wypowiedziane domniemanie.

— Ooog byyyu... — powiedziała bełkotliwie.

Ewa jednak ciągnęła dalej, zasłuchana bardziej w siebie niż w córkę:

— ...albo to ja psuję wszystko, czego dotknę.

Wraz ze śmiercią ogrodu znowu ogarnęło ją beznadziejne uczucie zmęczenia i strach przed myśleniem w perspektywie dalszej niż następny dzień. W tajemniczy sposób ten prawdziwy, żywy ogród, który przetrwał tyle lat, wciąż piękniejąc, dawał nadzieję na to, że coś się odmieni. Zniknięcie ogrodu odebrało tę nadzieję.

„Niech się zmieni choćby na gorsze, byle w ogóle przyszła zmiana", pomyślała z rozpaczą, ciągnąc Myszkę z powrotem w stronę domu.

Zamknęła furtkę i skręciła za mur. Nagle zauważyła, że przed ich bramą stoją dwie obce kobiety.

„Świadkowie Jehowy", stwierdziła odruchowo, wiedząc, że wyznawcy tej religii chodzą po domach zawsze dwójkami i że najczęściej są to kobiety. Już niejeden raz mówiła im, przez zamknięte drzwi, by sobie poszły, lub słuchała w milczeniu cytatów z Biblii.

A teraz miała je przed sobą. Nieznajome stały pomiędzy nią a upragnionymi drzwiami. I patrzyły na Myszkę. Patrzyły tym najgorszym z możliwych spojrzeń: zachłannie ciekawym, łapczywie dociekliwym. Nie spuszczały z niej wzroku. Ewę ogarnął niepokój. Przypadkowi obserwatorzy na ogół uciekali spojrzeniem, zwłaszcza gdy popatrzyła na nich wrogo i agresywnie, lub udawali, że odmienność Myszki jest czymś, co ich w ogóle nie obchodzi.

— Proszę odejść, to prywatna posesja — powiedziała z determinacją.

— Ale my w tej sprawie — powiedziała starsza z kobiet, wykonując ręką nieokreślony ruch, tak jakby ogarniała nim nie tylko Ewę, ale i jej córkę.

— Może wpuści nas pani do domu? Przecież nie będziemy tak stać — odezwała się druga. Dopiero teraz Ewa ujrzała, że kobieta trzyma w ręce nie czarną Biblię, z jaką chadzali świadkowie Jehowy, lecz czarną, zapinaną na szyfrowy zamek teczkę.

„Osoby urzędowe", uświadomiła sobie ze szczególnym rodzajem lęku. Ostatnią urzędową osobą, z jaką miała do czynienia, była pani z wydziału opieki społecznej, która miała zabrać Myszkę zaraz po jej narodzinach, by oddać ją do zakładu. Papiery w ostatniej chwili Ewa podarła... „We wszystkich urzędnikach jest jakiś wspólny rys, odróżniający ich od osób prywatnych. Jakby ciągnął się za nimi niewidoczny cień biurka, opoki ich władzy", pomyślała.

— Nie wpuszczam obcych do domu — powiedziała ostro.

— Jesteśmy z wydziału opieki — oznajmiła pierwsza z kobiet, tak jakby to wszystko wyjaśniało. Ewa milczała. — Mamy informację, że mieszka tu dziecko, które co najmniej od roku obejmuje obowiązek szkolny. Jeśli dobrze liczę, to obowiązek szkolny nie jest faktycznie dopełniany od dwóch lat — ciągnęła kobieta urzędowym, bezosobowym językiem, w którym „my" przybierało postać potężnego, mrocznego gmachu, po którym aż do dziś krąży Józef K. i nie może znaleźć wyjścia. Wzrok kobiety niemal przyssał się do Myszki i przewiercał ją na wylot.

„Nie, nie zobaczysz tego, co jest w niej w środku. Nikt tego nie zobaczy", pomyślała Ewa z dziwną satysfakcją.

— Obowiązek szkolny... — zaczęła, a potem machnęła ręką: — Jeżeli ma pani oczy, jeżeli pani cokolwiek widzi...

— Widzę — przerwała ostro druga kobieta. — Widzę ciężko niedorozwinięte dziecko, pozbawione fachowej opieki. Dziecko odizolowane od społeczeństwa...

— Od jakiego społeczeństwa?! O kim pani mówi? — krzyknęła Ewa i zaraz umilkła. „To Adam", uprzytomniła sobie. Adam zatelefonował do jakiegoś urzędu.

— Jeśli dziecko nie nadaje się do normalnej szkoły, to przecież są szkoły specjalne. I specjalne zakłady dziennej lub stałej opieki — powiedziała pierwsza z kobiet. — Nie może pani przetrzymywać jej w domu, odizolowanej od świata.

— To świat izoluje się od mojej córki! — zawołała gwałtownie.

— Kto tu się izoluje? Przecież to my przychodzimy do pani, a nie pani do nas — spytała druga nieznajoma. — I przyszłyśmy po to, aby to dziecko wróciło do świata. Szkoła specjalna przygotuje je do życia.

— Jakiego życia? — spytała Ewa.

Kobiety zamilkły. Też tego nie wiedziały. Spojrzały po sobie, jakby szukając gotowej formuły.

— Maa... Doo...m. Oć, oć... — wybełkotała Myszka. Jej rączka tak mocno ściskała dłoń Ewy, jakby chciała zmiażdżyć jej palce. Banieczka śliny pękła w kąciku jej ust i spłynęła po brodzie.

— Szkoła specjalna nauczy ją mówić — zaczęła pierwsza z kobiet.

— Nie — odparła Ewa. — Nie nauczy. I nie nauczy jej wyplatać koszyków. Ani malować szkła czy kleić kopert. Nie w tym stadium. Nie w jej stanie; poza syndromem Downa ma jeszcze dodatkowe uszkodzenie mózgu. Nie zechce jej żadne przedszkole ani żadna szkoła. Szkoła integracyjna lubi normalne kalectwa, a ja nie dam jej do ośrodka dla najciężej upośledzonych, bo ona... Ona... Proszę nas przepuścić!

Ruszyła naprzód, ciągnąc za sobą Myszkę, ale kobiety stały przed drzwiami nieruchomo. Zatrzymała się.

— Instytucje specjalnej troski upomną się o to dziecko i zapewnią mu opiekę, czy pani tego chce, czy nie — zaczęła pierwsza z kobiet.

— Mamy fundusze... Charytatywne datki... — powiedziała nagle druga.

„I charytatywne bale", pomyślała Ewa, zaciskając zęby. Bale, na których udawało się zebrać małą cząstkę tego, co balowicze wydawali na własne stroje, biżuterię, kosmetyki. Sama bywała na nich niegdyś, nie zastanawiając się nad szczytnymi celami, którym służyły. Bawiła się. Pozowała do fotografii w kolorowych pismach.

— Otwieramy nowe ośrodki... — ciągnęła tamta, choć z mniejszym przekonaniem. Jej wzrok wędrował nadal po Myszce, ale już zaczynał uciekać.

— Maa... — zabełkotała Myszka i Ewa kątem oka ujrzała strużkę spływającą po nogach córki.

— ...mamy fachowców, zapewnimy jej opiekę — mówiła dalej kobieta, lecz urwała i nerwowo spoglądała na powiększającą się kałużę.

Ewa spojrzała jej prosto w twarz. Tamta zamrugała powiekami i odruchowo cofnęła się przed zlewającą się ku niej kałużą. Na jej twarzy pojawiło się obrzydzenie.

— Myszka nie potrzebuje opieki. Ona potrzebuje miłości. Czy pani ją jej da? Czy posprząta pani po niej i zrobi to tak, aby ona nie czuła się winna? A jeśli dostanie ze strachu biegunki, czy weźmie ją pani na ręce, aby przestała się bać? — pytała Ewa, ciągnąc za sobą Myszkę i idąc prosto na kobiety. Rozstąpiły się. Ewa przyśpieszyła kroku, wlokąc Myszkę, i zatrzasnęła za sobą drzwi.

Usiadła w kuchni i zaczęła płakać.

— Nee paa... — powiedziała Myszka, obejmując ją rączkami.

W okno ktoś nagle zastukał. Ewa wzdrygnęła się, a dziewczynka krzyknęła. W twarzy rozpłaszczonej na szybie, jak karykaturalny, plackowaty zegar Salvadora Dali, Ewa rozpoznała twarz jednej z kobiet.

— Chciałyśmy dobrze, proszę mi wierzyć — mówiła tamta głosem zniekształconym przez grubą szybę.

— Ja pani wierzę — odparła bezradnie Ewa, dodając w duchu: „I co z tego?"

— Gdyby pani czegoś potrzebowała... gdyby pani chciała jakiejś porady... albo gdyby pani miała dość... — mówiła kobieta, a Ewa z trudem powstrzymała się od wrzasku: „Ależ ja mam dość! Mam dość!"

— ...zostawię w pani drzwiach moją wizytówkę — zakończyła tamta, zawahała się chwilkę, a potem jej twarz zniknęła.

— Nee ceee — obwieściła Myszka grubym głosem, tłukąc pięściami w blat stołu. Wiedziała jedno: ktoś chce ją zabrać z domu, nie wiadomo gdzie i nie wiadomo po co. Ewa łagodnie przytrzymała jej dłonie.

— Ciii... w porządku... Nic się nie zmienia. Nigdzie nie pójdziesz... Ciiii...

A Myszka, uderzając pięściami w stół, myślała tylko o tym, że jeśli musi iść z domu, to tylko w jedno, jedyne miejsce: na górę.

★

Adam wędrował po Internecie szlakami genetyki. Przypominało to rozdrapywanie nie gojącej się rany. „Wprawdzie obecnie dwadzieścia trzy kraje Europy oraz USA podpisały konwencję zakazującą klonowania ludzi, lecz naukowcy przewidują, że w ciągu najbliższych 20–30 lat projektowanie doskonałego genetycznie człowieka stanie się faktem. Tego procesu nikt nie zatrzyma — oświadczył wybitny fizyk, Stephen Hawking, w prognozie przygotowanej dla Rady Przełomu Tysiąclecia, z inicjatywy Białego Domu. *Homo sapiens geneticus* stanie się faktem. W przyszłości będzie można nie tylko wykrywać wady genetyczne embrionów, ale usuwać je przed ich wszczepieniem do narządów rodnych kobiety...”

„Dlaczego nie żyjemy trzydzieści lat później?”, rozmyślał Adam. „Moglibyśmy określić nie tylko pojemność mózgu swego dziecka, ale nawet kształty ciała. Po świecie chodziliby piękni ludzie, z mózgami Einsteinów, a wśród nich nasza córka... i jedliby transgeniczne hamburgery, w przerwie pomiędzy wymyślaniem kolejnych, coraz bardziej nieludzkich udoskonaleń. A pewnego dnia pytanie o to, kto stworzył świat, Bóg, człowiek czy przypadek, przestałoby mieć jakikolwiek sens, więc już nikt by go nie zadawał. Pytano by jedynie o genom, skład chemiczny i fizyczną masę”, przebiegło mu przez głowę, ale zaraz odrzucił tę myśl. Sieć podsuwała mu usłużnie kolejne informacje:

„Sekwencja genomu ludzkiego jest prawie gotowa, już znajduje się w rękach naukowców. Zidentyfikowano 80–100 tysięcy genów, które określają większość cech człowieka. Ten genetyczny obraz pozwoli lekarzom skutecznie leczyć chorych, a ludziom zdrowym podejmować decyzje, co robić, by zachować zdrowie. Nawet na tak trywialne pytania — co jeść, co pić — pojawią się jedynie słuszne i racjonalne odpowiedzi..."

„Na wszystko znajdą się racjonalne odpowiedzi. Zabraknie pytań, na które nie ma odpowiedzi", stwierdził Adam z fascynacją, lecz niespokojna część jego umysłu znów zakłóciła mu podążanie za myślą naukowców: „Jeżeli każdemu pytaniu towarzyszyć będzie racjonalna odpowiedź, to gdzie pozostanie miejsce na tajemnicę?"

„Myszka to tajemnica", uświadomił sobie i głośno powiedział: — Świat bez Myszki będzie doskonalszy. Świat bez tajemnic będzie... — i urwał. Jakim stanie się świat bez tajemnic? Czy taki jak bez Myszki? Z doskonałymi genetycznie ludźmi, których będzie tak wielu, że powoli przestanie się odróżniać jednych od drugich? Będą jak ożywione, precyzyjne klocki lego, z których stworzy się dowolną, przewidywalną konstrukcję? Bez żadnych niespodzianek i zaskoczeń?

W drzwi jego gabinetu nagle ktoś zaczął uderzać pięściami.

— Ty świnio! Ty potworze! Nasłałeś na nas obcych! Chcesz oddać Myszkę! Nie pozwolę! Nienawidzę cię!

Gwałtownie kliknął myszką i wyłączył się z Internetu. Drzwi, na szczęście, były zamknięte na klucz. Znieruchomiał, udając, że go nie ma. Głos Ewy zaczął się oddalać, a potem ucichł.

Tak, chciał oddać Myszkę. Chciał jej zapewnić bezpieczną egzystencję, z dala od nich obojga: minimum, którego ta dziewczynka potrzebowała, aby przeżyć — jedzenie, czyste ubranie, opiekę lekarską. I chciał też odzyskać żonę, jeśli było to jeszcze możliwe. Ale Ewa nie umiała tego zrozumieć ani docenić.

„A przecież, nawet gdyby jej geny były uszkodzone, moglibyśmy mieć dziecko z odpowiednio dobranego materiału. Stephen Hawking twierdzi, że to tylko kwestia czasu i że już niedługo na pewno będziemy poprawiać ludzi. Wtedy wszystkie Myszki znikną z powierzchni ziemi", pomyślał.

Nagle sobie uświadomił: cóż to za paradoks! Przecież Stephen Hawking jest genialnym mózgiem w kalekim ciele! Jeździ na inwalidzkim wózku, karmią go przez rurkę, a głos ze sparaliżowanej krtani wydobywa jedynie za pomocą specjalnego aparatu!

„Gdyby poprawiono jego poczwarkowatą fizyczność, czy ten genialny mózg byłby równie bezbłędny, czy też poprawiony Stephen Hawking byłby, na przykład, zadowolonym ze swego życia przeciętnym zjadaczem chleba?", zamyślił się Adam.

Nagle wyobraził sobie cały zastęp, ba, armię doskonałych ludzi, wyhodowanych według tego samego wzorca. Mogliby zaludnić naukowe laboratoria, instytuty, szpitale.

„A jeśli mimo użycia tego samego genetycznego materiału każdy z nich byłby całkowicie inny? Wbrew temu, co mówi prezydent USA, język Boga musi być czymś więcej niż tylko zapisem kodu DNA..."

— Język Boga... — zaśmiał się szyderczo, ale zaraz się zasępił: „Czy jest możliwe, że te dzieci nazwano Darami Pana, bo lepiej rozumieją język Boga niż wszyscy uczeni świata razem wzięci?"

Cichutko otworzył drzwi gabinetu i na palcach przeszedł do kuchni, żeby zrobić sobie kawę. Ewa, na szczęście, była w salonie, a hol był pusty. W kącie leżał poszarpany pluszowy miś bez jednej nogi. Barbie i Ken zniknęli.

„Wreszcie zniszczyła lalki. Może kupić nowe?",
zastanowił się przelotnie, ale zaraz sobie uprzytomnił,
że Myszka nie jest w stanie odróżnić tak pięknej lalki
jak Barbie od zwykłego szmacianego potworka.

★

Myszka znowu obserwowała zza drzewa mieszkańców Ogrodu. Teraz, gdy już mieli imiona, sprawiali
inne wrażenie, niż gdy ujrzała ich po raz pierwszy. Byli
jakby mniej plastikowi, choć wciąż im czegoś brakowało. I nie chodziło już o „Nic" pod figowym liściem.
Dziewczynka przyglądała się nieruchomej, obojętnej
twarzy Adama i idealnemu obliczu Ewy, zastygłemu
w grymasie wydatnych warg.
— Wiem... — uprzytomniła sobie i ruszyła ku nim.
— Jesteś wreszcie — powiedziała oskarżycielsko Kobieta. — Znów stoisz za tym drzewem i nas obserwujesz,
nie podchodzisz. Co ci się tym razem nie podoba?
— Skąd wiesz, że stałam za drzewem? — zdziwiła
się Myszka.
— On mi powiedział — i Ewa wskazała na Węża.
Wąż zachichotał. „Zdrajca", pomyślała Myszka. „Lubi
mnie, ale nie wolno mu ufać. A jednak ja też go lubię,
bo wiem, czego się po nim spodziewać".
— Nie wiesz, że jesteś nam potrzebna? — ciągnęła
z irytacją Kobieta.
— Do czego? — zdziwiła się Myszka.
— On wprawdzie nas stworzył, ale poza zakazem
zjadania jabłek z jakiegoś drzewa, o którym nie wiemy,
gdzie rośnie, nie powiedział, co mamy robić. Więc
tkwimy koło strumienia i nudzimy się — wyjaśnił
Adam ponuro.

— I tak będzie wiecznie! — zawołała Ewa.

— Wiecznie? — zdziwiła się Myszka.

Wąż znowu zachichotał i leniwie przeciągnął się na swoim drzewie.

— Oni sssą nieśmiertelni — wyjaśnił. — Mają Początek, ale nie będą mieli Końca.

Myszka zamyśliła się. Myśli krążyły tym razem z szybkością tak zawrotną, że aż jej się zawróciło w głowie.

— Mają Początek, nie będą mieć Końca, lecz mogą mieć Środek — oznajmiła. — Ale najpierw muszą nauczyć się uśmiechu. Posiadają nieśmiertelność i nie umieją się z niej cieszyć?

— Nie wiem, czy jessst z czego — mruknął Wąż, ale tak cicho, że usłyszała go tylko Myszka. Udała, że nie słyszy, i mówiła dalej: — Musicie się uśmiechać! Uśmiechnij się do Adama, Ewo...

— Uśmiechnij? — spytała z niezrozumieniem Kobieta.

— Ooo, tak, widzisz? — i Myszka rozchyliła usta, a ponieważ rozbawił ją zdziwiony wyraz twarzy nowych znajomych, zaczęła się głośno śmiać. Ewa i Adam próbowali ją naśladować. Początkowo czynili to nieudolnie, ale po chwili zaczęli wydawać z siebie dźwięki, które przypominały śmiech. Im dłużej to trwało, tym śmiech stawał się prawdziwszy, jakby Kobieta i Mężczyzna zarażali się nim od Myszki i od siebie nawzajem.

— Prawie dobrze — orzekła Myszka z zadowoleniem.

— Do czego potrzebny jest śmiech? — spytała Ewa, wciąż chichocząc.

Myszka zamyśliła się. Mama nie uśmiechała się zbyt często, a jednak od jej uśmiechu robiło się jaśniej, i to zarówno w miejscu, gdzie przebywały, jak i we wnętrzu Myszki. Tata nigdy się nie uśmiechał — i gdy się pojawiał, zachmurzony, dziewczynka miała uczucie, że sufit w holu obniża się i zsuwa ku jej głowie, a ściany zbiegają się wokół i zamykają jak niebezpieczna pułapka.

— Śmiech oświetla życie. Jest jak lampa — odparła. — Bez niego jest ciemno, duszno i ciasno, nawet wówczas, gdy świeci słońce. Dlatego tam, na dole, tak często panuje mrok.

— Chciałabym zobaczyć mrok — powiedziała tęsknie Ewa i rozejrzała się po rozsłonecznionym Ogrodzie. Dopiero teraz Myszka zauważyła, że nie ma tu cienia. Nie dają go ani drzewa, ani ludzie. Nawet Wąż nie dawał cienia. „Słońce bez cienia jest mniej słoneczne", uświadomiła sobie ze zdziwieniem.

Adam wskazał liść figowca i spytał:

— Czy tam, skąd przychodzisz, kobiety i mężczyźni mają coś pod nimi?

— Ooo, tak. I chyba coś ważnego. Dlatego przykrywają to ubraniami — odparła dziewczynka.

— Skoro to takie ważne, to czemu przykrywają? — zdziwił się Adam.

Myszkę zaskoczyła jego uwaga. Przykrywanie zajmowało ludziom na dole bardzo wiele czasu. A zarazem to, co przykryte, budziło większą ciekawość. Nagość Adama i Ewy była monotonna.

— To co przykryte, wydaje się ciekawsze niż to, co na wierzchu — odparła. — Ale tam, na dole, oni już zapomnieli, po co się przykrywają, i teraz ważniejsze jest dla nich, czym to robią. Każdy chce mieć lepszy liść figowy niż inni. Większy i ładniejszy. Taki, żeby inni zazdrościli — dodała po chwili, przypominając sobie kolorowe żurnale mamy i pełną ubrań szafę Barbie.

— W Ogrodzie wszystkie liście figowe są jednakowe — zwrócił uwagę Adam.

— Ja też chcę mieć ładniejszy liść niż ten! — zawołała Ewa. — I chcę mieć to samo pod liściem, co mają ludzie na dole!

Wąż opuścił się ze swego drzewa i szturchnął ją gniewnie:

— On dał ci tak wiele, jesssteś nieśmiertelna, nie czeka cię Koniec, dossstałaś imię, otrzymałaś w darze uśmiech i wciąż jesssteś niezadowolona!

Ewa wzruszyła ramionami:

— Wolałabym być na dole i mieć Środek i Koniec. Czas chyba płynie szybciej, gdy czeka się na Koniec? Nie widzisz, że stoimy z Adamem w miejscu? I straszliwie się nudzimy?

— Ale na dole nie zawsze jest dobrze — odparła ostrożnie Myszka. — Ciało jest cięższe niż tu. Czasem aż boli.

— Tam ciało trwa krótko, a tutaj wiecznie. Tam bywa chore, a tu jest dosssskonałe — zasyczał Wąż.

— Ale tutaj jest nudno! — tupnęła nogą Ewa.

— Spróbujcie się pobawić, wtedy nie będzie wam nudno — zaproponowała Myszka.

— Czym? — spytała gniewnie Ewa. — Czym mamy się bawić?

Dziewczynka znowu się zamyśliła. Zastanawiała się, co ona, Myszka, robi wtedy, gdy się nudzi — jeśli w ogóle się nudzi (stwierdziła, że prawie nigdy) — i wreszcie sobie przypomniała:

— Zróbcie sobie lalkę — powiedziała z ożywieniem.

— Co to jest lalka? — spytała Ewa.

— Lalka... lalka jest malutkim, nieprawdziwym dzieckiem — orzekła po namyśle. — Zaraz wam pokażę...

Zrobienie lalki w Ogrodzie, bez pomocy mamy, bez szmatek czy plasteliny, nie było łatwe. A jednak udało się. Lalka miała tułów z grubego patyka, głowę z jabłka, oczy z pestek, nos z kwiatowej łodyżki i usta z rozgniecionych malin. Pęk trawy zastąpił włosy. Kolejne patyki stały się rękami i nogami, a liście ubraniem. A gdy Myszka zanuciła kołysankę i pohuśtała lalkę na rękach, Ewa wydała okrzyk radości i wyrwała ją z jej rąk.

— Moja lalka — powiedziała stanowczo.

— Twoja — przytaknęła Myszka.

— Nasza — poprawił Adam.

— Wasza — zgodziła się dziewczynka. — Szkoda, że to nie jest prawdziwe dziecko, wtedy już nigdy byście się nie nudzili. Ale żywe dzieci są tylko na dole.

— Jak bardzo są żywe? Takie jak ty? — spytał Adam.

— Trochę lepsze — odparła szczerze Myszka. Zdawała sobie sprawę ze swojej inności.

— Chciałabym mieć żywe dziecko — westchnęła Ewa.

— Nie możecie mieć dziecka, póki jesteście w Ogrodzie — powiedziała Myszka. — Wszystko tutaj jest od razu duże. Ptaki, zające, krowy i kangury... Jakby nigdy nie były dziećmi. A zarazem nie są tak duże, aby mogły mieć własne dzieci.

Ewa, zajęta lalką, nie zwróciła uwagi na słowa Myszki, ale Adam słuchał zaintrygowany.

— Myślisz, że jest w nas czegoś za mało?

— Jest w was za mało wad — odparła odruchowo Myszka.

Wąż za jej plecami zachichotał.

Kobieta szybko pojęła, co robić z lalką. Już po chwili nuciła jej kołysankę, trawiaste włosy zaplatała w warkocze i karmiła ją sokiem z jabłka.

— Wszyscy tam, na dole, mają dzieci? — spytała Myszki.

— Nie wszyscy, ale większość — odparła Myszka.

— Muszę mieć prawdziwe, żywe dziecko — szepnęła Ewa.

— Czasem dziecko rodzi się zepsute — powiedziała Myszka. — Co byś zrobiła, gdyby nie miało ręki? Nogi? Gdyby miało chorą głowę, ciężkie ciało, brzydką twarz i nie umiało tańczyć?

— Tu, w Ogrodzie, rośnie małe, cherlawe drzewko. Wszystkie wokół są duże i piękne, a tylko to jedno choruje — zaczęła Ewa, a Myszka pomyślała z odrobiną satysfakcji: „Znowu coś Mu się nie udało". Wąż za jej plecami poruszył się niespokojnie. — I wszystkie drzewa, poza tym jednym, w ogóle mnie nie potrzebują — ciągnęła tymczasem Ewa. — Za to ono codziennie beze mnie umiera i także codziennie na nowo odżywa, gdy podlewam je wodą i obrywam uschnięte listki. Chciałabym mieć właśnie takie dziecko jak to drzewko — powiedziała Ewa.

Tuliła do siebie lalkę, trzymając ją z taką wprawą, jakby przez całe życie nic innego nie robiła. Myszka pomyślała, że kobiety rodzą się z tą umiejętnością. Niektóre z nich rodzą się też z umiejętnością pokochania tego, kogo nikt nie chce. Być może Ewa do nich należała. Ale Adam?

— Czy umiałbyś pokochać zepsute dziecko? — spytała.

— Co to znaczy „pokochać"? — spytał Adam w odpowiedzi.

Przez Ogród przemknął lekki, łagodny wietrzyk. Trawy pochyliły się, a gałęzie dotknęły w przelotnej pieszczocie.

„Wiem...", pomyślała nagle Myszka.

— Przytul ją — powiedziała do Adama. — Ona ma wprawdzie lalkę, ale ty masz je obie. Nie bój się... Wyciągnij ręce... Ooo, tak... Będzie wam dobrze, ciepło i bezpiecznie.

Adam niezgrabnie objął Ewę, najpierw zdziwiony jej bliskością, potem zaciekawiony, a wreszcie z wyraźną fascynacją.

— Wysssstarczy — zasyczał niecierpliwie Wąż, lecz Myszka go nie słuchała.

— A teraz ją pocałuj — podpowiedziała, przypominając sobie filmy z telewizora.

— Pokaż, jak — powiedziała niecierpliwie Ewa.

Myszka złożyła wargi jak do pocałunku i cmoknęła Adama w policzek.

— Teraz ja — zdecydował Adam i pocałował Ewę. Plastikowy policzek Kobiety na ułamek chwili nabrał cielistego odcienia prawdziwej skóry.

— Pocałuj ją w usta — powiedziała Myszka szybko, aby nie tracić czasu. Już wiedziała, że jest szansa na to, by Barbie i Ken ustąpili miejsca prawdziwej Kobiecie i równie prawdziwemu Mężczyźnie. I trzeba do tego o wiele mniej, niż sądziła. Tylko trochę uczucia.

„Może oni są tylko uwięzieni w tej plastikowej skorupie, ale w środku są żywi?", pomyślała.

Pocałunek tym razem trwał długo. Ramiona Adama mocniej objęły Ewę, a ona przylgnęła do niego. Myszka patrzyła, jak powoli zanika nienaturalna gładkość i sztuczna różowość ich ciał. Z każdą chwilą stawali się mniej plastikowi, a równocześnie zaczęli się zmieniać. Nogi Ewy już nie były długie, o wyrafinowanym kształcie, za to wydawały się mocniejsze; nadawały się do chodzenia, a nie tylko do stania w wyszukanej pozie; i nie były już tak gładkie, gdyż pokrył je puszek, a skóra na kolanach zgrubiała. Na jej twarzy pojawiły się drobne piegi, nos się powiększył, oczy zmalały, a kunsztowna, spiętrzona fryzura opadła w strąkach na ramiona. Na jej rękach uwypukliły się niebieskie żyłki. Podobne zmiany zachodziły w Adamie. Oboje już nie byli doskonale piękni; na oczach Myszki tworzył się inny rodzaj urody. Była to uroda skaz i wad; uroda spoconej skóry, z fałdkami i załamaniami, z meszkiem włosów, z drobnymi otworkami porów na poprzednio nienaturalnej gładkości. Uroda swojska, bliska, zapraszająca do dotyku, jakby nowo rodzące się uczucie torowało sobie drogę w poprzednim, odpychająco doskonałym wyglądzie, żłobiąc w nim bruzdy powszedniości.

„Doskonałość jest zimna i boi się zbliżenia", uświadomiła sobie Myszka.

O dziwo, razem z Adamem i Ewą normalniał Ogród. Już nie przypominał kurtyny z wesołego miasteczka. Gładkie pnie drzew nabywały chropowatości; sypki i żółty piasek na ścieżkach zgrubiał i zszarzał; zmatowiały fluorescencyjny szafir nieba i szmaragdowa zieloność trawy. Czerwone wiewiórki zrudziały, kropki żyrafy zróżnicowały swoją wielkość, a paski na skórze zebry już nie przypominały piżamy Myszki. Dziewczynce przez chwilę zdawało się, że Adam i Ewa, a nawet drzewa, zaczęli rzucać cień. Trwało to jednak krótko i cień roztopił się zaraz w zbyt promiennym słońcu.

„Cień to czas", uświadomiła sobie. „A tutaj nie ma czasu. Brak cienia to nierzeczywistość..."

— Dossskonale — wyszeptał Wąż, huśtając się na pobliskiej jabłoni. — Brak cienia to nieśmiertelność.

Nagle Wąż zasyczał niespokojnie. Ogród znieruchomiał, jakby zdziwiony tym, co się dzieje, i zamarł w oczekiwaniu. Dziewczynka już wiedziała, co wywołuje ten stan wyczekiwania. I rzeczywiście. Jego Głos dał się słyszeć równocześnie z mocnym tchnieniem wiatru.

— TO JEST DOBRE — zamruczał, a potężne, huczące echo wątpliwości odbiło się od grubych pni drzew i powróciło, zwielokrotnione i bezradne. W Ogrodzie zrobiło się cicho i jedynym dźwiękiem był miękki szelest, z jakim Wąż przesuwał się po pniu drzewa.

Myszka spojrzała pytająco na Węża, a on popchnął ją swym lśniącym łbem:

— On pyta siebie i nikogo więcej, nie rozumiesz? Każdej odpowiedzi szuka się najpierw w sssssobie.

„Ale czy to jest dobre?", zaniepokoiła się Myszka, gdyż już wiedziała, że w tym Ogrodzie, pięknym, kolorowym i bezgrzesznym, jest miejsce dla Barbie i Kena, lecz nie ma go dla Adama i Ewy.

Wąż zatańczył swym cielskiem, kolebiąc płaską główką na wszystkie strony.

— Wtrącasz Mu się w sssstwarzanie, Myszko. Zabierasz Mu Jego odwieczne pytania. Czynisz za Niego zmiany — syknął.

Myszka rozejrzała się niespokojnie, lecz Ogród tajemniczo milczał.

— No idź już, idź... Ale wróć, póki trwa dzień siódmy i póki wciąż wypoczywamy — powiedział Wąż.

— A jaki będzie dzień ósmy? — spytała Myszka.

— Tego jeszcze nie wie nikt, nawet On — odparł.

Myszka spojrzała na niego wyczekująco.

— Idź — pokręcił głową. — Wprowadzasz tu zbyt wiele chaossssu... To miało być sssspokojne miejsssce, nie ssssprawiające Mu kłopotów. On sssstworzył wiele światów i wszyssstkie Go zawiodły. Niech chociaż w tym odpocznie, inaczej będzie tak zmęczony, że przez pomyłkę ssstworzy coś potwornego, a tego byś nie chciała. Czy nie masz dość potworności tam, na dole? Ale pamiętaj, że imiona tym potwornościom nadali ludzie, a nie On. Zossssstaw Go ssssamego i wróć do siebie.

— Nie wiem, czy tam, na dole, jest moje miejsce. Nie zawsze jest mi tam dobrze — odparła Myszka z wahaniem.

— Tam, na dole, nie wolno myśleć tylko o sssobie. Dopiero tu, w Ogrodzie, możesz odpocząć. Tam musisz myśleć o tym, co dajesz innym — powiedział Wąż.

— Co daję innym? — spytała Myszka.

Wąż patrzył na nią uważnie, milcząc. Potem znieruchomiał i sprawiał wrażenie, że słucha. Liście w Ogrodzie znów zaszeleściły, dotknięte miękkim, ciepłym wiatrem; poruszyły się gałęzie; położyła się trawa; chmury zatrzymały się w powolnym pełznięciu po błękicie nieba.

— Cierpienie — powiedział Wąż echem czyjegoś głosu.

— Czy nie daję go za dużo? Niekiedy myślę, że nie mam miary — odparła Myszka.

— Gdy miara się wypełni, wrócisz do Ogrodu — szepnął Wąż.

— I to będzie dzień ósmy — powiedziała Myszka ze zrozumieniem, a Wąż poruszył się na gałęzi, nic nie mówiąc, i popchnął ją leciutko.

Postąpiła jeden niewielki krok — i znalazła się na strychu. Kot spał w tekturowym pudle. Teraz otwarł oczy, przeciągnął się i otarł o jej nogi.

— Oć, oć... — powiedziała i oboje zeszli na dół.

I stał się kolejny wieczór dnia siódmego, który wciąż trwał i nie spieszył się przemienić w dzień ósmy, gdyż On jeszcze nie wiedział, jaki ten dzień ma być i czy w ogóle winien nastąpić.

DZIEŃ SIÓDMY: DRZEWO

Ewa budziła się, gdyż promienie słońca, mimo grubych zasłon, przenikały do sypialni, i zasypiała z powrotem męczącym, płytkim snem, któremu towarzyszyło niezrozumiałe mruczenie Myszki. Dziewczynka siedziała na podłodze koło łóżka i bawiła się. Ewa nigdy nie wiedziała, na czym polega ta zabawa, gdyż obok Myszki nie było żadnych lalek, miśków, klocków. Sprawiało to wrażenie, że dziewczynka bawi się wpadającymi do pokoju promieniami słońca, że chwyta cień zasłon na ścianie, że z tego blasku i cienia układa sobie tylko wiadome kompozycje. Ewa czuła, że nie ma po co dociekać sensu w tej zabawie, gdyż go tam nie ma. Zamykała oczy i ponownie zasypiała, by zyskać na upływającym czasie.

Powróciła do poprzedniego stanu, w którym usiłowała opóźnić nadejście kolejnego dnia. Każdy z nich mógł przynieść nowe kłopoty, a nie był w stanie dostarczyć radości. Zdaniem lekarza i jej samej, Myszka osiągnęła już wszystko, co mogła osiągnąć ludzka istota w tym stopniu upośledzenia. Zniknęły zatem drobne powody do dumy, gdy udało się ją wreszcie nauczyć najprostszych czynności lub gdy z bełkotliwych, niezrozumiałych dźwięków wyłaniał się jakiś sens. W dodatku był to sens wychwytywany jedynie przez Ewę. Lekarz orzekł, że Myszka od tej pory zatrzyma się w rozwoju, gdyż dla takich jak ona ma on określone granice. Myszka nigdy nie nauczy się czytać, pisać ani wypowiadać choćby jednego pełnego zdania.

— ...bo to nie jest czysty przypadek mongolizmu, to coś więcej, ale co, nie mamy pojęcia. Niestety, moglibyśmy to zdiagnozować dopiero po trepanacji czaszki — powiedział lekarz to samo, co kiedyś, z ledwie słyszalnym odcieniem żalu, że rozwiązanie zagadki nie jest możliwe natychmiast, z sukcesem dla medycyny.

Dla Ewy jednak córka nie była medyczną zagadką, lecz pozbawioną nadziei codziennością. A równocześnie Ewa czuła, że Myszka jest daleka od debilizmu, o który — nie używając tego słowa — posądzał ją lekarz; wiedziała, że w środku tego dziecka tkwi ktoś czujący daleko więcej, niż umie przekazać, „kto nigdy nikomu tego nie przekaże", dodawała w myślach.

Każdego więc ranka Ewa mocno zamykała powieki i usiłowała uciec w sen, aby opóźnić wejście w kolejny dzień, w którym znów będzie musiała zastanawiać się, jaka przyszłość czeka jej córkę, co z nią będzie, gdyby jej, Ewie, coś się stało, i jak ma bronić Myszkę przed kolejną interwencją tajemniczych przedstawicieli instytucji opiekuńczych.

„Zdaniem tych urzędniczek, nie jestem lepsza od kobiety z Mazur, która zamknęła swoje dziecko w stajni, choć to nie jest stajnia, tylko wygodny dom, dostatek i spokój. A jednak, w pewnym sensie, nie ma między nami dużej różnicy", myślała Ewa, usiłując bezskutecznie uciec w sen. Mamrotanie Myszki uniemożliwiało jej to i przywoływało do rzeczywistości.

Teoretycznie te urzędniczki miały rację: dziewczynka powinna znaleźć się w jakiejś wyspecjalizowanej placówce. Powinna przebywać z innymi dziećmi, oswajać się z obecnością innych osób, nie tylko matki. Ale Ewa miała okrutną świadomość, że mógłby to być jedynie najcięższy rodzaj zakładu, przeznaczony dla beznadziejnych przypadków. Miejsce do wegetacji.

„...i nie będzie tam osób, które ją zrozumieją, które wyłowią z jej bełkotu sens, które uwierzą, że jest tam jakaś treść", myślała Ewa.

Wiedziała, że z wszystkich możliwych decyzji podjęła najgorszą, a zarazem jedyną, jaką mogła podjąć: odizolowała Myszkę od świata, by oszczędzić jej bólu i rozczarowania, a sobie wstydu i rozpaczy. Słyszała wprawdzie o istnieniu ośrodków próbujących przyjść z pomocą dzieciom takim jak jej córka. Po wizycie urzędniczek znalazła pod progiem pozostawione broszury. Było w nich pełno adresów i zdjęć. Ze zdjęć uśmiechały się komunikatywne muminki, których IQ był na tyle wysoki, że mogły wyplatać koszyki lub kleić koperty (choć o wiele lepiej robiły to maszyny), ale Ewa nie odnajdywała w tych dzieciach żadnego podobieństwa do swojej córki.

Tak, Myszka była inna („a może każde z tych upośledzonych dzieci jest na swój sposób inne?", pomyślała, przypominając sobie, że córka Anny maluje, dobierając kolory według dźwięków, które jej zdaniem one z siebie wydają). Myszka była bardziej upośledzona niż typowy muminek i zarazem w dziwny sposób kryła w sobie jakąś tajemnicę („chyba każde z tych dzieci ma swoją tajemnicę, ale nikt nie umie jej odgadnąć", dodała w myślach).

Z niechęcią otwarła oczy, odsunęła zasłonę i wyjrzała przez okno, aby popatrzyć na nieodmiennie ten sam widok: garaż w głębi, na lewo, na wprost wysoki mur, zza którego wystawały dachy sąsiednich domów; zaniedbany trawnik z prawej strony.

Ale dzisiaj coś zaburzyło tę niezmienność. Pod murem okalającym dom, na skraju trawnika, majaczył nieznany kształt. Coś, czego wczoraj tu nie było. A przecież znała ten widok na pamięć. Teraz, na tle jasnego muru, rysował się w tym miejscu jakiś nowy, obcy kontur.

— Drzewo — powiedziała głośno, a Myszka przestała mruczeć i spojrzała na nią kosymi oczami. — Tam rośnie drzewo.

Dziewczynka uniosła głowę, wstała z podłogi i podeszła do okna. Nagle zaśmiała się grubym, zachrypniętym głosem. Ewa otworzyła okno i wychyliła się. Kształt i rodzaj drzewa nabrały wyrazistości.

— Jabłoń... Myszka, to jabłoń! Najprawdziwsza jabłoń! Przecież nie mogła wyrosnąć przez noc! Myszka, widzisz? Ile ma owoców... — dodała bardziej do siebie niż do niej, przekonana, że dla umysłu Myszki jabłoń drzewo i jabłko owoc to dwa nie powiązane ze sobą pojęcia.

— Daa... — powiedziała Myszka i wyciągnęła ku niej rękę. — Oć...

Ewa wstała z łóżka i ruszyła ku drzwiom. Jabłonka, obsypana owocami, rosła sobie pod murem, tak dorodna i wyrośnięta, jakby była tu wczoraj, miesiąc temu i dziesięć lat wstecz. Sprawiała wrażenie najbardziej zadomowionej spośród jabłonek. Zbliżyły się do niej obie i przystanęły.

— Tutaj nigdy nie było żadnego drzewa — powtórzyła zdumiona Ewa, dotykając żywego, szorstkiego pnia. Nagle uświadomiła sobie, że skoro drzewo tu jest — a nie mogło wyrosnąć przez noc — zatem musiało być zawsze, „ale wiodąc takie życie przy Myszce, nawet nie zauważyłam, jak rośnie", pomyślała.

Dziewczynka tymczasem sięgnęła ręką po jeden z owoców, ugryzła go i zaczęła żuć. Żuła powoli, starannie, sok zmieszany ze śliną kapał jej po brodzie, a na twarzy zaczęło malować się zdziwienie.

— Niedobre? — spytała Ewa. — Pewnie kwaśne. To dzika jabłoń. Nie jedz tego, w kuchni są prawdziwe jabłka — dodała. Ale Myszka potrząsnęła głową i wyciągnęła ku niej rękę z nadgryzionym owocem. Ewa, nie chcąc jej robić przykrości, wzięła od niej jabłko i ugryzła spory kawałek. Jeszcze zanim zdążyła przełknąć, poczuła w ustach jego przedziwny smak. Zdawało się jej, że czuje go nie tylko w ustach, lecz w całym ciele, że dociera nawet do koniuszków palców u rąk i nóg, czyniąc ją całą lekką, rześką, odrodzoną.

— Nigdy czegoś takiego nie jadłam! — zawołała. — Jest doskonałe! Dlaczego nie jesz?

Ale dziewczynka znów pokręciła głową.

— Jec... tyyy... — powiedziała nakazująco, więc Ewa ugryzła kolejny kęs. I jeszcze jeden. I następny... Sok jeszcze spływał jej do gardła, gdy przeciągnęła się leniwie i powiedziała, patrząc z zachwytem w zachmurzone niebo:

— Patrz, Myszka, jaki piękny dzień... Po prostu cudowny!

Buzia Myszki rozjaśniła się w tym szczególnym uśmiechu, który wzruszał Ewę, a niepokoił obcych. Dla Ewy ten uśmiech był dowodem, że jej córka jest szczęśliwa; wszystkim obcym, z Adamem włącznie, ten grymas wydawał się obrzydliwy. Dziewczynka zaśmiała się głośno, a Ewa jej zawtórowała.

„Mam dopiero czterdzieści trzy lata, przede mną długie życie i czeka mnie tyle nowych rzeczy", pomyślała nagle. „Na pewno gdzieś na tym świecie jest miejsce dla takich jak Myszka, i ja to miejsce znajdę. Znajdę. Mam dużo czasu".

Roześmiała się znowu, głośno, donośnie i swobodnie, i wtedy uprzytomniła sobie, że dawno nie słyszała własnego śmiechu. „Jakie to wspaniałe uczucie: śmiać się", pomyślała z zachwytem.

Adam przemknął biegiem do garażu, nie patrząc w stronę Ewy i Myszki, choć doskonale je widział: tę ciągle piękną, choć zniszczoną kobietę, którą nadal kochał, i grubą, nieforemną, zaślinioną dziewczynkę, którą odrzucił. Stały koło drzewa, trzymając się za ręce, i głośno się śmiały. Przez krótką chwilę miał niemiłe podejrzenie, że śmieją się z niego.

„Ciekawe, że nigdy nie zauważyłem tego drzewa", pomyślał, odsuwając myśl o córce i żonie. „Wieczorem, gdy wrócę, skosztuję tych jabłek. W końcu są moje. To głupio mieć jabłoń i nie znać smaku jej owoców", myślał, jadąc samochodem, byle tylko uwolnić się od obrazu roześmianej żony ze śmiejącą się Myszką, tańczących pod tą rajską jabłonką.

Nagle przypomniała mu się stara sentencja: chłopiec staje się prawdziwym mężczyzną dopiero wtedy, gdy wybuduje dom dla żony i posadzi drzewo dla syna. Dom wybudował dziewięć lat temu, zamiast syna urodziła się Myszka, a drzewo nie tylko wyrosło tu bez jego woli, ale nawet nie zauważył, kiedy.

★

Mama się śmiała. I to przez cały dzień. Uśmiechała się, robiąc śniadanie, sprzątając dom, przygotowując obiad. Wzięła Myszkę za ręce i zatańczyła z nią na trawniku, w pobliżu drzewa, śmiejąc się głośno i zaraźliwie, tak że po chwili śmiały się już obie. Potem mama śmiała się z rysunku Myszki (dwie skrzyżowane, krzywe kreski biegnące przez całą kartkę), a później z kota, który bawił się kłębkiem wełny. Śmiejąc się, mama była o wiele piękniejsza, i dziewczynka czuła, że mimo zachmurzonego nieba wszędzie przybywa światła, a ściany domu rozsuwają się, tworząc bezkresną, choć bezpieczną przestrzeń.

Mama śmiała się, zatem była szczęśliwa. Szczęśliwa mama była kimś do tej pory nie znanym Myszce i wspaniałym. Przypominała słońce z księgi z bajkami, nieprawdopodobne i wesołe, z promieniami, które wędrowały ku człowiekowi i można je było chwytać w ręce. Myszka ogrzewała się w nich i było jej tak dobrze jak jeszcze nigdy i nigdzie — poza Ogrodem.

Była tym tak przejęta, że zjawiła się na strychu dopiero wraz z zapadającym zmierzchem, ale w Ogrodzie nadal był poranek. Wąż czekał na nią, gdyż ledwo zjadła jabłko i zawirowała w tańcu, od razu powiedział, nie czekając, aż skończy:

— Nie sssspóźniaj się. Wkrótce ssskończy się dzień siódmy... Nie mamy czasssu.

Myszka rozejrzała się: w Ogrodzie nic nie wskazywało na to, aby jeden dzień miał przemienić się w drugi. Do tego potrzebna była noc. A wcześniej zmierzch. I wiele odmian mroku. Ale i tak od rozmowy o porach dnia ważniejsze było coś innego:

— Czy wiesz, że On dał mi drzewo? — spytała Węża.

— Wiem — odparł Wąż.

— Ale to nie jest czarodziejska jabłoń. Zjadłam z niej jabłko i nadal byłam ciężka. Nie umiałam oderwać się od ziemi — pożaliła się.

— Bo to nie jessst jabłoń dla ciebie, ale dla twojej mamy — wyjaśnił Wąż.

— Dlaczego? — zdziwiła się.

— Żebyś mogła ussssłyszeć jej śmiech.

— Słyszałam! — zawołała.

— Żebyś mogła odczuć jej radość z twojego issstnienia — ciągnął smukły przyjaciel.

— Czułam! — uświadomiła sobie Myszka.

— I żebyś zrozumiała, że wkrótce zosssstanie po tobie tylko to drzewo.

Myszka zamilkła.

— Ale gdy odejdziesz, twoja mama, jeśli potrafi, ussssłyszy w nim twój głosss. Jeśli nie potrafi, usssłyszy tylko szelessst liści — zasyczał Wąż.

— Więc mama i tato nigdy nie zobaczą, jak tańczę? — spytała ze smutkiem.

— Nigdy. Ale w śpiewie drzewa ussssłyszą twój prawdziwy głosss i domyślą się, że nie tylko byłaś piękna, lecz pięknie tańczyłaś — powiedział Wąż.

— Naprawdę? — ucieszyła się Myszka.

— Naprawdę — wyjaśnił z powagą Wąż.

— Więc to nie jest drzewo dla mnie, ale dla nich — zrozumiała dziewczynka.

— Twoje drzewa rosssną tutaj — powiedział Wąż. — Rozejrzyj się.

Myszka rozejrzała się i ze zdumieniem stwierdziła, że Ogród wygląda inaczej. Nie miał już nic wspólnego z plastikową kurtyną z wesołego miasteczka. Nie przypominał niczego, co znała, choć wciąż pozostawał Ogrodem. Był równocześnie światłem i mrokiem, harmonią i chaosem, muzyką i ciszą, zielonością i błękitem, nieruchomością i wiatrem. Był jednością. Był wielością. Był wszystkim. Był niczym. Był.

Oszołomiona zamrugała oczami, i znów pojawiły się swojskie, dobrze jej znane jabłonie, strumyk płynący pomiędzy nimi, poruszające się w oddali sylwetki Adama i Ewy i smukłe ciało Węża zwieszające się z gałęzi nad jej głową. „Coś mi się zdawało", pomyślała.

— Mówiłeś, że jedno z drzew jest zakazane i nie wolno jeść z niego owoców — przypomniała sobie.

— Tak, to drzewo bowiem rodzi najzwyklejsze owoce, które nie dają przemiany. Ten kto je zje, będzie po prostu zwykłym śmiertelnikiem. Gdy ty je zjesz, znajdziesz się z powrotem na dole. I już nie wrócisz. Będziesz na zawsze przynależeć do ziemi. Gdyby zjedli je Adam i Ewa, musieliby odejść z Ogrodu. Ale to drzewo jest dobrze ukryte, gdyż On nie chce, abyście je znaleźli — powiedział Wąż.

„On, On i On", pomyślała Myszka. „Rozmawiamy o Nim, nasze myśli krążą wokół Niego, czujemy Jego oddech i nigdy Go nie widzimy".

— Czy nie chciałbyś... — zaczęła i urwała. „O co właściwie mam pytać?"

— Chciałbym — odparł Wąż. — Pragniesz wiedzieć, jak On wygląda. No cóż... — poruszył płaskim łbem, jakby się namyślał: — On w ogóle nie wygląda. Nie ma wyglądu. Można Go ssssobie wyobrażać na różne sssposssoby. Można w Niego wierzyć i nie wierzyć. Można Go czuć i nie wyczuwać. Można Go sssłuchać i nie sssłyszeć. Można widzieć w nim kobietę, mężczyznę, a nawet dziecko. On jessst wszysssstkim i niczym. I o to chodzi. Dzięki temu może zająć się tym, co lubi najbardziej: ssstwarzaniem, albowiem ludzie, nie znajdując Go, nie mogą Go nachodzić, męczyć, prześladować. I dlatego On jesst poza czasssem i ssstwarza. Ssstwarza i ssstwarza bez końca, ale i bez początku, i jessst wciąż niezadowolony, dlatego próbuje na nowo. Już nie wierzy w to, że ssstworzy coś dosssskonałego, ale nadal próbuje, gdyż musi zapełnić ogromną pusssstkę w sssobie i wokół siebie. Co jeszcze chcesz wiedzieć? I po co? Wiara nie potrzebuje wiedzy — stwierdził w zadumie Wąż.

Myszka poczuła, że nie powinna dalej pytać, bo przecież wie. On czasami jest Panem, a niekiedy Głosem, lub też migocząc, przeobraża swe kształty i przypomina Ewę lub Adama, lecz tylko po to, by zaspokoić ich próżność. A naprawdę jest niepodobny do niczego. W te dni, gdy jest kobiecy, Głos ma śpiewny, łagodny i przypomina matkę. Niekiedy mknie z wiatrem i z piorunami, i wtedy jest ojcem. A czasem w ogóle Go nie ma, choć jest. I wtedy najbardziej jest sobą.

— Wy, ludzie, wyobrażacie sssobie na Jego temat różne rzeczy, mniej lub bardziej prawdziwe, ale raczej mniej niż bardziej. I o to chodzi — uśmiechnął się Wąż.

Myszka przyjrzała mu się nieufnie.

— Nie wiesz, że nie trzeba, a nawet nie należy wszysssstkiego wyjaśniać? — spytał z uśmiechem.

— Nie wiem — przyznała, czując, że naprawdę nie chce wiedzieć, jak On wygląda. I nie chce, aby w ogóle miał wygląd.

Przez Ogród przemknął wiatr. Pan głęboko westchnął i zapadł się w światłocień, a Wąż podążył Jego śladem. Miał zwyczaj pojawiać się nagle i znikać równie niespodziewanie, lecz odnajdywał się zawsze wtedy, gdy był dziewczynce potrzebny.

Myszka ruszyła szukać Adama i Ewy. Nie było ich nad strumykiem i długo krążyła po Ogrodzie, zanim natrafiła na ich ślad koło jednej z jabłoni. W przeciwieństwie do innych, ta wydawała się mniejsza. Sprawiała wrażenie karłowatej i ułomnej. Myszka zrozumiała, że o tym drzewie mówiła jej kiedyś Ewa. To ono było cherlawe, słabe i należało o nie dbać, by nie uschło.

Ewa obrywała chore gałązki i spryskiwała wodą te, którym udało się zachować życie. Jej lalka, porzucona niedbale, leżała koło pnia. Jabłkowa głowa zaczęła gnić. Pęki trawy, udające włosy, pożółkły od słońca. Patyki, imitujące nogi i ręce, połamały się. „Trzeba zrobić nową", pomyślała Myszka, ale Ewa na jej widok ożywiła się i powiedziała:

— Dobrze, że przyszłaś, bo moglibyśmy się nie spotkać. Chcemy stąd odejść.

— Opuszczacie Ogród? — zdziwiła się Myszka. — Przecież tutaj jest ślicznie.

— Tak, tutaj cały czas jest ślicznie — potwierdził Adam. — Ani przez chwilkę nic nie jest brzydkie...

— ...więc my także wciąż jesteśmy tacy sami — dorzuciła Ewa. — Podobno bezgrzeszni, jak mówi Wąż, ale dlatego zamiast prawdziwego dziecka mamy lalkę. I spójrz, jak ona wygląda...! Nawet nie można jej przytulić.

— Ale macie tu wieczne życie, wieczną młodość, wieczny dzień. Nie wiecie, co to ciężar, choroba i noc — zaprotestowała Myszka.

— Chcemy iść tam, gdzie będziemy mężczyzną i kobietą — oświadczył Adam.

— Przecież jesteście Mężczyzną i Kobietą! — zdziwiła się Myszka.

— Nie — odparła Ewa. — Sama mówiłaś, że nie mamy tam „Nic", oprócz figowego liścia. Spójrz na Ogród... Wszystkie tutejsze zwierzęta nie mają dzieci. Także rośliny ich nie mają. Nawet jabłka cały czas są takie same. Chcę wiedzieć, jak wygląda noc. Wolę znać Koniec, niż tkwić zawsze na Początku.

— I zostawicie Go samego? — spytała ze smutkiem Myszka.

— Myślę, że tutaj jesteśmy tylko Jego lalkami — powiedziała Ewa, a Myszka pomyślała, że Kobieta nawet nie wie, jak bliska jest prawdy.

— Chcemy być prawdziwi. Z krwi i kości — oświadczył Adam.

— Z brudu i błota, z pyłu i sssssadzy, ze śliny i flegmy — zasyczał Wąż za ich plecami, ale tego nie usłyszeli. Nie chcieli słyszeć.

— Z ciała — dorzucił Adam.

— Z ciała, które choruje, ssstarzeje się i rozsssypuje w proch — dopowiedział bezlitośnie Wąż.

— Co On na to, że chcecie odejść? — spytała niespokojnie Myszka.

— Powiedział nam, przez Węża, że możemy zjeść wszystkie jabłka w Jego Ogrodzie, bylebyśmy zostali. Ale ile można zjeść jabłek, nawet jeśli są zaczarowane? — pożaliła się Ewa.

— Zaczarowane powinny zdarzać się wyjątkowo, a nie być na co dzień — dodał po namyśle Adam.

Myszka namyślała się. Już wiedziała, że jedno, jedyne drzewo w Ogrodzie było inne. Nie miało cudownych, rajskich owoców; było zwykłym drzewem najzwyklejszych wiadomości złego i dobrego. Takich samych jak te w telewizyjnych „Wiadomościach". Nie miało mocy czarodziejskiej przemiany, nie dawało uczucia odlotu; przeciwnie: bezlitośnie sprowadzało na ziemię. Koło tego drzewa stała teraz Ewa. To nim opiekowała się, aby nie uschło. To ono żyło dzięki jej pomocy. Wymykało się rajskim pojęciom urody i było kluczem do opuszczenia Ogrodu. Wąż mówił, że to drzewo było dobrze ukryte. To prawda. Stało w samym środku, pośród innych drzew, i było najbrzydsze, i to było najlepszym ukryciem, jakie można było wymyślić.

— Jeśli chcecie opuścić Ogród, musicie zerwać jabłko z zakazanego drzewa i je zjeść — powiedziała, pełna smutku, że pomaga w zburzeniu czegoś, co mogłoby trwać przez wieki. Piękne, nieskalane, nieśmiertelne, choć mało prawdziwe.

— Jak mamy znaleźć zakazane drzewo? — spytał Adam. — On ukrył je przed nami.

— Zassstanów się, Myszko — syknął ostrzegawczo Wąż. — Czy wiesz, co robisz?

Myszka jednak nie słuchała Węża. Już przemyślała wszystko.

— Stoicie przy tym drzewie — stwierdziła rzeczowo.

— Niemożliwe! — zawołała Ewa. — Przecież to ja uratowałam je od śmierci! To moje drzewo, a nie Jego!

Myszka nie chciała odbierać jej złudzeń. Już przeczuwała, że istnieje nieskończona liczba Ogrodów, z nieskończoną liczbą Adamów i Ew, którzy pewnego dnia — nie wbrew Niemu, lecz z Jego pomocą — opuszczają to miejsce i idą na dół, do ludzi. Już wiedziała, że On wciąż stwarza i stwarza kolejne Ogrody, kolejnych Adamów i Ewy, wierząc, że pewnego dnia stworzy istotę, z której naprawdę będzie zadowolony. Na razie wciąż Mu się nie udawało. I dlatego w każdym Ogrodzie rosło zakazane drzewo — tylko po to, aby jego mieszkańcy mogli złamać Jego zakaz i odejść, gdy znowu Go rozczarują.

— Musicie zjeść jabłko z tego drzewa. To ono jest kluczem do wszystkiego, właśnie dlatego, że wydaje się chore i kalekie — powiedziała Myszka.

— One nie nadają się do jedzenia! — zawołała Ewa. — Przyjrzyj się im, są brzydkie, a więc na pewno kwaśne i niesmaczne!

Myszka przyglądała się owocom cherlawej jabłonki.

— To jabłko musi być takie jak ziemia, na którą chcecie zejść — powiedziała. Jej bystry wzrok ogarnął prawie wszystkie owoce, gdyż było ich niewiele na tym drzewie. Większość nosiła na sobie piętno walki o życie. Nadgniła i pomarszczona przedwcześnie skórka sąsiadowała z pokrytą pleśnią lub poszarzałą czerwienią. Niektóre jabłka miały w sobie dziurki, z nich zaś wyglądały robaki. Wszystkie toczyła choroba.

— Musicie zjeść takie jabłko — powtórzyła Myszka, wskazując na to, które wydawało się najbrzydsze.

Ewa otrząsnęła się ze wstrętem, ale potem przyjrzała się owocowi, ostrożnie dotykając go palcem.

— Jest paskudny, ale zjemy go — powiedziała, decydując za siebie i za Adama.

— Ale ziemia... Ziemia jest taka osobna. Będziecie pukać i nikt nie otworzy. Będziecie płakać i nikt nie usłyszy — szepnęła Myszka, przypominając sobie dźwiękoszczelne, obite skórą drzwi pokoju ojca.

— Ooo, nie... Ziemia musi być cudowna — rozmarzyła się Ewa. — On... — wskazała na Węża — on mówi, że tam będę miała prawdziwe ciało.

— ...i prawdziwe piersi — dorzucił Adam, trochę zdumiony tym, co mówi, gdyż w Ogrodzie piersi Ewy wydawały mu się zbędnymi wypukłościami.

— I tam będziemy mieć Dziecko. Może takie jak ty? — powiedziała Ewa.

„Nie, nie... Oczywiście, że inne", pomyślała Myszka. „Ono nigdy nie zajrzy na żaden strych. Jego mama nie będzie przez nie płakać, a tato zawsze przystanie, gdy ono zawoła".

— Tam nie będę nosił figowego liścia! — roześmiał się Adam.

„Wiem. Tam będziesz nosił garnitur, krawat, czarną teczkę, komórkę i laptopa", pomyślała Myszka.

— Jak przekonacie Go, by się nie gniewał? — spytała.

— Nie będziemy pytać Go o zgodę — oświadczył buńczucznie Adam.

— On się zgadza — powiedział łagodnie Wąż, a Myszka pomyślała: „Oczywiście, że się zgadza. I ledwo sobie pójdą, on zacznie stwarzać kolejny Ogród i kolejnego Mężczyznę i Kobietę".

— I tutaj, w tym Ogrodzie, zostanie sam? — spytała głośno i ze współczuciem.

— On nie jesst tu sssam — zaśmiał się Wąż.

— A kto z Nim jest? — spytała zafascynowana Myszka. Chciała zobaczyć te inne istoty zamieszkujące Ogród, których obecności jeszcze nie przeczuła.

— Poznasz je. Już niedługo — obiecał Wąż.

— Tak, poznasz je, bo tu zostaniesz — oświadczył Adam.

— Dlaczego? — spytała Myszka bez zdziwienia.

— Zassstanów się... Nie można przebywać równocześnie tu i tam — zasyczał Wąż. — Więc będziesz musiała się zdecydować, Myszko...

— Jeszcze nie — powiedziała prosząco dziewczynka. „Jeszcze tylu spraw nie zakończyłam tam, na dole. Mama już się śmieje, ale tato... Tato nadal biega", pomyślała z niepokojem.

— Nie mamy wiele czassssu — odparł Wąż. — Ale On daje ci prawo wyboru. Więc jeśli chcesz tam zosssstać...

Wąż urwał i leciutko zatańczył na obie strony swym gadzim łbem.

„Tam... tam jestem taka ciężka...", pomyślała Myszka, patrząc na niego, a on spojrzał na nią koralikowymi oczami i znów poruszył płaskim łbem w lewo i w prawo.

„Tam jestem zamknięta w domu, bo mama boi się zabrać mnie do parku, do supermarketu, a nawet na ulicę", myślała Myszka, nie odrywając wzroku od Węża. Jego łeb coraz szybciej tańczył w złocistym słońcu.

„Tam dzieci nie chcą się ze mną bawić i patrzą na mnie tak, jakby się bały lub brzydziły..."

Łeb Węża tańczył już tak szybko, że Myszka z trudem nadążała wzrokiem za jego ruchami. Nagle znieruchomiał, a jego małe oczy wpiły się w twarz Myszki.

„Tu mogę tańczyć...", uprzytomniła sobie, wspięła się na palce i zawirowała, wykonując swobodny, lekki piruet. Owiał ją ciepły wiatr, a wirując, poczuła szaloną radość i nieskończoną wolność. Tak mogło być zawsze.

— Dobrze — powiedziała, zatrzymując się i oddychając głęboko. — Powiedz Mu, żeby ich puścił.

Zostanę z wami. Ale zejdę na dół jeszcze ten jeden, jedyny raz, aby się pożegnać. I zaraz wrócę.

I stał się ostatni wieczór dnia siódmego.

★

Adam zajechał w nocy przed garaż i czekając, aż podniosą się elektronicznie uchylane drzwi, znów spojrzał na samotną jabłonkę na skraju trawnika.

„Musiała tam zawsze rosnąć", stwierdził, wysiadł z auta i ruszył trawnikiem na przełaj. Nigdy wcześniej nie zwrócił na nią uwagi. „Trzeba spróbować własnego jabłka", pomyślał. Miał dom, który był jak cudzy; żonę, która żyła we własnym świecie; córkę, której nie chciał; miał jabłoń o nieznanym smaku owoców.

Jabłonka stała nieruchomo w świetle księżyca. Nagle wiatr poruszył jej gałęziami i liście cicho zaśpiewały. Adamowi wydawało się, że słyszy czyjś cichy i dobrze znany głos:

— ...aaasio-adasio... oć, oć... będziemy się bawić... oć, oć...

Potrząsnął głową. Niepokojący szmer ucichł. Wracał do domu, gryząc owoc. Był trochę kwaśny, trochę gorzki. I dziwnie smaczny.

Jedząc jabłko, przekręcał klucz w drzwiach gabinetu i nagle wydobył z pamięci tę twarz. Stanęła mu przed oczami jak żywa i właśnie gdy połykał kolejny kęs, przypomniał sobie nie tylko jej twarz, lecz także imię.

— Pani Aleksandra... Jak mogłem zapomnieć...

Jedyna przyjaciółka babci, mieszkająca z nimi drzwi w drzwi, znająca od dziecka jego zmarłą matkę. Pani Aleksandra, która prawie codziennie bywała u nich w domu lub zapraszała do siebie; która znała ich życie niemal od podszewki.

„Ona będzie wszystko wiedzieć. Ona mi powie, czy w mojej rodzinie zdarzały się choroby umysłowe lub upośledzenia. Ona mnie oczyści i będę wiedział, kogo mam winić, siebie czy Ewę, i czy możemy mieć nasze drugie, tym razem zdrowe dziecko. Nazwisko... mój Boże, jakie ona miała nazwisko?"

Nazwisko pani Aleksandry przypomniał sobie z ostatnim kęsem jabłka. Miejscowość znał. Przecież tam mieszkali z babcią i rodzicami, zanim, w trzy lata po tragicznym wypadku, przenieśli się tutaj. Jakby babcia pragnęła rozpocząć życie całkiem od nowa, w nowym mieście, w nowym mieszkaniu, bezpowrotnie wymazując przeszłość.

Nazwę ulicy w tamtym mieście cały czas miał w pamięci. Trudno zapomnieć ulicę własnego dzieciństwa, która jest przecież jedna jedyna — z podwórkiem, trzepakiem i wielkim, starym drzewem, pod którym jesienią zbiera się lśniące, brązowe, niemal magiczne kasztany.

„Jadę tam jutro", postanowił.

DZIEŃ ÓSMY

Myszka spała i spała. Dawno minęła pora śniadania i powoli zbliżał się obiad. Początkowo Ewa była zadowolona z tego cichego, spokojnego poranka. Zwłaszcza że Adam jak zwykle zniknął, zanim otworzyła oczy.

Na stole w kuchni leżała ich „tygodniówka" — suma, którą Adam zostawiał w każdy poniedziałek na ich całotygodniowe wydatki. Ale to była niedziela. Pomyłki, w przypadku Adama, nigdy się nie zdarzały. Zatem Adam zakładał, że w poniedziałek też go nie będzie.

„Znowu gdzieś wyjechał?", pomyślała.

Około pierwszej po południu zaczęła budzić Myszkę. Dziewczynka otworzyła oczy i spojrzała na nią niewidzącym wzrokiem.

— Myszka... — szepnęła łagodnie. Wzrok Myszki spoczywał wciąż na niej, ale Ewa miała pewność, że dziewczynka nie wie, na co patrzy.

„Musiało jej się coś śnić... Jakby nie wiedziała, gdzie jest", stwierdziła i powtórzyła, szarpiąc gwałtownie córkę za ramię: — Myszka, obudź się!

Teraz Myszka powinna zamrugać oczami, przeciągnąć się, odrzucić kołdrę (Ewa za każdym razem nie umiała uciec od irytującej myśli, że jej córka jest gruba i nieforemna; że jest dziewczynką, a nie można ubrać jej w te wszystkie śliczne, pełne wdzięku ciuszki widziane na wystawach sklepów), a potem miał pojawić się ten szeroki, ufny uśmiech, który każdorazowo sprawiał, że wybaczała córce zawód, jaki jej sprawiła swymi narodzinami.

Ten uśmiech nie pojawił się jednak. Przeciwnie: usta Myszki były mocno zaciśnięte, jak w chwili najwyższego skupienia.

— Myszka... — powtórzyła Ewa z niepokojem i przyłożyła dłoń do jej czoła. Było chłodne. Ale oczy dziewczynki nadal patrzyły nie na nią, lecz przez nią, jakby Ewa była przeźroczysta.

Schwyciła rękę Myszki i usiłowała podnieść ją, aby zmusić do wstania. Ręka córki była ciężka i bezwładna. Gdy Ewa ją puściła, opadła na kołdrę.

— Ona jest chora... — szepnęła i chwyciła za słuchawkę telefonu.

— Niekontaktowa? Ale bez temperatury? — wypytywał lekarz. — Kaszle? Ma katar?... Nie... Trudności z oddechem?... Nie... Oczywiście, że przyjadę, ale nie widzę powodu do pośpiechu. Z pani opisu wynika, że nic się nie dzieje. Przecież ona prawie zawsze jest niekontaktowa, prawda?

Ewa miała ochotę wrzasnąć: „Co za bzdury pan wygaduje! To najbardziej kontaktowe dziecko w świecie! Tylko idiota nie umie się z nią porozumieć!", lecz zamiast tego powtórzyła z naciskiem, że jej zdaniem Myszka jest inna niż zwykle.

— A jeśli to nie jest choroba, to co...?

— Upośledzone dzieci potrafią zachowywać się dziwacznie. A przecież oprócz DS mamy jeszcze tę ciemną plamkę na mózgu. I właśnie ona ma prawo dawać nieprzewidywalne zachowania — odparł lekarz i dorzucił uspokajająco: — Będę za dwie, trzy godziny. Mam pilne domowe wizyty i trzech pacjentów w poczekalni. Do tego czasu nic złego się nie stanie, proszę się uspokoić. Do widzenia...

„Mała ciemna plamka w mózgu", przypomniała sobie Ewa. Może guz, może tętniak, a może coś jeszcze innego? A jeśli to tętniak i właśnie się rozlał? Ale wtedy powinna nastąpić nagła utrata przytomności — uspokoiła się, przywołując swoją poradnikowo-podręcznikową wiedzę. Myszka tymczasem była nieprzytomna, ale inaczej („Inteligentna inaczej, sprawna inaczej, nawet nieprzytomna inaczej", pomyślała gorzko).

Myszka patrzyła, ale nie widziała. Lub widziała coś innego, nie Ewę, choć ta nachylała się nad dziewczynką, wpatrując się w jej skryte pod grubymi powiekami oczy, i ktoś z boku mógłby pomyśleć, że dziewczynka odwzajemnia spojrzenie matki. Ale Myszka była bezwładna i nieobecna.

Ewie nie pozostało nic innego, jak czekać na lekarza.

★

Z adresem, zapisanym na kartce, Adam błądził po dzielnicy swego dzieciństwa. Wyjechał skoro świt i na miejscu był już około ósmej.

„Nic nie pamiętam", myślał spłoszony, rozglądając się wokół. „Dlaczego nie pamiętam tych ulic, tych zaułków, tych podwórek, gdzie bawiłem się z kolegami w dwa ognie i w chowanego?"

Nie wziął mapy, zawierzając swoim wspomnieniom. A teraz po rodzinnym mieście prowadzili go przypadkowi przechodnie i jadąc śladami ich wskazówek, dopiero po godzinie odnalazł tę zniszczoną przedwojenną kamienicę. Gdy wchodził po schodach, wydawało mu się, że ją rozpoznaje, choć nie było to łatwe: jak miał odkryć piękny dom swego dzieciństwa w rozpadającej się ruderze, pod liszajami strupieszałych łat kiepskiej farby? Wszystko wydawało mu się mniejsze — i brzydsze, niż było wówczas.

„To tu... Na na pewno tu... To te schody... To na nich grałem z chłopakami w kapsle. Te same schody. Ale wtedy mniej skrzypiały i leżał na nich czerwony chodnik. A ze mną zawsze był pies. Nasz pies. Brązowy i duży. Miękki i ciepły. Chyba go kochałem. A babcia przesiadywała w mieszkaniu swojej przyjaciółki", przypominał sobie powoli, lecz wytrwale.

Rozpoznał drzwi, te drugie, naprzeciw, z tą samą metalową, zmatowiałą, lecz wciąż elegancką wizytówką. Na drzwiach ich mieszkania widniały dwa obce nazwiska. Nic dziwnego. To było duże mieszkanie. Drzwi, do których zmierzał, znajdowały się tuż obok. Nie zmieniana od kilkudziesięciu lat tabliczka, z nazwiskiem wyrytym ukośnym pismem, z zawijasem na początku

298

i końcu. Te same litery, ten sam zawijas. To samo nazwisko.

Zadzwonił. Dłuższy czas panowała cisza, i już chciał odejść, rozczarowany i zły, gdy usłyszał szuranie. Ten charakterystyczny dźwięk, po którym rozpoznaje się kroki zmęczonych, starych nóg. W wizjerze pojawiła się ciemna plama, na pewno jej oko. Szczęknął dwukrotnie zamek, zachrzęścił metalicznie łańcuch, który przesuwała, aby uchylić drzwi i wyjrzeć. Te dwa staroświeckie klucze i łańcuch przy drzwiach były typowe dla starych ludzi. Wierzyli w moc ich bezpieczeństwa, nie wiedzieli, że przestępcom wystarcza wąska szpara. I to zaufanie, z jakim spojrzała przez wizjer na obcego, przyzwoicie wyglądającego mężczyznę!

— Pan do kogo? — spytała, wsadzając głowę pomiędzy łańcuch a drzwi, a on z trudem, ale jednak rozpoznał w niej tamtą energiczną i zawsze zadbaną kobietę w średnim wieku. Teraz patrzyła na niego staruszka, o zmętniałych ciemnych oczach, ubrana w za duży, zniszczony sweter.

— Ja do pani — odparł z odruchową, grzeczną oschłością. Potem przypomniał sobie, że przecież ją lubił. Bardzo ją lubił. Zanim się wyprowadzili — to właśnie ona łagodziła surowe wymagania babci, wówczas gdy był jeszcze dzieckiem, a potem chłopcem. Dawała mu na kino, wypraszała zgodę na to, aby mógł wyjść do chłopaków na podwórko, choć za karę miał się uczyć w domu. Bardzo długo naukę kojarzył z karą. Dopiero na studiach, z dużymi kłopotami, dotarło do niego, że wszystko, co robi, robi dla siebie. Nie dla matki czy ojca, których ledwo pamiętał, i nie dla babci, której poleceń nie lubił wykonywać. Dla siebie. Ta stara kobieta usiłowała go wtedy o tym przekonać, ale jej nie wierzył.

— Pani Olu, to ja, Adam — powiedział łagodnie.

— Adam? — powtórzyła nieufnie. Już zaczął się bać, że jej pamięć też zaćmił czas, lecz w tych mętnych oczach pojawił się błysk rozpoznania.

— Janek... Jasio-Adasio — uśmiechnęła się, i w tym uśmiechu rozpoznał ją po raz drugi.

Nie pamiętał tego przezwiska: Jasio-Adasio. I kim był Janek, z którym pomyliła go w pierwszym skojarzeniu? Inny chłopak z ich podwórka, którym może opiekowała się, bo jak większość osób samotnych, lubiła cudze dzieci? Albo myliła go z ojcem? Więc ona także miała zmącony, starczy umysł, jak babcia? I znowu niczego się nie dowie...

— Tak, to ja, Adaś — przytaknął (imię „Adaś" znał tylko z dzieciństwa, od wielu lat był już wyłącznie Adamem). Ona tymczasem mocowała się z łańcuchem. Odsunęła się, aby go wpuścić do długiego, wąskiego korytarza.

— Odwiedziłeś ją wreszcie? — spytała bez żadnych wstępów, a on, nie pytając, o kim mówi, od razu odparł:

— Nie. Nie odwiedzałem jej, bo... — szukał w myślach jakiegoś łagodnego kłamstwa — ...przecież ona nikogo nie rozpoznaje. Jest jej obojętne, kto ją odwiedza.

Starsza pani roześmiała się, ale miał uczucie, że w tym śmiechu nie ma nic wesołego. Wciąż śmiejąc się, co w dziwny sposób przypominało mu płacz, podsunęła krzesło i nie czekając, aż usiądzie, odwróciła się, by wysunąć szufladę starego kredensu. Na stole znalazły się dwa grube pliki listów, jeden przewiązany wstążeczką, drugi spięty gumką.

— Jej listy. Nie zauważyłam, by nie wiedziała, co pisze — powiedziała nagle sucho i nieprzyjaźnie.

Śmiech zniknął z jej twarzy. Patrzyła teraz chłodno i oskarżycielsko.

— Zostawiłeś ją, i tyle — mówiła dalej. — Nigdy jej nie lubiłeś, nie umiałeś docenić tego, co dla ciebie robi. A jednak maturę masz tylko dzięki niej, inaczej zszedłbyś na psy, jak tylu twoich kolegów. Wiem, skończyłeś studia, masz własną firmę, zbudowałeś dom. I masz żonę. Dziecko. Pisała o tym. Bardzo była z ciebie dumna.

— Dumna...? — powtórzył odruchowo, aby zyskać na czasie.

— Dumna. I wybaczyła ci, że ją zostawiłeś. To zawsze była silna kobieta. Więc usunęła ci się z drogi. Widzisz...? — wskazała na listy. — Do mnie pisze, do ciebie nie. Dla mnie ma pamięć, dla ciebie jej nie ma, bo tak było ci wygodnie, prawda?

— Zostawiała otwarty gaz. Zapominała mnóstwa rzeczy. Miała sklerozę — powiedział szybko, ale stara kobieta znowu się zaśmiała.

— Ja też mam sklerozę. W pierwszej chwili nazwałam cię Jankiem...

— Pomyliła mnie pani z kimś innym, to się zdarza — podpowiedział.

— Pomyliłam, a nie powinnam. — Ciemne oczy utraciły matowość i spojrzały na niego czujnie: — A ty nie znałeś żadnego Janka?

— Znałem paru. Choćby mój ojciec... Pani chce powiedzieć, że babcia udaje? Udawała, że mnie nie zna, gdy odwiedziłem ją kilka dni temu? — pytał spokojnie i chłodno, choć w środku poczuł się nagle małym, skarconym chłopcem.

— Nie wiem, nie było mnie przy tym — ucięła oschle. — Korespondujemy ze sobą, ale nie odwiedzamy się. To dla mnie za daleko. Jestem za stara, żeby tam jechać. Ona jest za słaba, by przyjechać tutaj. Ostatni raz widziałyśmy się piętnaście lat temu. Ale list od niej dostałam przed pięcioma dniami.

— Byłem w tamtym szpitalu — powiedział, zmieniając temat, gdyż nie wiedział, jak się zachować. Najchętniej rozpłakałby się, tak jak kiedyś, trzydzieści parę lat temu, gdy babcia zabraniała mu czegoś, a on płaczem wypraszał sobie wstawiennictwo pani Aleksandry.

— Chorowałeś? — spytała.

— Nie. Byłem w „tamtym" szpitalu...

Spojrzała na niego ze zrozumieniem.

— ...tak... tam, gdzie umarli moi rodzice — dokończył. — Gdzie zawieziono ich po wypadku. Ale tam pracuje już tylko jedna emerytowana urzędniczka. Nic nie pamięta.

— A co miałaby pamiętać? — spytała.

— Nie wiem — odparł nieszczerze. Nie chciał wyznawać tej starej kobiecie, że szukał szpitalnych zapisów o przebytych chorobach, dziedzicznych obciążeniach, genetycznych skazach rodziców. Sam nie wiedział, czego. Śladów. Tropów swojego genotypu.

— Ta pracownica pamiętała tylko tyle, że po katastrofie przywieziono ich troje. Mamę, tatę i... przypadkową ofiarę wypadku. Czy to możliwe? Podobno to było dziecko? Babcia pani o tym mówiła? Czy ono wpadło pod auto, czy też oni... — zająknął się, ale zaraz dokończył: — ...czy to oni byli winni jego śmierci?

Brązowe oczy znowu spojrzały czujnie, tracąc poprzednią, zmętniałą matowość. Starsza pani nabrała gwałtownie oddechu:

— Jak to „jakieś dziecko". Chyba nie chcesz powiedzieć, że...

Urwała i przyjrzała mu się tak, jakby widziała go po raz pierwszy. Nagle rysy jej twarzy rozluźniły się, zmiękły i spytała łagodnie:

— Ona ci tego nie powiedziała? Nigdy? Nawet wtedy, gdy już byłeś dorosłym mężczyzną?

— Czego? — spytał szeptem, czując, że zaraz usłyszy coś, co dawno powinien był wiedzieć, ba, co zawsze wiedział, choć nie chciał o tym pamiętać. „Muszę stąd wyjść, zanim ona powie coś, co mnie przerazi", myślał gorączkowo, ale stał nieruchomo, w napięciu.

— Twój brat... Nie pamiętasz twojego brata? A wydawało się, że tak bardzo go kochałeś... — powiedziała stara kobieta.

W pokoju zapanowała cisza i był to ten rodzaj ciszy, gdy wydaje się, że czas staje i nie zamierza dalej płynąć. Adam zamknął oczy, otworzył je i rozejrzał się po mieszkaniu, w którym tyle razy przebywał sam lub z babcią... i nie tylko z nią... „Był ze mną ktoś jeszcze. Zawsze. Zawsze był". Znowu zamknął oczy i ukazał mu się niezwykle wyraźny obraz: ojciec i matka wychodzą z domu, aby udać się w swoją ostatnią podróż. Z nimi idzie duży brązowy pies... „Nieprawda. Nie pies..." To jego pamięć przetworzyła to stworzenie w psa. „Po to, by łatwiej zapomnieć..." Kudłaty brązowy pies, ukochany pies. „Brązowe, kręte włosy i puchata brązowa kurtka... Ukochany... mały... niedźwiadek..."

— Adaś... Pamiętasz, prawda? — podpowiadała stara kobieta, ale on już wiedział: jego ośmioletni brat, Adaś. Ukochany braciszek, przezywany niedźwiadkiem. „Był ze mną w tym mieszkaniu, i zawsze mocno trzymałem go za rękę... On tego chciał, a ja to lubiłem..." Adaś, starszy o trzy lata, ale to on, Janek, choć miał tylko lat pięć, był tym mądrzejszym i opiekuńczym

bratem. Adaś miał skośne, mongolskie oczy i ufny, bezradny uśmiech. To Adasia uczył, jak wypuszczać z rączki
kubek z mlekiem i stawiać na stole, jak mówić całymi
zdaniami, wkładać samodzielnie kurtkę i sznurować buciki, układać klocki i robić babki z piasku. To z miłości
do Adasia pobił kolegę, który wyzywał jego brata od
„przygłupów", i ugryzł w nogę sąsiadkę, gdy ta, w obro-
nie jedynaka, powiedziała, że „przygłup to przecież
niedorozwinięty i dziecko nic złego nie miało na myśli".
    — Adaś jest dorozwinięty, to pani jest przygłup! —
krzyczał wówczas, kopiąc nogami, a ojciec zabrał go
z klatki schodowej i przemocą zawlókł do mieszkania.
    — Uspokój się — powiedział. — My wiemy, że Adaś
jest mądry, wrażliwy i dobry. My to wiemy i wystarczy.
    W uszach rozbrzmiała mu nagle tak dobrze zapamię-
tana fraza przekomarzań z bratem, która teraz, po
latach, zagrała pełną gamą dźwięków. Ta ich własna
symfonia na dwa głosy: nieporadny, bełkotliwy, lecz
zawsze zrozumiały (dla niego) głos braciszka, Adasia —
i jego własny.
    — ...aaasio... oć, oć...
    — Bawimy się? Adaś?
    — Oć, oć... aaasio...
    To tymi dwoma głosami przemawiał do niego Wdo-
wi Dąb, lecz on, Jasio-Adasio, nie chciał ich pamiętać,
ani nawet usłyszeć. Ten prawdziwy, żyjący w nim, choć
tragicznie zmarły Adaś był tak całkowicie przez niego
wchłonięty, że aż do granic unicestwienia; tak przy-
swojony, że aż wyrzucony z pamięci. I nie z powodu
ułomności uczuć i kalekiej pamięci, ale z bólu.
    Przed oczami jeszcze raz zobaczył tamtą scenę:
odjeżdżali razem, cała trójka. Patrzył za nimi, wychylony z okna mieszkania. Adaś o gęstych, ciemnych

włosach, w brązowym płaszczyku z misia, macha mu rączką, prowadzony przez mamę. Mama uśmiecha się do niego czule, a ojciec woła: „Opiekuj się babcią, Janek! Wrócimy jutro wieczorem!"

Nigdy nie wrócili.

Nagle przypomniał sobie, po co jechali. Przecież jeździli tam co miesiąc! W tym niewielkim prowincjonalnym szpitaliku pracował stary, cierpliwy pediatra. Miał syna chorego na downa; sam opracował kilka skutecznych metod adaptowania dzieci z DS do normalnego życia. Rodzice jeździli do niego z Adasiem, konsultowali osiągnięte postępy, uczyli się następnych żmudnych ćwiczeń.

Nagle rozbrzmiała mu w pamięci rozmowa rodziców — podsłuchana tuż przed fatalną podróżą — w którą wkroczył znienacka, z dziecięcym impetem:

— Co będzie z Adasiem, gdy nas zabraknie? — To mówił ojciec.

— Nie wiem. Często nie mogę zasnąć, bo o tym myślę. Śni mi się to po nocach. — To mówił smutny, śpiewny głos matki.

Wbiegł do ich pokoju i krzyczał: „Nie, nie! Was nigdy nie zabraknie! Wy będziecie zawsze! Zawsze!", ale potem, pogodzony z nieuchronnym, powiedział z dziecięcą, niezachwianą pewnością:

— Nigdy nie zostawię Adasia. Adaś będzie ze mną.

Teraz, z perspektywy czterdziestu lat, pojął, że mu uwierzyli; że zdjął z nich największy, najstraszliwszy lęk. Że rodzice z całą powagą zaufali jemu, pięciolatkowi, który zobowiązał się do opieki nad bratem, do nieopuszczania go aż do śmierci; do przekreślenia okrutnej wizji zakładu specjalnego i bolesnej samotności chłopca.

— ...Jasio... Adasio... Oć, oć... Pobawimy się... — wyszeptał cicho, sam do siebie, przywołując własne dzieciństwo. To było dobre, szczęśliwe dzieciństwo. Także dzięki Adasiowi.

Co Adaś powiedział do niego przed odjazdem?

— ...aaasio, ja wróóó...ce.

To były te słowa. Usłyszał je teraz po raz wtóry; zabrzmiały mu w uszach tak, jakby to było wczoraj.

— ...aaaasio... wróóó...ce...

I wrócił.

Kiedy babcia pierwszy raz powiedziała do niego „Adaś"? Nazajutrz, gdy przyjechała z tego odległego szpitala, gdzie musiała rozpoznać ich zwłoki? Czy wiele dni później? Nie pamiętał. Pamiętał tylko, że przyjął to bez słowa sprzeciwu. Słysząc znowu to imię, miał uczucie, że Adaś wciąż żyje. W nim. Więc nie protestował.

— Dlaczego ona to zrobiła? — spytał, patrząc na siedzącą przy stole staruszkę. Ona uśmiechnęła się:

— Dlaczego nazwała cię „Adasiem"? Dlaczego zabrała ci prawdziwe imię, a w tamtym szpitalu skłamała? W zmarłym Adasiu rozpoznała ciebie, i oświadczyła, że zginął Janek? Dlaczego to zrobiła... Nigdy mi się nie zwierzała, mogę się tylko domyślać. Mocne kobiety, z charakterem i godnością... a ona jest taka... takie kobiety bardziej od łabędzi kochają brzydkie kaczątka. Kochają kulawe pisklęta i bezradne dziewczynki z zapałkami — powiedziała z zadumą starsza pani. — Więc nie dziw się, że ona bardziej niż ciebie kochała Adasia. Nie miej jej tego za złe.

— Tak... — powiedział Adam i znowu to zobaczył: gruby, nieforemny chłopiec, z brązowymi, kręconymi włosami, ubrany w brązową kurtkę. Jego mały, starszy braciszek. Znów przypomniał sobie to ostatnie spojrzenie spod mongolskiej fałdy i nieśmiały uśmiech. „Nasz niedźwiadek, nasz Miś Puchatek", jak mawiała mama, Adaś bowiem był powolny, ociężały i ufny jak książkowy Miś i tak jak on kochany przez „wszystkie zwierzęta w Lesie".

— Babcia chciała ocalić istnienie Adasia — mówiła starsza pani. — Więc złączyła was w jedno. Dając ci jego imię, uwierzyła, że w ten sposób jakby obdarowała Adasia zdrowym, silnym ciałem i lekkim, sprawnym umysłem, zachowując jego duszę i wrażliwość. Z was dwóch stworzyła jednego. I kochała cię za dwóch.

Staruszka zamilkła. Adam też milczał, porażony jedną jedyną myślą: „Adaś obiecał, że wróci. Wrócił. Ale go odrzuciłem".

— Przepraszam... Spieszę się — powiedział nagle, zrywając się z krzesła, które się wywróciło. Postawił je z powrotem, niezdarnie i z pośpiechem.

Starsza pani spojrzała na niego z uwagą.

— Nie mam czasu — powiedział gorączkowo, bardziej do siebie niż do niej. — Odwiedzę ją wkrótce... to znaczy babcię... wezmę z powrotem do domu... Przywiozę ją do pani z wizytą, dobrze? Ale naprawdę nie mam czasu... Proszę się nie gniewać...

Patrzyła na niego ze zrozumieniem. Bez słowa zamknęła za nim drzwi i słuchała tupotu nóg na schodach. Biegł tak szybko i głośno, jak kiedyś biegał po nich mały Janek. Przez krótką chwilę wydawało jej się, że słyszy jeszcze echo innych kroków. Powolne, ostrożne kroki małego Adasia. Noga opuszczana powolutku o stopień niżej, a za nią druga, dostawiana powoli i z lękiem. „Tuptup...tuptup...tuptup..." Lubiła ten dźwięk.

★

Lekarz zwlekał z diagnozą.

— Płuca czyste... Temperatury brak. Może to coś mózgowego? — powiedział z wahaniem. — Poczekajmy dzień, dwa, aż coś się wyjaśni. Trudno dobrać lek do choroby, której nie znamy.

— A jeśli to ta mała ciemna plamka? I jeśli jest to, na przykład, tętniak? — spytała niepewnie Ewa.

— Bomba zegarowa w głowie... — zamyślił się lekarz. — Ale ona nie utraciła przytomności. Jest przytomna, tylko niekontaktowa. Cały czas patrzy i coś widzi, ale nie nas. Nie wiemy, co. Może nic.

— To co możemy zrobić? — zdenerwowała się Ewa.

— Czekać — odparł lekarz. — Z upośledzonymi dziećmi nigdy nic nie wiadomo.

„Powiedział to tak, jakby ofiarowywał mi nadzieję", uświadomiła sobie Ewa.

Lekarz wyszedł, Ewa została sama. Nie wiedziała, na co czeka.

„A jeśli czekam, aż ona umrze...?", pomyślała z lękiem. Był to strach zarówno przed odejściem Myszki, jak i przed samą sobą. Gdzieś głęboko, w najmroczniejszych zakamarkach umysłu, czaiła się w Ewie nadzieja na rozpoczęcie wszystkiego jeszcze raz od początku. I nie było tam miejsca dla Myszki.

Ewa usiadła na łóżku córki, objęła głowę rękami i zaczęła się kiwać — w przód i w tył, w przód i w tył. I czekała. Na to, co się stanie, i na własną reakcję, której nie umiała przewidzieć.

Myszka też czekała. Bezwład, który ją ogarnął, gdy około południa otworzyła oczy, odczuła jako coś normalnego. Jej ciało rozstawało się w ten sposób z domem, w którym do tej pory żyła. Dotykała go już tylko umysłem. Widziała i słyszała matkę; rozumiała jej rozmowę z lekarzem. Ale nasłuchiwała, kiedy zostanie wezwana.

Czekając na wezwanie, czuła, że w domu nie ma taty. Zawsze wiedziała, kiedy jest, a kiedy go nie ma, nawet gdy był zamknięty w swoim pokoju i zachowywał się, jakby go nie było. Ale teraz nie było go naprawdę. Myszka bała się, że on już nie zdąży przybiec i przystanąć.

A potem poczuła, że się zbliża. Był niedaleko. Biegł.

★

Adam zaparkował auto na trawniku i biegł do drzwi. Dom tonął w mroku. Z trzaskiem otworzył wejściowe drzwi i przebiegł przez hol, który po raz pierwszy wydawał mu się zbyt duży i zbyt długi. Cały dom rozrastał się i wydłużał, jakby chciał przeszkodzić mu w osiągnięciu celu.

W drzwiach sypialni zderzył się z Ewą. Irracjonalnie pomyślał, że zastawia mu drogę, ale ona powiedziała, bez cienia złości, ale i bez cienia buntu:

— Myszka jest chora...

— Nie. Nieprawda. Nie teraz, to niemożliwe — mówił gorączkowo. — Zawołamy lekarza... Najlepszych lekarzy...

— Ona umiera — szepnęła Ewa z dziwną biernością. — Już to wiem. Bądź cicho i pozwól jej odejść.

Odsunął ją zbyt gwałtownie, tak że zatoczyła się na ścianę i zastygła oparta o nią, a on podbiegł do tego wielkiego łóżka. Przypomniał sobie dzień, w którym osobiście wybrał je z katalogu: szerokie, z wysokim, bogato rzeźbionym wezgłowiem. Było teraz tak duże

(„wszystko wybieram za duże", pomyślał), że najpierw wydało mu się puste. Potem dostrzegł drobny kształt skryty pod kołdrą i sklejone od potu ciemne, kręte włosy. Skośne niewidzące oczy Myszki patrzyły na niego. Usiadł na skraju łóżka, bojąc się jej dotknąć. Ewa, milcząc, stanęła za nim.

— Co mam zrobić? — spytał bezradnie.

— Nic — odparła („już teraz nic", pomyślała).

— Co mówił lekarz? Musiał coś powiedzieć!

— Że takie dzieci jak ona odchodzą przed czasem — odparła.

— Przed jakim czasem?! — zawołał.

„Zanim zdążysz je pokochać", odpowiedziała bez słów Ewa, patrząc na niego ze skupieniem.

— Ona wyzdrowieje, musi wyzdrowieć, i wtedy wszystko naprawimy. Zaczniemy jeszcze raz od początku — powiedział.

„Żeby nastąpił początek, wcześniej musi być koniec", myślała Ewa, wciąż patrząc na niego. Współczuła mu.

— Naprawianie ma wyłącznie jeden kierunek — powiedziała cicho.

— Wiesz... miałem niepełnosprawnego braciszka, z zespołem Downa... — szepnął i urwał.

„To ty byłeś niepełnosprawny, nie twój braciszek. Ty, a nie Myszka", myślała Ewa.

— Gdy ona przyszła na świat, byłem taki zawiedziony, ale... — zaczął znowu i znowu urwał.

„...ale ostatecznie to ona zawiodła się na tobie", dopowiedziała w myślach Ewa.

Myszka umierała cały długi dzień. Najpierw przestała widzieć. Po raz pierwszy poczuła bliskość ojca — już nigdzie się nie spieszył, nie uciekał, siedział na jej łóżku, ale nie była zdolna go dojrzeć.

Potem przestała słyszeć. Nie słyszała głosu matki, ojca ani nawet żadnego szelestu dochodzącego z pokoju. Cisza, w której się znalazła, była przerażająca.

Wtedy jednak, gdy bała się najbardziej, usłyszała Głos. Ten sam, który miał w sobie ogrom samotności i który wcześniej pytał, nie oczekując odpowiedzi, a echo Jego wątpliwości obijało się bezradnie o pnie drzew w Ogrodzie. Ten, który miał w sobie surowość dojrzałego mężczyzny, śpiewną miękkość kobiety, wieloznaczny syk Węża, ciepły i głęboki oddech wiatru.

— Chodź do mnie, Myszko...

— Idę — odparła potulnie, nie otwierając ust. — Ale tam, gdzie mnie zabierasz, nie będzie mamy i taty.

— Miłość nie musi nosić imion — odparł Głos, śpiewnie i ciepło.

— A co jest tam, gdzie z Tobą pójdę? — spytała Myszka.

— Strych, a potem Ogród — rzekł Głos surowo i z męską rzeczowością.

— Naprawdę? — upewniła się Myszka, bo strychu się nie bała, a Ogród był piękny, choć trochę za mały.

— Tak. Tam będzie Strych z jego mrokiem, ciemnością i wszystkimi lękami tego świata — odparł surowy Głos.

Myszka spłoszyła się i na jej twarzy pojawił się wyraz niepewności.

— Ona się czegoś boi — powiedział z bólem Adam.

— Odchodzenie zawsze łączy się ze strachem — szepnęła Ewa.

— Tam będzie Strych ze wszystkimi tajemnicami, marzeniami i cudownością tego świata. Tam będą wszystkie odpowiedzi i całkiem nowe pytania — rzekł melodyjny, ciepły Głos.

— A jeśli już zadam wszystkie pytania i poznam odpowiedzi? — zaniepokoiła się Myszka.

— Cha!Cha!Cha! Sssspróbuj... To niewykonalne. Pytania i odpowiedzi nie mają Początku i Końca, one mają tylko Środek — zaśmiał się sycząco Głos.

— A jeśli już obejdę wszystkie zakamarki Strychu i cały Ogród? — spytała Myszka.

— Ssstrychy nie mają Końca, tak jak niessskończone sssą tajemnice i marzenia, i niessskończony jest lęk — odparł sycząco Głos.

— Nie chcę się już bać — szepnęła Myszka.

— Nie bój się, Myszko. Pewnego razu trafisz na Strych, na którym nie będzie już nic oprócz miłości — uspokoił ją ciepły, melodyjny Głos.

— Ale Ogród... — zaczęła niepewnie. — Jest taki mały i ma tylko Początek.

— Teraz pokażę ci cały Ogród, a nie tylko ten fragment, stworzony specjalnie dla ciebie. Pokażę ci wiele Początków i cały Środek — rzekł Głos łagodnie i miękko.

— A Koniec? — spytała Myszka.

— Mój Ogród nie ma Końca — stwierdził surowy Głos i nie było w nim cienia wątpliwości.

— To dobrze — ucieszyła się Myszka.

— Ona się uśmiecha — szepnął Adam.

— Może tylko nam odchodzenie wydaje się straszne? Może bardziej cierpią ci, co zostają? — powiedziała Ewa. Adam przykrył jej szczupłą dłoń swoją dużą ręką. Odwzajemniła uścisk. Oboje siedzieli na skraju małżeńskiego łóżka i oboje bali się dotknąć córki, jakby ten dotyk, zamiast sprowadzić ją na ziemię, miał przyśpieszyć jej odejście.

„Dotknę jej i nagle się okaże, że nigdy jej nie było", myślała Ewa.

„Dotknę jej i ucieknie gdzieś daleko, przerażona moją bliskością, której nigdy nie zaznała", myślał Adam, wstrzymując się od wzięcia córki za rękę.

— Pokażę ci coś — powiedział nagle Głos, porzucając kobiecą miękkość i męską surowość. Był teraz Głosem głosów, Głosem wszystkiego.

— Pokażesz mi, jak się stwarza światy? — spytała z nadzieją.

— Tego nie można pokazać — odparł.

— A czym jest to, co pokazywałeś mi i co wciąż pokazujesz, jeśli nie stwarzaniem? — zdziwiła się.

— To... — Głos zawahał się. — To było coś innego. Coś tylko dla ciebie, coś, co daję moim dzieciom, aby nie czuły się samotne. A teraz wejdź do Ogrodu, Myszko...

Weszła jak zawsze z radością, ale i z poczuciem, że już tu zostanie.

— Ssspójrz... — zasyczał dobrze jej znany głos.

Rozejrzała się. To już nie był Ogród, w którym mama mogła coś zmienić pilotem od telewizora. Już nie można było rozjaśnić ani przyciemnić jego barw; ułożyć go, jak puzzle, z kawałków obrazków, oglądanych tam, na dole, i przypadkowo wydobywanych z pamięci. Już nie można było wpłynąć na kształt jego świateł i barwę trawy. To był już tylko Jego Ogród i żadne słowa nie były zdolne go opisać. Nie było w nim jabłoni ani żadnych drzew. On sam był drzewem. Nie było czarodziejskich owoców wywołujących cudowną przemianę. On sam był cudowną przemianą. Nie było strumyka, gdyż On był wodą. Nie było Adama i Ewy, gdyż On sam był wszystkimi ludźmi naraz — i ich zaprzeczeniem. Nie stworzył ich na swoje podobieństwo, gdyż niepodobny był do niczego. W Ogrodzie nie było światła ani cienia, gdyż to On był światłocieniem.

— Coś ci pokażę, Myszko, chodź — powiedział.

Myszka ufnie ruszyła za Nim w głąb Ogrodu-Nieogrodu. W oddali coś majaczyło, poruszało się, chowało, to znowu pojawiało przed jej oczami. Nie, nie coś... Ktoś. Mnóstwo istot. Tańczyły.

— Dary Pana — zasyczał melodyjnie Wąż.

— Tak, to moje Dary — przytaknął śpiewny, kobiecy i pełen miłości Głos.

— Dlaczego nazywasz je „Darami"? — zdziwiła się Myszka. — To przecież zwykłe dzieci...

— Nie sssą zwykłe — zasyczał Wąż.

— Są Darami, gdyż obdarowany może je przyjąć lub odrzucić — odparł surowy Głos.

Myszka podeszła do kręgu tańczących istot i wpatrzyła się w nie.

Była tu dziewczynka, która zamiast nóg miała szczątkowe kikuty, a jednak tańczyła na nich z równym wdziękiem jak długonogie tancerki. Był mały chłopiec z głową olbrzyma, ze sterczącym garbem na plecach, poruszający się na wątłych nóżkach karzełka. Była dziewczynka z głębokim otworem zamiast nosa i z głową rozszerzającą się baloniasto ku górze, uśmiechająca się zajęczą wargą. Były dzieci bez rąk i nóg; z brakiem lub z przerostem członków; nieme, niesłyszące, niezdolne na ziemi do żadnego ruchu. Były dzieci zrzucane w starożytności ze skał, ledwie ujrzano po narodzinach ich zdeformowane ciała. Były niemowlęta zwane w średniowieczu diabelskim pomiotem i palone na stosach. Dzieci topione jak kocięta przez matki, które przerażało widmo procesu o czary — i nieszczęśnicy pokazywani jako monstra na jarmarkach miast i miasteczek całego świata. Byli ci, których los wyniósł wysoko mimo zdeformowanego ciała, gdyż udało im się odgrywać rolę błaznów u boku głupszych od siebie. Były zastępy dzieci, na których dokonywano eksperymentów, by zbadać, jak powstaje deformacja i czego unikać w procesie tworzenia doskonałego człowieka. Były dzieci zamykane przed ludzkimi oczami w stajniach, piwnicach, komórkach, żyjące w wiecznej ciemności i izolacji. Dzieci, które całe życie spędziły w zamkniętych zakładach, nie znając rodziców. Dziesiątki, setki, tysiące poczwarek, które na zawsze zamknęły w sobie motyla, ze złożonymi, wielobarwnymi skrzydłami.

Tu, w Ogrodzie, wszystkie te dzieci tańczyły, a ich uczucia przenikały przez niekształtne pancerze ciał i unosiły się wokół, lżejsze od oddechu. Myszka odbierała je całą sobą, słyszała i rozumiała.

— Kim jesteś? — spytała, bez słów, najbliżej tańczącej istoty.

— Mnie w ogóle nie ma, nigdy się nie urodziłem. Moja mama ujrzała mnie, gdy byłem tak mały jak jej dłoń, i zatrzymała w pół drogi — odpowiedział chłopiec ze zrośniętymi palcami rąk i nóg i ze zdeformowanym ciałem. — Zazdroszczę wam, którzyście widzieli ziemię. Chciałbym tam przebywać, nawet gdyby trwało to krótko i miało boleć...

— Boli, tak, to boli — przytaknęła dziewczynka, trzepocząca, jak ptak, szczątkami kończyn. — Ale tam jest tyle rzeczy do zobaczenia i tyle miłości. Byłam kochana...! — zaśpiewała nagle na cały Ogród-Nie-ogród. — Byłam kochana...! Kochana!

— A mnie nie chcieli — powiedział chłopiec z nogami karła i głową olbrzyma. — Zostawili mnie w specjalnym domu i spędziłem w nim całe życie. Ale oglądałem przez okno świat, widziałem ludzi innych niż ja, patrzyłem w niebo, nie tak niebieskie jak w Ogrodzie, lecz co dzień inne. I tęsknię za tym, więc już wiem, co to tęsknota. Warto dla niej zejść na ziemię.

— Wożono nas w klatce po wielu miastach i pobierano opłatę za pokazywanie tłumom. Tłumy śmiały się i trzęsły ze strachu, ale widziałyśmy tyle miejsc i tyle zdumiewających zjawisk... Ziemia jest piękna — powiedziały chórem syjamskie siostry, zrośnięte tułowiami, których zniekształcone, za duże głowy odchylały się w dwie różne strony.

— Chciałem żyć, nawet gdyby to miało być straszne, ale nie dano mi. Urodziłem się w czasie, gdy pozwalano żyć tylko dzieciom doskonałym. Zazdroszczę ci, Myszko. Byłaś na świecie aż osiem długich lat — powiedział chłopczyk, którego malutka głowa, pozbawiona szyi, wyrastała wprost z przerośniętego tułowia.

— Zazdrościmy ci, Myszko... Tyle widziałaś... Tyle przeżyłaś... Kochano cię... — śpiewały Dary Pana, które przebywały na ziemi krótko lub nie widziały jej wcale.

— Każda sekunda na ziemi jest warta milionów lat pamięci — nuciły inne, wspominając czas, w którym nawet ból był dowodem życia.

Dary Pana tańczyły, wyrażając radość z krótkiego pobytu na ziemi, z krótkich, lecz prawdziwych uczuć, których tam zaznały — miłości, nienawiści, przyjęcia lub odrzucenia, izolacji lub samotności; osaczenia spojrzeniami i zimną ciekawością lub nadmiernym współczuciem; czasami, choć rzadko, doświadczały obojętnej zgody na swoją odrębność. Motyl skryty w poczwarce ich ciała trzepotał bezradnie niewidzialnymi dla ludzi skrzydłami; niekiedy ktoś pogłaskał go po wiecznie zwiniętych skrzydłach, i te chwile Dary Pana pamiętały najmocniej. Inne wyrażały w tańcu tęsknotę za nigdy nie doświadczonym darem życia, za nieznaną ziemią, za niedobrymi, ale prawdziwymi uczuciami, które możliwe były tylko tam.

Nagle w grupie tańczących dzieci Myszka dostrzegła chłopca o oczach takich samych jak jej oczy, z okrągłą buzią, z nieforemnym ciałem i dziwnie bliskim uśmiechem.

— Chyba cię znam? — spytała, biorąc go za rękę.

— O, tak — odpowiedział. — Zawsze przeczuwałaś mnie w swoim tacie — uśmiechnął się znowu, nieśmiało, lecz ufnie.

— Tak! — zawołała. — Tak! I wiem, kim jesteś! Jesteś tą jego cząstką, która mnie szukała!

— Tak, Myszko. I byłem szczęśliwy tam, na dole. Kochali mnie.

— Mój tato też? — spytała z nadzieją.

— On najbardziej.

— I nie uciekał? — ponowiła pytanie, wstrzymując oddech.

— Zawsze trzymał mnie za rękę. Kochał mnie tak, jak teraz kocha ciebie.

— Kocha mnie? — szepnęła Myszka.

— Cały czas cię kochał, ale dopiero teraz o tym wie. Ludzie bardzo często dowiadują się o czymś za późno — powiedział chłopiec, ale już podbiegły do nich inne Dary Pana i chłopiec zniknął jej z oczu. „Znajdę go, wiem o tym", pomyślała z radością. „Można tu znaleźć wszystko, co zgubiło się na ziemi".

— Życie było piękne, Myszko! Ale nie żałuj, że się kończy. Wszystko musi się skończyć, nie tylko radość, ale i ból. Tu będzie ci dobrze, tu nie ma bólu — zachęcała ją dziewczynka z wielką głową i ciemnym otworem zamiast nosa.

Dary Pana tańczyły i Myszka zapragnęła dołączyć do ich kręgu, gdy znowu usłyszała surowy Głos:

— Pozwalam ci ostatni raz zejść na dół. Na chwilkę...

— Na chwilkę — powtórzyła pokornie i szeroko otworzyła oczy.

Leżała w łóżku, kołdra była niezwykle ciężka i uniemożliwiała ruchy; ciało miała spocone, a przez mgłę zalewającego oczy potu wydawało jej się, że widzi nad sobą nie tylko mamę, ale i tatę.

— Ta? O? — powiedziała szeptem, którego nikt nie usłyszał, gdyż bardziej przypominał westchnienie niż słowa.

— Ona się uśmiecha? Do mnie? — spytał tata (albo On, ale Myszka już nie umiała ich rozróżnić).

— Daj rączkę, Myszko — powiedział tata albo On, gdyż zaraz usłyszała ponownie:

— Daj rękę. Wracamy. Musisz zrobić miejsce dla twojej siostry...

— Siostry? — ucieszyła się Myszka, lecz zaraz posmutniała: — Czy nigdy jej nie poznam?

— Nigdy. Ona dopiero się zjawi. I nie będzie taka jak ty, lecz zwykła. Ale nie martw się, w Ogrodzie masz wiele braci i sióstr. Chodź, Myszko, daj rękę... — zaśpiewał łagodny, melodyjny Głos.

Myszka ufnie wyciągnęła dłoń i poczuła mocny, ciepły uścisk.

„Gdyby tatuś poszedł ze mną na spacer, dotyk jego ręki byłby taki sam", pomyślała.

Adam po raz pierwszy obejmował małą dłoń swojej córki. „Ręka Adasia", przypomniał sobie nagle. „Taka sama nieforemna i krótkopalca, bezradna i spocona była rączka Adasia..." Przez moment poczuł, jak te krótkie, palce zaciskają się mocno na jego dużej ręce. „Czy to

Adaś, czy Myszka, czy oboje razem, jedno w drugim?", zadawał sobie pytanie.

— Myszka... — szepnął.

— Myszko, idziemy — powiedział stanowczo Głos.

— Idziemy — szepnęła bez słów, zastanawiając się, czyja dłoń jest taka duża, dobra i bezpieczna.

*

— Gdzie jesteś? — spytała Myszka.

— Wszędzie — odparł Głos.

— Nie widzę Cię — zmartwiła się Myszka.

— Ależ widzisz... spójrz... Widzisz mnie w światło-cieniu tego Ogrodu i wszystkich innych Ogrodów. Słyszysz mnie w śpiewie wiatru. Czujesz mnie w wilgoci rosy, w miękkości wody... Jestem na dole, jestem na górze, jestem na Początku, na Końcu i w Środku...

— Widzę, słyszę, czuję — ucieszyła się Myszka, lecz zaraz spytała, myśląc o tych, których zostawiła na dole: — Czy nie będzie im smutno beze mnie?

— Urodzi się im nowe dziecko — przypomniał pogodnie Głos.

— I będzie lekkie? Zwinne ? Zatańczy, gdy usłyszy muzykę?

— Tak.

— A mój tata? Chciałabym, żeby mnie kochał, choć mnie już nie ma...

— Kocha cię.

— Jak? — spytała Myszka.

— Jak siebie samego.

— Czy to jest wielka miłość?

— Największa, na jaką stać człowieka — odpowiedział Głos z surową pewnością.

Westchnęła i zaczęła się zastanawiać, o co ma jeszcze zapytać. Wreszcie szepnęła:

— A czy ty mnie kochasz?

— Kocham cię, Myszko — zasyczał Wąż.

— A On?

— Marudzisz, Myszko — powiedział Wąż, ale On już odpowiadał głosem taty:

— Kocham cię. Kocham cię bardzo.

I Myszka rzuciła Mu się w objęcia. Zatonęła w nich i zawirowała na paluszkach w nie kończącym się tańcu. Wirowała tak szybko, że zaczęła przemieniać się w rozmazaną, połyskliwą, coraz słabiej widoczną kolorową plamę. I tańcząc w Jego potężnych, bezkresnych ramionach, była coraz lżejsza i lżejsza, aż wreszcie stała się tak lekka, jakby jej nigdy nie było.

DZIEŃ PIERWSZY: KOBIETY, MĘŻCZYŹNI

Jabłoń na skraju trawnika dawała przyjazny cień i cicho szeleściła liśćmi. Kobieta i mężczyzna siedzieli pod nią na ławce, trzymając się za ręce, i patrzyli na swoją córkę. Dziewczynka tańczyła.

— Jest śliczna, prawda? — powiedział mężczyzna, uśmiechając się do żony.

— Śliczna — przyznała ona. — A jak pięknie tańczy, spójrz... Może będzie tancerką?

— Nie, nie... — sprzeciwił się łagodnie mężczyzna.

Powiał lekki, ciepły wiatr i drzewo mocniej zaszemrało liśćmi. Dziewczynka zatrzymała się i zasłuchała.

— Myszszsz...szszszszka... Oć... Oć... Myszszsz...
szszszka... — śpiewały cicho liście drzewa.

— Mamusiu, kto to jest Myszka? — spytała dziewczynka.

Rodzice spojrzeli po sobie.

— Twoja siostra, Marysia. Tak ją nazywaliśmy:
Myszka — odparła kobieta.

— Opowiadałem ci o niej — powiedział mężczyzna
z wyrzutem.

— Myślałam, że to bajka — powiedziała dziewczynka.

— Czasem też tak myślałam — przyznała kobieta.
Drzewo śpiewało z szumem liści:

— Myszszsz...szszszka... Oć... oć...

— A jaka ona była? — spytała dziewczynka.

— Śliczna, jak ty — uśmiechnęła się kobieta.

— I równie pięknie tańczyła — dodał mężczyzna po
namyśle.

— Gdzie teraz jest? — pytała dalej dziewczynka.

Mężczyzna bezradnie spojrzał na kobietę, ale ona,
zasłuchana w śpiew drzewa, uśmiechnęła się:

— Myszka jest teraz w Ogrodzie, w którym zawsze
jest poranek, zawsze jest słońce i bardzo niebieskie
niebo. Tańczy.

— Myszszszsz...szszszka... Oć... Oć... — śpiewało
drzewo, głaskane ciepłym wiatrem.

Kraków–Mazury, 2000 r.
Strona domowa autorki: http://terakowska.art.pl

SPIS ROZDZIAŁÓW

Książkę wydrukowano na papierze Creamy 70g, vol. 2,0
dostarczonym przez Zing Sp. z o.o.

Printed in Poland
Wydawnictwo Literackie Sp. z o.o., 2012
ul. Długa 1, 31-147 Kraków
Skład i łamanie: Edycja
Druk i oprawa: Drukarnia GS

Książki Doroty Terakowskiej dostępne w sprzedaży:

Córka Czarownic

Piękna opowieść o magii i wolności. Książka wpisana na Listę Honorową Hansa Christiana Andersena.

OPRAWA BROSZUROWA
CENA 29,99
ISBN 978-83-08-04030-0

Ono

Poruszająca książka o sprawach, z którymi się spotykamy, choć wygodniej ich nie dostrzegać.

OPRAWA BROSZUROWA
CENA 29,99
ISBN 978-83-08-04028-7
OPRAWA TWARDA
CENA 39,99
ISBN 978-83-08-04029-4

Poczwarka

Powieść o inności i odrzuceniu, o miłości i zrozumieniu; bestseller roku 2001.

OPRAWA BROSZUROWA
CENA 29,99
ISBN 978-83-08-04005-8
OPRAWA TWARDA
CENA 39,99
ISBN 978-83-08-04020-1

Samotność Bogów

Baśń o potrzebie tolerancji między ludźmi żyjącymi w różnych światach, tradycjach i kulturach.

OPRAWA BROSZUROWA
CENA 28,00
ISBN 978-83-08-03946-5

Tam gdzie spadają Anioły

Powieść o przeznaczeniu; zarówno dla dzieci jak i dla dorosłych.

OPRAWA BROSZUROWA
CENA 29,99
ISBN 978-83-08-03967-0
OPRAWA TWARDA
CENA 39,99
ISBN 978-83-08-03968-7

W Krainie Kota

Nowoczesna baśń o poszukiwaniu własnej tożsamości i rozumieniu samego siebie.

OPRAWA BROSZUROWA
CENA 29,99
ISBN 978-83-08-04158-1

Lustro Pana Grymsa

Baśń o potędze miłości
i odpowiedzialności, która
zwycięża złe, mroczne
moce. Książka dla dzieci.

OPRAWA BROSZUROWA
CENA 23,99
ISBN 978-83-08-04236-6

Władca Lewawu

Akcja opowieści toczy się
w Krakowie zniewolonym
przez absolutnego, choć
niewidocznego tyrana,
którego pokona dopiero
trzynastoletni Bartek.
Książka dla dzieci.

OPRAWA BROSZUROWA
CENA 22,00
ISBN 978-83-08-04136-9

Katarzyna T. Nowak
Moja mama czarownica

Portret Doroty Terakowskiej
wyłaniający się z opowieści
jej starszej córki, dziennikarki.
Fascynujący opis osobowości
niebanalnej, niezwykle silnej,
twórczej, niepokornej.

OPRAWA TWARDA
CENA 34,99
ISBN 83-08-03781-X
OPRAWA BROSZUROWA
CENA 39,90
ISBN 978-83-08-04571-8

**Dobry adres
to człowiek**

Zbiór felietonów, pełnych
ciepła i życiowej mądrości.

OPRAWA TWARDA
CENA 24,99
ISBN 83-08-03620-1

**Muzeum Rzeczy
Nieistniejących**

Niezwykły przewodnik
po świecie – muzeum,
w którym żyjemy i który
pełen jest... „rzeczy
nieistniejących".

OPRAWA TWARDA
CENA 24,00
ISBN 83-08-03829-8